KB060706

제2회
웹진문지문학상
수상작품집

제2회 웹진문지문학상 수상작품집

펴낸날 2012년 5월 29일

지은이 김태용 외
펴낸이 홍정선
펴낸곳 ㈜문학과지성사
등록번호 제10-918호(1993. 12. 16)
주소 121-840 서울 마포구 서교동 395-2
전화 02) 338-7224
팩스 02) 323-4180(편집), 02) 338-7221(영업)
전자우편 moonji@moonji.com
홈페이지 www.moonji.com

제2회
웹진문지문학상
수상작품집

| 수상작 | 머리 없이 허리 없이 _김태용

문학과지성사
2012

# 차 례

## 제2회 웹진문지문학상 수상작

## 이달의 소설

# 제정 취지

—

　지난 40여 년 동안 한국 사회에 대한 인식을 심화시킬 새로운 사유와 한국문학을 풍요롭게 할 독창적 문학인들을 발견하는 데 정성을 기울여온 문학과지성사는 변화된 문화 환경에서의 문학적 스펙트럼을 좀 더 넓히기 위해 2010년 2월 〈웹진문지〉라는 인터넷 공간을 마련했다. 이와 동시에 '이달의 소설'과 웹진문지문학상을 제정하며 운용해오고 있으며 2012년 5월 현재 25편의 '이달의 소설'과 2편의 웹진문지문학상 수상작을 선정했다.

　웹진문지문학상은 한국문학 최초로 인터넷 공간을 통해 1년 동안 심사 과정이 중계되고 결과가 발표되는 문학상이다. 〈웹진문지〉 편집위원회는 매달 첫 주를 기준으로 지난 3개월 내에 발표된 중단편소설 가운데 가장 주목할 만한 작품 1편을 '이달의 소설'로 선정하고 〈웹진문지〉에 선정 사유, 선정 작가 인터뷰와 함께 게재한다. 이렇게 선정된 작품은 자동적으로 당회차 웹진문지문학상의 후보작에 오르며, 매년 1~2월 최종 수상의 영예를 두고 겨루게 된다.

　이 상은 등단 7년차 이하의 신진 작가들을 대상으로 하기 때문에 가장 젊은 세대에게 주어지는 작품상이다. 또 매달 신진 비평가 2명이

'이달의 소설' 선정에 참가하므로 심사위원 구성에서부터 최신의 문학적 흐름을 주도하는 비평 감각이 수용되어 있다. 이런 특징은 독자적인 서버와 도메인을 통해 한국문학을 인터넷 공간에 접안시키고자 시도하는 〈웹진문지〉의 성격에 부합하는 것이기도 하다.

## 제2회 수상작: 김태용, 「머리 없이 허리 없이」
### [『작가세계』 2011년 봄호 발표, 『포주 이야기』(문학과지성사, 2011) 수록]

'이달의 소설' 심사 대상 작품: 등단 7년차 이하의 신진 작가(해당 심사년도 기준)
'이달의 소설' 선정작(1작품): 상금 100만 원
웹진문지문학상 수상작(1작품): 상금 1000만 원
웹진문지문학상 시상식: 매년 5월 말 '문학과사회 신인문학상' 시상식과 함께 거행
역대 수상작: 2011년 제1회 이장욱, 「곡란」

제 2 회    웹 진 문 지 문 학 상

# 심사 경위

—

　웹진문지문학상이 벌써 두번째 수상작을 발표하게 되었다. 한 해 동안 발표된 신진 소설가들(등단 7년차 이하)의 중단편소설 가운데 한 편을 고른다는 것은 정말 지난한 과제일 수밖에 없다. 더욱이 최근 신진 작가들의 작품이 더욱더 다채롭고 다양한 양상을 띠며 과감하게 새로운 길을 열어가는 추세 속에서, 작품들 사이에서 우열을 가리는 것이 언제나 가능한 일은 아니었음을 고백해둔다. 어쨌든 우리는 작가들이 보여준 새로움 속에서 미래의 가능성의 폭과 깊이를 가늠하려 했고, 그러한 기준에 충실한 결정을 향해 노력했다.

　수상작 선정 회의는 2012년 1월 12일과 19일 양일에 걸쳐 진행되었다. 작년과 같이 〈웹진문지〉 편집위원 6인(강계숙, 김태환, 김형중, 우찬제, 이광호, 이수형)이 2011년 3월부터 2012년 1월까지 1년간 〈웹진문지〉의 '이달의 소설'로 선정된 11편의 작품을 앞에 두고 숙의를 거

8

듭하였다. 물론 이렇게 수상 후보작의 범위가 좁혀진 것은 지난 1년 동안 '이달의 소설' 선정이라는 기초 작업이 있었기 때문이다. 이 과정에는 〈웹진문지〉 편집위원 외에 신진 비평가들(강동호, 강지희, 김나영, 서희원, 송종원, 양윤의, 유준, 조형래)이 결정적인 기여를 해주었음을 특별히 기억하고 싶다.

11편의 작품들은 모두 작가들 나름의 색깔로 '오늘의 한국문학이 가야 할 길'이 아니라 '갈 수 있는 길'을 보여주고 있다. 윤고은의 알레고리적 미학, 안보윤의 거세적 폭력 비판, 김사과의 급진적 비관주의, 김태용의 역사 해체, 김미월의 부정적 질문론, 황정은의 디스토피아적 사랑, 김이설의 비타협주의, 손보미의 찢어진 일상의 풍경, 윤해서의 사랑의 언어학, 박솔뫼의 낯설게하기, 조현의 상상-실재계, 이 모든 세계들이 매혹적인 가시를 지니고 있는 듯 우리의 머리와 가슴을 찌른다.

장시간의 논의 끝에, 김태용의 「머리 없이 허리 없이」로 의견이 모아졌다. 이 작품은 권위적 이념에 지배당하는 한국 현대사의 집단적 기억을 환기하지만, 그러한 기억을 상기하는 이유는 오히려 그것을 형체조차 알아볼 수 없게 (머리 없이 허리 없이) 망가뜨리는 데 있다. 그래서 이 소설은 온갖 역설과 모순의 수사법으로 점철되어 있다. 그것은 고도로 계산된 횡설수설이다. 김태용의 횡설수설은 해체하면서 동시에 뭔가 엉뚱한 이야기의 구조물을 지어내고 그 엉뚱함을 통해서 엉뚱하지 않은 번듯한 이야기들을 간접적으로 비판한다. 놀라울 정도의 단순성으로 개념과 상식이 칭송되는 시대에, 문학의 고유한 전복성과 비판 정신을 실천하는 김태용의 해체적 구성 작업은 대단히 소중한 가치를 지닌다고 우리는 판단하였다. _〈웹진문지〉 편집위원 및 웹진문지문학상 심사위원 일동

# 심사평
—

지난 한 해 동안 '이달의 소설'에 선정되었던 후보작들을 다시 일별하면서 눈에 띈 것은 작품의 소재뿐만 아니라 주제, 형식, 문체, 소설적 화두, 작가의 관심사 등 모든 면에서 통상의 범주화와 분류를 거부하는 다양성이 제각각 빛나는 산물로 우뚝 서 있다는 점이었다. 웹진문지문학상이 현재 활동 중인 작가군 중에서 가장 젊은 축에 속하는 이들의 최근작을 심사 대상으로 삼고 있으니, 신선함을 큰 무기이자 장점으로 발휘하는 신진들은 소설이라는 확대경으로 기성의 문학적 틀을 넘어서 현실을 다채롭게 조망하고 밀착하여 해부하려는 열망이 상대적으로 강할 수밖에 없고, '다른 이야기'를 찾아 '다른 스타일'로 빚어내려는 욕심도 크기 마련이다. 문제는 이러한 바람이 그 욕망의 정도와 크기에 부합하여 양질의 텍스트로 창출되는가 하는 점일 텐데, 후보작으로 꼽힌 면면을 살펴보면서 내내 기분 좋은 미소를 머금지 않을 수 없었다.

언어 실험의 극단을 향해하며 그 무엇과도 쉽게 타협하지 않겠다는 의지를 묘한 고요와 정적 속에서 유니크하게 보여주는 윤해서의 「아」, 장르문학의 경계를 넘나들며 일상의 공허를 이야기의 재미와 결합시킨 조현의 「은하수를 건너―클라투행성통신 1」, 거대 역사의 무거운 상징을 이방의 언어 속에서 이질적으로 감각하는 낯선 체험을 통해 과거의 기념이 오히려 역사의 죽음을 양산하지 않는가라는 질문을 제기하는 박솔뫼의 「그럼 무얼 부르지」, 그리고 사회의 주변부로 밀려나는 우리 시대의 소외된 사람들, 성적 소수자들의 고통스런 실존, 가족 내의 근원적인 폭력을 통찰하는 윤고은, 안보윤, 김이설, 김미월의 작품까지 어느 하나 고유한 특장(特長)을 보유하지 않은 것이 없었다. 부르주아적 일상의 가식과 허위를 미니멀한 문체로 파고드는 손보미의 「육인용 식탁」은 기존에 없던 새로운 여성작가의 출현을 예고한다는 점에서 또한 주목할 만한 성과다. 사정이 이러니, 단 한 편의 수상작을 결정하는 것은 여러모로 즐거운 고민이었다.

김사과의 「더 나쁜 쪽으로」는 그간 보여준 작품 경향과 차별되고 그 변화가 긍정적으로 읽힌다는 점에서 '이달의 소설'로 선정될 때부터 많은 주목을 받았다. 유려한 문체에 힘입어 의식과 무의식, 현실과 비현실의 경계를 넘나들며 진행되는 화자의 독백은 세계에 대한 뿌리 깊은 환멸을 내면으로 침잠시킨 데서 비롯한 결과인데, '거리'로 대표되는 공간의 의미 없는 부산함과 겉으로 드러나지 않는 타락상, 쓸쓸하고 외로운 풍경이 빚어내는 허무의 정조는 벗어나고 싶은 사랑에 붙박인 내면 세계의 외적 투영이자 그에 대응하는 실존의 표상이라는 점에서 보편적 공감을 자아낸다. 공감의 측면에서 볼 때, 황정은의 「뼈 도둑」은 후보작 중에서 압도적인 우위를 점하고 있다. 상실된 사랑의 슬픔, 애

도조차 마음대로 할 수 없는 자의 깊은 절망, 죽음과도 같은 우울을 제
몫으로 감내하며 눈 덮인 벌판을 침묵 속에 가로지르며 사라지는 이의
마지막 모습은 오랜 시간이 지나도 잊히지 않는 장면으로 두고두고 기
억된다. 사랑의 서사를 다룬 근래의 여러 작품 중 황정은의 「뼈 도둑」
은 가장 뛰어난 수작(秀作)으로 꼽을 수 있다. 두 소설의 이러한 장점을
곁에 두고, 김태용의 「머리 없이 허리 없이」를 최종 수상작으로 결정하
는 데 흔쾌히 동의한 까닭은 이 작가가 그간 보여준 한국소설의 새로운
성취는 마땅히 작은 영광(!)을 누려도 좋다고 여겼기 때문이다. 파탄난
가족 서사를 근간으로 감추고 싶은 욕망의 정체를 에누리 없이 발가벗
기는 언어의 힘과 과감한 형식적 실험을 마다 않는 작가로서의 용기,
그로부터 만들어지는 새로운 유형의 이야기 형태, 매 작품마다 제기되
는 이 세계의 비윤리성과 인간이 곧 지옥이라는 날카로운 문제의식, 그
로부터 야기되는 저열하고 천박한 지옥의 풍광은 「머리 없이 허리 없
이」에도 어김없이 농축되어 있을 뿐만 아니라 그것을 역사적 사건과 결
합시킨 서사의 묘미는 소설의 완성도를 한껏 높이고 있다. 그의 개성적
면모가 절묘하게 응축되어 있다는 점에서 이 작품은 그의 대표작 중 하
나로 꼽아도 손색이 없을 것이다. 수상자에게 아낌없는 축하의 박수를
보낸다. _강계숙(문학평론가)


    11편의 후보작이 오늘의 한국소설 경향 전체를 대표한다고 말할 수
는 없지만, 그 속에서 한국소설의 어떤 부분적 경향을 읽어내는 것은
불가능하지 않을 것이다. 윤고은은 오늘날 젊은 세대가 처한 곤경을 근
원적인 문명 비판적 의식과 연결하며 이를 매력적인 소설적 이미지 속

에 용해시킨다. 윤고은의 주인공은 지하실로의 추방에 대한 공포 때문에 지하철을 빙빙 돌고 있다. 자기를 지키려는 노력은 역설적으로 공허한 자기 파괴로 귀결된다. 윤고은의 주인공이 지하실에 대한 트라우마를 가지고 있다면, 안보윤의 젊은이는 자신이 딸이라는 사실과 딸도 아니라는 사실에서 오는 이중의 소외 속에서 옥탑방으로 쫓겨 올라간다. 그곳은 황량한 고립과 거세의 공간으로 형상화된다. 젊은 세대의 주거난은 자기 자신의 독립적 실존에 대한 절박한 요구와 관련된다는 점이 김미월을 통해 드러난다. 고향에 있는 부모님의 집에 돌아가는 것은 김미월의 주인공에게 결코 하나의 옵션이 될 수 없다. 하지만 주위 사람들은 질문한다. 대체 왜 불가능한가? 왜 아무 이유 없이 서울에 있고자 하느냐? 서울은 자기 자신이고자 하는 가난한 청춘의 지옥이다. 여전히 차별과 소외가 지배하는 한국 사회 속에서 황정은의 청춘은 변두리의 폐가에서 유배의 세월을 보낸다. 자아를 말살하는 억압은 무차별적 폭설(暴雪)과 만인의 몰락이라는 디스토피아적 비전 속에서만 해제되는데, 거기에서 역설적이게도 유토피아적 빛이 느껴진다. 김이설의 「부고」는 그러한 억압의 근원으로 가족주의적 위선의 윤리를 고발한다. 모두에게 가혹한 희생과 거짓 연기를 강요하는 가족주의 시스템은 시스템의 연출자인 아버지까지도 희생시킨다. 그러한 위선의 윤리 때문에 버려져 미국으로 입양된 상준이 이 모든 억압에서 자유롭다는 역설은 시스템에 대한 대단히 강력한 비판이다. 지옥 같은 룸펜 인텔리겐치아의 세계를 벗어나 좀더 안락한 부르주아적 일상성의 세계 쪽에 손보미의 소설이 있다. 그러나 그러한 안온하고 게으르며 친근한 세계는 곧 민망한 파국으로 치닫는다. 손보미가 던지는 미해결의 수수께끼는 부유하고 매끄러운 것처럼 보이는 세계의 배후를 파고든다는 점에서 단순한 소설적 트릭 이상의 의미를 얻는다. 김사과의 소설은 한국적 현실 속에서 자아의 독립을 위해 지난한 싸움을 하고 있는 청춘과 다른 차원의 문제를 겨냥한다. 김사과는 사랑하는 사람, 사랑하는 것들에 대한 회의를 통해서 전 지구적 자본주의 시스템에서 벗어난다는 것, 그것의 바깥에서 주체로 존립하는 것이 과연 가능한지를 비관적이고도 서정적인 어조로 묻고 있다. 박솔뫼 역시 또 다른 의미에서 한국적 현실의 한계를 넘어서고 있다. 박솔뫼 소설의 화자는 역설적으로 한국을 알고자 하는 이방인들의 과장된 호기심을 통해서 한국인들 자신이 애써 부인하고 감추려 하는 것, 즉 1980년 광주로 상징되는 어떤 이념과 역사가 붕괴되었다는 것을 깨닫는다. 김태용의 소설 속에서도 역사, 이념, 가족주의, 아버지의 권위 등이 해체된다. 아니, 그것들은 굳이 해체하려고 애쓸 것도 없다는 듯이 이미 해체된 상태로 우리에게 제시된다. 예컨대 현란하게 제시되는 숟가락의 다양한 용도와 의미 들은 가문의 보배로서 목숨을 걸고라도 지켜야 했던 숟가락의 의미를 분산시키고 해소해버리지만 보배로서의 놋쇠 숟가락 자체가 이미 패러디적 성격을 지니고 있기 때문에 이후에 이어지는 숟가락의 해체 역시 어떤 심각한 파괴라기보다 유희의 양상을 나타낸다. 따라서 소설은 몰락에 특징적인 비극적 정조를 띠지 않고 오히려 희극적인 부조리의 향연으로 나타난다. 박솔뫼의 소설에서와 마찬가지로 윤해서의 소설에서도 한국어와 한국 문자를 배우는 이방인이 화자─주인공으로 등장한다. 그는 독자에게 언어에 대한 새로운 감각을 일깨워주는 역할을 한다. 비극으로 끝나는 주인공과 말로의 사랑의 이야기는 마치 롤랑 바르트의 『사랑의 단상』처럼 말의 길(말路)을 따라 재배열되는데, 이로써 언어적 유희가 이야기 속의 현실적 내용을 압도하는 시적 소설이 만들어진다. 조현의 소설에서는 상상이 진지하고도 유희적인 현실 이탈의 가능성으로 나타난다. 조현의 주인공은 허구 속에 허구를, 상상 속에 상상을 덧붙인다. 그럼으로써 상상은 우주가 되고 우리의 우주도 무수한 상상들 가운데 하나가 된다. 조현의 평행우주론은 소설에 무게를 더하고 현실을 감량한다.

이상의 모든 흥미로운 문제의식과 소설적 성취 앞에서 선택의 고통은 매우 컸으나, 결국 김태용의 작품 「머리 없이 허리 없이」를 수상작으로 하는 데 동의했다. 그것은 이 작품이 오늘날 전통적인 모든 것이 해체 상태 내지 해체 일보 직전에 있는 상황 속에서 주체가 겪고 있는 근본적인 무기력함과 혼란에 대한 가장 유쾌하고 흥미로운 소설적 대응이라고 생각되었기 때문이다. _김태환(문학평론가)


찾아서 읽어보니 지난해 이맘때 쯤 내가 쓴 첫번째 웹진문지문학상 심사평은 이렇게 시작한다. "첫번째 웹진문지문학상 수상작을 고르는 일이었다. 게다가 각각의 작품이 모두 해당 시기에 나온 작품들 중 이미 가장 젊고 훌륭한 작품으로 인정받은 상태였다. 신중해야 했고, 또 짐작대로 쉽지 않은 일이었다." 어쩔 수 없이 다시 그렇게 심사평을 시작해야겠다.

두번째 웹진문지문학상 수상작을 고르는 일이었다. 게다가 작년과 마찬가지로 각각의 작품이 모두 해당 시기에 나온 작품들 중 이미 가장 젊고 훌륭한 작품으로 인정받은 상태였다. 신중해야 했고, 또 짐작대로 쉽지 않은 일이었다.

숙고 끝에 김사과의 「더 나쁜 쪽으로」와 김태용의 「머리 없이 허리 없이」, 그리고 황정은의 「뼈 도둑」을 추천했다. 나머지 작품에 흠결이 있어서는 아니었다. 모든 작품들이 이미 심사를 통과한 작품들이었으니 그중 하나를 골라내는 일은 심사라기보다는 불가피한 선택에 가까웠다. 윤고은(「요리사의 손톱」)과 안보윤(「비교적 안녕한 당신의 하루」), 그리고 손보미(「육인용 식탁」)가 마치 잘 빚어진 항아리처럼 완벽한 기교로 구성해낸 우리 시대 소시민들의 권태와 남루는 충분히 매혹적이었고, 김이설(「부고」)과 김미월(「질문들」) 이 두 작가가 작금의 현실에 대해 취하고 있는 비관적 낙관은 충분히 고통스러우면서 활력이 넘쳤다. 박솔뫼(「그럼 무얼 부르지」)의 광주 이야기는 소멸해가던 '오월 문학'의 비판적 재개를 알리는 듯싶어 반가웠고, 윤해서(「아」)와 조현(「은하수를 건너— 클라투행성통신 1」)은 각각 다른 방향에서 우리 소설의 가장 먼 경계를 확장하는 실험 정신을 보여주었다. 그랬으니 11명의 이달의 작가들 중 한 사람에게만 웹진문지문학상을 수상하기로 한 애초의 기획자들(그중에는 나도 포함된다)을 원망할 수밖에.

황정은의 작품(「뼈 도둑」)을 끝까지 손에서 내려놓지 못했던 것은 '사랑' 때문이었다. 이제는 우리 문학에 그다지 낯설지 않은, 그러나 엄밀히 말해 한 번도 제대로 된 사랑의 자격을 획득해보지 못한 동성애라는 소재를, 이토록 감동적인 연애소설로 만들어놓기 위해 필요했던 것이 딱히 문장력이나 소설적 기교뿐이었으리라고는 생각하지 않는다. 문학적 진정성과 타인에 대한 윤리적 배려 없이는 쓸 수 없는 소설이었다. 마지막의 장엄한 설원 풍경이 아직도 생생하다.

「더 나쁜 쪽으로」를 읽고 나서 김사과에 대해 거는 기대는 더 커졌다. 눈살을 찌푸리지 않고는 읽기 힘들 만큼 폭주하던 김사과 소설들의 거대한 분노와 잠재력은, 작금의 우리 문학에서 가장 강렬하고 충격적인 것으로 정평이 나 있다. 하지만 이번 작품에서 그가 보여준 섬세한

16

내면 묘사와 밀도 있는 문체는 그가 지금까지 보여준 가능성이 어쩌면 고작 시작에 불과했을지도 모른다는 추측을 자아내게 하고도 남았다.

김태용의 작품(「머리 없이 허리 없이」)은 제목과 달리 머리도 허리도 모두 다 달고 있었다. 사실에 있어 오히려 이 작품 이전까지 그가 실험했던 소설 형식이야말로 이 작품의 제목에 더 근사하다. 시작도 끝도 없이 꼬리에 꼬리를 무는 문장들의 형식 실험이 이제 어느 정도 무르익었거나 관성화되었다 싶을 즈음 「머리 없이 허리 없이」가 발표되었다. 그리고 이 작품에서 급기야 김태용 소설의 초창기 모티프들과 블랙유머, 그리고 반오이디푸스 서사가 되살아난다. 그러나 언어적 형식 실험이 포기되는 것도 아니다. 오랜만에 김태용 소설을 읽으며 웃었다. 그러나 그 웃음은 단순히 김태용의 늙은 남자 주인공들이 보여주는 지리멸렬한 행동거지나 비루한 대사들 때문만은 아니다. 무르익은 언어적 형식 실험이 묵직한 주제의식, 그리고 서사와 만났을 때 훌륭한 중견작가 한 명이 탄생한다는 사실을 알기 때문에 나오는 웃음이었다.

두번째 웹진문지문학상이 그에게 돌아갔으나, 축하의 말을 그에게만 전할 수 없어 미안하다. 2011년을 빛내준 11명의 작가들 모두에게 두루 축하와 감사의 말을 전한다. 당신들이 있어 든든한 한 해였다.

_김형중(문학평론가)


제2회 웹진문지문학상 후보가 된 〈웹진문지〉 '이달의 소설' 선정작 11편은 한국문학의 젊은 에너지들이 집결하는 최전선을 보여주고 있다. 하드보일드한 소설 미학의 새로운 가능성을 두드리고 있는 손보미, 소설 언어의 비등점까지 글쓰기를 밀고 나간 윤해서, 5월 광주에 대한 전혀 다른 소설 언어의 접근을 보여준 박솔뫼의 소설은, 가장 젊은 신인들의 소설의 행방에 대한 기대를 무한히 부풀게 했다.

흥미로운 소설적 은유를 통해 세태 비판의 자리를 넘어서는 지점에까지 나아간 윤고은, 장르를 가지고 노는 방식으로 소설 장르의 유연성을 증폭시키는 조현, 가장 어두운 가족이라는 지옥에서부터 인간에 대한 역설적 이해를 타진하는 김이설, 소설 언어가 여전히 이 현실에 대한 진지하고 소중한 질문임을 보여주는 김미월, 성적 소수자의 슬픔을 하나의 증언이 아닌 가능한 소설 미학으로 만들어낸 안보윤은, 그들의 소설이 이제 하나의 문제적 개성으로 자리 잡기 시작했음을 뚜렷하게 보여주었고, 그 개성이 한국소설을 더욱 풍요롭게 만들 것이라는 확신을 갖게 만들었다.

웹진문지문학상의 문학상으로서의 정체성과 스펙트럼을 고려하면서 고민했던 작품들은 김사과와 황정은과 김태용의 소설이었다. 김사과의 「더 나쁜 쪽으로」는 그가 보여준 분노와 폭주의 서사의 기원을 밝혀주는 '거리의 소설'로서의 매력을 발산하고 있는 작품이었다. 그동안의 내면성을 제거한 듯한 인물들의 폭주와는 달리, 이 소설이 보여주는 익명적인 내면성의 공간은 매우 아름다웠으며, 김사과 소설의 진화를 명백하게 증거하고 있다. 황정은의 「뼈 도둑」은 황정은표 소설 미학의 한 정점에 서 있다. 성적 소수자의 이야기지만, 그것은 가장 뼈아프고 반사회적인 사랑의 형태가 사랑의 궁극적인 가능성이자 불가능성이라는 것을 보여주는 애도와 진혼의 서사였다. 아마도 소설의 미학적 가능성과 윤리적 가능성이 첨예하게 만나는 이 진혼의 미학을 잊을 수 없을 것이다.

수상작인 된 김태용의 「머리 없이 허리 없이」는 김태용 소설 언어의 다른 가능성을 기대하게 하는 작품이다. 일반적인 의미의 선조적인 서사와 동일성을 선취한 인물들을 배제하는 그의 소설 언어는 소설 언어가 단지 '이야기'일 수는 없다는 것을 보여주는 한국소설의 불편한 척도였다. 소설 속의 언어의 충돌과 생성의 자리를 밑바닥에서 더듬어나가는 그의 소설은 소설 제도 탄생 이전의 언어들을 향해 역주행하는 것처럼 보였다. 이 소설에서는 이런 소설 공간에 음울한 가족사와 한국 현대사의 흔적들을 새겨 넣는다. 그것이 그의 소설의 이질성 안에서 또 다른 이질성을 생성하는 것이라고 할 수 있다. 여기에서 무의식의 자리를 파고드는 자의식의 소설과 역사적 시간을 기록하려는 이야기로서의 소설은, 충돌하면서 서로를 변화시키는 매혹을 선사한다. 그것은 이 세계에 대한 가장 불편한 소설적 탄핵에 해당할 것이다. '머리'도 '허리'도 없는 소설 쓰기의 불길하고 매혹적인 가능성은 이렇게 실현되었다.

웹진문지문학상의 제도적인 영예는 한 편만을 허락하지만, 그 문학적 영예는 11편의 작품 모두에게 주어지는 것이라는 점에서, 수상작의 영예는 오늘의 젊은 문학 전체에 뿌려지는 것이라고 말하고 싶다.

_이광호(문학평론가)


지난 1년 동안 〈웹진문지〉를 통해 독자들과 소통했던 젊은 소설들은, 저마다의 시선과 방식으로 현실의 고통을 탐문하고, 다양한 맥락에서 새로운 미학적 가능성을 모색하여, 실험적인 스타일을 일구어내려한 수고로운 결실들이다. 그 소설들에는 아직 드러난 것보다는 드러내지 않은 미학적 가능성이 더 많은 것으로 생각되어, 우리 문학의 미래에 더 흔쾌한 기대를 걸어도 좋겠다는 느낌이 든다. 우리 심사자-독자들의 스크린에 마지막까지 남았던 미학적 가능성은 모두 세 편이었다.

　김사과는 존재론적 통증을 격렬하게 앓는 작가다. 「더 나쁜 쪽으로」에서 보이는 망상적이고 분열증적인 글쓰기가 한 단서가 된다. 존재의 근거가 박탈되고 세계 파국의 불안이 가중되는 현실에서, 우리는 과연 어떻게 자기 존재를 입증할 수 있을 것인가, 하는 질문을 절실하게 던지고 있다. 속해 있으면서도 속해 있지 않는, 살아 있는 듯 죽은, 죽은 듯 살아 있는 모순어법적인 존재상을 인접성 장애와 유사성 장애를 섞어가며 그려냈다. 이미 표제가 적극적으로 환기하는 것처럼, 가도 가도 더 나빠지고 힘들어지기만 하는 현실과 맞씨름하는 형상이다. 조바심 때문일지 모르겠지만 몇몇 직설적 설명 부분이 아쉽게 느껴진다. 더 깊고 구체적인 분열증의 심연으로 내려갔더라면 훨씬 의미 있는 미학적 가능성을 확보할 수 있었을 것이다.

　황정은은 자신만의 스타일과 서사적 리듬으로 독특한 분위기를 연출하는 드문 작가에 속한다. 최근 황정은이 조성한 분위기는 복합적인 코드들의 어울림 속에서 결코 가볍지 않은 문제를 제기하는 의미 형성적 아우라에 가깝다. 무엇보다 "구멍 없는 개수대"의 메타포가 웅숭깊은 「뼈 도둑」에서 작가는 사회경제적 현실의 코드와 동성애라는 젠더 코드를 돌연하게 결합해서 새로운 분위기를 묘출한다. 그 누구로부터도 이해받지 못하는 그들의 순정한 사랑은 그야말로 출구가 없다. 그런 이야기를 통해 타락한 거짓 사랑에 매몰된 현실을 가혹하게 추문화한다. 가독성 있는 문장에 잘 짜인 플롯도 인상적이다. 다만 독특한 분위기 속에서 연출되고 있기는 하지만 예의 두 코드들이 돌연하게 합쳐지는 과정에는 다른 의견이 끼어들 여지가 없지 않다. 물리적 결합을 넘어서 화학적 융합의 단계로까지 나아갔더라면 훨씬 감동적이지 않았을까 짐작한다.

　김태용의 「머리 없이 허리 없이」는 범상치 않은 말장난으로 언어 질서를 교란하고 현실과 역사를 해체하면서 진정한 인식의 새로운 가능성을 탐문한다. 얼핏 보면 사소하거나 말도 되지 않는 말장난 같지만 수준 높은 인접성 장난으로 아이러니의 수사적 효과를 극대화하고 있다. 미국 가정에 입양되어 성장한 뒤 찾아온, 잃어버렸던 아들에게 들려주고 싶은 아버지의 '혼잣말'은 아이러니컬하게 다성적 울림으로 확산된다. 발화되지 않은 마비 환자의 혼자 생각이 실제 발화 이상의 소통 효과를 거두는 것은 가벼운 말장난 이면에 복합적인 문제의식과 코드들을 사려 깊게 매설해놓고 있기 때문이다. 화자는 선조가 노비였으며, 자기 아버지는 "오쟁이 진 남자"였음을 정직하게 고백한다. 화자 또한 아버지의 처지와 다르지 않았음을 서사적으로 구성한다. 민족사와 가족사를 희비극적으로 교호하면서 안티 오이디푸스 서사의 새로운 지평을 안내한다. 그 이야기를 읽으면서 독자는 울다가 웃고 웃다가 운다. 혹은 우는 듯 웃고 웃는 듯 운다. 현실과 인간에 대한 진정성 있는 관심과 언어를 능란하게 다루는 수완 등 양면에서 김태용은 장기를 보였다. 그가 이전에 이룬 문학 세계에서 더 활달하게 탈주하지 못한 것이 아쉽긴 하지만, 수상작으로서 손색이 없다. 수상을 축하한다.

_우찬제(문학평론가)

# 수상 소감

김태용

살다 보면 아무도 모르는 곳에서 인생을 다시 시작하고 싶을 때가 있다,라고 시작하는 소설을 쓴 적이 있다. 나의 많은 소설은 그렇게 시작하고 있다. 그렇게 믿으며 왔다. 다시 살고자 하는 욕망은 다시 살아도 이래저래,라는 숭고한 체념에 무릎을 꿇지만 다시 쓰고자 하는 욕망은 다시 쓰는 게 다시 사는 것이라는 체념적 숭고에 닿으려고 한다. 다시 쓰면 다시 살게 된다고? 나는 이 말에 책임을 질 수 없다. 나의 글은 어느 순간부터 다시 쓰기의 반복과 변주이지만 그것에 대한 의문과 항의에 대해서는 책임을 지고 싶지 않다. 오로지 다시 쓰는 것으로서 책임을 회피하고 싶은 것이다. 비겁하게도 그렇다. 그러니까 독자들은 계속 따져 묻고 나는 계속 다시 써야 한다. 아무도 묻지 않으니 내가 나를 추궁할 수밖에 없다. 왜 너는 계속 다시 쓰고 있는가.

모든 죽음은 심장마비다,라는 문장을 한동안 적어두었다. 어느 날 문득 그 말이 떠올랐다. 누군가의 죽음이 있던 것도 아니고 죽음 관념 놀이에 빠진 것도 아니었다. 왜 그것을 몰랐을까,라는 자책과 동시에 그 문장이 혀에 달라붙었다. 혀에 달라붙어 있는 것을 떼어내기 위해 남들의 귀가 필요했다. 어떤 소설들은 첫 문장이 곰삭을 때까지 기다렸다가 시작되곤 한다. 시작되자마자 끝이 나는 소설들이 대부분이지만 끝이 난 것을 알면서도 질질 끌고 가면 이게 끝이 아니라고, 위장할 수도 있다는 것을 알았다. 비겁하게도 그렇다. 소설은 끝을 낼 수 있는 게 아니라 질질 끌고 가서 비겁과 만나는 것이라는 생각도 든다. 아니 그게 맞을 것이다. 나의 비겁이 소설의 비법일까.

비겁이라고 말해놓고 보니, 내가 정말 비겁한 인간이란 생각이 든다. 그렇다면 더 비겁해져야만 할까. 비겁한 인류의 엉덩이에 비겁한 나의 소설을 꽂아두는 것이 옳은 것일까. 옳은 것이라니. 무엇이 옳은 것인지 생각하면서 글을 쓴 적은 없지만 가끔 이렇게 옳은 것에 대해 생각하게 된다. 여기가 아니었다면 '비겁'과 '옳은 것'에 대해 생각해보지 않았을 것이다.

많이 기쁘고 기쁜 만큼 부끄럽고 부끄러운 만큼 또 기쁘다. 문지가 아니었다면 나와 친구들의 문학이 얼마나 외롭고 빈약했을까 생각해본다. 문지 선생님들과 편집부에 감사의 마음을 전한다. 잘생긴 가족과 어리석은 친구들, 한낮의 독자들이 있어 계속 갈 수 있었다. 이미 접어든 길에서 때로는 비겁하게 가끔은 옳은 것을 생각하며 다시 쓰고 쓸 것이다. 밤과 손에게 키스를 보낸다. 술이 떨어지면 웃어야겠다. 퀠퀠퀠

제2회 웹진문지문학상 수상작

이달의 소설 2011년 6월

머리 없이 허리 없이_김태용

**김 태 용** 1974년 서울에서 태어났다. 2005년『세계의 문학』봄호에 작품을 발표하며 문단에 나왔으며, 한국일보문학상(2008), 웹진문지문학상(2012)을 수상했다. 소설집『풀밭 위의 돼지』『포주 이야기』와 장편소설『숨김없이 남김없이』가 있고 현재 텍스트 실험집단 '루' 동인으로 활동 중이다.

안개에 휩싸인 채
방파제 아래를 우리는 걸었다
이제 나는 당신이 쓴 첫 문장의 의미를 깨달았다—자끄 드뷔망, 「말」

● ··

# 머리 없이 허리 없이

—

모든 죽음은 심장마비다. 이런 말이 가능하다. 이제야 알게 되었다.

듣고 있느냐. 듣고 있을 거라 생각한다. 그렇게 믿어야지 어떡하겠느냐. 달리 도리가 없지 않느냐. 내가 언젠가 너에게 이런 말투를 썼느냐. 모르겠다. 너도 모르겠다고 말하지는 마라. 그렇게 말할 생각이었느냐. 너의 생각이 궁금한 것은 아니다. 오로지 나의 생각이 궁금할 뿐이다. 너도 나의 생각이 궁금하지 않느냐. 생각만이 나를 구원할 수 있다. 내가 여전히 생각할 수 있는 인간이라는 것이 놀랍지 않느냐. 대답하지 마라. 어차피 대답하지 못한다는 것을 잘 알고 있다. 내가 대신 대답해주랴. 좀더 간절히 원해봐라. 원하면 원망하게 되어 있다.

대답할 수만 있다면 고개라도 끄덕이고 싶다. 이미 머릿속에서는 수만 번도 더 긍정의 고갯짓을 했다. 솔직히 말하면 전부 긍정은 아니었다. 아니 그보다 더 많은 부정과 체념의 고갯짓이었다. 부정과 체념의 도리질이라고 말하는 것이 옳겠다. 옳겠다,라는 표현이 문법에 맞느냐. 너도 문법을 공부했겠지. 현대 문법을 말이다. 미국 문법도 공부했겠지. 스미스 씨는 미국에 살고 있습니다. 미국에 살고 있는 사람은 스미스 씨입니다. 너는 두 문장의 차이에 대해 알고 있겠지. 내가 가르쳐준 적은 없다. 공부하지 않아도 알게 되는 것이 있다. 그것이 문법이면 좋겠다. 문법을 벗어날 때 문법에 관심이 가는 법이다. 그게 문법의 유일한 장점이다. 하지만 무슨 상관이겠느냐. 지금 문법을 따질 때가 아니다. 사실 문법을 계속 물고 늘어지고 싶지만, 주인이 아끼는 문법을 덥석 물고 도망치는 개처럼 굴고 싶지만, 시간이 부족하다. 과연 그렇다. 어떤 시간은 흘러넘치지만 어떤 시간은 턱없이 부족하다. 고개를 돌려야 할 시간 말이다.

고갯짓의 시간이 멈춘 지 오래다. 고개가 돌아가지 않는다. 보고 있느냐. 언제까지 계속 이런 말투를 써야 할까. 좀 거슬리기 시작했다. 혼잣말이니 신경 쓰지 마라. 어차피 나의 모든 생각은 혼잣말이다. 처음부터 이런 비밀을 털어놓을 생각은 없었지만 할 수 없다. 들키지 말아야지 하고 생각하는 순간 이미 들통나고 만다. 만사가 그렇다. 나의 생각은 한 치 앞도 내다보지 못한다. 나의 혼잣말은 너의 귀를 관통한 뒤 나에게 들리게 되어 있다. 그러니 귀를 쫑긋 세우고 잘 들어라. 네가 잘 들어야 나도 잘 들을 수 있다. 그렇다고 귀를 만지작거리지는 마라. 나를 불편하게 만드는 버릇을 너는 여전히 버리지 못하고 있겠지.

너는 귀를 만지작거리는 버릇을 갖고 있다. 언제부터 그런 이상한 버릇이 생겼는지 알 수 없다. 아마도 너의 엄마에게서 비롯된 버릇이었을 것이다. 너의 엄마를 이렇게 쉽게 등장시키는 것도 나의 오류이자 한계다. 처음부터 어긋나고 있다. 조짐이 좋지 않다.

너의 엄마가 하던 말을 기억하느냐. 첫 단추를 잘 끼워야 한다. 그러나 너는 알고 있느냐. 첫 단추를 끼울 때가 언제인지 아는 것이 더 중요하다는 것을. 함부로 첫 단추를 끼우지 마라. 방금 내가 뭔가 멋진 생각을 한 것 같다. 나의 생각에 밑줄을 긋도록 해라. 다시 한 번 나의 생각이 들통나고 말았다.

첫 단추를 끼운 적도 없는데 너의 엄마는 나에게 두번째 단추를 끼워달라고 했다. 언제 어디서 어떻게 끼운 첫 단추인지 알았다면 당장에 단추를 빼버렸을 것이다. 빼는 것으로 모자라 나의 실수를 보상받기 위해 단추를 입에 넣고 으그적 으그적 씹어 먹었을 것이다. 그러나 이미 너의 엄마는 스스로 두번째 세번째 단추를 끼워놓고 모른 척하고 있었다. 남은 단추를 마저 끼워달라고 배시시 웃으며 버둥거렸다. 지독한 사람이다. 몽짜 치는 데 선수다. 단추 끼우는 데 일가견이 있는 사람이다. 그렇게 너가 태어났다. 단추처럼 동그란 얼굴에 단춧구멍같이 쭉 찢어진 눈을 달고서 말이다. 단추의 뒷면에는 후회와 탄식의 실밥이 매달려 있었다.

첫 단추를 잘 끼워야 한다. 너의 엄마처럼 나의 엄마도 그런 말을 했다면 나의 삶이 달라졌을지 모르겠다. 너의 엄마와 나의 엄마는 달랐다. 어떻게 달랐는지 묻지 마라. 나의 엄마에 대한 기억은 많지 않다. 거의 없다고 해야 할지 모른다. 거의 없는 기억이 나를 몹시 괴롭힌다. 왜 그래야 하는지 묻지 마라. 아직은 이르다. 나의 엄마에 대한 이야기를 언젠가 하게 될 것이다. 하지 않기를 바라고 있다. 너의 엄마가 나의 엄마였다고 해도 삶이 더 나았으리라고는 생각하지 않는다. 그보다 더 나빴을 것이다. 그렇게 믿고 있다.

너는 쥐 귀를 가졌다. 작고 귀엽다고 너의 엄마는 입에 침이 마르도록, 때로는 정말 입술에 침을 발라가며 말했다. 그렇지 않느냐고 나를 쳐다보며 동의를 구했다. 저런 귀는 복이 없다더군. 내가 그런 말을 했었나. 아마 비슷한 말을 했을 것이다. 그 보다 더 나쁜 말을 했을 것이다. 너는 무슨 뜻인지도 모르고 귀를 쫑긋 세우고 들었을 것이다. 정말 쥐의 귀처럼 징그러웠다. 엉덩이 사이에 길고 뾰족한 꼬리를 감추고 있을지도 몰랐다. 기억의 꼬리가 나의 정신을 휘젓고 있다. 잠들 때는 물론이고 틈이 날 때마다 너의 귀를 만지작거리는 너의 엄마도 징그러웠다. 징그러운 사람이 징그러운 것을 만지작거리는 걸 보고 있는 것은 정말 참을 수 없을 만큼 징그러웠다. 그러나 나는 잘 참았다. 더 징그러운 기억으로 징그러움을 견뎌내려고 했다.

어린 시절 쥐가 사람의 귀를 갉아 먹는 것을 본 적이 있다. 보는 것만으로도 소리가 들리는 광경이 있다. 바로 쥐가 귀를 갉아 먹을 때다. 한참 동안 나는 그것을 쳐다보았다. 시궁창에 빠져 있는 시체의 귀를 시궁쥐가 갉아 먹고 있던 것이다. 나는 쪼그려 앉아 손에 상처가 날 정도로 힘을 주어 마른 풀을 뜯으며 쳐다보고 있었다. 귓속에서 수천 개의 작은 알갱이들이 터지는 것만 같았다. 배 속 가득한 쥐의 알이 터지고 있었다. 불가능한 상상이지만 그래서 더 징그러웠다. 귀를 후비면 검은 이끼 같은 것이 손톱에 묻어 나왔다. 왜 하필 귀여야 했을까. 쥐가 귀 말고 다른 부위를 갉아 먹었어도 내가 계속 쳐다보았을까, 하고 후에 생각했다. 아마 쳐다보았을 것이다. 쥐가 인간의 어느 부위를 갉아 먹었건 간에 갉아 먹고 있다는 것만으로 충격이었을 것이다. 그러나 쥐가 귀를 갉아 먹는 모습이 가장 감각적인 공포를 불러일으킨다. 놀라지 마라. 놀라운 말들이 껍질이 깨지기를 기다리고 있다. 나도 잘 알고 있다. 감각,이라는 단어가 나의 머릿속에서 튀어나올 줄 몰랐다. 말했지 않느냐. 배우지 않아도 알게 되는 것이 있다. 감각이 그런 것이다. 나의 혀는 감각이라는 소리의 모양을 만들어낼 줄 안다. 사람의 귀는 쥐에게 별미일 것이다. 혼자 탐식하기 좋은 음식일 것이다. 쥐가 귀를 갉아 먹고 있다. 잊을 만하면 그 소리가 보인다. 소리가 보인다니. 너는 이해하지 못할 것이다. 보이는 소리야말로 정말 참기 힘든 것이다. 너는 공이 굴러갈 때 들리는 소리를 볼 수 있느냐. 너의 엄마가 너의 귀를 만지작거리는 걸 보면 문득문득 쥐가 귀를 갉아 먹는 소리가 들린다. 보인다. 그 소리는 말로 표현할 수 없다. 오로지 머릿속의 가장 뾰족한 모서리를 긁어대고 있다는 정도로 말할 수 있을 것이다. 이것이 감각이다. 더는 설명을 바라지 마라.

어느 순간부터 너의 엄마는 너의 귀를 만지지 않았다. 너의 엄마에게 물어보고 싶었지만 물어볼 수 없었다. 물어봐도 너의 엄마는 또 무슨 말도 안 되는 소리를 하는 거예요, 하고 못생긴 입술을 씰룩거렸을 것이다. 한창때는 그 못생긴 입술로 나의 귀를, 가끔은 귀두를 잘근잘근 씹으며 되도 않는 신음을 내기도 했다. 이래서는 안 돼. 이래서는 안 돼. 이래서는 안 된다고 정신을 차리려고 애썼지만 나의 육체는 너무도 쉽게 무너져 내렸다. 어떤 정신이 육체의 자극을 물리칠 수 있단 말이냐. 민망하냐. 나 역시 그렇다. 징그러운 일이 한두 가지가 아니다. 하지만 너도 알아야 할 건 알아야 하지 않겠느냐. 굳이 미리 알려고 들지는 마라. 이런 생각이 또 떠오르지 않길 바란다. 바라는 대로 되는 것이 없다. 원하면 원망하게 되어 있다. 이 말을 내가 했어도 또 들어라.

너는 스스로 너의 쥐 귀를 만지작거리기 시작했다. 특히 밥상머리에서 자주 귀를 만졌다. 내가 제일 싫어하는 짓이라는 것을 알고 너는 더 열심히 밥상머리에서 귀를 만졌다. 언젠가부터는 보란 듯이 밥상머리에서만 귀를 만졌다. 왼손잡이인 너는 왼손으로 미역국을 떠먹으며 오른손으로 오른쪽 귀를 만지작거렸다. 어설픈 젓가락질로 고등어조림의 무만 골라 물에 씻어 먹으며 귀를 만지작거렸다. 식사 중간 중간 수저를 내려놓고 그 물을 마신 뒤 왼손으로 왼쪽 귀를 만지작거리기도 했다. 귀를 만지고 있는 너의 손등을 나의 놋쇠 숟가락으로 몇 번이고 내려치려고 했지만 그만두었다. 숟가락을 더럽힐 수 없었다. 그건 용납할 수 없다. 나의 화를 숟가락이 제어해준 것이다. 네가 고마워해야 할 것은 내가 아니라, 치밀어 오르는 화를 억누르게 만든 숟가락이다. 숟가락은 우리의 유일한 유산이다. 우리라는 말에 너를 포함시켜야 할지 잠시 망설여진다.

내가 너에게 숟가락을 물려주었다면 너도 우리에 포함되었을 것이다. 그러나 나는 너에게 숟가락을 물려주지 못했다. 내가 너에게 숟가락을 물려주었다면 너는 흔쾌히 받아들였을까. 이제 그 숟가락으로만 밥을 먹어야 한다는 것을 이해할 수 있었을까. 그전에 나는 너를 이해시킬 수 있었을까. 이해시키기 위해 어떤 노력을 해야만 했을까. 노력해도 안 되는 일이 있는 법이다. 너에게 숟가락을 물려줄 기회를 잃고 말았다. 이해하기 전에 받아들여야만 하는 일이 있는 것이다. 살다 보니 그런 일이 있는 것이 아니라 살고 나니 그런 일이 있다는 것을 알게 되었다. 이제 죽을 각오만 남아 있다. 죽을 각오로 너에게 숟가락을 물려주고 싶다. 가능하다면 너의 머리통에 던져버리고 싶다. 너는 감사의 마음으로 허리를 굽혀 그것을 주워 챙겨 들어야 한다. 아무것도 묻지 말고 그 순간부터 숟가락을 사용해야 한다. 처음엔 물론 어색할 것이다. 무겁고 더러운 숟가락으로 밥을 떠먹으면 밥맛이 떨어질지 모른다. 납덩어리를 삼키는 것만 같을 것이다. 너는 한 번도 만들어본 적 없는

기형적인 모양으로 입을 벌려야 할 것이다. 숟가락에 치아가 자주 부딪
혀 인상을 찌푸리게 될 것이다. 화가 나 숟가락을 집어 던진 뒤 한참 동
안 숟가락을 쳐다보게 될 것이다. 측은한 생각에 다시 숟가락을 집어
드는 행위를 몇 번이고 반복할 것이다. 모든 일에는 연습이 필요하다.
시간이 지나면 숟가락에 너의 손이, 입술이, 혀가, 치아가 익숙해질 것이
다. 네가 물고 있는 숟가락이 보통의 숟가락이 아니라는 것을 알게
될 것이다. 체리맛 감기약처럼 숟가락의 녹이 네 속으로 서서히 스며들
것이다. 너의 정신이 숟가락 모양으로 움푹 파일 것이다. 네가 숟가락
으로 떠먹는 것은 밥이 아니라 시간의 암덩어리라는 것을 알게 될 것이
다. 그 숟가락 말고는 다른 숟가락으로 밥을 먹지 못하게 될 것이다. 식
당에 갈 때도 여행을 갈 때도 숟가락을 챙겨야 할 것이다. 우연히 숟가
락을 챙기지 못해 다른 숟가락으로 밥을 먹은 뒤에는 큰 깨달음을 얻고
놋쇠 숟가락을 항상 몸에 지니게 될 것이다. 잠을 잘 때도 숟가락을 머
리맡에 두어야 할 것이고 화장실에 갈 때도 변기 위에 숟가락을 올려놓
아야만 머리와 배 속이 편해질 것이다. 곁의 사람이 숟가락이야 나야,
하며 선택을 강요하다 지쳐 너를 떠나도 너는 결코 숟가락을 포기하지
못할 것이다. 애성이 시나쳐 숟가락에 이름을 붙여줄지도 모른다. 니는
숟가락을 뭐라고 부를 작정이냐. 환각이라는 이름의 숟가락. 환희라는
이름의 숟가락. 환장이라는 이름의 숟가락. 이제 나도 숟가락에 이름을
붙여주고 싶다. 이름을 붙여 불러주고 싶다. 부르는 순간 숟가락이 입
에 물려 있으면 좋겠다. 네가 먹던 체리맛 감기약을 다시 한 번 훔쳐 먹
고 싶다. 원하면 원망하게 되어 있다.

　나는 지금 숟가락을 찾고 있다. 분명히 내 옆에 있어야 할 숟가락
이 보이지 않는다. 허리는 고사하고 머리를 움직일 수도 없다. 머리는

고사하고 눈동자를 굴리기조차 힘들다. 눈동자를 끝으로 몰아내기까지 꽤 많은 집중력과 힘이 들어간다. 나의 체력은 거의 고갈된 상태다. 바닥이다. 마비 상태다. 모든 것이 멈췄다. 멈춘 채로 나아간다. 내게 남은 것은 낮은 포복으로 정신의 바닥을 기어가는 것뿐이다. 눈동자를 굴려보아도 숟가락이 보이지 않는다. 숟가락으로 밥을 떠먹어본 게 얼마나 오래되었는지 모른다. 밥상머리에서 나의 숟가락을 징그럽게 쳐다보고만 있던 너는 상상조차 할 수 없을 것이다. 밥이 아니라도 좋다. 숟가락을 이빨로 깨물고 싶다. 차갑고 딱딱하고 비릿한 놋쇠의 맛을 느껴보고 싶다. 숟가락을 깨물고 나면 나의 마비된 감각이 되살아날 수 있을 것이다. 나에게 필요한 건 주삿바늘이 아니라 숟가락이다. 누가 그것을 알 수 있단 말이냐. 나의 병명은 숟가락이다. 나의 처방은 숟가락이다. 나에게 숟가락을 가져다 다오. 그럴 일이야 없겠지만 내 숟가락이 누군가의 입속에 들락거리는 것을 생각하면 죽고만 싶다. 이대로 죽어가게 내버려두지 말고 죽고 싶다. 죽이고 싶다. 죽을 각오로 숟가락을 찾아야만 한다.

숟가락이 나의 바지 속에 들어 있을 거라는 기대를 한동안 갖고 있었다. 소변 줄을 통해 오줌이 흘러내려 갈 때 느껴지는 미약한 통증과 함께 숟가락이 나의 오그라든 고환을 때리는 것만 같았다. 정해진 시간에 시계추가 종을 치는 것과 비슷한 원리였다. 왜 그런 상상의 통증을 느껴야 하는지 알 수 없었다. 그것이 유일하게 나를 자극할 수 있는 일이라서 무척 즐거웠다. 하지만 언제 오줌을 싸야 하고 끊어야 하는지 모르는 나는 그 자극을 무조건 기다릴 수밖에 없었다. 기다리기 시작하면 자주 오던 것도 더디게 오다가 아예 발을 끊기 마련이다. 아무것도 기다리지 말아야지, 하고 마음을 먹었을 때는 이미 때가 늦어 있다. 시간이 지날수록 그나마 남아 있던 통증도 오그라들어 자극을 받을 수 없었다. 모든 것을 부정해도 이것만은 부정할 수 없다. 숟가락이 사라졌다.

중국 여인이 오줌통을 비워줄 때만 내가 여전히 오줌을 쌀 수 있는 인간이라는 것을 자각한 뒤 오줌이 가득 찼구나, 하고 머릿속으로 중얼거릴 뿐이다. 머릿속에 오줌이 가득하다. 머릿속 오줌을 숟가락으로 퍼내고 싶다. 중국 여인에게 그 일을 맡길 수 없다. 그 일을 네가 해주었으면 한다. 나의 미친 상상을 좀더 진전시킨다면 숟가락으로 오줌을 떠서 너의 귓속에 넣었으면 한다. 미친 상상이 단결하여 전진한다. 내버려둬라. 그러니까 명쾌해지는 것이 아니냐. 머릿속 오줌은 나의 생각이다. 너도 알고 있다고 말하지 마라. 생각의 염도는 갈수록 진해지고 있다. 언젠가는 수분이 모두 증발하고 소금만 남겠지. 그땐 네가 그것을 먹어주었으면 한다. 너 말고 누가 먹겠느냐. 숟가락을 입에 물고 소금을 천천히 녹이면 단맛이 날 것이다. 체리맛이 날 것이다. 그때쯤 너는 나를 이해할 수 있을 것이다. 그리고 나는 네 곁에서 사라지고 없을 것이다. 네가 내 곁에서 사라졌을 때처럼 말이다. 사람이란 원래 사라졌다 나타나곤 하는 법이다. 한 번쯤은 나타날 법도 한데 너는 좀처럼 나타나지 않았다. 이게 나예요, 라고 너는 말하고 싶을 것이다. 지금 내 앞에 서 있는 것이 너라고 장담할 수 없다. 막상 네가 나타나자 이렇게 쉽게 네가 나타났다는 것이 이해가 되지 않는다. 이해하지 않고 받아들이려고 해도 쉽지가 않다. 내가 보고 있는 너는 너가 아닌 것만 같다. 숟가락으로 한쪽 눈을 가리고 봐도 잘 모를 것이다.

내가 제대로 볼 수 있는 사람은 죽은 사람들뿐이다. 그러니까 시간의 저편으로 완전히 사라진 사람들 말이다. 완전히 사라진 사람만이 다시 나타나게 되어 있다. 이편과 저편을 넘나들 수 있다. 이편과 저편의 경계에는 꿈의 철조망이 쳐져 있다. 철조망은 군데군데 엉켜 있고 녹슬어 있다.

엄마가 꿈에 나오고 아버지가 꿈에 나온다. 한번은 엄마가 수염을 잔뜩 기른 채 이상한 웃음을 짓고 있었고, 아버지가 하체를 벗은 채 앙상한 다리를 배배 꼬며 개 짖는 소리를 내고 있었다. 나는 열심히 숟가락으로 흙바닥의 눈을 퍼먹고 있었다. 눈이 입에 닿기도 전에 녹아버리곤 했다. 멀리서 폭발 소리와 비명이 들렸다. 가까이에서 총성과 울음소리가 들렸다. 바로 앞에서 신체가 훼손된 자들의 신음이 들렸다. 징그러운 꿈이다. 너도 네 나름의 징그러운 꿈을 꾼 적이 있겠지. 징그러운 꿈이 계속되기를 바란다. 꿈속에서만 나는 마비가 풀린 채 공포의 도가니 속을 마음대로 뛰어다닐 수 있다. 징그러움과 놀아날 수 있는 유일한 시간이다.

다시 숟가락 이야기를 하지 않을 수 없다. 듣고 있느냐. 내 머릿속에 출렁이는 것이 비단 오줌뿐만은 아닐 것이다. 네가 내 앞에 없어도 너는 이미 내 머릿속에 들어와 있다. 네가 내 머릿속에서만 존재할 때 더 선명하고 명확하다. 너의 실체는 그렇게 머물러 있었다. 몸을 웅크린 채 쥐 귀를 쫑긋 세우고 있는 것이다. 잘 들어라. 잘 듣지 않으려 해도 잘 듣게 될 것이다.

그렇게 부르고 싶지 않지만 나의 아버지, 그러니까 네가 한 번도 본 적 없는 너의 할아버지는 오쟁이 진 남자였다. 이 말을 거듭 강조하고 싶다. 오쟁이 진 남자였다. 혼잣말을 하면서 웃을 수 있는 몇 가지 어문 중의 으뜸이 바로 이것이다. 오쟁이 진 남자였다. 나의 아버지의 이름은 오쟁이 진 남자였다. 한참 후에야 그 뜻이 정확히 무엇인지 알았지만, 어린 나이에도 어렴풋하게 유추할 수 있었다. 오쟁이 진 남자라는 말보다 아버지를 괴롭힌 말이 있었다. 중공군과 붙어먹은 여편네, 라는 소문이 들끓었다. 아버지와 내가 마을 장터에 간 사이 엄마가 정체 모를 중공군을 하룻밤 재워주었다고 했다. 엄마가 정말 중공군과 붙어먹었는지는 알 길이 없었다. 왜 하필 중공군이 우리 집으로 찾아왔는지도 알 수 없었다. 중공군 군복을 입은 남자가 우리 집으로 들어간 것을 목격한 사람은 없었다. 소문의 근원이 어디에 있는지 아무도 몰랐다. 엄마가 아니라고 부정해도 소문으로 서로를 죽이고 살리던 시절이었다. 엄마가 만주에서 태어나고 자라 중국말을 할 줄 안다는 것이 소문에 힘을 실어주었다. 어릴 적 내 머리맡에서 중국말로 자장가를 불러준 것도 같다. 붉은 별이 떠오르면 망아지는 울타리를 넘는단다. 이렇게 시작했던가. 붉은 초원으로 붉은 초원으로 아가야 기어가려무나. 이렇게 끝났던가. 확실한 것은 아니다. 확실하지 않은 것도 아니다. 중공군이 몰려온다는 흉흉한 소문이 돌았다. 아무 내색도 하지 않던 아버지가 어느 날 밥상머리에서 동치미 국물을 연거푸 떠먹다가 엄마에게 숟가락을 집어 던졌다. 동치미 국물이 엄마의 얼굴에 튀고 이마에 피가 맺혔다. 바닥에 나뒹군 숟가락은 한참 동안 진동했다. 그렇다. 바로 그 숟가락이었다. 아버지만이 쓸 수 있는 놋쇠 숟가락이었다. 무슨 일이 벌어질 것만 같았다. 입에 보리밥을 잔뜩 묻힌 내가 눈치를 보며 기어가 숟가락을 집어 들려고 하자 아버지가 그만두라고 소리쳤다. 엄마가 인중으로 흘러내리는 피를 닦으려 손을 들자 아버지가 역시 그만두라고 소리쳤다. 아버지가 밥상을 두 손으로 잡고 부들부들 떨었다. 당장이라도 밥상을 집어 던질 것만 같았다. 아버지가 밥상을 집어 던지면 그만두라고 소리쳐야지, 하는 생각을 하면서 나는 아버지가 밥상을 집어 던지길 기다렸다. 머리 위로 전투기가 날아가는 소리가 들려왔다.

찌그러진 주전자를 들고 술을 받으러 갔다. 멀리서 폭음이 들려왔다. 시궁창에 군복을 입은 시체가 엎드려 있었다. 중공군이야. 아무 근거 없이 나도 모르게 중얼거렸다. 그때까지 중공군을 본 적이 없었다. 바지가 반쯤 벗겨져 있어 흙탕물로 얼룩진 엉덩이의 윗부분이 보였다. 중공군의 엉덩이는 일본원숭이 엉덩이와 비슷할 거라는 생각을 막연하게 하고 있었다. 중국원숭이가 아닌 일본원숭이였다. 일본원숭이를 본 적은 없지만 꼭 그럴 것만 같았다. 중공군과 일본원숭이의 관계에 대해서 너는 알고 있느냐. 모르는 것은 모른다고 대답할 줄 알아야 한다. 모르는 것을 알려고 할 때 중공군 엉덩이와 일본원숭이 엉덩이가 만난다. 정신을 못 차리겠다. 엉덩이가 벌어지듯 머리가 반으로 쪼개질 것만 같다. 좌뇌와 우뇌를 어떻게 구별해야 할지 모르겠다. 너에게 엉덩이를 노출시키고 싶지 않다. 나의 서혜부를 꼬집어봐라. 그때부터 어쩌면 나는 허무맹랑한 추측과 싸우느라고 일찍 늙어버렸는지도 모르겠다. 내 육체의 마비는 헛된 상상으로 앞당겨졌을 것이다. 도처에 널린 것이 현실을 일그러뜨리고 상상의 단맛을 풍긴다. 지금이나 그때나 나는 상상의 유혹에 약한 인간이다. 시체의 머리가 조금씩 흔들리고 있었다. 자세히 보니 쥐가 시체의 귀를 갉아 먹고 있었다. 자리를 떠나야 한다는 것도 잊은 채 공포에 질려 그 광경을 오랫동안 쳐다보았다. 털썩 주저앉아 마른 풀을 쥐어뜯었다. 손바닥에 상처가 났다. 이상하게도 통증을 더 느끼고 싶어 손아귀에 힘을 주었다. 쥐가 귀의 반 정도를 갉아 먹었을 때에야 나는 자리를 털고 일어났다. 무릎에서 뼈가 어긋나는 소리가 났다. 이 사이로 침을 뱉었다. 침 속에서 구더기가 들끓었다. 군복의 계급장을 확인하지 못한 것을 후회했다. 돌아올 때는 주전자 가득한 술이 넘칠 정도로 빠른 걸음이었다.

머릿속에서 물이 출렁거린다. 호흡이 가쁘다. 이야기를 이어서 전달하는 것이 힘에 부친다. 생각도 점점 마비가 되어가나 보다. 군데군데 균열이 일어나고 그 사이로 오줌이 스며든다. 머릿속이 습하다. 소금에 절여지고 있다. 소금에 절여진 머리를 땅속 깊이 묻어두어야 한다. 잘 익어가고 있을까. 잘 익어가고 있겠지. 생각하게 될 것이다. 가끔씩 꺼내 머리에 핀 곰팡이를 걷어내고 손가락으로 찔러 맛을 봐야 한다. 인간의 정신 구조를 연구하지 못한 것이 후회스럽다. 그럴 기회가 없었지만 그럴 기회가 있었어도 그러지 못했을 것이다. 오로지 육체를 굴리는 삶이 전부라고 생각했다. 이제야 알게 되었다. 정신을 연구하는 것이 육체의 한계를 극복할 수 있는 유일한 길이라는 것을. 육체의 한계가 무엇인지 모르고 살아왔다. 정신을 연구하다 미쳐버린 인간이 주변에 없는 것도 내 인생이 실패라는 것을 증명하는 것이다. 그렇다고 제정신을 갖고 사는 인간이 주변에 있던 것도 아니다. 정신의 능선을 우회하여 기억의 협곡으로 들어갈 수밖에 없다. 나의 연구는 미진하고 초보적이다. 죽음 앞에서 새로 시작되는 것도 있는 것이다. 죽음과 함께 실패할 것이다.

기억의 나사를 뒤로 돌리는 것은 쉽지 않은 일이다. 나사를 돌릴 때마다 나선형 시간의 골이 마모되기 때문이다. 단추도 자꾸 채우다 보면 옷구멍이 헐거워지게 되는 것과 같은 원리다. 시간의 껍질이 떨어져 나간다. 이런 소리를 한다고 놀라지 마라. 표현이 생각을 앞서가고 있다. 배운 적도 없는 단어들이 개구리들처럼 머릿속을 뛰어다닌다. 마비된 육체가 정신의 더듬이를 날카롭게 만들고 있다. 놀라지도 않겠지. 더 이상 놀라운 일은 없다. 내가 너에게 못할 말이 무엇이 있겠느냐. 오로지 나에게 못할 말이 두려울 뿐이다. 그렇다고 뒤로 물러서지 마라.

놀라는 척이라도 해야 되지 않겠느냐. 너도 웃을 줄 알고 눈물을 흘릴 줄을 아느냐. 뒤로 걸을 때는 숫자를 세면서 걸어라. 머릿속 나사가 풀어지고 있다. 일자드라이버는 소용없다. 십자드라이버도 소용없다. 오로지 숟가락으로만 조일 수 있다. 숟가락으로 밥만 떠먹는다는 것은 오류다. 착각이다. 집착이다. 난센스다. 난수표다. 애초에 내 머릿속에는 나사가 하나 빠져 있는지도 모르겠다.

집에 도착했을 때 방 안에서 소리가 들려왔다. 무슨 일이 벌어지고 있었다. 둘은 내가 온지도 모르는 것 같았다. 살짝 열린 문틈으로 방 안을 들여다보았다. 아버지가 엄마 위에 누워 몸을 위아래로 움직이고 있었다. 아버지의 아랫도리가 반쯤 내려가 있었다. 엉덩이의 윗부분이 들썩거렸다. 아버지가 엄마에게 단추를 채우고 있던 것이다. 아니 그 반대인지도 모르겠다. 몇 번째 단추인지 몰랐다. 언제나 단추가 문제다. 단추 때문에 전쟁이 일어나고 단추 때문에 평화가 찾아온다. 그리고 다시 전쟁이 시작된다. 집 안이 소규모 단추 전쟁으로 들썩거렸다. 붕괴 직전이었다. 주전자 안의 술이 출렁거렸다. 아버지의 엉덩이에 군복 단추 크기의 까만 점이 나 있는 것을 처음 보았다. 점이 점점 커졌다가 작아졌다를 반복했다. 아버지의 목소리가 들렸다. 중공군. 중공군. 중공군이란 말이지. 숨소리와 함께 엄마의 목소리가 들렸다. 중공군이 아니야아. 아니야아요. 다시 아버지의 목소리가 들려왔다. 중공군. 중공군. 중공군 에미나이. 다시 엄마의 목소리가 들려왔다. 중공군이 아니었어야. 아니었어야아. 아버지가 끙, 소리를 내자 엄마가 말했다. 아무것도 아니었어야. 엄마의 왼쪽 버선이 벗겨져 있었다. 중국 여자의 발처럼 작고 도톰했다. 발바닥이 새까맸다. 숟가락으로 때를 긁어내고만 싶었다. 중공군 소리는 엉덩이의 들썩거림과 함께 한참 동안 계속되었다.

나도 모르게 주전자의 술을 손가락으로 조금씩 찍어 먹고 있었다. 달이 중국 만두처럼 둥글납작했다. 쥐는 시체의 귀를 다 갉아 먹었을까. 문득 궁금해졌다. 붉게 달아올라 있는 귀불알을 만지작거리며 저들이 나를 버리기 전에 내가 저들을 버려야겠다고 생각했다. 생각뿐이었다. 집을 떠나 중공군이 되어야겠다고 결심했다. 결심뿐이었다. 집을 떠나 일본원숭이가 되어 집에 돌아올 것이라는 예감에 휩싸였다. 다음 날 눈이 내리기 시작했다. 눈은 좀처럼 그치지 않았다. 눈을 밟으면 무릎뼈가 어긋나는 소리가 났다. 발자국 위에 발자국을 만들었다. 처마 밑에 달린 고드름을 떼어내 쪽쪽 빨아 먹으면 들큼한 술맛이 떠올랐다.

너는 모를 것이다. 잠이 오지 않은 밤이면 숟가락으로 술을 떠먹곤 했다는 것을. 한동안 골담초 뿌리로 담근 술을 숟가락으로 떠먹었다. 어디어디에 좋다고 너의 엄마가 담가놓은 비릿하고 쓰기만 한 술 같지도 않은 술을 떠먹었다. 어디어디가 아프지도 않는데 너의 엄마는 어디어디에 분명 좋다고 하루에 한 숟가락씩 떠먹으라고 했다. 어디어디에 효능이 있었는지는 모르겠다. 아마도 그 술은 나의 육체를 서서히 마비시키는 데 효과를 주었을 것이다. 네가 떠나고 반 실성한 상태로 남은 생을 지낸 너의 엄마가 죽자 나는 자주 잠이 오지 않았다. 한동안 그 술을 잊고 있었다. 창고에서 먼지에 뒤덮인 술을 찾아냈다. 골담초 뿌리가 뭉개져 가라앉아 있었다. 뚜껑을 열자 쉰내가 확 풍겼다. 숟가락으로 몇 숟가락 떠먹고 먹은 만큼 소주를 부어두었다. 항상 같은 양의 술이 차 있었다. 먹을 때마다 맛이 조금씩 달라졌다. 혀가 서서히 굳어갔다. 밥보다 술을 퍼먹는 데 숟가락을 자주 사용했다. 골담초 뿌리 술을 뜬 숟가락을 물고 있으면 서서히 간과 위와 쓸개가 녹아내리는 것 같았다. 체온이 올랐다. 체온이 떨어졌다. 붉게 달아오른 귀불알을 만지다 싫증나면 바지 속 단추를 만지작거리다가 간신히 잠이 들곤 했다.

비릿한 이야기다. 너의 엄마만 등장하면 이야기가 징그럽거나 비릿해진다. 너의 엄마 이야기를 하려던 게 아니다. 나의 엄마 이야기를 하려고 했다. 나의 엄마 이야기 속으로 너의 엄마가 자꾸 끼어든다. 어쩌면 좋으냐. 너의 엄마와 나의 엄마는 만난 적이 없다. 애야, 내가 아는 중국 자장가를 불러줄까. 나의 엄마는 너의 엄마에게 그렇게 말하지 못했다. 어머니, 중공군과 만리장성을 쌓은 게 사실이에요. 너의 엄마는 나의 엄마에게 그렇게 묻지 못했다.

만약 가능하다면 네가 골담초 뿌리 술을 찾아서 먹도록 해라. 골담초 뿌리의 효과는 이제 사라지고 오로지 소주의 맛만 남아 있는 술을 숟가락으로 떠먹도록 해라. 먹고 나선 먹은 만큼 소주를 다시 부어두어라. 역시 그 전에 숟가락을 찾아야 할 것이다. 숟가락 이야기를 지속해야 한다. 숟가락으로 계속 기억을 퍼내도 자꾸만 기억이 채워진다. 기억의 농도가 점점 진해지고 있다. 맛과 향이 휘발될 때까지 퍼내고 채워야 한다.

머리 위로 전투기가 날아다니고 산을 넘어 중공군이 몰려오고 있었다. 소문이 사실이었다. 서둘러 짐을 챙겨 밖으로 나왔다. 술 주전자가 마당에 굴러다니고 있었다. 아버지가 이불 보따리를 등에 지고 손에 보퉁이를 들었다. 엄마가 머리에 짐을 이었다. 눈보라 속으로 피난 행렬이 이어지고 있었다. 나는 입가로 흘러내리는 콧물을 찔끔찔끔 삼키며 걸었다. 짠 콧물에 목이 마르면 입을 벌려 눈송이를 받아먹었다. 아버지가 어서 가라고 머리통을 후려쳤다. 얼마를 걷다 아버지가 걸음을 멈추고 소리쳤다. 숟가락. 숟가락을 놓고 왔다. 숟가락을 놓고 오다니. 아버지는 똥이 마려운 개처럼 안절부절못했다. 엄마가 그깟 숟가락, 이라고 말하자 아버지가 고함을 질렀다. 자네는 그게 어떤 숟가락인지 모르는가. 어서 가져오라. 엄마가 두말하면 잔소리라는 듯한 표정을 지으며 보따리를 내려놓고 집 쪽으로 뒤뚱거리며 걸어가기 시작했다. 어서 뛰어. 망아지보다 못한 여편네. 아버지가 혀를 차면서 나에게 시선을 돌렸다. 내가 너에게 숟가락 이야기를 했었느냐. 나는 고개를 저었다. 아버지는 이불 짐을 내려놓았다.

너의 할아버지의 할아버지가 평생 남의 집 머슴을 하면서 얻은 유일한 것이다. 알고 있느냐. 모르고 있었다면 이제부터 알거라. 숟가락이 우리의 전부다. 피보다 진한 숟가락이다. 숟가락을 지키기 위해 아버지들이 어떤 노력과 굴욕을 견뎠는지 너는 상상도 하지 못할 것이다. 너의 할아버지는 바지 속에 숟가락을 숨기고 만주 벌판을 넘어간 적도 있다. 마누라는 빌려줘도 숟가락은 남에게 빌려주지 말라는 게 너의 할아버지가 죽기 전 나에게 남긴 말이다. 너의 엄마는 들어도 이해하지 못한다.

나 역시 아버지의 말을 이해하지 못했다. 다만 왜 그토록 중요한 숟가락을 찾으러 엄마를 보냈는가에 화가 나 있었다. 여전히 나는 아버지의 태도를 이해하지 못한다. 이해하기 전에 받아들여야 하는 일이 있는 법이다, 라고 나는 너에게 말했다. 기억하느냐. 네가 나라면 이해할 수 있었을까. 이해하기 전에 받아들일 수 있었을까. 이게 정말 숟가락 이야기일까. 숟가락에 눌어붙어 있는 이야기를 어떻게 떼어내야겠느냐.

다시 엄마를 볼 수 없었다. 미국 전투기의 무차별 폭격이 시작됐다. 나는 이불 보따리에 깔린 채 눈을 감았다. 폭음과 연기가 가라앉자 아버지가 집 쪽으로 달려갔다가 홀로 다시 돌아왔다. 작은 보퉁이만 챙겨 들고 앞장섰다. 내가 입을 열 때마다 어서 가라고 소리만 질렀다. 거대한 군함 앞에 사람들이 몰려 있었다. 얼어 죽은 시체가 군데군데 널려 있었다. 시체의 옷을 벗겨 걸쳐 입는 사람들과 다리를 모아 시체 건너뛰기 놀이를 하는 아이들도 보였다. 며칠을 기다려 배에 탈 수 있게 되었다. 아버지가 필사적으로 나를 갑판 위로 끌어 올렸다. 줄에 매달린 사람들이 곡예하듯 기어 올라오다 바다로 떨어졌다. 남편이 공산당이라고 비난받은 여자가 자신의 갓난아이를 끌어안고 바다로 투신했다. 바다가 깨지는 소리가 들려왔다. 어둡고 좁은 지하 선실에 갇혀 있을 때 흥남부두가 폭발하는 거대한 소리가 들려왔다. 바지에 그대로 오줌을 쌌고 오줌이 마르길 기다렸다가 바지가 마르면 다시 오줌을 쌌다. 동상에 걸린 발가락이 가려워 잠을 이루기 힘들었다. 할 수만 있다면 발가락을 잘라내고 싶었다. 귓속에서 사람의 귀를 갉아 먹는 쥐 소리가 쉬지 않고 들려왔다. 그때 나는 미군들이 말하는 메리 크리스마스가 무슨 뜻인지도 몰랐다. 거제도에 도착해 어느 집 헛간에 누워 있을 때 아버지가 보퉁이를 풀어 숟가락을 꺼냈다. 입김을 불어 옷으로 닦았다. 숟가락에 얼굴을 비춰봤다. 아버지의 눈빛이 잠시 흔들리다가 말했다. 네 어미는 머리가 빠개지고 허리가 끊어졌어. 잠들기 전 아버지가 말했다. 머리가 빠개지고 허리가 끊어졌어. 아버지가 불러준 유일한 자장가였다. 손바닥에 생긴 상처의 딱지를 떼어내자 피가 맺혔다. 잠이 들 때까지 혀로 손바닥을 핥았다.

죽기 전 아버지는 병상에 누워 나에게 숟가락을 쥐여주며 중얼거렸다. 숟가락을 지켜라. 야. 머리가 빠개지고 허리가 끊어질 것 같다. 야아.

너는 이 이야기가 무엇을 말하고 있는지 알겠느냐. 이런 이야기가 너의 흥미를 자극시킨다는 것을 잘 알고 있다. 지금 네 얼굴을 봐라. 틀렸다. 이야기에 속아 넘어가지 마라. 내가 하고 싶은 이야기는 이게 아니다. 그럼 무슨 이야기를 하려고 했느냐고. 너는 물어야 한다. 그건 네가 알아서 찾아라. 숟가락을 쥐여주었으니 이제 스스로 떠먹어라. 이야기에서 교훈을 찾으려 들지 마라. 부정하려고 해도 부정할 수 없는 이야기가 있다. 이것이 온전한 나의 기억인지 장담할 수 없다. 나의 아버지에게서 주입된 기억과 기억의 구멍 사이에 걸쳐 있는 머리도 없고 허리도 없는 이야기인지 모르겠다. 숟가락에 물려 있는 이야기. 내가 말하지 않는 이야기가 무엇인지 생각해봐라. 이야기의 머리와 허리를 찾아봐라. 숟가락에 너의 얼굴을 비춰봐라. 이야기의 교훈은 바로 거기에 있다. 나는 너에게 이야기로만 존재한다. 그러니 너는 믿지 않아도 좋다. 믿지 않아도 믿을 수밖에 없는 이야기가 있다.

너는 나를 보고 있느냐. 너의 이름을 불러봐도 되겠느냐. 너의 이름을 부르기까지 너무나 오랜 시간이 걸렸다. 너의 이름이 스미스라고 했냐. 스미스. 스미스. 무슨 미제 숟가락 이름 같구나. 내가 스미스라고 부르면 너는 뭐라고 대답하겠느냐. 내가 영복이라고 부르면 너는 또 뭐라고 대답하겠느냐. 스미스야. 영복아. 너는 영복이의 머리를 갖고 태어나 스미스의 허리를 갖게 되었구나. 내가 이야기했느냐. 영복이는 너의 할머니의 이름을 거꾸로 해서 만든 것이라고. 너의 엄마가 촌스럽다고 만류해도 내가 고집을 부려 이름을 지었다는 것을. 복영이. 주복영. 영복이. 임영복. 림영복. 영복아. 대답하지 마라. 스미스야. 소 잃고 외양간 고치는 꼴이 되었다. 외양간은 허물어진 지 오래다. 모든 게 무주공산이로다. 너는 나의 조크를 알아듣느냐. 알아들을 수 없겠지. 알아들을 수 없을 거야.

스미스야. 스미스 씨. 대답해라. 오줌통이 꽉 찼을 것이다. 이제 오줌통과 나는 하나다. 오줌통은 내 몸의 일부다. 정신과 육체를 이어주는 기관이다. 그것을 느낄 수 있다. 중국 여인을 불러다오. 중국 여인의 이름이 무엇인지 알 수 없다. 어째서 중국 여인이 내 간병을 맡고 있는지도 모르겠다. 또 어딘가에서 웃옷 단추를 푼 채 가슴골을 긁적이며 잠에 빠져 있을 것이다. 한 번도 본 적이 없지만 중국 여인이 꼭 그러고만 있을 것 같구나. 머리나 잘 빗으면 얼마나 좋겠느냐. 식초 물에 발을 담구지 않으면 얼마나 좋겠느냐. 오줌통을 비울 때 오줌이 튀지 않게 조심하면 얼마나 좋겠느냐. 내가 멀쩡히 눈을 뜨고 있는데도 옆에서 옷을 홀러덩 벗어 갈아입곤 한다. 축 처진 살과 겨드랑이 털을 자랑삼아 보이려고 팔을 번쩍번쩍 들어 올린다. 다른 뜻이 있는 건 아니다. 그러거나 말거나 중국 여인에게 내복을 사주고 싶다. 중국 여인에게 속옷을 사주고 싶다. 하얀 속옷과 빳빳한 내복을 입고 한국 드라마를 보며 웃는 중국 여인의 얼굴을 보고 싶다. 중국 여인이 나의 발가락을 깨물어주었으면 한다. 다른 뜻이 있어서 그런 건 아니다. 나의 죽음은 중국 여인에게 저당 잡혀 있다. 나의 간병을 맡고 얼마 되지 않은 날 중국 여인이 숟가락으로 나의 발바닥을 때리기 시작했다. 그 숟가락이 나의 숟가락이었으면 얼마나 좋았을까 생각했지만 거기까지 바랄 수는 없었다. 처음엔 장난으로 그런 줄 알았다. 하지만 발바닥 치기는 주기적으로 계속됐다. 옥수수를 갉아 먹으며 다른 손으로 숟가락을 잡고 발바닥을 때렸다. 어딘가로 전화를 걸어 중국말로 통화를 하면서 발바닥을 때렸다. 간호사가 다가와 왜 그러냐고 물었다. 중국 여인은 배시시 웃으며 발바닥 치기만 계속했다. 무슨 일이에요. 간호사가 다시 물었다. 중국 여인은 서툰 한국말로 설명했다.

멧돼지를 잡다가 뒷발에 채여 바닥에 머리를 박고 쓰러진 남자가 있었다. 뇌사 상태에 빠진 남자를 위해 아내는 온갖 약재를 달여 먹였지만 소용없었다. 어느 날 아내는 남자가 발가락을 입으로 물어주는 것을 좋아했던 것을 기억하곤 그날부터 남자의 발가락을 깨물기 시작했다. 매일 밤 발을 깨끗이 씻긴 다음 오른쪽 엄지발가락부터 천천히 깨물었다. 입에 침이 고이면 침을 삼키고 다시 발가락을 깨물었다. 그렇게 일 년이 지나자 거짓말처럼 남자가 깨어났다. 이후 남자는 서서히 기력을 회복해 정상으로 돌아왔다. 발가락의 모양이 달라져 걸음걸이가 이상해지고 돼지고기를 먹지 않는 것을 제외하면 이전과 다를 바 없는 삶을 살게 되었다. 나이가 들어 마을 촌장까지 하다 죽었다.

중국 여인은 그 남자가 자신의 할아버지라고 말했다. 이야기를 다 들은 간호사가 웃으며 대꾸했다. 그럼 발가락을 깨물어야지. 그걸로 되겠어요. 중국 여인이 손사래를 치며 말했다. 어디, 내 남자도 아닌데 어찌 깨물겠소. 요 입만 더럽다. 간호사가 병실을 나가며 혼잣말처럼 중얼거렸다. 욕보세요. 숟가락만 아프지.

중국 여인이 나의 발가락을 깨물어주었다면 나의 마비가 풀렸을지 모르겠다. 내게 남은 마지막 육체의 가능성이다. 나의 발가락은 언제나 노출되어 있다. 지금이 겨울인지 여름인지 모르겠다. 그해 겨울 동상이 심해져 발가락을 잘라야 했다면 발가락 대신 무엇을 깨물어야 할까. 중국 여인이 내 발가락만 깨물어준다면 내가 가진 모든 것을 주겠다. 오줌통을 주겠다. 중국 여인은 내 마음을 읽지 못한다. 병원 생활에 적응한 중국 여인은 점점 요령을 피우기 시작했다. 누군들 안 그러겠느냐. 남한테 기대 사는 것은 참으로 저렴한 짓이다. 누군들 남한테 기대지 않고 살아갈 수 있겠느냐. 지금 내 삶은 저렴의 극치다. 중국 여인이 숟가락으로 발바닥을 치던 것도 서서히 줄어들었다. 발바닥 치기를 장난으로 치부했다. 숟가락으로 발바닥을 치며 장단에 맞춰 한국 노래를 흥얼거리기까지 했다. 나의 엄마가 불러주던 중국 자장가와는 전혀 딴판인 노래였다. 인민은 죽고 연민만 남았다.

중국 여인과 너는 서툰 한국말로 인사를 나누었다. 너는 중국 여인에게 고맙다는 말을 했고, 중국 여인은 저렴하게 웃으며 네가 나와 별로 안 닮았다고 말했다. 너는 긍정도 부정도 아닌 표정을 지었다. 입술 끝이 살짝 오른쪽으로 올라갔다. 그런 표정을 지을 때 나의 아버지와 닮은 것도 같다. 누가 나의 발가락을 깨물어준다는 말이냐. 영복아. 아니 스미스야. 스미스 씨. 야. 스미스 이놈아. 야아. 미국 사람이 된 너는 미국 여인의 발가락을 깨물어보았느냐. 미국 여인이 너의 발가락을 깨문 적이 있느냐. 남자의 몸이 마비되면 미국 여인은 어디를 깨물어주냐. 왼쪽 발가락은 중국 여인이 물고 있고 오른쪽 발가락은 미국 여인이 물고 있다. 물려 있다. 물고 늘어지고 있다. 머리 없고 허리 없는 삶은 중국과 미국 사이에서 왔다 갔다 하다 종을 칠 것 같다.

숟가락이 나의 고환을 때린다. 미국 사람은 숟가락을 스푼이라고 부른다. 나도 그 정도는 알고 있다. 병원 텔레비전에서 서양 놀이인 스푼레이스를 본 적도 있다. 스푼 위에 공을 올려놓고 달리는 경주다. 별시답잖은 경주에 사람들이 재밌어 하더라. 싱거운 놈들이다. 키가 장대같이 커버린 너도 싱거워 보인다. 얼마나 싱거운 삶을 살면 그렇게 클수가 있느냐. 스미스 씨는 싱거운 사람입니다. 이 문장을 영어로 바꾸면 어떻게 되느냐. 스미스 씨의 본명은 림영복입니다. 이것도 해봐라. 그만둬라. 스푼 위의 공처럼 너와 나 사이는 아슬아슬하다. 한때 우리는 공놀이를 했다. 우리라는 말에 속지 마라. 이제 우리 이야기를 할 때가 왔느냐. 나는 모르겠다. 네가 좀 말해다오. 결정을 내려다오. 가능하다면 우리 이야기를 끝까지 미뤄두고 싶다. 아니 끝이 나도 이야기가 시작되지 않았으면 한다. 가능하겠느냐. 불가능을 가능으로 만드는 것보다 가능을 불가능으로 만드는 것이 어렵다는 것을 너는 아느냐. 나의 머리를 흔들어봐라. 머릿속에서 공이 굴러다닌다.

초여름이었다. 어스름한 저녁 효창공원에서 너와 나는 공놀이를 하고 있었다. 그만 집으로 가자고 해도 너는 고집을 피웠다. 너의 엄마는 오랜만에 만난 고교 동창과 국제극장으로 영화 구경을 갔다. 나는 그렇게 믿는 척했다. 그 시간 너의 엄마는 다른 남자를 만나고 있었다. 국제극장 근처에는 가지도 않았을 것이다. 사보이호텔에서 서둘러 단추를 채우고 있었을 것이다. 너에게 던진 공이 나에게 다시 돌아올 때마다 나는 너의 엄마의 머리통이 굴러오는 착각에 빠졌다. 붉은 입술로 나를 조롱하고 있었다. 참을 수 없던 나는 공을 들어 멀리 던져버렸다. 너는 새로운 놀이가 시작된 줄 알고 뒤뚱거리며 공을 쫓아 달려갔다. 무슨 생각에서였는지 나는 공원 화장실 뒤에 숨었다. 운동화 끈이 풀려 있었다. 묶으려다 그만두었다. 한참 동안 서 있다가 나와 보니 네가 보이지 않았다. 공을 던진 곳으로 뛰어갔지만 너는 사라지고 없었다. 공도 보이지 않았다. 스미스야. 영복이란 이름을 그렇게 애타게 불러본 적은 그때가 처음이자 마지막이었다.

밤늦게 집으로 돌아온 너의 엄마에게서 술 냄새가 풍겼다. 손에 들고 있는 영양센타 봉투에 통닭 기름이 스며 있었다. 오른손잡이인 나는 너의 엄마의 왼쪽 뺨을 후려칠 수밖에 없었다. 스미스야. 너는 미국에서 네가 좋아하는 통닭을 마음껏 먹었겠지. 미국 닭들이 어떻게 우는지 너는 아느냐. 너는 어떻게 미아가 되었다가 미국으로 입양되어 스미스가의 사람이 되었느냐. 이제 네가 말할 차례다. 아니 말하지 말아라.

내가 사라지면 말해라. 네 삶은 한 줄로 요약될 수 있느냐. 이제 내가 떠날 차례다. 전국의 고아원을 뒤져도 너를 찾을 수 없었다. 우유곽에 새겨진 너는 쥐 귀를 갖고 있었다. 사람들이 우유곽을 접을 때 너의 얼굴도 반으로 접혔다. 내가 밥을 먹다가 숟가락을 집어 던져도 너의 엄마는 모른 척 치맛자락만 움켜쥐고 코를 훔쳤다. 너의 엄마는 더 이상 통닭의 날개를 먹지 않았다. 닭 모가지를 통째로 씹어 먹으며 울었다.

스미스야. 너는 어째서 나를 찾아왔느냐. 나도 잘 알고 있다. 너는 나를 찾아온 게 아니다. 너의 엄마를 찾아왔다. 다시 한 번 너의 엄마가 너의 귀를 만져주기를 바랐을 것이다. 그런 감각은 쉽게 사라지지 않는다. 유감스러운 일이다. 내가 너의 귀를 만져줄 수는 없지 않느냐. 팔을 들 수 있다고 해도 만져주지 않을 테다. 왜 그러느냐. 지금 네가 만지고 있는 것이 나의 귀가 맞느냐. 민망하다. 징그럽다. 손을 치워라. 어째서 너는 나의 귀를 만지작거리고 있느냐. 네 뒤에 서서 사진을 찍고 있는 사람은 누구냐. 너도 웃을 줄 알고 눈물을 흘릴 줄을 아느냐. 웃는 연기와 우는 연기를 할 줄 아느냐. 이런 게 미국식이냐.

성공한 엔지니어인 너는 수소문 끝에 고국의 아버지를 찾아왔다. 사람들은 너의 사연에 감동을 받았다. 심지어 중국 여인도 감동을 받았다. 감동은 자극을 낳고 자극은 자극을 낳는다. 자극의 끝에는 공허뿐이다. 너는 무엇을 분해하고 조립하고 연구하느냐. 분해하고 조립할 때는 어떤 도구를 쓰느냐. 연구의 끝에는 무엇이 있느냐. 네가 정신의 엔지니어라면 나를 찾아오지 않았을 것이다. 찾았어도 못 찾은 척했을 것이다. 너는 나를 찾았지만 아직 제대로 찾은 것은 아니다. 너는 영영 나를 찾지 못할 것이다. 나를 찾지 말고 숟가락을 찾아라. 그때 온전히 나를 찾게 될 것이다. 숟가락을 찾게 되면 고물상 최 씨에게나 줘버려라.

아니 황 씨였는지도 모르겠다. 림 씨는 아닐 것이다. 귀불알이 뜨겁다. 징그럽다. 이래서는 안 된다. 이래서는 안 된다. 이래서는 안 돼. 정신을 차려라.

창문을 열어봐라. 지금이 여름이냐 겨울이냐. 여름이면 겨울 생각을 하고 겨울이면 여름 생각을 했다. 머리로는 허리 아래 생각만 했다. 이제 그만 숟가락을 내려놔야겠다. 생각 따위를 하지 말아야 한다. 생각하지 말아야지, 하는 생각이 마지막 생각이다. 마지막에서 두번째라고 해두자. 저럼해도 할 수 없다. 눈을 밟으면 무릎뼈가 어긋나는 소리가 난다. 눈을 감고 싶다. 잠이 오지 않는다. 나에게 미국 자장가를 불러다오. 체리맛 감기약처럼 달콤하겠지. 오늘이 몇 월 며칠이냐. 더 이상 그런 것은 중요하지 않다. 그러니 미리 말해두겠다. 영복아. 스미스야. 메리 크리스마스다. 이제 그만 손을 치워라.

〔『포주 이야기』, 문학과지성사, 2012〕

## 선 정 의   말

—


감춰진 가족 서사를 통해 은밀한 욕망의 축도(縮圖)를 때론 우스꽝스럽게, 때론 섬뜩할 만치 무섭게 해부하는 김태용 소설의 특장은 「머리 없이 허리 없이」에서도 단연 돋보인다. 말의 상징성을 극단으로 밀어붙여 언어와 언어가 충돌하는 효과를 전쟁 현장 그 자체로 구현함으로써 '서사 없는 전쟁서사'를 의도했던 전작과 달리, 한국전쟁이라는 역사적 사건이 아버지를 만나고자 고국을 찾은 입양아 '스미스—영복'의 가족 서사와 이중으로 겹쳐짐으로 인해, 파손된 가족 관계와 전쟁의 폭력성은 비극과 희극을 오가면서 이야기의 살을 덧입고 있다. 그런데 주목할 것은 한국전쟁이라는 어쩌면 상투적일 수 있는 이러한 서사의 도입이 아니다. 전쟁이라는 사태가 하나의 개별적 삶에 어떤 파장을 몰고 오는가를 드러내지 않는다면, 그 또한 또 다른 역사적 추상에 불과하다. 인간의 인간에 대한 끔찍한 대규모의 지옥이 전쟁이라 할 때, 그것은 말로 표현할 수 없는 악일 터이지만, 그러한 가공할 악의 난무가 각각의 개별자에게는 지극히 사소하고, 어처구니없는 해프닝의 형태로 닥칠 수도 있다. 인생이란 것이 본래 그렇게 말도 안 되는 난장(亂場)의 연속 아닌가? 외부적 세계의 동일성이 개인적 삶에 언제나 필연적으로 동등하게 개입하는 것은 아니다. 그런 점에서 전쟁이라는 추상적 관념의 무게를 노골적일 만큼 얄팍하고 저열하게 만드는 것은 이 소설이 취하는 전쟁에 대한 가장 신랄한 비판이자 공격이라 할 수 있다. 가늠할 수 없는 부정적인 것을 경박하고 자질구레하게 만드는 방식으로 말이다. 이는 자식을 제 손으로 버리는 패륜적인 아버지나 아이가 그렇게 미아가 되어 헤매고 있을 때 다른 남자와의 정사에 정신이 팔린 어머니의 경우에도 예외는 아니다. 가족 간의 비윤리성과 파탄, 파멸은 김태용의 다른 소설들에서도 그렇듯, 일상의 하찮은 사건들과 질적으로 동일하다. 게다가 식물인간 상태임이 분명한 '스미스—영복'의 친부(親父), 지적 우월성과 고매한 자기 성찰과는 전혀 무관한, 아니 오히려 무지하고 비열하고 이기적인 몽매한 아버지가 짐짓 이지적인 목소리로 내면적 독백을 구술하는 데서 발생하는 부조화와 아이러니는 개인사의 여러 국면을 사건의 경중과 심각성을 따질 것 없이 동질적으로 만든다. 그러니까 중국 여인이 숟가락으로 발바닥을 치는 것이나, 첫 단추를 잘 끼우는 것이나, 어머니가 폭격에 맞아 죽은 것이나, 하나뿐인 아들을 잃은 것이나 모두 비속하게 같다. 김태용의 소설은 이러한 비속함의 지속적인 병렬이 인간의 실제 삶이라는 점을 결국 동의하게끔 만든다. 불쾌하든 그렇지 않든, 그러한 수긍은 개인의 불행과 불우가 의미화의 가능성을 얻기도 전에 이 세계에서 어떻게 값없는 것으로 전락하는가를 역으로 환기시킨다. 이것이 그의 소설이 우리를 늘 불편하게 만드는 진실의 정체이다. _강계숙(문학평론가)

서 희 원 · 김 태 용

# 인터뷰

    **서희원**_어렵다는 것, 혹은 읽기 힘들다는 것이 김태용 작가의 소설을 읽는 보통의 독자들이 많이 보이는 반응 같아요. 그런데 사실 꼭 그렇지만은 않다고 생각하거든요. 이런 오차, 혹은 시차가 만들어진다면 어떠한 부분 때문이라고 생각하시는지, 그리고 그러한 시차가 만들어졌다는 걸 분명히 알고 있을 작가 자신이 이러한 스타일을 고수하고 있는 거라면 어떠한 이유 때문인지요.

    **김태용**_독자들이 제 소설을 받아들일 때 기존의 소설과 똑같은 독법으로 접근하니까 그런 것 같습니다. 어떤 사유가 있다면, 그 사유의 의미가 무엇일까, 우리가 사고하고 생각하는 것, 소설에 쓸 수도 있는 사상 자체를 제시하는데, 그걸 자꾸 현실에 빗대어 의미를 찾으려고 하면 소설이 자꾸 조각조각날 뿐 오히려 아귀가 맞지 않을 거라고 생각해요. 그런 면에서 난해하다, 어렵다, 혹은 재미없다는 반응이 나올 수 있겠지요. 저는 현실과의 교감보다는 문학 자체의 유희, 문학적인 사유, 소설적인 사유란 무엇일까에 대해 고민을 많이 합니다. 그건 의미화되기 이전의 문제일 수도 있어요. 이를테면 저는 말장난도 많이 하는데, 어떤 것이 떠오르면 말장난을 계속 해야 하겠다,

김태용

그게 하나로 뭉치면 이상한 괴물 같은 사유 혹은 사건이 될 수도 있겠다는 생각에서 계속 밀고나가요. 모르겠어요. 독자들에게 어떤 식으로 설명을 해야 할지. 독자들에게 더 다가가기 위해 스토리를 탄탄하게 한다든가 하는 방법도 있겠지만 저는 사실 이런 스타일이 더 재미있어요. 그리고 문학을 하는 방식에는 여러 가지가 있겠는데, 하나의 방식을 고수하는 게 저에게도 좋고, 제게 독자라는 게 있다면 그분들도 같이 즐길 수 있지 않을까 해요.

**서희원**_「머리 없이 허리 없이」를 읽으며 이 작중 화자가 사실은 작가 김태용이 아닐까 하는 느낌이 들었어요. 화자를 김태용으로 읽는 독법이 적절한지, 작가에게 한번 물어보고 싶었습니다.

**김태용**_소설을 쓰는 자, 그러니까 기록하는 자와 내가 만들려고 하는 인물의 소설 속 허구적인 리얼리티 이 둘은 거리를 두어야 하잖아요. 작가는 뒤로 빠지고 인물은 자유롭게 뛰어놀게 해야 하는데 저는 어느 순간부터

그게 재미가 없더라구요. 그래서 그 고민을 버릴 수가 없는 것 같아요. 글 쓰고 있는 자신과 인물 이 두 가지를 다 끌고 가려는 욕심을 부리는 것 같은데, 소설 쓰는 자의식에 대한 이야기이자 소설 안의 이야기라는 것이죠. 이야기라는 그 말을 위해서 제가 소설을 쓰고 있는 것은 아닌가 하는 생각을 합니다. 읽기만 하는 자가 아니라 어느 순간부터 읽고 쓰는 사람이기 때문에 저나 저와 비슷한 환경 속 친구들에게 정말 좋은 소설은 읽고 나서 질문을 하고, 답을 줄 수도 있고 안 줄 수도 있고, 문제제기를 할 수 있는 소설이라고 생각하는데, 제가 아직 내공이 부족할 수도 있을 것 같아요. 명확하게, 하나의 소설이라는 트릭을 주고 그걸 다 읽고 났지만 사실 이것은 소설에 대한 큰 질문을 던지고 있다는 걸 주고 싶은데 지금은 그 싸움을 하고 있는 것 같아요. 소설 안에 만들어진 허구의 리얼리티와 오로지 나의 현실을 쓰는 것, 쓰고 있는 것이지만 한 문장을 쓰고 다음 문장을 뭘 쓸까 고민하는 그 충돌을, 계속 스스로 부딪히게 하고 부딪혔을 때 나타나는 것이 전체 이야기 안에서 살아날 수 있게 하는 작업을 계속하고 있는 것 같아요.

서희원

내가 소설을 지겨워하면서도 사랑하는데 그 말을 하기까지 이 긴 시간, 역사적인 것을 끌어올 수도 있고 현실의 역사를 비틀어서 끌어올 수도 있는데 그 말을 쉽게 하지 않기 위해서 너무나 많은 말들을 돌아가고 에둘러가는, 그게 제게는 소설 쓰기가 아닐까 싶습니다. '사랑'이란 말을 정말 하고 싶은데, 어느 순간에 아들을 껴안을 수도 있고, 사랑한다는 말을 하고 싶은데, 그 말을 하기가 너무 힘들고, 하고 싶은데 못하고, 쉽게 해서는 안 될 것도 같고, 그러니까 에둘러, 계속 빙빙 도는 것 같아요. 좀 과한 이야기로 만약 그 말을 해버리면 저는 소설을 쓸 수 없을 것 같다는 생각도 들고요. 소설은 그 말을 하기까지의 긴 여정 같다는 생각이 듭니다.

**서희원**_그렇다면 그 이야기를 움직이는 화자들의 행동들은 마침내 어디로 가게 될까요?

**김태용**_……사랑으로? 글쎄요…… 사랑으로 갔으면 좋겠는데…… 바로 가지 말고, 돌아서 가고. 아니면 뭔가 만나게 되고 그 안으로 밀어 넣고 싶은데 자꾸 삐져 나가는 것 같아요. 인물들도 모나 있죠. 둥글둥글해야 포옹도 할 수 있을 텐데 너무 뾰족하니까, 제 소설은 그걸 갈고 있는 작업이지 않을까 고민하고 있습니다. 분명히 그 지점은 염두에 두고 있어요. 🔲

# 요리사의 손톱 _윤고은

윤 고 은   1980년 서울에서 태어났다. 2002년 대산대학문학상을 받고 2008년 한겨레문학상을 수상
하며 문단에 나왔다. 이효석문학상(2011)을 수상했으며, 소설집 『1인용 식탁』과 장편소설
『무중력증후군』이 있다.

**작 가 노 트**

간혹 인쇄물의 글자 틈에서 도톰하게 붙어 있는 한 글자, 혹은 두 글자 스
티커를 발견하는 건 흥미롭다. 그 스티커 아래 깔린 건 오류일 텐데, 굳이
스티커와 종이 사이에 손톱을 밀어넣어 틈을 만들 때면 그 오류가 꼭 정답
처럼도 느껴진다.

● ∙∙

# 요리사의 손톱

—

'CHEF'S MAIL'을 'CHEF'S NAIL'로 잘못 읽지만 않았다면 애초에 이런 일은 일어나지 않았을 것이다. 모든 것은 몇 달 전, 정이 어느 집 간판을 잘못 읽었던 그 순간에서부터 시작되었다. 저만치 'CHEF'S NAIL'이라는 간판이 보였을 때 정은 휴대폰의 메모를 다시 들여다보았다. 광고할 곳이 식당이라고 알고 있었는데, 간판을 보는 순간 어떤 업종인지 혼동이 왔다.

정은 지역신문의 광고기사를 쓰는 사람이었다. 하루에도 수없이 많은 간판을 보고 상호를 읽는 사람이었다. 그런데 요리사의 손톱,이라니. 그건 기발하거나 신선하다기보다 괴이한 느낌으로 다가왔다. 네일아트 하는 곳의 이름이 요리사의 손톱이라면 꽤 괜찮을 것도 같았다. 식당 이름이라고는 생각하고 싶지 않았다. 요리사의 손톱이라는 간판이 달려 있다면, 그 밑에서 식사하는 사람들은 어딘지 불결한 기분을 떨칠 수 없을 테니까. 그러나 그것은 어디에도 없는 표현이었다. 간판은 'CHEF'S MAIL'이었고, 이탈리안 레스토랑이었다. 잠깐의 해프닝이었다.

그 잠깐의 해프닝이 5천 부로 인쇄되어 그 지역의 상가와 아파트, 주택의 골목으로 뿌려지게 되었다. 어쩐 일인지 정은 기사에도 'CHEF'S NAIL'이라고 적었던 것이다. 머릿속에서 두 개념이 동시에 작동하면서 혼란을 빚어낸 결과였다. 'MAIL'이 'NAIL'로 둔갑했지만 그 단어는 누구의 의심도 없이 인쇄되었다. 정의 책임이었으나 다른 사람들의 눈도 허술하긴 했다. 기안문에 날짜를 2010년 11월 37일로 적어도 통과되는 회사였다. 결국 몽땅 인쇄되고 배포된 직후에야 'MAIL'과 'NAIL'의 차이를 알아챈 팀장은 발작약을 찾듯 정의 이름을 불렀다. 그때 정은 사무실 문 앞의 지문인식기에 출근 도장을 찍고 있었다. 3년째 같은 지문인데도, 새삼스럽게 지문 인식에 실패했다는 문구가 떴다. 다시 시도해주십시오, 다시 시도해주십시오. 안내음성대로 몇 번을 다시 시도했지만 정의 지문은 읽히지 않았다. 정은 핸드크림을 꺼내들어 오른손 검지 끝에 발랐다. 건조해서 그런 걸 수도 있었다.

"지금 뭘 찍어 바르는 거야, 화장할 정신이 있어?"

지문이 인식됨과 동시에, 팀장이 정 앞에 버티고 섰다. 팀장 뒤로는 1만 5천 장의 스티커가 된 'MAIL'이 있었다. 기사에 언급된 'NAIL'은 모두 세 군데였다. 정은 그 스티커를 들고 100곳의 배부처를 찾아다녔다. 아직 배부되지 않은 신문들 위로 스티커를 한 장씩 붙여나갔다. 지문이 조금씩 닳아나갔다. 이미 인쇄된 오자는 요리 속의 손톱만큼이나 불결했다. 이미 인쇄되어 배포까지 다 된 오자는 요리 속에서 손님의 입속으로 들어간 손톱만큼이나 끔찍했다.

"이런 스티커 붙이면요, 꼭 떼어내서 원래 무슨 글자였는지 보는 사람들이 있다니까요."

함께 스티커 작업을 하던 후배 곽이 말했다. 정이 스티커를 눌러 붙이는 강도가 조금 더 세졌다. 곽은 자기도 그런 사람들 중 하나라며, 스티커를 붙이는 것이 오히려 더 호기심을 자극한다고 했다. 정은 그런 사람은 아니었다. 그리고 이런 실수를 자주 하는 사람도 아니었다. 요리사의 손톱이라니, 그 끝에 확 긁힌 것뿐이라고 정은 자신을 달랬다. 그날 밤, 버스를 혼동하지만 않았더라면 그렇게 생각할 수 있었을 것이다. 정은 엉뚱한 버스를 타는 바람에 한참을 돌아왔다. 04번 버스를 타야 했는데, 올라 타보니 08번 버스였던 것이다. 04번 버스와 08번 버스 줄은 늘 버스 푯말 앞에 길게 늘어져 있었고 그 끝이 꽈배기처럼 꼬여 있었다. 혼동하기 쉬운 구조였지만, 지금까지 정은 늘 04번 버스를 탔었다. 그게 어려운 일이라고 생각해본 적도 없었다.

곽처럼 스티커를 굳이 손톱으로 긁어 떼어보는 사람들이 많았는지 몇 번, 신문사로 항의전화가 왔다. 여전히 정의 손끝은 지문인식기에 잘 읽히지 않았다. 핸드크림을 발라도 지문 인식에 실패했다는 말이 돌아왔다.

"이젠 지문도 불량인가?"

등 뒤에서 팀장의 목소리를 듣고 나서야 정은 지문인식기에 등록된 오른손 검지 대신 왼손 검지를 올리고 있다는 것을 깨달았다. 단지 좌우가 바뀌었을 뿐인데—좌우가 바뀌었기 때문에—지문은 읽히지 않았다. 그렇게 정은 불량판정을 받았다.

"정 기자 말이야, 일을 그렇게 죽을 쑤고도 말이야, 구김이 없잖아, 사람이."

회식 자리에서 팀장은 그렇게 말했다. 다만 요즘 들어 멍 때리는 순간이 많은 게 치명적 단점이라고 말해주었다. 팀장의 말은 대체로 흘려듣는 그였으나, '요즘'이란 단어는 도드라져 들렸다. 한 번 간판을 잘못 읽은 이후로 정은 사소한 실수를 자주 했다. 껌 종이를 든 손과 기차표 든 손을 혼동하거나, 달궈진 프라이팬 위로 기름 대신 주방세제를 두르기도 했다. 도서 반납기 앞에서 반납할 책과 우편 발송할 책을 뒤바꿔서 집어넣는 경우도 종종 있었다. 편의점에서 가그린을 산 후, 병뚜껑을 돌려 따고 내용물을 마시려고 한 적도 있었다. 박카스와 혼동했던 것이다. 그게 다 과로 때문이라고, 곽이 말했다. 아니, 팀장이 말했던가. 누구의 입에선가 그런 이야기가 나왔다. 모든 건 과로 때문이라고, 이 세상 모든 죽음은 궁극적으로 다 과로사라고.

회식이 1차를 파하고 2차로 넘어가던 시점, 정은 횟집의 수족관 앞에 서 있었다. 일행들과 함께였지만 혼자 서 있는 것 같았다. 수족관 속에서 고등어는 빠르게 한 방향으로 회전하고 있었다. 회전하지 않고는 못 견딜 정도의 물살, 그래서 더 신선한 파도처럼 느껴지는 물살이었다. 어쩌면 저 고등어는 스스로 헤엄을 치고 있다고 생각할 수도 있었다. 그 헤엄이 피동적인 것인지 능동적인 것인지 알기 위해서는 두 가지 방법 중 하나를 택하는 수밖에 없었다. 물살을 정지시키거나, 아니면 고등어가 수족관 밖으로 뛰쳐나가는 것. 그러나 밖엔 아스팔트 바닥이 딱딱하게 굳어 있을 뿐이다.

"저 수족관, 우리 회사 닮았어."

정은 누구에게랄 것도 없이 말했다. 정의 말이 끝나자마자 일행 중 몇 명이 수족관 안으로 다리를 집어넣는 시늉을 했다. 자기들은 그렇게 휩쓸려도 좋다는 것이었다. 새로 들어온 수습기자들이었다.

"그게 대세 아닌가요"라고, 그들 중 하나가 말했다. 모두가 웃었다.

정도 웃었다. 충동을 참기 위해서였다. 다이빙을 하고 싶은 충동이 불쑥, 치밀어 올랐던 것이다. 수족관 안이 아니라 수족관 밖으로. 그러니까 딱딱한 현실로.

다음날 아침, 출근길 엘리베이터에서 정은 국장과 마주쳤다. 전화를 받고 있던 국장은 정에게 펜이 있으면 달라는 시늉을 했다. 정은 재빨리 가방 속에서 펜을 꺼내 내밀었다. 동시에 국장의 표정이 굳어졌다. 정의 표정도 굳어졌다. 가방에서 들려 나온 것은 펜이 아니라 지난밤의 말린 노가리였다. 회식자리에서 수습기자들이 정의 가방 속으로 말린 노가리 하나를 쑥 넣어주며 이렇게 말했던 것이다.

"선배 표정과 닮았어요."

회색빛의 바싹 마른, 뜬금없는 노가리의 출현으로 정은 잠시 멍해졌다. 순간 정은 자신이 정말 지난밤의 안주와 닮았다는 생각을 했다. 국장도 비슷한 생각을 한 것 같았다. 정은 말했다. 단지 실수였을 뿐이라고, 일부러 그런 게 아니라고. 국장도 알아듣는 것 같았다. 다만 국장은 이렇게 말했다.

"자네는 휴식이 필요한 것 같네. 가방 속이나 머릿속이 복잡하니까 뒤섞이는 거 아닌가. 그러다가 브레이크와 가속 페달을 혼동하면 어떻게 되겠나."

그런 국장님은 왜 기안문의 날짜 11월 37일도 통과시키셨습니까, 11월 37일을 만든 사람은 버젓이 회사 잘 다니고 있는데요, 전 단 한 번의 실수였단 말입니다,라고 항변하고 싶었지만 정은 아무 소리도 하지 않았다. 엘리베이터 문이 열렸고 그날 정은 아무런 업무도 하지 않았다. 퇴근도장을 찍으려고 했지만 정의 지문은 읽히지 않았다. 당연했다. 정은 더 이상 그곳의 사원이 아니었던 것이다.

정확히 말하면 부서이동이었지만, 정황상으로 보아 그것은 구조조정의 한 부분이었고 정은 그렇게 수족관 밖으로 튕겨나갔다. 더 이상 모두가 손을 부벼대는 기계 앞에서 지문 따위 공개하지 않아도 된다는 생각에 정은 홀가분해졌다. 지문인식기를 공중화장실의 변기와 같다고 생각해버리니 조금 덜 억울했다. 곽이 몇 발자국 따라 나와 이제 어디로 가느냐고 물었다.

"지하철 타면서 책이나 읽지, 뭐."

곽은 안쓰러운 눈길로 정을 쳐다보더니 명함 한 장을 내밀었다. 도움이 될 거란 말과 함께. 정은 형식적으로 명함을 확인한 후 가방에 넣었다. 그렇게 정은 아스팔트 바닥으로 떨어졌다. 탈출이었다. 그래봤자 자신은 쓰레기통조차 거부한 쓰레기 아닌가 싶어 우울해졌다.

종일 집 안에만 있으니, 오늘이 무슨 요일이든 간에 일요일처럼 느껴졌다. 다음 날도 일요일이었다. 그다음 날도 일요일이었다. 일요일이 세 번, 연속해서 찾아오니 더 이상 일요일은 일요일이 아니었다. 네번째로 일요일이 연속되던 날, 불안이 현실화되었다. 당연한 수순대로 관리실에서 전화가 왔다. 퇴사 시 45일 이내에 집을 비워주어야 한다는 것이었다. 정도 알고 있는 규정이었다. 다만 이 규정을 적용받게 될 시점이 타의에 의해 갑자기 올 줄은 몰랐다. 야근이 많고 월급이 적어도 회사에 붙어 있었던 이유는 사택 때문이었다. 정처럼 타지에서 온 사람들에게는 매력적인 부분이었다. 정은 운 좋게 입사 1년 만에 사택에 들어올 수 있었고 그 덕분에 지난 2년간 편안했다. 그러나 이제는 아닌 것이다. 이것도 당연한 수순인지는 알 수 없었으나 연인에게서도 이별통보가 왔다. 서로 바빠서 한 달에 한 번 만날까 말까 했던 관계였다.

회사, 집, 연애, 모든 것이 한 번에 끝나버려서 정은 순식간에 무소속이 되었다. 그 진공상태가 너무 불안해서 희열마저 느껴졌다.

정은 소파에 누워서 건너편 벽지를 바라보았다. 지난 8년의 도시생활이 스쳐지나갔다. 정이 도시 안에서 선택한 첫 집은 지하 3층에 있었다. 보는 각도에 따라 지하 2층이 되기도 하고 지하 3층이 되기도 하는 집이었다. 최대한 높이 점프해봐야 지하 2층이란 말이었고, 최대한 바닥으로 추락해봐야 지하 3층이란 말이기도 했다. 방 안에 없는 것은 하나뿐이었다. 바로 창문. 현실은 경험이나 상상 모두를 초월했다. 정이 아는 모든 집에는, 혹은 정이 상상할 수 있는 모든 집에는 크든 작든 창문이 있었지만 바로 여기, 창문이 없는 집이 분명히 있었다. 어떻게 보면, 보는 각도에 따라 창문이 있다고 할 수도 있었다. 다만 옆이 아니라 아래에 있었다. 지하 3층, 혹은 2층인 그 집에서 아래로 뚫린 창문을 열어보면 계단이 나타났다. 그리고 그 계단 아래에 꼭 그 방의 사분의 일쯤 되는 광이 있었다. 정은 그 광에 당장 쓰지 않을 물건들을 넣어두고, 그곳을 떠날 때까지 한 번도 열지 않았다. 그곳을 떠나던 날 아래로 뚫린 창문을 열고 광 속에 있던 물건들을 꺼냈지만, 곧장 쓰레기로 분류되어 버려졌다. 그것들이 무엇이었는지는 기억나지 않았다.

놀라운 것은 그 가느다란 건물에 모두 80세대가 들어가 살고 있었다는 점이다. 정은 그곳에 사는 동안 한 번도 이웃과 마주친 적이 없었다. 지하는 모든 것을 너그럽게 삼켜 층간 소음도 들리지 않았다. 그 집을 떠나던 날, 정은 비로소 자신이 살았던 곳이 이 도시의 축소판이라는 것을 알았다. 도시에서 살아남기 위해서는 타인의 소음에 무감해져야 하며, 그러기 위해서는 스스로도 어느 정도 소음을 만드는 것이 좋다는 것을 알려준 곳이었다. 그런 점에서 그 건물은 정이 통과한 첫 집으로서 적합했다. 그리고 그 집을 떠날 때 쯤, 정은 창문이 없어도 큰 문제는 없다는 것을 이미 알고 있었다. 창문은 집을 구성하는 필요조건이 아니었다.

한 번의 지하와 두 번의 옥탑을 거쳐 정이 네번째로 선택한 집은 복도식 아파트의 2층이었는데, 그제야 정은 비로소 도시 안에 정착한 듯한 느낌을 받았다. 천장과 바닥이 모두 온기로 따뜻한 집 말이다. 그 집이 바로 여기였다. 그러나 곧 다섯번째 집을 찾아야 했다.

현관문에서 이상한 표식을 발견한 건 진짜 일요일이 왔을 때였다. 일요일을 연속으로 닷새쯤 보내고서, 정말 일요일이 왔을 때 정은 여느 일요일처럼 배달음식 그릇을 내밀기 위해 현관문을 열었다. 찬 공기가 훅 끼쳐 왔다. 정의 집 말고도 복도에 그릇을 내놓은 집들이 몇 곳, 있다는 사실이 다행스러웠다. 그러나 다음 순간 정은 옆집들과의 차이를 발견해냈다. 숫자였다. 정이 살고 있는 집 현관문에는 237이라는 숫자가 매직으로 적혀 있었다. 지나치게 번듯한 글씨나 위치를 보면, 낙서가 아니라 표식일지도 몰랐다. 1인 가구로 짐작되는 집에 범죄자들이 표시를 해둔다는 소문이 돌고 있었다. 어쩌면 그 모방일 수도 있었다. 237번째 표적, 혹은 2월 37일의 표적, 아니, 37일은 옛 회사의 기안문에서나 통할 법한 날짜가 아닌가. 정은 일단 담배를 한 대 피워 물었으나 담배 연기로 흐릿해질 수 있는 상황이 아니었다. 재앙 같은 유행이 정의 집 앞을 피해 가지 않은 거라면, 스스로가 피해야 마땅한 일이었다. 237 때문에, 정은 거의 처음으로 이 복도식 아파트를 1층부터 꼭대기까지 훑어보았다. 어디에도 237은 없었다.

1인 가구가 정 혼자는 아니었다. 정은 이웃에 누가 사는지 대략은 알고 있었다. 같은 동에 같은 팀 사람이 없다는 것도 알고 있었다. 정은 복도를 지날 때마다 이웃의 가스계량기를 훔쳐보며—자신의 가스요금이 유독 많이 나오는 건 아닌지 확인하기 위해서였지만—그 이웃의 구성을 짐작해보는 사람이었다. 이사 와서 몇 주간은 어느 집의 것인지도 모르는 인터넷망에 올라타서 공짜 무선인터넷을 쓴 적도 있고, 그 인터넷 접속이 갑자기 끊어졌을 때 오히려 이웃의 존재를 새삼 의식했으며, 가끔은 앞 뒤 옆으로 꼭꼭 들어찬 이웃들이 열심히 보일러를 때면 그 기운에 덩달아 따뜻해지기도 했다. 몇 호의 누가 강아지를 키우고 몇 호의 누가 신혼부부이며 몇 호의 누가 몇 시에 퇴근하는지를 어느새 막연히 알아버린 사람이기도 했다. 그러나 확실한 것은 정은 그들이 자신을 인식하는 건 원치 않았다는 점이다. 물론 그들과 구별되는 것도 원치 않았다. 그러나 그들은 어쩌면 알 수도 있었다. 2년째 이 집에 살고 있는 한 여자의 신상에 무언가 변화가 생겼음을. 일주일째 규칙적으로 문 앞에 내놓는 음식 그릇이 그 증거였다.

237이 언제부터 정의 문 앞에 쓰여 있었는지, 정은 알 수 없었다. 헤어지지 않았다면 지금쯤 정은 연인에게 전화를 했을 수도 있었다. 물론 지난 시간을 돌아볼 때 그렇지 않을 확률이 더 크긴 했다. 그들의 1주년 기념일, 남자는 정에게 바이브레이터를 선물했다. 애인에게 1주년 기념으로 받을 만한 선물은 아니었지만, 정은 웃었다. 정은 남자에게 라이터를 선물했지만, 남자는 멋쩍게 웃으면서 말했다. 나 담배 끊었는데. 접시 위의 스테이크가 식어가고 있었다. 사실 정은 스테이크를 그다지 좋아하지 않았다. 남자도 스테이크를 그다지 좋아하지는 않았다. 왜 스테이크를 앞에 두고 앉아 있는 것인지는 둘 다 몰랐다. 그 후 몇 번, 통화를 한 적은 있었지만 만난 것은 그때가 마지막이었다. 정은 이제야 상자 속에서 바이브레이터를 꺼내보았다. 허공에서 스위치를 눌렀다. 바이브레이터가 바람을 가르고, 허공 속으로 파고드는 느낌. 그러나 이것은 생각 속의 문장일 뿐, 잔 진동을 만들어내는 이 도구가 내는 효과는 외로운 중심부로 가져가지 않고는 알 수 없었다. 보기에는 그저 조용한 바람개비 같았다.

다음 날 동이 트기 전 아파트의 모든 현관문에 표식이 번졌다. 정은 늦잠을 잤다. 새벽부터 찬 공기를 마셔서 몸이 좋지 않았다. 모두 237로 써 넣을지 아니면 238부터 숫자를 이어가야 할지 고민하다가, 237을 택했다. 숫자를 거꾸로 세는 게 아니라면, 이 건물의 첫번째 희생자가 되는 것은 사양하고 싶었으니까.


"고객님, 저희 은행에서 마이너스통장만 거래하셨네요."

은행 직원의 말이었다. 대출은 불가능했다. 여기저기 전화는 해놓았지만 마땅한 일자리도 나타나지 않았다. 늘 매고 다니던 가방은 회사에서 튕겨 나오던 날의 몰골 그대로 현관 앞에 구겨져 있었다. 가방을 거꾸로 들어보니 잡동사니 속에서 모두 스무 개 정도의 명함이 쏟아져 나왔다. 거래처였는지 거리에서 무작위로 받은 것이었는지 출처를 구별할 수 없는 명함들이었다. '광고대행사 책벌레'라고 쓰인 게, 아마도 후배 곽이 내밀었던 명함 같았다.

열흘 만에 다시 일을 시작했다. 매일 오후 6시부터 11시까지 다섯 시간 동안 지하철의 진동을 타면서, 책을 멋들어지게 보기만 하면 되는 일이었다. 직원이 수도권에만 500명이 되는 업체였다. 놀라운 것은 이 업체가 이미 15년 전부터 활동하고 있었다는 사실이었다. 비밀리에. 믿거나말거나였지만 새 직장을 알아볼 때까지, 아르바이트로는 좋을 것 같았다. 시간당 만 오천 원은 적은 돈이 아니었다. 어찌 보면 예전 회사의 월급보다 더 나은 것도 같았다.

"웬 남자가 어떤 책을 아주 멋들어지게 보고 있다고 합시다. 완전 폭 빠져서 가끔 웃기도 하고요. 그럼 어떻겠어요? 그 책이 뭔가 궁금하지 않겠어요? 이번엔 굉장히 지적인 분위기의 여자가 책을 보면서 시선을 떼지 못해요. 왜 여자들, 지나가다가 향수 냄새 좋은 사람 보면 슬쩍 브랜드를 물어보기도 하잖아요. 너무 궁금하면 그럴 수도 있죠. 그런데 이 책은 제목을 물어볼 필요도 없죠. 제목이 잘 보이게끔 읽고 있으니까. 그럼 안 궁금하겠어요? 근데, 이름이 본명이에요? 정방배…… 허허, 2호선으로 배정해드려야겠네."

광고대행사 책벌레의 팀장이 정의 이력서를 보며 말했다. 어쩐지 전 회사의 팀장과 외모가 비슷했다. 팀장은 정의 잘 정돈된 손톱을 보며 안심했다. 2주 전의 네일아트여서 이미 손톱 끝이 낡아 있었지만, 팀장은 그런 틈새까지는 보지 못했다. 책벌레는 인간광고판이나 마찬가지였으므로 차림새가 깔끔해야 했다. 정은 무난하게 통과되었다. 지역 신문 경력이 인정되어 교육도 하루 만에 끝났다. 보통은 이틀 동안 받는다고 했다.

"쉽게 생각해서는 안 돼요. 그렇지만 몸에 익으면 이만큼 편한 직업도 또 없을 겁니다. 그냥 지하철에 앉아서 책을 보기만 하면 되는 거니까요. 영화 속 교묘한 광고들 아시죠? 영화 끝나고 관객들이 코카콜라 사먹게 만들던 것, 그것처럼 우리도 지하철을 타는 사람들이 무의식적으로 어떤 책 제목을 인식하도록 만드는 겁니다. 책벌레 인력들이 자주 노출시키면 되겠죠. 물론 여기서 중요한 것은 지하철에서 책을 보기만 하는 당신을, 반드시 다른 사람들이 인식하도록 해줘야 한다는 겁니다. 다른 사람들이 당신을 엑스트라처럼 여기고 지나가버리면 소용이 없죠. 당신은 물론, 당신에게 투자한 광고주들도 허무해지겠죠. 자본의 낭비죠."

팀장은 요즘 독자들은 책을 스스로 선택할 시간이 없기 때문에 스스로 호기심을 유발할 기회를 만들어줘야 한다고 말했다. 그 역할을 바로 책벌레가 하고 있는 거라고.

"이런 광고가 효과가 있나 보죠? 책이 더 많이 팔리나요?"

정의 말에 팀장은 정색을 하며 대답했다.

"저희, 15년 된 회사입니다."

정은 저녁 시간대에 투입되었다. 이제 지문인식기 대신 교통카드가 정의 출퇴근을 증명했다. 회사로부터 받은 교통카드는 월 단위로 그 내역이 회사에 보고되었다. 지하철에서 사람들의 시선은 정면, 측면이 아니라 각자의 무릎 위에 고정되었다. 주변을 둘러보는 사람들보다 책, 혹은 각종 영상기기들로 채워진 자신의 손바닥 안을 보는 사람들이 더 많았다. 그런 이들의 주목을 모으기 위해서는 지하철에 올라탈 때부터 시선을 끌 필요가 있었다. 첫 출근 날, 정은 12cm 킬힐과 28cm 길이의 치마를 입었다. 정은 노선표를 조금 훑어보고──계획된 행동이었다──비어 있는 자리로 가서 앉았다. 그리고 휴대폰을 잠시 확인한 후──이 역시 계획된 행동이었다──가방에서 책을 꺼내들었다. 샛노란 표지에 녹색으로 '민달팽이의 집'이란 제목이 써 있었다. 정이 읽어야 할 책이었다.

10페이지쯤 읽은 다음 정은 한 번 웃었다. 스스로도 조금 어색했다. 가볍게 훗, 하고 웃어넘기는 정도가 적당했는데 훗, 소리는 내지 못했고 너무 작위적으로 미소를 만든 것 같았다. 시선을 살짝 들다가 맞은편 여자와 눈이 마주쳤다. 정은 얼른 눈을 내리깔았다. 20페이지에서 한 번 더 웃었다. 이번에는 홋, 소리가 이상했다. 생각해보니 정은 원래 소리 내 웃는 사람이 아니었다. 정의 웃음은 늘 묵음이었다. 정은 가방에서 펜과 자를 꺼내 몇 부분에 밑줄을 그었다. 옆자리 시선이 책 위로 내리꽂히는 게 느껴졌다. 몇 페이지를 더 흘러가니 어깨가 뻐근했다. 가장 중요한 것은 책을 장시간 무릎이나 가방 위에 눕혀놓아서는 안 된다는 점이었다. 한 손으로 가볍게, 혹은 양 손으로 책을 잡아 세워서 맞은편, 혹은 옆에서 그 책의 제목을 볼 수 있게 해야 했다. 정은 자리를 포기하고 일어났다. 벌써 순환선이 한 바퀴를 다 돌았다. 원점이었다. 교육 때 배운 바에 의하면 40페이지 쯤 진행되어 있어야 했다. 정은 책장을 너무 느리게 넘겼다. 입가 근육에 잔 경련이 일었다. 도시를 한 바퀴 돌아오는 동안 한 자리에 앉아 있는 사람은 그밖에 없었다. 계속 무언가를 읽긴 했으나 그조차 원점으로 돌아왔다. 한 구절도 기억나지 않았다.

전체 338쪽 분량의 책이었다. 처음 며칠은 표정을 관리하지도, 책을 읽지도 못했다. 시간이 좀 지나고 나서야 책의 내용이 눈에 들어오기 시작했고, 책을 모두 읽은 다음에는 비로소 표정이나 책을 드는 각도에도 신경이 미치게 되었다. 그 후로 독서를 시작하는 지점은 늘 같았다. 237쪽부터였다. 회사에 있을 때 늘 왼쪽 세번째 칸의 화장실만 쓰고, 늘 왼쪽 두번째 버스좌석에 앉았던 것처럼 그냥 습관적인 선택이었다.

'민달팽이를 모아 굵은 소금이 가득한 단지 안에 넣는다. 뚜껑을 닫았다가 오 분 후, 다시 열면 그 안에 달팽이는 없다. 끈적끈적한 액체만 남아 있다.'

그 문장으로 정은 업무를 시작했다. 237쪽에서 242쪽까지 다섯 정거장, 242쪽에서 250쪽까지 여덟 정거장, 그렇게 지하철에서 옆으로 움직이고 있으면 물살에 적절히 순응하면서 스스로 헤엄치는 것이 실감 났다. 저녁 일곱 시가 넘어가면 인파가 밀물처럼 몰려들었다가 대략 아홉 시가 넘어가면서 썰물처럼 빠져나갔다. 어느 역에서 시작하든 2호선을 한 바퀴 순환하는 데는 대략 90분이 걸렸다. 정은 하루에 세 바퀴씩, 2주 동안 쉬지 않고 일했다. 책 속에 시선을 파묻고 있다가 눈을 들어 보면 어느새 그 앞에는 아무도 앉아 있지 않았다. 까만 어둠 속을 달리는, 유리창에 반사된 자신의 모습뿐이었다. 책을 코 위까지 들어올리고, 책장 안쪽으로 숨을 쉬는, 독자의 모습.

3주가 지났지만, 정은 여전히 같은 책을, 같은 지점부터 읽어나갔다. 앞으로 한 달은 더 이 책을 읽어야 했다. 처음에는 지겨웠으나 연극 대본이라고 생각하면 조금 더 편해졌다. 정의 표정은 날로 좋아졌다. 두 번인가는 울기도 했다. 우는 것이 역시 웃는 것보다 몇 배는 더 어려웠는데 정은 3주 만에 눈물연기를 해냈다. 정은 비스듬한 책장 위로 눈물이 우박처럼 추락할 때도 책장을 규칙적으로, 그러나 자연스럽게 넘기는 것을 잊지 않았다. 두 번 중 한 번은 옆에 있던 아주머니가 그에게 휴지를 내밀었고, 보는 게 뭐길래 그러냐고 묻기도 했다. 다른 한 번은 누구도 그에게 말을 걸지는 않았지만 모두 정이 들고 있는 책으로 시선이 꽂히는 것을 숨길 수는 없었다. 물론 정은 책 때문에 운 게 아니었다. 그저 눈물이 노폐물처럼 빠져나왔을 뿐이었다. 정은 원래 눈물이 없는 편이었는데, 일이라고 생각하니 우는 것도 어렵지 않았다.

책장에서 시선을 들어 지하철 한구석을 보면 아주 느릿느릿한 점하나가 꾸역꾸역 지나갔다. 민달팽이였다. 생경해야 할 풍경인데도 익숙했다. 업무 때문이었다. 『민달팽이의 집』을 매일 읽으면, 설령 그 문장들에 마음을 주지 않는다고 해도 익숙해지긴 했다. 정은 늘 같은 궤도를 돌다가 어느 날, 선로를 이탈했다. 2호선 본선만 돌면 되었는데, 성수역에서 지선 쪽으로 빠져버렸던 것이다. 정의 머릿속 오류가 만들어냈던 그 글자가 또다시 정 앞을 스쳐갔기 때문이다. 'CHEF'S MAIL'이 아니라 정확히 'CHEF'S NAIL'이었다. 글씨체도 분명 그때 그 간판 디자인과 비슷했다. 정이 잘못 읽어낸, 지상에 없는 그 간판 말이다. 2호선을 타고 신천역까지는 가야 했지만, 정은 'CHEF'S NAIL'을 따라 내렸다. 어떤 남자가 들고 있던 책의 제목이었던 것이다. 순환선에서 가지치기하듯 뻗어 있는 길로 정은 걸어갔다. 오로지 몇 개의 활자가 이정표였다. 그러나 어디선가 활자를 놓쳐버렸다.

정은 달력을 들여다보았다. 이제 보름 후에는 집을 비워야 했다. 출근길에 관리인과 마주쳤는데 관리인은 정에게 언제 이사를 갈 것인지 물었다. 정은 알아보고 있다고 대답했다. 사실이었다. 정은 출근하기 전에 이 동네 저 동네를 돌아다녔지만 마땅한 집은 나타나지 않았다. 정은 그렇게 까다롭지는 않았다. 물론 몇몇 집들은 치명적인—치명적이라는 단어를 쓰기에 적합하지 않을 만큼 결함이 많긴 했다—결함을 갖고 있었다. 정은 옥탑이나 지하로는 가고 싶지 않았다. 이미 두 번의 옥탑방 경험은 때로 난방비가 월세보다 더 나올 수 있다는 것을 알게 해주었고, 지하방 경험은 곰팡이 때문에 아토피—정말 곰팡이가 아토피에 일조했는지는 모르겠으나—에 가까운 가려움증을 세금처럼 부과했다. 그러나 한정된 예산 안에서 집을 찾는 동안 정은 점점 관대해졌다. 햇빛이나 창문이 집을 구성하는 필요조건이 아니라는 것을 알아가는 동안 정은 늙고 있었다. 아니, 낡고 있었다.

사택이긴 했으나 같은 라인에는 정을 알 만한 사람들이 살지 않았다. 정이 다녔던 신문사 말고도 여러 업체가 함께 쓰는 곳이어서 낯선 사람들이 대부분이었다. 그런데 이웃들은 마치 정의 퇴직을, 정의 공간에 내려진 시한부 선고를 아는 것도 같았다. 정은 복도 맨 끝집에 살았는데 바로 옆집에서는 정의 행로를 막아놓을 만큼 거대한 양의 배추를 쌓아놓았다. 거기서 시작된 민달팽이가 느릿느릿 정의 현관문 쪽으로 오고 있었다. 정은 눈을 끔뻑 감았다 떴다. 2호선이 다시 시작되었다.

한 남자가 2-1 문으로 들어와서 중앙에 자리를 잡고 섰다. 책에서 시선을 오래 떼고 있으면 광고효과가 떨어졌기 때문에 정은 누가 지나가든 책 속에 시선을 파묻었다. 그때 정의 귓가에 어느 부분이 생생하게 들어왔다. 셰.프.스.네.일.

"제가 쓴 책의 제목은 셰프스네일, 그러니까 요리사의 손톱이라고 합니다. 세상에 단 한 권 밖에 없는 책입니다. 제가 직접 쓰고요, 뭐 그건 당연한 말이겠지만, 제 말은 직접 손글씨로 썼다는 얘깁니다. 여기 보시면 아시겠지만요, 직접 손글씨로 쓰고, 페이지 수도 직접 적었어요. 게다가 실로 제본까지 했습니다. 이야기의 탄생부터 포장까지 제가 직접 한 겁니다. 책은 문과 같아서, 열고 들어가야 해요. 한번 들어갔다가 나오지 못할 수도 있죠. 양장본 겉표지는 꽤 무겁거든요. 비싸기도 하고요. 이거, 양장본입니다. 그러나 책의 세계가 얼마나 황홀합니까, 여러분. 책으로 들어오세요."

흰 패딩점퍼에 붉은 목도리를 두르고 있는 모양새가 어찌 보면 요리사처럼 보일 것도 같았다. 요리사가 책의 앞과 뒤를 잡고 펼치자, 그 사이에서 부채꼴 모양으로 책장이 펼쳐졌다. 요리사는 아코디언을 연주하는 사람처럼 보이기도 했다. 책은 팔리지 않았다. 몇몇 사람들은 호기심 어린 눈으로 요리사를 보기도 했지만, 아무리 삼십 퍼센트 할인된 가격이라고 해도 5만 6천 원이란 가격은 지하철에서 파는 물건치고는 비쌌다. 그게 설령 세상에 단 하나뿐인 책이어도 말이다. 그러나 그건 『CHEF'S NAIL(요리사의 손톱)』이었다. 그 단어들은 세번째로 정 앞에 나타났다. 한 번은 오류였고, 다른 한 번은 진짜였고, 지금은 그 갈림길에 있었다. 그 단어가 자꾸 눈앞에 나타나는 것이 정을 불안하게 했다. 또 궁금하게 했다. 정은 일어섰다.

검은색 표지의 양장본이었고, 크기는 음식점의 메뉴판만큼 컸으며, 페이지는 모두 300쪽에 달했다. 책 앞표지에 금색으로 'CHEF'S NAIL'이란 글자가 찍혀 있었고, 뒤표지에는 '정가 8만 원'이라는 스티커가 붙어 있었다. 내용은 창세기와 비슷했다. 아주 긴 목록의 나열이었다. 인간뿐만 아니라 동물, 식물, 예술작품도 있었고 자동차 타이어의 종류나 한정판 립스틱 같은 것도 있었다. 이 모든 목록이 무질서하게 얽혀 있었던 건 아니었고, 꼬리잡기 하듯, 끝말잇기 하듯, 바로 앞과 뒤의 연결로 이어져 있었다. 가령 요리사의 손톱이라면, 그것을 주문한 요리에서 발견한 한 손님의 운동화 깔창 이야기로 이어졌고, 그 운동화 깔창을 만든 공장의 주소로 이어졌고, 그 주소에 우편물을 배달하는 집배원으로 이어졌고, 그렇게 세상이 모두 낳고, 낳고, 낳고, 또 낳아서 결국에는 하나의 관계로 이어짐을 보여주는 이야기였다. 하룻밤에 다 읽을 수는 없었다. 정은 책을 앞에서부터 뒤까지 쭉 넘겨보다가 어디선가 자신의 이름을 발견하고는 얼른 다시 그 부분을 찾아보았다. 그러나 없었다. '정방배'와 비슷한 글자는 없는 것 같았다. 딱히 재미있다고는 할 수 없었지만 읽다보면 어딘지 모르게 자신과 관련된 무언가도 한두 개쯤은 나올 것 같았다. 책에 따르면 요리에서 발견된 요리사의 손톱은 음흉한 힘을 갖고 있어서 한번 그 손톱을 인식한 사람들은 어떤 식으로든 다 연결된다고 했다. 정은 자신 역시 그랬던 게 아닐까 생각했다. 거세당하지 않고 무럭무럭 발기한 손톱이 정이 모르는 사이에 정을 홀리고 있었던 것은 아닐까. 그런 생각을 하는 동안 정은 곧 이 집을 비워주어야 한다는 사실, 새 직장을 알아보아야 한다는 사실을 잊을 수 있었다. 그러나 종일 그렇게 지낼 수는 없었다.

출근길에 현관문을 열자 차압딱지처럼 메모가 붙어 있었다. 사택 사용기한이 일주일 남았다는 내용이었다. 그나마 다른 이들이 볼 수 없게 봉투 속에 숨겨준 것이 고마웠다.

지하철이 훌라후프처럼 도시의 허리를 감고 뱅글뱅글 도는 동안, 정은 책을 읽었다. 그러나 늘 같은 규격으로 정해진 코스를 기계처럼 읽어갔을 뿐, 정말 책을 읽었던 것은 아니었다.

곽과 우연히 마주친 것은 정이 퇴근을 한 시간 앞두고 있을 무렵이었다. 곽에게선 회식의 냄새가 났다. 정은 곽이 준 명함을 열심히 활용하고 있는 자신이 조금 멋쩍어졌다. 쑥스럽기도 했다. 근무 중이었지만 예기치 않은 돌발상황이었기 때문에 정은 책을 덮었다. 다만 가방에 넣지는 않고 무릎 위에 올려두었다. 두 사람은 나란히 앉아 한 방향으로 흘러갔다. 정은 곽의 몇 마디를 통해 퇴사하던 날 곽이 준 명함은 책벌레 명함이 아니라는 걸 알게 되었다. 곽이 준 것은 타이마사지를 세 번 받을 수 있는 쿠폰이었다. 명함 크기의 쿠폰. 그러나 곽이 마사지를 잘 받았느냐고 물었을 때, 정은 고마웠다고 대답했다. 책벌레 이야기는 꺼내지도 않았다. 아마도 그 마사지쿠폰은 이미 유효기간이 지나 있을 지도 모르고, 있다 해도 이 도시의 거대한 폐지수거함으로 흘러갔을 것이다. 어쨌거나 결과는 나쁘지 않았다. 이 일을 하지 않았다면 『CHEF'S NAIL(요리사의 손톱)』을 소유하지 못했을 테니까. 그리고 자신은 지금 적절한 수위로, 적절한 열정으로 일하고 있지 않은가.

"그때 선배가 말한 거 있잖아요. 횟집 고등어 발언. 그거 지금도 가끔 우리끼리 얘기해요. 오늘도. 근데요, 전 그냥 앞만 보려고요. 물살에 몸을 내맡기면 다른 생각 안 들잖아요. 좀 피로하긴 해도. 고등어가 앞에 가는 고등어의 뒤꽁무니만 본다면 자기가 헤엄치는 건지 아닌지, 그런 생각을 할 틈도 없을 거예요. 전 지금 앞에 가는 고등어의 엉덩이만 보고 있거든요. 정신없이 달리고 있어요."

곽이 말했다. 정은 내가 앞이 아니라 옆을 봤기 때문에, 수족관 유리 안쪽에 비친 내 모습을 봤기 때문에 잘린 거구나, 하고 중얼거렸다. 곽이 잠시 또 안쓰럽다는 표정을 지었다. 저런 기색을 눈으로든 귀로든 확인하게 될까 봐 정은 퇴사 후 어디로도 연락을 하지 못했다. 같은 도시에 사는 친구들에게도, 타 도시에 사는 부모에게는 더더욱. 속을 털어놓기에 편한 것은 차라리 네일아트샵이나 미용실, 피부관리실의 사람들일지도 몰랐다. 그러나 그 조차도 이제는 어색했다.

"아, 선배. 나 그리고!"

곽은 마침 생각났다는 듯이 가방에서 무언가를 꺼내들었다. 네 번째로 'CHEF'S NAIL'이 정 앞에 나타났다. 이번에는 나타나지 말았어야 했다. 이미 하나뿐인 원본을 정이 소유하고 있는데, 또 다른 'CHEF'S NAIL'이 나타나다니. 그것도 똑같은 크기, 똑같은 두께, 똑같은 색깔의 책으로.

다른 것은 가격뿐이었다. 곽은 취재 나갔다가 돌아오는 길에 이 책을 4만 8천 원에 샀다고 했다.

"지하철에서 물건 사본 건 처음인데, 이거 제목 보세요. 전 이게 실제로 있을 줄은 몰랐거든요. 선배가 이 책을 읽은 적이 있어서 혼동하셨던 건 아니죠? 하나뿐인 책이라고 하면서 작가가 직접 팔기에 샀어요. 앞부분 조금 보니까, 뭐, 잘 읽힐 것 같진 않지만."

대략 훑어보니 거의 같은 내용이었다. 정은 자신도 이 책을 소유하고 있으며, 5만 6천 원에 샀다는 말은 하지 않았다. 곽은 정에게 어디서 내리냐고 물었다. 곽은 정이 당연히 사택에서 이사를 갔을 거라고 생각하는 것 같았다. 정은 대답 대신 곽에게 물었다.

"지하철 2호선을 타고 한 바퀴 돌면 시간이 얼마나 걸리는 줄 알아?"

"글쎄요. 두 시간? 한 시간?"

"87분."

그렇구나, 곽은 고개를 끄덕거렸다. 곽이 내려야 할 곳이 아직 다가오지 않아 정은 먼저 내렸다. 신도림역이었다. 곽을 태운 지하철이 떠나간 후 정은 플랫폼의 긴 의자에 앉아 가방 속『CHEF'S NAIL(요리사의 손톱)』을 꺼내보았다. 정은 플랫폼 바닥의 먼지에 검지를 비벼댄 다음, 책의 한 페이지 위에 지문을 쿡, 찍었다. 불량이었던 지문이 이름 모를 성운처럼 오묘하게 보였다. 누구나 갖고 있을, 그러나 누구도 같지 않은 궤도, 그렇게 정의 검지는 책장 위로 옮겨갔다. 이제 정은 다른 복사본들, 또 다른 요리사의 손톱들과는 다른 책을 갖고 있는 것이다. 정은 들고 있던 책을 다시 가방에 집어넣고, 『민달팽이의 집』을 꺼냈다. 다음 열차가 벌써 들어오고 있었다.

울퉁불퉁한 도시 위를 지하철은 같은 속도로 흘러갔다. 출퇴근 시간대의 지하철은 줄자처럼, 비대해진 도시의 허리를 감고 움직였다. 정은 노선도에 눈금처럼 같은 간격으로 들어선 정거장의 이름들을 훑었다. 가끔 간격이 더 벌어지는 역간이 보였지만, 곧 새로운 정거장이 뚫릴 것이었다. 끊임없이 늘어나는 저 지하철 노선들이 언젠가 수챗구멍의 머리카락처럼 뒤엉킬 것 같아 어지러웠다. 그러나 밤이 오면 지하철은 조금 평온해졌다. 도시를 위에서 아래로, 혹은 아래서 위로 다림질하듯, 달렸다. 그건 정이 있든 없든 관계없는 평온함이었다. 정이 없다 해도 다림질은 계속될 것이었다.

지하철 바닥으로 기어가는 민달팽이가 정의 눈에 들어왔다. 민달팽이는 지하철 문 쪽으로 느릿느릿 기어가더니, 문 앞에 멈춰 섰다. 그리고 마침내 문이 열렸다. 정은 달팽이의 행로를 훔쳐보았다. 달팽이가 어떻게 제 몸의 열 배쯤 되는 허공을 건널 것인가. 승강장과 문 사이로 추락하지 않을까. 어느 쪽도 아니었다. 민달팽이는 문 바로 앞에서, 그러니까 허공을 건너려고 시도하기도 전에, 밟혔다. 입체에서 평면으로 압축되어 초록얼룩으로 남았다.


구조조정이라고 했다. 책벌레의 직원이 반으로 뚝 잘려나갔다. 정은 가까스로 살아남았다. 대신 팀장으로부터 평가 전화를 받아야 했다. 팀장은 그에게 말했다.

"근무 중 물품 구입 1회, 근무 중 장시간 수다 1회, 근무 중 노선이탈 4회, 근무 중……"

그 결과 정의 월급은 반밖에 들어오지 않았다. 지하에는 그림자가 지지 않지만, 보이지 않는 그림자가 정을 따라붙은 모양이었다. 눈은 많았다. 정은 모니터링을 당하고 있었다. 읽는 자 위에 읽는 척하는 자가 있었고, 읽는 척하는 자 위에 읽는 척하는지 보는 자가 있었다. 정은 그제서야 알았지만, 책벌레보다 책벌레 모니터링을 하는 것이 더 벌이가 좋았다. 물론 책벌레 모니터링은 아무나 할 수 있는 건 아니었다. 그건 일종의 승진이었다. 팀장은 정방배 씨가 좀더 분발해주셔야 할 것 같다고 말했다. 책벌레의 직원들 중에는 이제 박사학위나 미스코리아 입상, 대학로 연극배우 출신 정도의 스펙을 가진 사람들도 많아졌다고 했다.

"워낙에 요즘 불경기다보니, 취업에 혈안이 되어 있지 않습니까, 잘 아시잖아요."

정은 더도 덜도 말고 보통, 그러니까 '중간' 정도로만 살고 싶었으나 그게 제일 어려웠다. 중간에 머물려고 하는 사람들은 아래로 추락했다. 저 꼭대기를 보고 뛰는 사람들 중에 추락한 이들이 이미 중간에 엉덩이를 걸치고 있기 때문이었다. 정은 이제 중간이 되기 위해 유지해야 할 태도가 어떤 것인지 조금 알 것 같았다. 일단 수족관 안에 들어왔다면 수족관이 요구하는 속도대로 돌아야 했다. 속도조절기는 정에게 있지 않았다. 그렇게 정은 또 수족관 안에서 돌고 있었다.

정은 꾸역꾸역 출근을 해서 책 속에 시선을 묻은 채로, 활자 너머, 겉표지 너머의 세상을 훔쳐보았다. 이 6량, 10량짜리 고철덩어리가 자신만의 독점무대가 아니라는 건 알았지만, 두 눈으로 그 사실을 확인하자 어쩐지 조금 부끄러워졌다. 정의 시야에 『민달팽이의 집』을 들고 있는 사람이 세 명이나 들어왔다. 책벌레 소속일 수도 있었고, 진짜 독자일 수도 있었다. 한 여자는 고의적으로, 그러나 들키지는 않을 만큼만, 누군가와 부딪치곤 했다. 『민달팽이의 집』이 떨어지면 그것을 스스로 줍거나 상대방이 주워주면 받아드는 방식으로 좀더 직접적인 홍보를 하고 있었다. 30분 동안 그 여자는 너무 자주 사람들과 부딪치고 책 떨어뜨리기를 반복하고 있었다. 물론 효과는 좋았다. 책이 떨어짐과 들어올려짐이 반복되면서『민달팽이의 집』의 제목과 표지가 좀더 적극적으로 노출되었다. 어떤 남자는 졸고 있었다. 조용히『민달팽이의 집』을 손에 든 채 앉아서 졸다가, 다시 일어나서 책 읽기를 반복했다. 홍보할 책을 들고 존다는 것은 분명히 감점요인이었으나, 뭐랄까 표정과 자세가 너무나 독특해서 사람들의 시선을 붙잡는다는 것은 장점이었다. 책벌레가 요구하는 것은 사람들의 무의식에『민달팽이의 집』을 박아 넣는 것이었으므로, 단지 책을 읽다가 존다고 해서 그 책을 광고하는 데 실패한 건 아니었다. 분명 그 남자는 시선을 끄는 데 성공했고, 날아드는 시선을『민달팽이의 집』으로 막고 있었다. 어떤 여자는 그냥 조용히 『민달팽이의 집』을 읽고 있었다. 그것은 책벌레의 요구사항에 기본적으로 부합하는 것이었으나 그 여자는 아무런 특색이 없었다. 책 읽는 기계 같았다. 정이 여자에게 말했다.

"고등어가 앞에 가는 고등어의 뒤꽁무니만 본다면 자기가 헤엄치는 건지 아닌지, 그런 생각을 할 틈도 없을 거예요. 전 지금 앞에 가는 고등어의 엉덩이만 보고 있거든요. 정신없이 달려야죠."

여자는 대꾸하지 않았다. 말린 노가리 같은 표정으로, 인파에 묻혀서 책 읽는 사람. 그건 정 자신이었다.

지하철이 정의 동선을 읽어냈다. 교통카드가, CCTV가, 그리고 정이 알아볼 수 없는 많은 사람들이 그의 동선을 읽어냈다. 이제 곧 집을 비워줘야 했다. 사용기한이 사흘 남아 있었다. 일에 방해가 될 정도로 휴대폰이 자주 울렸다. 자연스러운 독자의 모습에 지장을 줄 정도였다. 아예 벨소리를 무음으로 처리해서 가방 깊숙이 넣어버렸다. 한참 후 확인해보니 총 여섯 통의 전화와 한 건의 문자가 와 있었다. 관리인이었다. 입주할 사람이 기다리고 있으니 이번 주까지 꼭 정리를 부탁드린다는 내용이었다. 이사 날짜가 다음 주 월요일이라고 했다. 그러나 이상하게 이런 활자들이 업무용 책 속의 문구처럼 어느 정도 거리를 두고 읽혔다. 자신의 일처럼 실감나게 다가오지 않았다. 정은 10분에 한 번씩 즐거운 듯 웃었고, 또 그보다 더 자주 책에 밑줄을 그었다. 그러면서 사흘 안에 어디로 가야 할지를 생각했다. 그리고 그 사실을 들키지 않을 만큼 노련했다. 노련해져 있었다.

"어, 눈 온다."

지하철 안에서 누군가가 그렇게 말했다. 정말 책 밖으로, 눈이 마약가루처럼 날리고 있었다. 취할 것만 같았다.

폭설 속에서 지하철 1호선은 가끔 멈췄고 2호선은 늘어지는 도시를 옥죄듯, 뱅글뱅글 돌았다. 손목을 옥죄는 수갑처럼, 혹은 목을 옥죄는 오랏줄처럼.

아직 녹지 않은 눈 위로 추위가 급습한 날, 지하철은 나프탈렌 냄새로 가득했다. 알파카와 모, 혹은 나일론과 같은 각종 섬유들이 묵은 계절의 무게를 달고 나와 뒤섞였다. 나프탈렌 냄새 속에서 정은 민달팽이의 수가 기하급수적으로 늘어나는 것을 보았다.

정은 기계처럼 귀가했다. 이미 일요일은 지났고 월요일 자정하고도 20분이 더 지나 있었다.

'사용기한이 지났습니다. 오늘 오전에 내부의 짐을 수거해 따로 보관하겠습니다.'

정이 집 안으로 들어서고 얼마 되지 않아 초인종이 울렸다. 관리인이었다. 정은 숨을 죽였다. 뉴스 속에서나 보던, 세입자와 집주인 사이의 대치 상황이 지금 이곳에서 벌어지고 있었다. 아직 집을 알아보지 못했다. 휴대폰은 이미 꺼둔 지 오래였다. 켜고 싶지 않았다. 문을 쿵 쿵 두드리는 소리에 정은 망치질 당하는 못이 되고 있었다. 어딘가 다른 쪽 문이 있다면 그곳으로 빠져나가고 싶었다.

정은 어쩌면 수많은 복사본 중에 하나일지도 모를 『CHEF'S NAIL (요리사의 손톱)』을 펼쳐놓고 아이의 가르마를 타듯 읽던 부분을 더듬어 찾았다. 양장본이 표지의 두 몸체를 바닥에 딱 붙이면 그 위로 속지들이 부채꼴 모양으로 펼쳐지는 것이 좋아서 정은 일부러 책갈피를 쓰지 않았다. 정은 그중 한 페이지에 귀를 대고 엎드렸다. 한 장을 볼 아래 베개처럼 깔고, 다음 장이 코 쪽으로 기울어지면 그것을 이불처럼 덮었다. 책장과 책장 사이에 가만히 누워서 압축되면 어떨까. 공간 속에 시간을 압축해놓는 방법, 그러니까 흘러가는 시간을 붙잡는 방법은 박제밖에 없었다. 시간과 공간의 무게 속에서 수분이 증발하고, 그 자신은 영원불멸하게 박제될 것이다. 정의 책 속에는 그렇게 박제된 시간들이 이미 몇 마디의 풀꽃으로 누워 있었다.

관리인이 문을 두드리는 소리 사이사이로 가만히 귀를 기울이면 다른 소리가 들릴 것도 같았다. 이 세계의 시간이 지겨워, 이 세계의 공간이 답답해, 책 속의 문맥을 스스로 읽어가는 책의 울림이. 짐짓 아무렇지 않은 체 하면서도, 뒷발로는 보이지 않는 탈출구를 만드는 책의 몸짓이.

아침, 정의 문을 여는 데 비상열쇠가 동원되었다. 관리인이 문을 열고 내부를 들여다보았을 때 그 안에는 짐이랄 게 없었다. 이미 이사를 하고 떠난 듯한, 빈집이었다.

정은 그 시간, 2호선을 세 바퀴째 돌고 있었다. 정은 평소보다 훨씬 일찍 출근했다. 출근이 아닐 수도 있었다. 민달팽이가 책장 위로 느릿느릿 지나갔다. 잎이 아니라 바람을 갉아먹는 것 같았다. 정이 지켜보는 가운데 민달팽이는 활자 위를 지우개처럼 기어가더니 곧 흔적도 없이 사라졌다. 책 속으로 들어가버렸다. 감쪽같았다. 아주 노련하게 민달팽이는 입체에서 평면으로 압축되었다. 정은 밑줄을 그었다. 긋다가, 가보기로 했다. 『CHEF'S NAIL(요리사의 손톱)』 속에서 모든 이름들은 그 이름이 나올 수밖에 없는 나름의 필연적인 이유를 부여받는다. 그런 곳이 진짜로 있다면, 정이라고 못 갈 거야 없었다. 정은 흘끔, 지하철 노선도를 쳐다보았다. 지하철이 사방팔방으로 탯줄처럼 뻗어 있었다. 종점은 어쩌면 종점이 아닐 수도 있었다. 종점과 차고지, 그 이후까지 달려가면 구원의 탯줄이 뻗어 있을지도.

이미 퇴근 시간은 지나 있었다. 몇 바퀴째 지하철로 도시를 맴돌았는지 헤아릴 수 없었다. 정은 『민달팽이의 집』을 가방에 집어넣고, 『CHEF'S NAIL(요리사의 손톱)』을 꺼냈다. 펼쳐진 책의 두 페이지가 꼭 창문처럼 보였다. 이름과 이름들이 계속 낳고 낳고 또 낳는 책을 읽으며 정은 지하철 이 끝에서 저 끝까지 달렸다. 지하철은 2호선을 지나 5호선을 지나 8호선, 12호선까지 이어졌다. 237쪽을 뚫어져라 쳐다보니 책장이 문처럼 슬쩍, 몸을 기울여주었다. 종점 이후, 차고지 이후의 시간이 공간 형태로 길고 어둡게 다가왔다. 이 시간이 지나가면 『CHEF'S NAIL(요리사의 손톱)』의 세계가 펼쳐질 것이다. 아직 태어나지 않은 노선들, 구멍조차 내지 못한 흙 속으로 정은 움직였다. 그리고 마침내 그 끝에서 책 속으로 들어갔다. 입체에서 평면으로.

다섯번째 집이었다.

'CHEF'S MAIL'이라는 간판을 'CHEF'S NAIL'로 잘못 읽지만 않았다면 애초에 이런 일은 일어나지 않았을 것이다. 아니, 『CHEF'S NAIL (요리사의 손톱)』과 『민달팽이의 집』을 혼동하지만 않았어도 이런 일은 일어나지 않았을 것이다. 그러나 어쩌면 그 모든 혼동이 아니더라도, 일은 벌어졌을지 모른다.

정은 소망하던 책 속으로 들어왔으나, 요리사의 손톱은 활자로도 실물로도 보이지 않았다. 저만치서 거리에 민달팽이 한 마리가 쉼표처럼 지나가는 것을 보고서야 알았다. 잘못, 왔다는 것을. 정이 들어가고자 했던 세계는 『CHEF'S NAIL (요리사의 손톱)』이었으나, 어쩐 일인지 정은 『민달팽이의 집』으로 들어와 있었다. 분명 가방에 『민달팽이의 집』을 집어넣고 다른 책을 꺼내들었는데, 아마도 왼손과 오른손, 일과 일 아닌 것, 낮과 밤, 그 외에 또 이중적인 많은 것들을 혼동한 게 분명했다. 아마도 과로 때문에.

정은 자신의 몸 아래 흘러가는, 제 몸보다 큰 활자들을 읽었다.

'민달팽이를 모아 굵은 소금이 가득한 단지 안에 넣는다. 뚜껑을 닫았다가 오 분 후, 다시 열면 그 안에 달팽이는 없다. 끈적끈적한 액체만 남아 있다.'

그 문장 위로 기어가는 동안, 공기와 시선이 굵은 소금처럼 정의 몸을 수축시켰다. 스스로가 남의 책장에 무단으로 달라붙은 달팽이처럼 느껴져 정은 더 쪼그라들었다. 저만치 여전히 지하 3층 바닥으로 창문이 나 있는, 도시 안의 첫 집이 보였다. 집 잃은 달팽이만큼 작아진 사람 하나가 그곳으로 들어갔다. 바이브레이터의 진동음이 작게 시작되더니 곧 까만 활자들이 돌처럼 쏟아졌다. 몇 개의 활자가 그 집을 눌렀다. 어깨가 우그러지고 허리가 일그러지면서, 모든 게 납작해졌다. 그가 지나간 자리에는 어떤 흔적도 남지 않았다. 정방배는 행간으로 남았다.

　곽이 책을 펼쳐들었을 때 이미 정은 책장 사이에서 압사한 뒤였다. 237쪽 이후 어딘가에 정의 비문이 남았다. 그러나 누구도 그 비문을 읽지 못했다. 곽은 237쪽 이후의 종이들이 한 뭉텅이로 굳어진 채 열리지 않는 것을 보고 이상하다고 생각했다. 곽이 긴 손톱을 집어넣어 책장과 책장 사이를 분리시키려고 했지만 고집스럽게 입을 다문 그 몇 페이지에서는 종이만 조금, 살점처럼 뜯겨 나왔다.
　그것은 정의 유품이기도 했다. CCTV에 찍힌 정의 모습은 선로 아래로 몸을 던진다기보다는 책 속으로 무게중심을 기울이다가 삶 자체가 기울어버린 것처럼 보였다. 그 영상이 뉴스에 나간 후, 『민달팽이의 집』을 읽는 사람들이 급속도로 늘어났다. 책벌레 업체의 확장인지, 아니면 정말 독자들이 늘어난 것인지 알 수 없었지만, 확실한 것은 정의 죽음이 『민달팽이의 집』을 유명하게 만들었다는 점이었다. 그 책을 양손으로 꼭 쥔 여자의 투신은 많은 사람들의 시선을 끌었다. 그 여자가 정임을 알게 된 몇몇 사람들의 팔에 소름이 돋았으나, 세상의 모든 소름이 그렇듯 곧 가라앉았다. 주기적으로 지하철에서 정을 본 사람들은 자살한 여자에 대해 그렇게 말했다. 그 여자는 늘 책을 읽고 있었다고. 가끔 울거나, 가끔 웃었다고.
　2호선 순환선은 뱅글뱅글 돌았다. 곽은 정과 함께 지하철을 탔던 그 밤을 떠올렸다. 그때 정에게서 이상한 낌새 같은 것은 느끼지 못했다. 정은 그냥 평범했다. 다만 지하철 2호선이 한 바퀴 도는 데 87분이 걸린다던 정의 말이 이제 와서야 조금 의미심장하게 남는 것도 같았다. 곽에겐 87분을 몸소 증명해볼 시간이 없었다. 곽은 월요일에 사택으로 들어왔다. 그곳이 정이 살던 집인지는 알지 못했지만, 알았더라도 달라지는 건 없었을 것이다. 사택에서 회사까지는 지하철 2호선으로 네 정거장 거리였다. 이제 내릴 시간이었다.

곽이 책을 가방에 넣으려고 하자, 책은 새처럼 퍼덕이며 날갯짓을 했다. 그러더니 곽의 가방으로부터, 지하철의 고철 지붕을 뚫고, 하늘로 솟아올랐다. 사각, 사각, 하던 소리가 폭풍처럼 커졌다. 지하 곳곳에 얌전히 누워 있던 수만 권의 책들이 몸을 갈매기처럼 활짝 펼친 채 날아오르기 시작했다. 어떤 것은 저공비행을 하고 어떤 것은 고공비행을 하며 그들은 한 세계를 통과했다. 그 틈에서 활자들이 깃털처럼 날렸다. 책은 높게 날아올랐다. 몇 미터 상공에서 아가리를 쫙 벌리고 또다른 표적을 찾아, 크게 하품을 했다.

지붕이 뚫린 지하철은 아무 일 없이 흘러가고, 사람들은 책을 읽었다. 바람이 몇 줄씩 불어왔다.

〔『문학동네』 2010년 겨울호〕

## 선 정 의  말

—


「요리사의 손톱」은 " 'CHEF'S MAIL'을 'CHEF'S NAIL'로 잘못 읽지만 않았다면"이라는 조건부 문장으로 시작한다. 윤고은의 고의적 착란을 이어받아, '셰프chief'를 '치프chief'로 고쳐 읽으면 어떨까. '보이지 않는 손'을 튕기며 악력을 자랑하는 '요리사'는 개인을 도마 위에 올려놓고 저울질하는 자본의 '우두머리'로 바꾸어 읽을 수 있다. 요리사의 손톱은 주인공을 '민달팽이' 같은 존재로 왜소화하는 자본의 위력을 은유한다. 순환하는 2호선에 몸을 싣고 동일한 노선을 돌고 도는 '정방배' 씨는, 횟감으로 희생되어야 하는 고등어 같은 샐러리맨의 신세를 온몸으로 보여준다. 메일과 네일, 셰프와 치프, 왼손과 오른손. '손톱만 한' 차이가 한 인간을 죽음으로 몰고 가는 극단적인 불행을 초래한다. 그러나 그가 어느 쪽을 택했든 파국을 면치는 못했을 터. 책 속의 얼룩으로 사그라지는 현대인의 존재론적 위상은, 이렇게 드러난다.

자본의 우주에서 한 개인은 세상을 독해하는 고고한 독자가 아니다. 차라리 책장에 묻은 작은 얼룩이다. 마지막 장면에서 주인공은 책 속으로 들어간다. 책 속에서 길을 잃는 그의 마지막 모습은 세상에 단 한 권뿐인 책이 탄생하는 최초의 장면이 될 것이다. "책장 사이에서 압사"한 그의 죽음을 애도하는 사람은 거의 없다. 그는 그저 잘못 찍힌 하나의 획, 읽히지 않는 '얼룩'일 뿐이기 때문이다.

「요리사의 손톱」은 흥미로운 은유를 통해 지금—여기의 현실과 책의 운명을 병치해놓은 작품이다. 윤고은의 특장을 잘 살리면서 시사적인 질문을 남기는 작품이다. 시간을 거스르는 힘을 가진 것이 이야기의 위력이라는 말은, 이제 수정되어야 할 듯하다. 시공의 무게를 지우는 순간, 우리는 책장 사이에서 길을 잃을지 모르기 때문이다. 지하철 의자에 앉아 책을 들고 가끔 울거나 가끔 웃었던 '정방배' 씨의 죽음을 기억하는 사람이 있다면, 그리하여 그가 남긴 '단 한 권의 책' 속으로 들어가려 하는 자가 있다면, 반드시 나오는 문을 확인할 것! 행간에 갇혀 "영원불멸하게 박제될"지도 모른다. _양윤의(문학평론가)

송 종 원 ・ 윤 고 은

# 인터뷰

—

**송종원_**「요리사의 손톱」을 읽으면서 불길한 현재와 미래에 대해 막막하게 써나가는 이야기라는 느낌이 들었어요. 이 소설을 쓰게 된 출발점에 대해 궁금한 점들이 생기더라고요.

**윤고은_** 두 가지가 있었어요. 하나는 제가 실제로 '쉐프스 네일'은 아니었지만 다른 비슷한 이름의 간판을 헷갈리게 읽은 적이 있었어요. 그때 너무 웃기다고 생각해서 기록을 해놓았던 게 있었고, 거기서 이야기를 시작하고 싶었어요. 또 한 가지는 비슷한 시기에 한 책을 읽으면서 2호선을 순환한 적이 있었어요. 왜 그랬는지는 모르겠어요. 그때 이걸 직업적으로 하는 사람이 있으면 어떨까 하는 생각을 했었는데 두 가지가 연결이 되어서 이야기를 쓰게 됐어요.

**송종원**_인물이 독서 아르바이트를 하잖아요. 윤고은 씨 작품에는 항상 특이한 직업이나 일거리 들이 등장하는데 그런 것들이 정보 수집에 의해 씌어지는 건지 아니면 상상에 의존해 씌어지는 건지 궁금했어요.

**윤고은**_상상에서 시작되는 경우도 있고, 취재하는 경우도 있었어요. 소설과 상관없이 이런 일들이 있으면 어떨까, 하고 나름의 '사업구상'처럼 했던 것들도 있었거든요. 그게 연결이 되었던 것 같아요.

**송종원**_소설의 주인공으로, '정'이라는 인물이 나오는데, 읽는 행위를 잘못하는 것부터 시작해서 광고를 잘못 만들고 회사에서 구조조정을 당하고 그 이후로도 서서히 망가지죠. 그 구조조정을 당할 때 직장 상사나 동료들이 과로 때문이다. 쉬어야 한다는 이야기를 많이 하더라고요. 그게 이 인물의 망가짐의 직접적인 원인을 이야기하는 것 같으면서도 동시에 '과로 때문이다'라는 말 뒤에 숨겨져 있는 다른 말들이 있을 것 같다는 생각도 들었거든요.

**윤고은**_등산이나 운동을 할 때 잠깐 쉬면 페이스가 엉켜 더 힘들잖아요. 그런 것과 비슷하다는 생각을 했었어요. '정'이라는 인물도 딱히 과로했다, 일을 너무 많이 했다기보다는 자기 궤도에서 잠깐 다른 생각을 했던 거죠. 잠깐 멈추었던 것 자체가, 그다음 속도가 흐트러지는 원인이 된 게 아닐까 싶어요. 말하자면, 과로했기 때문이 아니라 과로하고 있는 세상에

송종원

서 잠깐, 약간 한숨을 쉰 것, 잠깐 다른 곳으로 고개를 돌렸던 것이 원인일 수 있지 않나 하는 거죠.

**송종원**_약간 비판적으로 바라보자면, 윤고은 씨의 소설에는 잘 정돈되고 마무리된 서사들이 항상 있는 것 같다는 느낌이 들었어요. 어떻게 보면 현실의 불가해성이나 세계에 압도당하는 이미지들과는 거리를 두고 있는, 자기가 파악한 도식 안에서 소설을 쓰고 있는 것은 아닐까 하는 의심 같은 것들을 독하게 질문해볼 수 있을 것 같거든요.

**윤고은**_사실 저는, 제가 즐겁고 제가 하고 싶은 이야기의 방향으로 소설을 쓰곤 하는데, 이번 「요리사의 손톱」같은 경우 어느 부분부터는 계획했던 대로가 아닌, 인물이 흘러가는 대로 두는 것 같은 기분을 느꼈거든요. 그렇게 되더라고요. 읽기 나름이기는 할 텐데 아직은 어떤 것을 꼭 구조적으로만 그려내려하기보다는 일단 공감을 사고 싶은 부분이 더 큰 것 같아요. 만약 제 소설에 공식이 있다면 독자가 자기 경험을 대입해 넣을 수 있어도 되는 것 정도?

**송종원**_어떻게 보면 인간에 대한 비관적인 생각 같은 것들을 가지고 있는 건 아닐까 하는 느낌도 있었어요. 이 인물이 결국, 자기가 생각할 틈과 정신 차릴 겨를을 가지게 되면서 선택하는 것이, 제가 읽기로는 '죽음'이나, 왠지 자기에게 불행이 떨어질 것 같은 것들을 직감하면서, '이 불행은 나만 가지고 있는 게 아니라 모든 사람이 다 같이 가지고 있을 거야'처럼 불행에 대한 평등을 말하는 것 같기도 했구요. (작가가) 인간에 대한, 인간들이 모여서 같이 살고, 다른 사람들을 위해 사는 그런 마음에 대한 회의감 같은 게 있는 건 아닐까 하는 생각이 들더군요.

**윤고은**_그런 건 아닌데요, 위로받고 싶어 하는 마음이 있는 것 같아요. 제가 전에 썼던 「1인용 식탁」이라는 작품에서도 보면 혼자 먹는 것을 두려워하는 사람이 별다른 치료법을 알게 되는 것이 아니라 혼자 먹는 사람이 자기 말고도 많다는 걸 알게 되면서, 즉 집단이 되는 것으로 위안을 받아요. 외로워하는 사람이 여럿 모여들면, 정말 외로운 걸까 아니면 그게 위안이 될 수도 있는 걸까. 이런 생각을 많이 하기 때문에 '237'도 마찬가지로 자기 혼자만 그런 게 아니라 다 똑같다는 데에서 소외를 달래고 위안을 얻을 수 있다고 생각했던 게 아닐까. 그게 착각이라 하더라도 말이죠. 🎔

윤고은

# 비교적 안녕한 당신의 하루 _ 안보윤

안 보 윤  1981년 인천에서 태어났다. 2005년 문학동네작가상을 받으며 문단에 나왔으며, 자음과모음문학상(2009)을 수상했다. 장편소설로『악어 떼가 나왔다』『오즈의 닥터』『사소한 문제들』『우선 멈춤』이 있다.

## 작 가 노 트

비교적, 이라는 말은 때때로 비겁해진다.
나는 비교적 행복하며,
나는 비교적 잘 살고 있다.
대체 누구와 비교해서?
내가, 혹은 당신이 누군가보다 안녕할 때
안도감보다 공포를 느껴야 한다.
당신의 안녕에 대한 의심이 필요하다.


● ··

# 비교적 안녕한 당신의 하루

—

유진보다 한발 앞서 태어난 것은 이름이었다.

당시 유진은 엄마 자궁에 조롱박 모양으로 매달려 있었다. 초음파 사진에 찍힌 유진의 보금자리는 떼꾼한 눈 마냥 새까만 공동(空洞)이었다. 요 안에 찍힌 점 보이시죠? 이게 심장입니다. 아무리 봐도 인쇄가 잘못된 걸로밖에 보이지 않는 검은 낙서를 가리키며 산부인과 의사가 말했다. 유진의 아빠는 입을 크게 벌리고 웃었다. 심장이라니 그럴 리 가요. 이건 고춥니다, 고추. 우리 집안 5대독자가 될 녀석이거든요.

유진은 아직 사람이라기보다 기형으로 뒤얽힌 핏줄에 가까웠다. 모세혈관이 한없이 투명해 고추는커녕 눈알조차 여물지 않았다. 지글거리며 가래 끓는 소리를 쏟아내는 심장은 유진보다 엄마의 감정에 먼저 반응했다. 유진의 아빠는 산부인과를 나와 집으로 돌아가는 길에 보쌈집에 들러 기름 뺀 고기를 3인분 시켰다. 용수나 용식이는 촌스럽고, 용진이 정도면 괜찮을라나? 노란 배춧속을 뜯어먹던 엄마가 무심히 고개를 끄덕였다. 유용진. 가운데 항렬자 용맹할 용을 붙인 유진의 이름은 그렇게 태어났다.

한발 늦게 태어난 유진은 3킬로그램이 채 안됐다. 여기저기서 뻗어나온 손이 흡입관을 갖다 대고 눈가에 크림을 바르고 손가락 발가락 개수를 세고 배꼽을 잡아당기며 호들갑을 떠는 통에 유진은 어리둥절 그 자체였다. 의사가 끝났다는 신호로 엉덩이를 후려치자 물에 부푼 얼굴이 쭉 쭈그러들며 울음이 터졌다. 유진의 생애 두번째 울음이었다. 첫번째 것은 흡입관에 빨려 들어가 흔적도 없이 사라졌다.

산모 04시 27분 여아 분만입니다. 정말, 정말 여자앤가요? 유진의 엄마가 황급히 물었다. 악쓰느라 돋은 이마 핏줄이 여전히 빳빳한 채였다. 예쁜 공주님이에요. 간호사의 말에 유진의 엄마는 그대로 까라졌다. 그런데 선생님, 이건 뭔가요? 유진의 가랑이 사이를 가리키며 간호사가 속닥댔다. 찰떡에 젓가락을 찌르면 꼭 요런 모양이 되는데요. 인근에 출산전문병원이 없어 사흘 동안 일곱 명의 아이를 혼자 받아야했던 의사가 피곤에 찌든 얼굴로 일어섰다. 흠뻑 젖은 고무장갑이 둔탁한 소리를 내며 바닥으로 떨어졌다.

눌러놓은 탯줄 아래부터 엉덩이까지는 몹시 완만했다. 꽉 움켜쥔 주먹처럼 안으로 말려들어간 둔덕이 문제였다. 밋밋한 가랑이에 뚫린 구멍 두 개. 조글조글 주름이 잡힌 건 항문이 분명한데 나머지 하나가 정체불명이었다. 아예 막힌 것도 아니고 뭐, 오줌똥만 제대로 나오면 상관없겠지. 홀로 납득한 의사가 새 장갑을 끼고 엄마의 회음부를 꿰매기 시작했다. 진통을 호소하는 산모가 대기실에 둘이나 더 있었다. 그 중 하나는 태아가 36주밖에 안 돼 산소호흡기가 달린 인큐베이터를 예

약해놓은 상태였다. 기왕 뚫린 구멍이 왜 더 흉물스럽지 않은지에 대해 따질 여력이 없었다. 그런 거 들여다볼 시간 있음 대기실 산모 분만 못하게 다리라도 붙잡아 매달아놓고 와. 의사의 핀잔에 간호사들이 다시 분주히 움직이기 시작했다. 유진은 이미 태어났고, 그들이 해야 할 일은 너무 많았다. 제일 나이 어린 간호사가 깜빡했다는 듯 분만실을 나섰다. 산모 보호자에게 아기가 무사히 태어났음을 알리고 찰떡 구멍에 대해 언질이라도 줄 작정이었다.

고추가 아닌데다 째진 틈조차 허술한 유진을 보고 아빠가 제일 먼저 한 일은 이름에서 항렬자를 빼는 일이었다. 유진의 이름은 그냥 진이 되었다. 유진. 유진 씨, 성은 뭐죠? 유씨요. 그럼 유유진 씨? 아뇨, 그냥 유, 진인데요. 이름이 외자군요. 그럼 진 씨 아니 진이 씨. 음, 그냥 풀네임으로 불러도 될까요? 마음대로 하세요. 자기소개는 물론 사소한 신청서 하나를 쓸 때조차 이런 식의 문답이 반복됐다. 유진은 이름보다 긴 변명에 익숙해졌다. 몇 해가 지나도 익숙해지지 않는 것은 유와 진 사이에 뚫려 있는 검은 오솔길, 뜯겨 나간 자국이 선명한 그 좁은 틈이었다.

유진은 그럭저럭 성장했다. 고등학교에 진학한 뒤 부모님이 이혼한 사유조차 그럭저럭이었다. 5대독자 운운하던 아버지가 밖에서 아들을 낳아 왔고, 살고 있던 아파트와 상당한 금액의 위자료를 얹은 이혼서류가 엄마 앞으로 날아갔다. 유진은 서류상 아버지 밑에 남았으나 새엄마와 갓난쟁이가 집에 들어오기 전 독립했다. 갓난쟁이 울음소리가 수험에 방해된다는 이유에서였다. 유진이 계약한 하숙집은 학교 근처였고 부모님보다 살갑게 끼니를 챙겨주는 할머니가 딸려 있었다. 하숙집에서만큼은 유진도 말이 어눌하고 음침한, 이른바 되다 만 아이가 아니었다. 유진은 얌전하고 예의바른 학생으로 대우받았다. 다른 하숙생이 두 명 더 있었으나 할머니가 게장 등딱지를 따주고 요구르트를 챙겨주는 건 유진뿐이었다. 유진은 그럭저럭 행복했다. 1학년 여름에 시작된 첫사랑은 진전도 좌절도 없었다. 검고 빳빳한 머리칼과 구릿빛 얼굴이 촌스러운 봉사단 선배가 그 상대였다.

선배는 생긴 것만큼이나 고지식했다. 여느 아이들처럼 요령껏 봉사시간 채우는 일은 결코 하지 않았다. 수해지역 복구공사를 나갔을 때 얼마나 필사적으로 삽질을 해댔던지 얼굴은 물론 치아에까지 진흙이 낄 정도였다. 아아아. 가까스로 뚫린 배수로로 흙탕물이 빨려 들어가자 선배가 탄성을 냈다. 희열에 찬 듯도 어딘지 절박한 듯도 한 탄성이었다. 크게 벌어진 입을 향해 늘어진 코가 당장이라도 떨어질 것처럼 덜렁거렸다. 유진은 흙탕물이 휘돌면서 생긴 여울에 목까지 빨려 들어간 기분이었다. 빗물이 죄다 유진의 속으로 차오르는지 속이 메슥거렸다.

유진은 무릎까지 차오른 물속에 꼼짝 않고 서 있었다. 물가로 기어오르는 선배를 지켜보느라 부러진 나무토막이 자신의 종아리를 후려치는 줄도 몰랐다. 물이 빠져나가자 입을 쩍 벌린 유진의 상처가 드러났다. 종아리 아래는 진흙과 피가 엉겨 엉망이었다. 통증은 없었다. 오히려 진흙을 한 움큼 문 자신의 상처가 선배 입과 꼭 닮은 것 같아 가슴이 뛰었다.

3학년이었던 선배는 금세 졸업했다. 첫사랑이 불발로 끝나는 건 대개 고백의 시기를 놓쳐버렸기 때문일 거라고 유진은 생각했다. 낯선 이름의 지방대로 흘러간 선배와 다시 만날 일은 없을 터였다. 유진은 가로로 길게 찢긴 종아리 흉터를 쓰다듬었다. 선배를 떠올릴 때마다 휘도는 감정들은 그 여름 배수로로 휩쓸려가던 흙탕물과 같았다. 걸쭉하게 침전된 무언가가 아랫배 그득 고였다. 사타구니가 간지럽고 이상하게 뻐근한 건 그 때문인 것 같았다.

선배가 지방으로 떠난 뒤엔 하숙집 할머니가 죽었다. 너무 늦게 전해진 부음이라 젤리처럼 말랑말랑해진 할머니의 손발톱이 들뜨기 시작한 뒤였다. 할머니가 옥상에서 쓰러진 건 석 달 전 일이었다. 병원에 입원한 할머니는 한 번도 의식을 찾지 못했다. 할머니의 외동딸이 임종 후 장례까지 모두 치른 다음에야 하숙집에 부고를 전했다. 집을 내놓았으니 말일까지 방을 비우라는 일방적인 통보와 함께였다.

하숙생들이 항의하는 동안 유진은 시멘트를 대충 개어 만든 계단을 올랐다. 할머니의 항아리들은 뚜껑이 열린 채였다. 들여다보니 반쯤 언 빗물과 나뭇잎, 삭은 냄새를 풍기는 된장이 한데 엉겨 있었다. 등이 매끄러운 벌레가 끊임없이 바각대며 잔물결을 일으켰다. 유진은 항아리 옆에 쭈그려 앉아 울었다. 돌을 심어놓은 것처럼 아랫배가 욱신거려 오열은 급기야 구토로 이어졌다. 조각난 돌멩이들이 혈관을 따라 잘각잘각 굴러다녔다. 유진은 맹렬한 슬픔과 상실감에 휩싸여 항아리 뚜껑을 닫았다. 벌레의 매끄러운 등을 찢고 나오는 뾰족한 날개가 어째서인지 눈앞에 선했다.

유진은 욕실에 들어가 더러워진 옷을 벗다 그것을 발견했다. 가랑이 사이로 쑥 빠져나온 슬픔. 애정과 미련, 설렘과 욕망이 한 덩어리로 뭉쳐 기어코는 슬픔이라는 껍질을 둘러쓴 채 구체화된 모습을. 유진의 슬픔은 아주 작고 말랑말랑한 죽순 모양이었다.

이건 성기군요. 비뇨기과 의사가 장갑 낀 손으로 슬픔의 끄트머리를 잡아당겼다. 고름이 끝까지 차올라 예민해진 종기를 손톱으로 긁는 것처럼 아슬아슬한 쾌감과 통증이 유진을 관통했다. 처음 유진을 보고 아연실색했던 의사는 이제 노골적으로 호기심을 드러내며 유진의 슬픔을 주물럭댔다. 드물긴 하지만 이런 사례가 전혀 없는 건 아닙니다. 일종의 성기 기형인데, 외부로 돌출되어야 할 부분이 안으로 말려들어가 있다가 성장하면서 밖으로 빠져나오는 거죠. 요 막대만 나왔다는 건 음낭이 아직 안에 있다는 건데, 검사해보고 수술하면 제대로 모양을 갖출 수 있을 겁니다. 눌려 있던 만큼 크기는 좀 작겠지만 치료만 제대로 하면 기능상 문제는 없어요. 내버려두면 언제까지고 손을 뗄 것 같지 않아 유진은 억지로 팬티를 끌어올렸다. 매무새를 정리하고 체크무늬 교복치마로 무릎을 덮은 뒤에야 의사가 겸연쩍은 얼굴로 물러났다. 그나저나 호적정리를 해야겠네요. 호적정리는 왜요? 왜냐니, 출생신고가 여자로 되어 있을 거 아닙니까. 남자로 바꿔야죠. 제가 남자라고요? 그럼요. 거기 그렇게 증거가 있잖아요. 하지만 전 여잔데요. 지금까진 그랬겠지만 이제 아닙니다. 그게 달렸으면 남자, 안 달렸으면 여자. 세상에서 제일 간단한 논리가 바로 이거거든요. 주민등록증이 아직 안 나왔을 테니 잘 됐습니다. 가끔 동사무소 직원 실수로 성별이 바뀌기도 하니까 정정신고만 하면 감쪽같을 겁니다. 졸업하고 군대까지 다녀오면 확실히 남자가 되는 거지요. 그게 순리에요.

*

석문이 다시 집으로 돌아온 건 2년만이었다. 대입준비를 다시 하겠노라 큰소리쳤지만 눈앞이 캄캄했다. 중학교 때부터 6년 내내 준비하고서도 성적이 그 모양이었는데 수능이 반년도 안 남은 지금 기적이 일어날 리 없었다. 석문은 하릴없이 집을 나섰다가 새벽에 돌아오기를 반복했다. 갈 곳은 많지 않았다. 도서관 열람실에서 잠을 자거나 피시방에 가거나 당구장에서 시간을 죽이거나. 도서관 가는 날은 줄어들었고 피시방에 앉아 게임을 하는 시간이 늘어났다. 당연했다. 도서관에는 석문과 다른 인종들, 그러니까 목적이 분명하고 시간 배분에 목숨을 건 인종들이 앉아 있었다. 반면 피시방에는 석문처럼 끊임없는 망설임과 보류로 유예된 인종들이 가득했다. 키보드에 눌어붙은 담뱃불 자국만큼이나 쓸모없는 이른바 잉여인간들. 석문은 흡연실 제일 안쪽에 숨어 기형적으로 발달된 스피드로 손을 놀렸다. 그곳은 마음만 먹으면 제왕이 될 수 있는 곳이었다. 비록 혼자만의 제왕일지라도.

지방대학에 간 건 문제가 아니었다. 학교 기숙사는 깨끗했고 호수와 농구장, 테니스코트와 잔디 언덕이 건물 그림자처럼 골마다 늘어서 있었다. 시내와 제법 떨어져 있었지만 다니지 못할 정도는 아니었다. 문제는 학교가 아닌 학과였다. 무조건 점수에 맞춰 원서를 넣다 보니 최종합격과가 중국어학과였던 것이다. 석문은 중국어에 전혀 관심이 없었다. 관심은커녕 성조 자체가 불가능했다. 석문에게는 억양이 없었다. 다른 사람과 말하기를 꺼려하는 것도 그 때문이었다. 무료하게 읊조리는 수준의 말을 한다는 건 자신이 가장 잘 알고 있었다. 영어회화시간에 툭하면 혀끝이 풀려 엑썰런트가 액서런트로, 어륀지가 오린지로 변하곤 했다. 중국어 특유의 유려한 음조나 강단 있는 울림은 석문에게 고문이나 다름없었다.

석문은 학과를 멀리하고 외부 활동에 몰두했다. 통기타 동아리와 특공무술, 다큐멘터리를 제작하는 영화동아리는 물론 주신강림이라는 정체불명 애주가 모임에도 얼굴을 디밀었다. 여러 곳을 기웃댔지만 고등학교 때 했던 봉사단만큼은 근처에도 가지 않았다. 고교봉사단은 더럽고 고된 일에만 점수를 주었었다. 석문이 아무리 최선을 다해도 돌아오는 건 비웃음과 경멸뿐이었다. 열심히 일한 자신과 적당히 시간만 때운 아이들이 똑같은 점수를 받는 체계도 이해할 수 없었다. 더 견디기 힘든 건 밋밋한 얼굴을 가진 여자아이의 존재였다.

여자아이는 봉사단 활동에 빠짐없이 나왔다. 간혹 석문과 한조일 때도 있었으나 여느 아이들과 마찬가지로 일은 하지 않았다. 대신 집요하게 석문의 뒤를 쫓아다녔다. 납작 이마와 그믐달 눈썹, 색조가 거의 없는 입술이 한없이 흐린 인상이었다. 그러나 흐릿한 대로 기억에 남으니 이상한 일이었다. 여자아이는 색이 바랜 판박이처럼 지금까지도 석문의 기억에 달라붙어 있었다.

돌이켜보면 여자아이는 그때 이미 제정신이 아니었다.

120년 만의 폭우라던가 하며 지역 일대가 물에 잠겼을 때였다. 봉사단은 수해를 입은 지역으로 몰려가 일을 분담했다. 수해 규모가 워낙 커서 이날만큼은 다른 아이들도 비에 젖은 가재도구를 나르고 부러진 나뭇가지 끌어모으는 일을 해야 했다. 석문은 자진해서 배수로 뚫는 일을 맡았다. 성인 남자들이나 할 법한 고된 일이었지만 남들과 함께 할 필요가 없는 유일한 작업이기 때문이었다. 검은 엿처럼 끈적끈적해진 흙은 좀처럼 줄지 않았다. 석문은 있는 힘을 다해 삽질을 계속했다. 우둑 소리와 함께 구멍이 뚫린 순간 석문은 거센 물살에 쓸려 하마터면 하수구에 발이 박힐 뻔했다. 비명을 지르며 물러서는데 뒤에 선 여자아이가 눈에 띄었다. 여자아이는 석문을 뚫어져라 쳐다보고 있었다. 그 표정이 하도 섬뜩해, 석문이 하수구로 빨려 들어가기를 고대하고 있던 건 아닐까 싶을 정도였다.

석문은 황급히 길옆으로 올라섰다. 물속에 선 여자아이 그림자가 얼룩거리다 하수구로 빨려 들어갔다. 발간 그림자가 여자아이 근처로 솟구쳤다 흩어지기를 반복했다. 무릎까지 차 있던 물이 얼추 빠져나가자 흙이 엉긴 여자아이의 다리가 드러났다. 길게 찢어진 종아리를 본 석문이 입을 틀어막았다. 진흙 낀 상처에서 끊임없이 피가 쏟아져 주변의 물이며 흙이 온통 시뻘겠다. 여자아이가 자신의 종아리를 내려다보며 씩 웃었다. 석문은 발밑에 내려놓았던 삽을 움켜쥐었다. 이대로 여자아이가 한 발이라도 다가서면 가차 없이 머리를 후려칠 작정이었다.

석문은 몸을 부르르 떨었다. 여자아이만 떠올리면 남다른 살의가 치솟았다. 다른 아이들처럼 대놓고 석문을 비웃거나 욕을 한 적도 없는데 이상하게 그랬다. 정작 자신에게 심한 말을 했던 사람들은 이름은커녕 얼굴조차 떠오르지 않았다. 떠오르는 건 지우개로 반쯤 문질러 지운 듯한 여자아이 얼굴뿐이었다.

학교생활은 난감했지만 지루하지 않았다. 다행인지 불행인지 학교에는 석문처럼 겉도는 학생들이 꽤 있었다. 석문은 그들과 어울려 시내로 나가 게임을 하거나 아르바이트를 했다. 미팅한 여자애들과 밤새 술 마시고 노는 일도 잦았다. 일해서 버는 돈은 적었고 여자애들과 놀다보면 생활비까지 바닥나는 것은 순식간이었다. 석문은 여자애들과 놀 때 종종 말을 더듬었고, 지루한 캐릭터라는 비난을 받았다. 석문은 자신이 말없이 일어나 계산을 완료했을 때 여자애들의 호감도가 상승한다는 것을 알았다. 여자애 눈이 유난히 오래 머물렀던 구두나 손가방을 사줬을 때 보다 오랜 교제가 가능하다는 사실도.

아무개 주선으로 아줌마들을 만난 건 순전히 돈 때문이었다. 같이 술 마시고 노래방에서 노는 게 다야. 그 아줌마들 연애니 뭐니 그런 거 딱 질색하거든. 영계들이랑 하루 재미나게 놀고 보수 지불하면 그걸로 끝. 오케이? 아무개가 장담한 대로 아줌마들은 있는 힘껏 놀고 나면 끝이었다. 그들은 석문 일행을 고급 술집에 데려갔으며 눈이 튀어나올 만큼 비싼 시계와 가방을 안겨주었다. 어느 날 아무개가 석문을 문밖으로 불러내 손목에 걸린 시계를 톡톡 두드렸다. 기브 앤 테이크. 오케이?

만남이 거듭될수록 약속장소는 좀더 멀고 퇴폐적인 곳으로 바뀌었다. 술집과 노래방에서 시외 낚시터와 백숙집으로, 외곽에 위치한 간판도 없는 클럽이나 모텔로. 딱히 파트너랄 것도 없었다. 누나, 하고 부르면 이쪽에서 팔을 덥석 잡고 현옥아, 하고 부르면 저쪽에서 허벅지를 덥석 쥐는 식이었다. 어느 누가 현옥인지는 알 바 아니었다. 꾸준히 관리 받은 아줌마들의 피부는 매끈하고 차졌다. 그럼에도 그들은 목과 배 내놓기를 거부했다. 옷을 벗는 건 석문 일행이었다. 처음엔 팬티 내리기를 주저하던 석문도 자신의 엉덩이 대신 그 안에 담길 것이 무엇인지 먼저 가늠하기 시작했다. 아줌마들은 철저히 기브 앤 테이크를 고수했다. 주는 만큼 요구했고 요구한 만큼 다시 내주었다. 석문은 그런 그녀들의 행동이 세련됐다고 생각했다. 간혹 학교에 나가 시급 4천3백 원짜리 아르바이트를 하는 동급생을 보면 절로 웃음이 났다. 기름 낀 더러운 그릇을 꼬박 12시간동안 닦아대도 고작 5만 원. 석문은 엉덩이 한 짝만으로도 몇십만 원을 벌 수 있었다. 석문은 그들의 미련한 고행을 지켜보며 고소했다. 고교봉사단에서 진흙 삽질에 목맨 석문을 비웃던 아이들의 기분을 비로소 알 것 같았다. 그것은 진정 무식하고 시대에 뒤떨어진 행동이었다.

음담에는 세대차이가 따로 없었다. 말초신경을 자극하는 단어들은 한정되어 있었고 최소 백년간은 변화가 없는 듯했다. 세련된 음담이란 건 애초부터 존재하질 않았다. 적어도 성(性)에 관련된 한 사람들은 옛

것을 존중했다. 석문은 인터넷을 뒤져 음담을 수집하고 앞장서서 아줌마들과 약속을 잡았다. 여자애들 만날 돈을 벌기 위해 시작한 일이었지만 이제 그런 건 아무래도 상관없었다. 섹스할 때 엉덩이가 무거운 것만 빼면 아줌마들은 최고였다. 석문은 새로운 세계에 진심으로 빠져들었다. 색다르고 유쾌하며 더없이 생산적인 만남. 그러나 석문은 너무 심취한 나머지 그것의 최후에 대해서는 전혀 예측하지 못했다.

경찰은 여러 종류의 신고를 받고 모텔을 급습했다. 원조교제에 대한 신고를 받았을 때 경찰은 이미 주부도박단 신고를 받고 출동 중이었다. 뒤이어 가출청소년 집단혼숙과 환각제에 대한 신고가 들어왔다. 도대체 안에서 무엇들을 하고 있길래. 경찰은 책임감 반 호기심 반으로 문을 열었다. 조니워커 블랙라벨을 머리끝부터 발끝까지 뒤집어쓴 남학생이 흐느적거리며 그들을 맞았다. 엉덩이에 벌건 잇자국이 찍힌 남학생은 바지를 입을 만큼의 이성조차 없는 상태였다. 구석에 모여 앉은 아줌마들이 이불로 머리를 가린 채 앓는 소리를 냈다. 재킷까지 완벽하게 챙겨 입은 아줌마들에 비해 남학생들은 전부 반벌거숭이에 만취 상태였다. 안으로 걸쇠가 걸린 욕실 문을 따고 보니 5만 원짜리 지폐와 화투를 잔뜩 쓸어 넣은 변기가 울컥울컥 물을 토해내고 있었다.

니가 받은 건 아무것도 없는 거다. 이건 전부 돈거래 없이, 합의하에 이루어진 일이야. 오케이? 아무개가 몇 번씩 다짐하고 간 뒤 석문은 아줌마의 오빠와 남편에게 여러 차례 빰을 맞았다. 뒤에서 허벅지를 걸어차는 바람에 고꾸라지기도 했지만 누구 하나 말리지 않았다. 조서를 꾸미던 경찰이 형식적으로 한마디했을 뿐이었다. 아줌마는 남편 발밑에 꿇어앉아 비느라 바빴다. 어쨌거나 석문은 성인이었고, 간통죄는 이미 사라지고 없었다. 매춘 행위가 이들에게 적용되는가는 미묘한 문제였다. 문제는 현장에서 발견된 돈인데, 아무개는 그게 도박판 돈이라고 박박 우기고 있었다. 매춘보다는 도박으로 몰고 가는 게 상황에 유리했다. 아무려나 뒤처리는 아줌마들이 할 거라고 아무개가 속삭였다. 석문은 보이지 않는 곳에서 아줌마 남편에게 아랫배가 새까매질 때까지 맞았다. 니가 보기엔 세상이 엿 같지? 맘만 먹으면 엿판 뒤집듯 쉽게 쉽게 살 수 있을 거 같지? 병신 같은 새끼. 아줌마 남편이 지갑을 꺼내 석문의 코를 후려쳤다. 나가는 길에 이 돈 갖고 성병 검사나 해, 새꺄. 저 여편네 지난달엔 태국에도 그 짓하러 갔다 왔으니까. 무슨 병을 옮아왔는지 알 게 뭐야.

석문은 화장실에 쪼그려 앉아 덜덜 떨었다. 갑자기 몰려드는 한기가 찬물을 뒤집어썼기 때문인지 원인 모를 바이러스 때문인지 알 수 없었다. 거울을 비춰 엉덩이와 등을 확인하고 머리칼 속까지 꼼꼼히 살폈다. 한 달 전 벌레 물린 자리가 아직까지 부어 있는 게 수상했다. 검은 딱지가 앉은 팔꿈치와 겨드랑 아래 반점도 전부 다 두려움의 대상이었다. 에이즈나 성병이 어떤 증상들을 수반하는지 정확히 몰랐지만 일단 의식하기 시작하니 끝이 없었다. 석문은 날이 밝자마자 병원으로 달려갔다. 대기실에서 진료 순번을 기다리며, 자신의 증상을 의사에게 어떻게 설명해야 할지 고민하며 석문은 자신의 스무 살이 가장 비참한 형식의 최후를 맞았다는 사실을 깨달았다. 말릴수록 고린내가 심해지는 쥐포가 된 기분이었다. 그나마도 함부로 물어뜯은 잇자국이 선명한.

대학은 풍기문란과 명예실추 어쩌고를 이유로 석문 일행을 제적시켰다. 그 과정에서 석문은 자신들을 아줌마와 이어준 아무개가 동교 학생이 아니라는 사실을 알았다. 기숙사에서 쫓겨난 뒤 석문은 고시원을 전전하며 반년을 버텼다. 그나마 다행인 건 그곳이 워낙 지방이라 본가에 소식이 가지 않았다는 점이었다. 제적통지서가 집으로 간 줄 모르고 새 학기 등록금을 받으러 갔던 석문은 뇌진탕을 일으킬 때까지 맞았다. 머릿속이 어뜩해진 채 풍기문란과 명예실추 어쩌고의 이유를 제 입으로 술술 분 뒤엔 기어코 이가 부러졌다.

석문은 집으로 돌아와 죽은 듯 엎드려 지냈다. 여동생은 석문을 벌레 보듯 했다. 사람 취급 안 하기는 부모도 마찬가지였다. 대가리에 기생충이 들지 않고서야, 이 개놈의 자식. 마주칠 때마다 발길질을 하는 아빠는 그나마 나았다. 정작 껄끄러운 대상은 엄마였다. 석문이 만났던 아줌마는 엄마와 동갑이었지만 모든 것이 달랐다. 엄마는 석문을 피해 다녔고, 석문은 엄마를 볼 때마다 한숨을 내쉬었다. 생기 없는 엉덩이와 주름진 목, 분화구 같은 모공으로 뒤덮인 코를 볼 때면 더욱 그랬다. 아빠와 여동생에게 느끼는 감정이 죄책감과 수치심이라면 엄마에게 느끼는 감정은 동정과 연민이었다.

엄마에게도 현옥아, 하고 불러줄 사람이 있을까. 석문은 고개를 저었다. 시간과 세월이 정직하다고 생각한다면 그건 틀렸다. 그것이 평등하다고 생각한다면 더더욱 틀렸다. 그것들은 정확하긴 했지만 정직하지도, 평등하지도 않았다. 시간은 암세포와 같았다. 돈으로 처발라 막지 않으면 승냥이처럼 달려들어 온몸을 넝마로 만들었다. 온몸을 습격당한 쭈글쭈글한 피부가 눈앞에 있으니 그건 명백한 사실이었다.

*

옥탑방으로 이사하던 날 유진의 아빠는 오지 않았다. 딱히 이사라고 할 것도 없었다. 책상과 몇 박스의 책, 미니캐비닛과 옷가방이 짐의 전부였다. 이전 하숙집과 같은 동네였으니 차로 몇 번 오가면 그만이었을 테지만 아빠가 오지 않는 바람에 유진은 포장이사를 불렀다. 노트북을 끌어안고 계단을 올라가면서 유진은 앞으로 사야할 것들에 대해 생각했다. 두루마리 화장지와 거울, 살충제, 쓰레기통처럼 사소하지만 꼭 필요한 것들에 대해서.

방은 넓고 깨끗했다. 햇빛이 지붕을 달궈 후텁지근한 공기층이 형성된 것만 빼면, 바람소리가 비정한 호통소리로 들리는 것만 빼면 나쁘지 않았다. 방과 화장실을 꼼꼼히 청소한 뒤 내친김에 옥상까지 쓸어놓고 유진은 거친 숨을 몰아쉬었다. 해가 진 탓인지 바람이 한층 더 흉포하게 느껴졌다. 낮에 시켜먹고 내놓은 짜장면 그릇이 바람에 떠밀려 계단 끝에 붙어 있었다. 둥글게 휘어 찍힌 짜장 자국이 밀려나고 버틴 그릇의 행적을 고스란히 그려냈다. 유진은 빗자루 끝으로 얼룩을 하나씩 지워나갔다. 난간 아래 점점이 불이 켜진 동네가 내려다보였다. 언젠가 상갓집에 다녀온 아빠의 검은 양복에 뿌려주었던 소금 알갱이처럼 네모지고 흰 알갱이들. 유진은 콧물이 나올 때까지 자리에 서 불빛들을 바라보았다.

혼자 꾸는 꿈은 길고 집요했다. 유진은 드럼통 안에 갇힌 채 폭풍우 치는 바다를 떠도는 꿈에 시달렸다. 폭풍우의 거대한 이빨이 드럼통 뚜껑을 까득까득 깨물어댔다. 깨어난 뒤에도 소리는 사라지지 않았다. 그 벌레는 어떻게 됐을까. 유진은 멍하니 누워 있다 할머니의 항아리를 떠올렸다. 하숙생 중 유진이 제일 먼저 집을 나왔으니 옥상은 아직 그대로일 터였다. 여기도 옥상이니 항아리 하나쯤은 가져올걸 그랬다고, 유진은 새삼 후회했다.

잠이 오지 않는 새벽이면 가끔 손을 내려 바지 속 슬픔을 확인했다.

더 자라지도 그렇다고 사라지지도 않는 슬픔은 나날이 견고해지는 중이었다. 유진은 여전히 변기에 앉아 소변을 보았지만 샤워할 때는 슬픔의 얇은 껍질을 조심스레 잡아당겨 닦아내야만 했다. 주민등록증은 예정대로 숫자 2를 박은 채 발급되었다. 하릴없이 달랑거리는 2인치짜리 슬픔은 유진의 정체성을 결정짓기에 지나치게 경망스러웠다. 시간이 필요했다. 슬픔을 성기로 뽑아낼, 혹은 불필요한 혹 덩어리로 간주해 떼어버릴 시간, 그것을 슬픔이 아닌 어떤 것으로 정의내릴 시간이. 유진은 자신의 망설임이 갓난쟁이에게 빼앗긴 항렬자 때문이라고 생각했다. 결단력 의지 용기 같은 것들은 유진 이름에 난 검은 오솔길을 따라 솔솔 빠져나가고 말았다. 그러므로 그건, 유진의 잘못이 아니었다.

고3이 되면서 유진은 새로운 사랑에 빠졌다. 단발머리가 잘 어울리는 자그마한 체구의 여자아이였는데, 또릿한 눈과 부푼 뺨이 사랑스러웠다. 여자아이는 뭔가에 집중할 때 머리부터 잡아 묶는 버릇이 있었다. 항상 끼고 다니는 고무밴드 때문에 여자아이의 왼쪽 손목엔 쪼글쪼글 살이 접힌 붉은 선이 그어졌다. 유진은 그 선을 손끝으로 가만 덧그리고 싶은 충동에 시달렸다. 머리를 묶을 때 드러나는 여자아이의 엷은 주홍색 귀와 번쩍 들어 올린 팔뚝 아래 드리워지는 삼각그늘 역시 갈망의 대상이었다.

유진은 복도를 지날 때마다 창틀에 매달려 졸고 있는 여자아이를 보았다. 솜털 가득한 뺨이 새끼고양이 발바닥처럼 말랑말랑해 보였다. 왜 그렇게 불편하게 자? 내심 망설이던 유진이 묻자 여자아이는 허공에 자그마한 원을 그려보였다. 애들 머리통이, 여기가 제일 잘 보여. 앞으로 뻗은 손가락이 반창고투성이라 유진은 약간 당황했다. 저 헤어는 뒤통수가 납작하니까 컬을 넣어서 띄우고, 저 헤어는 숱이 적으니까 베이

비 펌 정도는 해야겠어. 저 헤어는, 지금이 최상이니까 패스. 유진은 여자아이가 수험을 포기하고 미용을 배운다는 사실을 처음 알았다. 나는 어떤 게 어울리는데? 허공을 동글리던 여자아이 손이 유진의 뒤통수에 닿았다. 유진은 그때 배 속 깊이 가라앉았던 흙탕물이 깨어나는 소리를 들었다. 부글부글 끓어오르는 붉고 걸쭉한 소용돌이를.

유진이 혼자 산다는 사실을 알게 된 여자아이는 종종 옥탑방으로 찾아왔다. 괜히 인문계로 와서 같이 놀 사람도 없고 말이야. 투덜거리는 여자아이를 위해 유진은 자율학습을 빠지고 일주일에 세 번 다니던 단과학원도 끊었다. 철제 계단을 탕탕 밟고 올라오는 여자아이의 발소리가 들리면 몸이 절로 굳었다. 자기 몸통만 한 머리 마네킹을 옆구리에 끼고 들어서는 여자아이와 시선이 마주치면 땀구멍 숨구멍마다 버섯이 돋아나는 기분이었다. 작고 새까만, 흙탕물에 휩쓸려도 꼼짝 않을 질긴 버섯들이. 유진은 여자아이를 위해 옥탑방 문을 항상 열어두었다. 여자아이를 위해 마네킹이 되어주기도 했다. 여자아이는 유진의 가랑이 사이에 앉아 앞머리를 자르거나 머리끝을 갈색으로 물들였다. 서늘한 가위 소리와 콧잔등으로 떨어지는 머리카락. 그것들이 날리지 않게끔 찬찬히 내뿜어지는 여자아이의 숨을 견디다 보면 유진의 슬픔은 오롯이 자라나 있었다.

그랬다 슬픔. 슬픔 때문에 유진은 혼란스러웠다. 슬픔은 유진의 소용돌이를 정당화시켜주는 생물학적 자격이었다. 동시에 슬픔은 여자아이에게서 항상 2인치씩 밀려나 있는 거리감의 원인이기도 했다. 이 가위 말이야, 사실은 우리 학원 강사가 선물해준 거야. 강사라곤 해도 나랑 다섯 살밖에 차이 안 나지만. 이거 무지 비싼 거다? 자격시험 붙으라고 나한테만 몰래 선물해줬어. 여자아이가 응석부리듯 유진의 등에 이마를 부볐다. 쑥스러울 때 나오는 그녀만의 버릇이었다. 근데 있지, 나 그 강사랑 잤다? 뭐, 가위 때문은 아니고. 수업하다가 나랑 눈 마주치면 말 까먹고 허둥대는 게 귀여워서. 유진은 여자아이를 떼어놓고 컵라면에 물을 부었다. 묘하게 들뜬 여자아이가 유진의 컵라면 뚜껑을 떼어 잘게 찢었다. 덜 익어 서걱대는 면발을 씹으며 유진은 자신의 슬픔에 대해 생각했다.

이것을 보여주면 여자아이에게 자신은 남자일까 여자일까. 이도저도 아닌 그저 '뭣'으로만 남게 되는 건 아닐까. 그게 달렸으면 남자, 안 달렸으면 여자. 세상에서 제일 간단한 논리가 바로 이거거든요. 단언하던 비뇨기과 의사의 얼굴이 떠올랐다. 그게 어째서 간단하다는 건지 유진은 이해할 수가 없었다. 그럼 이 혼란과 고통은 어디에서 시작됐단 말인가. 어느 쪽 지위가 더 유리할지 가늠해보는 이기심과 오만? 위선? 유진은 슬픔을 손가락으로 힘껏 눌러 박았다. 어느 밤엔 살갗이 벗겨지도록 잡아 뽑기도 했다. 슬픔은 고집스럽게 입을 다물고 유진의 혼란을 견뎌냈다.

모든 소식은 유진을 빗겨갔다 마지못해 되돌아왔다. 발밑에 자기장이라도 형성된 것처럼 깊고 음울한 굴절이었다. 유진은 손톱만 한 곰돌이가 촘촘히 박힌 노란색 우주복을 집에 돌 선물로 보냈다가 갓난쟁이 부고를 접했다. 되돌아온 우주복은 소매 끝이 불에 타 있었다. 애엄마가 워낙 충격을 받아서. 몇 달 만에 찾아온 유진의 아빠가 새까맣게 뭉친 섬유덩어리를 떼어내며 말했다. 네가 자기를 놀린다고 생각한 모양이다. 우주복은 불에 타 형태가 일그러져서도 여전히 앙증맞았다. 그냥 버리지 그랬어. 응. 그래도 소식은 전해야 하니까 말이다. 누가 뭐래든 네 동생이잖니.

일주일 내내 열이 심하게 났었다. 그날은 해열제를 먹고 열이 좀 내리기에 괜찮아진 줄 알았어. 계속 잠을 못 잔 터라 애엄마도 나도 지쳐 있었고. 나은 거라고만 생각했지 새벽 내내 체온이 계속 떨어지고 있는 줄은 몰랐다. 아침에 일어나니 벌써 차갑더구나. 장례고 뭐고 할 것 없이 그냥 화장했다. 아무래도 내가 아들하고는 인연이 없는 모양이라. 유진의 아빠가 쓸쓸한 얼굴로 한탄했다. 너무 쓸쓸한 얼굴이라 유진이 팬티를 내려 자신의 슬픔을 보여주고 싶을 정도였다.

갓난쟁이가 죽은 것은 유진이 옥탑방으로 이사 오던 날 밤이었다. 유진이 점점이 불이 켜진 동네를 내려다보며 짜장 얼룩을 지우고 있을 때, 갓난쟁이는 점점이 꺼진 불을 골라 밟고 달아나버린 셈이었다. 유진은 얼굴도 제대로 보지 못한 갓난쟁이를 떠올렸다. 어딘지 '용' 자를 닮았을 것만 같은 아이. 유진은 아이가 흘리고 간 '용' 자를 가만히 주워 와 자신의 이름에 붙여보았다. 유용진. 헐겁던 이름이 꽉 조여지는 기분이었다.

애초부터 고민할 필요가 없었는지도 몰랐다. 초음파사진을 보고 아빠가 단언했던 것처럼 유진은 고추 달린 사내놈이었고, 이 집안 5대독자였으며, 유용진이라는 이름을 받았다. 그게 전부였다. 유진이 처음부터 남자였으니 그간 치마교복을 입고 왜 생리를 하지 않는 걸까 왜 가슴이 이렇게 납작할까 따위를 고민하며 보냈던 시간을 실수로 치부해버리면 그만이었다. 여자 유진이 남자가 되어야 하는 게 아니라, 원래 남자였던 유용진이 제자리를 찾아가는 것뿐이었다.

아빠 나는 용진이야. 함께 소주 한 병을 나눠 마시다 유진이 말했다. 유진의 아빠는 배달되어온 감자탕 국물을 떠먹으며 희미하게 웃었다. 그래, 니가 내 아들이지. 그게 아니라 나는 진짜 유용진이야. 이 아빠가 죄가 많다. 아들이 뭐 그리 대단하다고 착한 네 엄마를 내쫓고, 널 이런 곳에 혼자 살게 하고. 그 벌을 지금 다 받는 모양이다. 아빠, 그게 아니라. 미안하다, 진아. 이렇게 건강히 살아만 있으면 되는 건데 내가 그걸 모르고. 정말 미안하다. 아니야, 진짜 아니야. 나는 진이가 아니라 용진이야. 나는, 고추도 달렸어.

유진이 바지춤에 손을 갖다 댔다. 지퍼가 풀리고 하얀 속옷이 드러나자 유진의 아빠가 자리에서 벌떡 일어섰다. 충격으로 흡떠진 눈이 살해당한 물고기나 오리의 그것 같았다. 너 미쳤니? 손에 들린 숟가락에서 기름 낀 국물이 뚝뚝 떨어졌다. 유용진이 아빠 앞에서 바지를 벗는 건 괜찮지만 유진이 하는 건 반칙이었다. 그것은 엽기였고 일종의 범죄였다. 엉거주춤 선 유진을 내버려두고 유진의 아빠가 쏜살같이 옥탑방을 뛰쳐나갔다. 그 후로 유진의 아빠는 돈을 부쳤다는 문자만 보낼 뿐다시는 유진을 만나러 오지 않았다. 유진은 그것이 자신이 유용진이 될 수 있었던 처음이자 마지막 기회였다는 것을, 아주 나중에야 깨달았다. 갓난쟁이는 끝내 '용' 자를 끌어안고 죽어버린 셈이었다.

*

석문은 기어코 집을 나왔다. 기어코가 아니라 결국이었다. 또 무슨 사고를 칠지 모르니 곁에 두고 감시해야겠다던 큰소리도 잠시뿐이었다. 석문의 수능 점수는 참혹했다. 대가리에 기생충이 든 게 아니라 네 눔 자체가 기생충이로구나. 석문의 아빠가 길길이 날뛰며 석문을 내쫓았다. 석문은 새벽에야 몰래 방으로 숨어들어가 짐을 챙겼다. 옷가방을 들고 붙박이장을 뒤져 침낭을 둘둘 말아 가는데도 집 안은 고요하기만 했다. 석문은 그들의 숨소리가 지나치게 낮다는 것을 깨달았다. 깨달았다고 해도 그뿐이었다.

돈 모을 생각만 않는다면 숙식제공 일자리는 얼마든지 있었다. 석문은 집에서 꽤 떨어진 곳에 있는 오락실에 취직했다. 바닥을 청소하고 기계에서 칩을 빼 정리하는 일에 시급 4천3백 원. 가래침과 지독한 담배연기, 욕설에 시달리느라 하루가 정신없이 흘러갔다. 오락실에서 제공한 숙소는 대게를 파는 커다란 식당 3층에 있었다. 오래된 기계와 경품들을 쌓아놓은 창고 구석에 침낭을 놓고 잠만 자는 식이었다. 식당으로 들어가는 가족 단위 손님들이 항상 입구에 바글바글해 석문은 건물 뒤 비상계단을 통해 3층으로 올라갔다. 숙소 창문에는 거대한 크기의 대게가 붙어 있었다. 붉고 흰 대게 몸통이 창을 가로막아 환기를 할 수도, 햇볕을 쬘 수도 없었다. 방은 늘 눅눅했고 시척지근한 냄새가 고여 있었다. 자려고 누우면 거대한 집게가 꼭 석문의 목 아래로 그림자를 내렸다.

오래지 않아 석문은 환전소로 자리를 옮겼다. 환전소는 오락실에서 세 블록 떨어진 담뱃가게였는데 찾기가 쉽지 않았다. 공중전화 박스만 한 데다가 손바닥 구멍을 제외하면 전부 막혀 있어 지나면서 보면 녹슨 철문에 불과했다. 석문은 파란 플라스틱 의자에 앉아 바싹 긴장한 채 하루를 보냈다. 경찰차나 어딘지 수상쩍은 기운의 남자가 지나가면 얼른 구멍을 막아야 했다. 말보로 레드요, 하면서 금박을 입힌 카드를 내미는 손이 있으면 현찰을 내줬다. 석문의 발밑에 놓인 상자 안에는 5만원권 지폐가 몇 다발씩 들어 있었다. 그 때문에 석문은 화장실조차 마음대로 갈 수 없었다.

꼬박 석 달을 일한 뒤 석문은 환전소에서 쫓겨났다. 지폐 다발이 사라졌다는 게 이유였다. 환전소에서 끌려나온 석문은 두더지 같은 모습이었다. 좁은 구멍으로 밖을 노려보느라 눈이 가운데로 몰리고 추위에 곱은 등과 손이 궁색해 보였다. 워, 월급은? 푹 잠긴 목소리가 자기가 듣기에도 낯설어 석문은 더욱 몸을 움츠렸다. 월급은 개뿔, 이 도둑놈의 새끼. 훔쳐간 돈 당장 안 내놔? 석문은 얼마 버티지 못하고 그동안 받았던 월급을 전부 토해냈다. 머리를 엉덩이를 허벅지와 옆구리를 걷어차이면서 석문은 애초에 사라진 지폐 다발 따위는 없을 거라 확신했다. 그러나 더 이상 집게다리가 목을 조르는 더러운 창고로 돌아가지 않아도 된다는 사실에 막연한 안도감을 느꼈다.

거리는 캄캄했다. 석문은 거리가 아직 겨울이라는 사실에 놀랐다. 수능이 끝난 뒤 고작 석 달인데 벌써 삼 년은 지나버린 기분이었다. 집으로 가야할까. 석문은 쭈글쭈글한 엄마의 얼굴과 혐오와 환멸로 가득 찬 아빠와 여동생 얼굴을 떠올렸다. 이리저리 사람들에 휩쓸려 다니다 석문은 익숙한 돌담에 고개를 들었다. 고등학교 시절 지겹도록 보아왔던 돌담, 말라비틀어진 넝쿨과 도색을 새로 했어도 여전히 촌스러운 건물이 눈에 들어왔다. 석문은 수천 번은 드나들었을 교문 앞에 섰다. 더럽고 힘들고 고되기만 했던 봉사단 시절이, 끔찍하기만 했던 여자아이의 시선이 새삼 못 견디게 그리웠다.

*

너는 이렇게 해도 화내지 않아. 그렇지, 응? 여자아이 발밑은 벌써 잘라낸 머리카락으로 수북했다. 유진은 그만,이라는 말을 언제 해야 할지 몰라 당혹스러웠다. 여자아이는 유진에게 끊임없이 무언가를 물었지만 대답을 원하는 것 같진 않았다. 대답을 한다 해도 들을 수나 있을지

의문이었다. 미용사자격시험에서 떨어진 뒤 여자아이는 계속 이 상태였다. 견습으로 들어간 미용실에서도 금세 문제를 일으켜 쫓겨났다. 어제는 수건을 이백 장이나 빨았어. 머리는 50번쯤 감았을까. 그 머리들은 암만 눌러도 터지지를 않아. 습진 때문에 이젠 가위 잡는 것도 힘들어. 여자아이는 옥상 난간에 기대 사람들 머리형을 가늠해보는 일도 더 이상 하지 않았다. 저놈의 머리통, 머리통, 저 지긋지긋한 머리통들. 여자아이는 발작하듯 소리치다 가위를 꺼내들고 유진에게 달려들었다. 수없이 반복한 펌과 염색으로 녹아내린 머리칼은 가위가 닿기도 전에 바스러졌다.

이렇게 해도 넌 가만히 있을 거야. 넌 날 좋아하니까. 맞지? 여자아이가 뜨겁게 달군 세팅기로 머리카락을 돌돌 말며 다시 물었다. 내가 머리를 새빨갛게 만들어도 샛노랗게 만들거나 스포츠로 깎아버려도 넌 가만히 있을 거야. 날 좋아하니까. 맞지? 그렇지? 유진은 고개를 끄덕였다. 몇 번이고 되묻는 여자아이 목소리가 너무 간절해서였다. 여자아이에게 느끼는 감정은 이제 안타까움과 연민이 대부분이었다. 유진은 여자아이에 대해 너무 많은 것을 알았다. 여자아이가 이렇게 망가진 이유가 무엇인지, 두려워하는 것이 무엇인지, 여자아이에게 섬뜩할 정도로 날이 잘 선 가위를 선물한 강사가 여자아이와의 인연을 어떻게 잘라버렸는지, 미용사자격시험을 보다 말고 왜 여자아이가 하혈을 하며 쓰러졌는지 유진은 모두 다 알았다. 여자아이 손목에 발갛게 그어지던 고무밴드 자국 대신 흉물스럽게 꿰맨 자국이 남아 있는 이유까지도. 유진은 겁에 질려 딱딱해진 자신의 슬픔을 감추기 위해 다리를 꽉 붙였다.

남자들은 전부 죽어버려야 돼. 내가 다 죽여버릴 거야. 제일 먼저 오 강사 그 새끼를 죽여야지. 그 자식이 선물한 가위로 말이야. 그래도 너는 내 옆에 있을 거야. 넌 내 친구잖아. 그리고 날 사랑해. 맞지? 그런 더러운 족속들하고 넌 달라. 유진은 막연히 고개를 끄덕였다. 곁에 있어줄 거냐고 묻는다면 그랬다. 친구냐고 묻는다면 그 역시 그랬다. 유진은 여전히 여자아이를 사랑했다. 어떤 식으로 변화했든 그것은 사랑이었다. 그러나 그 족속들과 다르냐고 묻는다면 그에 대한 대답은.

여자아이가 유진의 등에 이마를 댔다. 예전처럼 앙살스럽게 부벼대진 않았지만 맞닿은 좁은 면으로 흘러드는 체온은 따뜻했다. 처음부터 이렇게 정해져 있었던 것이다. 여자아이가 유진의 어깨나 가슴이 아닌 등에 기댔을 때부터. 유진이 아무리 안간힘을 써도 두 팔을 뻗어 여자아이를 안아줄 수 없는 위치에 접점을 만들 때부터. 유진은 그때 이미 여자아이와 2인치만큼 떨어진 위치에 서 있었다. 의도한 것은 아니지만 그렇다고 결코 무의미하다고는 할 수 없을 만큼의 거리에.

이제 결정을 내려야 해. 유진은 엉망으로 헝클어진 머리로 잠든 여자아이를 쓰다듬으며 생각했다. 새로 올 계절이 무엇이든, 겨울은 이미 끝나 있었다.

여자아이가 깨어난 것은 하루가 다 가고, 시작된 다음 날조차 다시 저물기 시작했을 때였다. 여자아이는 변덕스런 어린애처럼 유진의 머리를 묶었다 풀었다를 반복하며 손을 놀렸다. 너는 정말 아무 말도 안 하는구나. 온갖 색이 뒤섞인 건조한 머리칼이 뚝뚝 끊겨 바닥에 쌓였다. 여자아이가 예의 그 가위를 집어 들더니 유진의 머리에 바짝 날을 뉘었다. 너는 항상 그래. 가윗날이 맞물리며 청량한 소리를 냈다. 조금 전과는 비교도 안 될 속도로 머리칼들이 바닥에 쌓이기 시작했다. 우그러들고 빛바랜, 변사체마냥 처연하고 우울한 조각들. 유진은 때때로 두피를 가르는 가윗날을 견디며 이를 악물었다. 여자아이가 스스로의 속도를 이기지 못해 유진의 머리와 허공을 번갈아 잘랐다. 너는 항상 그래. 나를 위로하지도 말리지도 않고 저만큼 떨어진 곳에서 구경만 하고 있어.

왜 그만두라고 하지 않아? 미친 짓 그만하라고 화내는 것도 귀찮아? 정신 차리라고, 그깟 놈 잊어버리고 새로 시험 준비나 하라는 건? 아직 어리니까 더 좋은 사람이 얼마든지 나타날 거라고, 그때까진 네가 곁에 있어주겠다고 어째서 위로해주지 않는 거야? 넌 왜 그렇게 멀리서, 멀리서 날 보는 건데? 위로도 충고도 경고도 하지 않는 게 어떻게 사랑이야? 넌 결국 날 사랑하지도, 소중히 여기지도 않아. 넌 친구도 애인도 뭣도 아니야.

유진은 여자아이를 절망시킨 것이 강사의 배신도 자격증시험 실패도 아닌 자기 자신이라는 사실에 경악했다. 자신이 수없이 상처입고 절망했던 것처럼 여자아이 또한 그랬다는 것에, 그리고 결국 자신이, 여자아이에게 '뭣'도 아니라는 사실에 숨이 막혔다.

그 자식을 죽여버릴 거야. 그리고 너도. 여자아이가 가위를 내팽개치고 일어섰다. 유진은 여자아이가 달려 나가는 모습을 보았다. 비명 지르듯 캉캉 울리는 철제 계단 소리도 들었다. 여자아이의 발소리가 못 견디게 사랑스러웠던 날이 있었다. 여자아이의 목소리가 더없이 다정하거나 발랄하던 날이 있었다. 여자아이의 체온이 바로 이 등에, 이 손에 맞닿았던 적이 있었다. 그 모든 것이 지금, 유와 진 사이의 검은 오솔길을 따라 빠져나가고 있었다.

유진은 철제 계단을 따라 지상으로 내려갔다. 여자아이를 따라잡겠다거나 하는 기대는 애초부터 없었다. 천천히 이어진 걸음은 학교까지 닿았다. 복도에 느른하게 걸려 있던 여자아이의 몸, 허공에 동글동글 머리통들을 덧그리던 반창고투성이 손가락, 컷라인이 엉망인 마네킹을 운동장에 내려놓고 숨을 몰아쉬던 좁은 등 같은 것이 차례로 떠올랐다. 기억과 달리 마른 넝쿨이 휘감은 돌담은 을씨년스러웠다. 덧문이 모두 닫힌 학교 건물 또한 마찬가지여서 저 안에서 한때나마 따뜻했던 날이 있었던가 의심스러울 정도였다. 유진은 천천히 돌담을 따라 걸었다. 기억이 맞다면 고교졸업식은 지난주였다. 유진은 여자아이의 변덕 때문에 졸업식에 참석하지 못했다. 여자아이는 유진의 머리칼을 새하얗게 탈색해놓았고 졸업식 날 아침에는 파랑과 분홍을 섞은 기묘한 색으로 줄무늬를 새겨놓았었다.

군데군데 알머리가 드러난 유진이 교문 앞에 섰다. 유진은 이제 겨우 겨울이 끝났다는 걸 깨달았을 뿐이었다. 다음에 올 계절이 무엇인지, 다음 계절이라는 게 있기는 한 건지 모든 것이 불투명했다. 유진은 우중충한 건물 층수를 헤아리다 자신이 맨다리임을 깨달았다. 머리를 할 때는 으레 반바지 차림이었던 것이다. 옥탑방으로 걸음을 옮기며 유진은 여자아이가 점퍼를 입고 나갔던가 기억을 더듬었다. 강사를 죽이겠다며 뛰쳐나갔지만 결국은 아무 일도 일어나지 않을 것이다. 여자아이는 또 다른 이유로 상처받은 채 돌아올 것이고, 자신이 두고 나간 가위를 보며 다시 복수심에 불탈 것이다. 그리고 나면 유진에게 달려들어 화풀이를 한 뒤 흐느껴 울다 잠들 것이고.

유진은 막막함에 자주 걸음을 멈췄다. 위로도 충고도 경고도 하지 않는 게 어떻게 사랑이야? 넌 결국 날 사랑하지도, 소중히 여기지도 않아. 넌 친구도 애인도 뭣도 아니야. 여자아이의 목소리가 귓바퀴를 맴돌았다. '뭣'조차 되지 않은 지금 유진에게 필요한 건 선택이었다. 선택의 순간을 놓친다면 언젠가 고백의 순간을 놓쳐 첫사랑을 잃었던 그날처럼, 유진은 홀로 남겨질 게 뻔했다.

*

석문은 한 눈에 여자아이를 알아보았다. 회색도 노란색도 아닌 머리카락을 엉망으로 자른 채 반바지를 입고 교문 앞에 선 행색은 조금도 놀랍지 않았다. 석문의 머릿속에서 여자아이는 이미 미친 사람이었다. 말끔하게 빗은 머리에 성장을 했다면 오히려 경악했을 테지만 지금의 여자아이는 석문이 무의식적으로 상상하고 있던 모습과 꼭 같았다.

여자아이는 전체적으로 이전보다 더 가늘고 길어졌다. 키가 크거나 살이 빠진 모양이었다. 가로등 아래 드러난 밋밋하고 흐린 얼굴만큼은 그대로여서 석문은 저도 모르게 여자아이 뒤를 따라 걸었다. 가로로 길게 찢어진 종아리 흉터가 유난히 선명했다. 검은 엿처럼 끈적끈적하던 진흙과 휘돌던 물길이 떠올라 석문은 순간 아찔해졌다. 그러나 지금 여자아이와 석문의 위치는 완전히 바뀌어 있었다. 응시하는 쪽은 석문이었고, 응시당하고 관찰되고 억측 속에 끼워 맞춰지는 쪽이 여자아이였다.

자해라도 한 걸까. 뒤따르며 보니 여자아이의 머리는 단순히 지저분한 게 아니었다. 붉은 선이 지그재그로 새겨져 그림이라도 그린 것처럼 보였지만 분명히 상처였다. 다리가 찢어졌을 때 들여다보며 웃었을 정도니 저 정도는 이상할 것도 없었다. 그런데 저 아이가, 저렇게 시체 같았던가. 여자아이는 물기라곤 하나도 없는 진흙인형이나 잘못 일어선 그림자처럼 한없이 퍼석대고 비칠거렸다.

좁은 골목과 쓰레기봉투가 그득 쌓인 낮은 담. 흔한 소리로 캉캉 울리는 철제 계단을 따라 여자아이는 걷고 또 걸었다. 어째서 저렇게 변한 걸까. 의아해하던 석문은 끝이 까맣게 닳은 자신의 손을 들여다보며 자조했다. 변하는 게 당연했다. 자신이야말로 이렇게 더럽고 추레하게, 비참하게 변하지 않았는가. 석문은 가만히 철제 계단을 올랐다. 다른 생각은 없었다. 그저 여자아이를 불러 세워 한 번만 물어보고 싶었다. 그때 왜 그렇게 빤히 자신을 지켜보았는지. 그때의 자신은 그래도 지켜볼 만한 가치가 있는 인간이었는지에 대해서.

옥상은 휑했다. 배달 그릇 두 개가 나란히 포개진 채 계단 옆에 놓여 있었다. 그새 결혼한 건 아닐 테고 부모와 살기에 옥탑방은 적합지 않았다. 친구와 자취라도 하는 모양이었다. 석문은 불 켜진 창문을 향해 다가갔다. 옥상 난간 아래 검고 구불구불한 동네가 끝없이 펼쳐졌다. 높낮이도 너비도 제각각인 보기 싫은 건물들. 수십 개의 눈이 박힌 거대한 벌레가 있다면 저런 모습일 게 분명했다. 버려진 장독대에서 태어나 아무리 몸을 살찌워도 날개 같은 건 절대 돋지 않을 그런 벌레.

방한비닐을 덧씌운 창문은 꽉 막혀 있었다. 석문은 혹시 싶은 마음에 문고리를 돌려보았다. 매끄러운 소리와 함께 문이 안으로 밀렸다. 하나만, 딱 하나만 물어보고 돌아갈 거니까. 석문이 열린 문 안으로 머리를 디밀었다. 방 안에는 여자아이 혼자뿐이었다. 그러나,

허벅지까지 내려가 있는 반바지와 팬티. 그 위로 보이는 건 분명히 성기였다. 손가락만큼 작고 볼품없는 모양새긴 해도 성기가 분명했다. 여자아이가 끝이 날카로운 가위를 성기에 막 갖다 대는 참이었다. 살갖에 바짝 붙여 뉘인 은색 날. 뻣뻣하게 세운 팔꿈치와 어깨. 비장하면서도 어쩐지 공포에 질린 듯한 눈. 석문은 늘 축축하고 냄새나던 창고방을 떠올렸다. 붉고 흰 대게와 꼭 자신의 목에 그림자를 드리우던 거대한 집게발.

여자아이와 석문의 눈이 마주쳤다. 의아함과 황망함, 공포와 약간의 반가움이 뒤섞인 한 쌍의 눈이 처음으로 서로를 마주하는 순간이었다.

[『한국문학』 2010년 겨울호]

## 선 정 의  말

—

이 소설은 "뭔가"를 말한다. 좀더 정확히는 "뭣조차 되지 않은" '뭔가'라는 이중나선형의 슬픔에 대해 말한다. 우선 저 애매모호한 뭔가의 윤곽에 걸려 있는 언어들이 있다. 가령, 흡입관에 빨려 들어가 흔적도 없이 사라진 아이의 울음이라든가, "혼자 꾸는 꿈" 속의 기괴한 소리, 또는 몸속을 떠돌며 "부글부글 끓어오르는 붉고 걸쭉한 소용돌이"의 이미지 등이 그것이다. 불분명하지만 강렬한 촉감으로 다가오는 저 이미지들이 이 소설의 전반에 꿈틀거리는 움직임을 빚어내며, 그 미묘한 움직임의 지속은 독자들에게 존재의 메스꺼움을 경험하도록 유도한다.

더불어 작가는 아직 의미를 보증받지 못한 무언가를 말하기 위한 방편으로 '이름'이란 형식을 빌린다. 그를 통해 이름이긴 이름이되 상실한 이름에 관하여 말하고, 이름으로 인해 소멸된 육체에 관해서도 말한다. "유용진"이란 이름 대신 "유진"이란 이름을 부여받은 인물이 자신의 정체성을 혼란스러워하며 방황할 때 독자들은 거기에서 육체의 슬픔이면서 동시에 슬픔의 육체인 것을 보게 될 것이다. 그런데 슬픔은 보이는 것일 수 있는가. 그것은 거리를 두고 볼 수 없도록 우리에게 맹렬하게 달려드는 것에 가깝지 않던가.

이 소설이 우리에게 달려드는 순간은 육체를 넘어서 있는 시선의 낙차로부터 비롯된다. "유진"과 "석문"이 서로의 시선을 두고 극단적인 오해를 펼치고 있음을 뒤늦게 확인할 때, 독자들은 소설의 언어가 자신 안으로 깊

126

숙이 밀고 들어오는 사태를 맞이할 것이다. 보기는 보되, 자신의 상처 바깥으로는 한 발짝도 더 나아가지 못한 채, 밋밋한 세계상 속에 갇힌 자의 시선으로부터 자유로운 자는 많지 않을 테니까. 그러므로 "석문"이 "유진"을 바라보는 시선이 처음에는 미움이었다가, 나중에는 그리움이었다가, 마지막에는 공포와 반가움이 뒤범벅된 상태로 변할 때, 나는 이 소설이 고통을 껴안고 조금씩 전진하는 중임을 느꼈다. _송종원(문학평론가)

양 윤 의 · 안 보 윤

# 인터뷰

—

**양윤의**_ 폭력이 더 이상 외적인 방식으로 가시화되는 게 아니라 삶 안으로 내재해 들어와 있는 폭력들, 슬픔이라고 할 수 있는 부분들이 드러나는 것 같다고 생각하며 읽었는데요, 이 소설의 착안점 같은 걸 구체적으로 이야기해주실 수 있을까요?

**안보윤**_ 제 소설을 읽으시면, 항상 폭력에 대해서 말씀들을 많이 하세요. 저는 오히려 폭력에 '집중'을 계속했던 쪽은 아니었는데…… 이전에는 사회적인 폭력이라든지, 그러니까 외적인 것으로 얻어맞는 것, 피가 나는 것, 이런 폭력에 대해 생각했었는데, 최근에 들어와서는 과연 그런 식으로 얻어맞는 게 폭력의 전부일까, 라는 생각이 들더라고요. 우리 삶이라는 것 자체가 굉장히 폭력적인 것들 앞에 노출돼 있죠. 말이라든지 지나가면서 보는 한 장면이라든지 그런 것들이 어떻게 보면 나의 감성을 해칠 수 있어요. 하다못해 재미있는 영화를 보러 영화관에 갔다가 내가 원하지 않는 것들, 그러니까 굉장히 잔인한 영화의 예고편을 보는 것 자체도 폭력을 당한다, 라고 생각하거든요. 아주 사소하지만 나를 흔들어 놓을 수 있는 폭력들에 더 많이 노출되고 있는 게 아

안보윤

닐까, 폭력에 노출되어 있는 운명, 우리의 하루, 이런 것들이 다 정해져 있는 걸까, 하는 생각이 들더라고요. 원래 제일 처음에 생각했던 건 연애소설이었거든요. 그런데 저는 못 쓰겠더라고요. 이야기를 짜다가 이 '유진'이라는 존재가 자기 내적인 부분들에 대해 계속 혼란을 느끼고 갈등하고 자기 존재론적인 것에 대해 의구심을 느끼고 힘들어하잖아요. 그러면 제 의도로는 석문은 그 반대일 것. 이미 결정되어 있는 것들을 힘들어하지 않는 대신, 사회적인 요건들이라든지 외부적인 요건들에 의해서 안전하지 않은 그런 인물을 그려봐야겠다고 생각했어요. 유진 같은 경우는 항상 단칸방, 옥탑방 내에서의 일들이 이루어지고 있죠. 여자아이를 만나도 옥탑방 안으로 들어와서 그 안에서만 이야기가 이루어지는 등 유진이 겪는 일들이 폐쇄적인 공간에서의 폭력들이었다면 석문 같은 경우는 지방에도 내려 보내고 하면서 여기저기 떠돌아다니고 상처입게끔 하고 싶었어요. 두 사람이 조금 비교가 되었으면 하는 마음이었죠.

**양윤의_** 마지막 장면에 한 번도 조우한 적이 없는, 만나기는 했겠지만

서로 마주친 적은 없는 눈빛들이 만나는 장면으로 끝이 나잖아요. 여기에는 어떤 의미가 있을까요?

**안보윤**_유진은 여기저기 다 찢겨나간 존재인데, 그냥 무덤덤하게 살아가다가 여자아이로 인해서 그것이 큰 상처이고 자신이 힘들고 너덜너덜한 상태라는 걸 깨닫게 되잖아요. 마찬가지로 석문은 바깥을 돌아다니고 계속 부딪치고 상처 입으면서 똑같은 상황이 된다고 생각했어요. 그래서 마지막에 두 인물이 마주치는 건 거의 거울에서 자기를 보는 것처럼 상처입고 비참한 모습인데 저것이 나와 별반 다르지 않더라, 그리고 저것이 나의 모습일 수도 있겠구나, 하고 생각되어서 두 사람이 눈만 마주치는 장면으로 끝을 맺었어요.

양윤의

**양윤의**_이번 소설만큼은 특히나 더 성적인 의미, 메타포 들을 나름대로 여러 가지 의미로 바꾸어 이야기하고 싶어 하는 부분이 있지 않으신가 싶기도 했어요. 두 인물의 연애나, 두 인물의 내적인 문제이기도 하지만 분명히 사회적 젠더 등과도 연결될 수 있는 문제잖아요. 어찌 보면 조금 민감할 수 있는 주제가 아니었을까 하는 생각을 했어요. 그런 쪽에 방점을 싣고 읽는다면 심각한 주제로도 읽을 수 있을 만한 소설이라고 생각되는데, 어떻게 생각하시나요?

**안보윤**_사회적인 성에만 집중하고 싶지는 않았고요. 개인이 느끼는 성은 굉장히 제각각이라는 생각이 들어요. 굳이 누군가가 커밍아웃하지 않더라도 개인적으로 가지고 있는 취향이 굉장히 여러 가지인 것처럼 그 안에 과연 남자가 없을까? 여자가 없을까? 하는 식의 고민들을 많이 하는 편이거든요. 그러니까 꼭 남자로 정해졌다고, 소설에도 썼었지만 성기의 있고 없고가 남녀를 결정하는 거고 그게 가장 단순한 논리예요, 라고 의사가 이야기하는 부분을 일부러 넣었던 것도 이게 이렇게 단순할 수 있는 문제일까? 하는 생각이 들더라고요. 주민등록증에 '1'이 찍히는 걸로 이 사람은 남성으로서 완벽한 삶을 살아가고…… 또 그렇지 않은 사람은 여성으로서…… 평소에 그런 생각을 하다 보니 인물을 정할 때도 생각이 들어가게 되고, 심각하게 받아들이시는 게 나쁘다고 생각되진 않아요. 그 부분에 대해서는 한 번쯤은 생각해봐도 좋지 않을까 하고요. ▨

# 더 나쁜 쪽으로 _김사과

**김 사 과**  1984년 서울에서 태어났다. 2005년 창비신인소설상을 받으며 문단에 나왔으며, 2007년
문예진흥기금을 받았다. 소설집 『02』와 장편소설 『미나』 『풀이 눕는다』 『테러의 시』가
있다.

**작 가 노 트**

우리는 좀더 중요한 이야기를 나눌 수도 있었다. 하지만 우리는 충분히 나
빠지지 못했고 밤은 여전히 중간에 걸려 있으며 나는 아주 가만히 서 있을
뿐이었다.

● ‥

# 더 나쁜 쪽으로

꿈에서 나는 커다란 새장 안에 들어 있었다. 새장은 뾰족한 탑의 꼭대기에 아슬아슬하게 걸쳐 있었고 거리가 내려다보였다. 거리는 회색의, 평범하고 밋밋한 것이었다. 바람이 불 때마다 새장이 흔들렸다. 하지만 새장은 떨어질 듯 떨어지지 않았다. 거리에선 많지 않은 사람들이 느릿느릿 걸었다. 모두가 한 방향으로 움직이고 있었고, 그 끝은 안개로 뒤덮여 있었다. 다음 장면에서 시간은 밤으로 바뀌었고 나는 거리로 내려와 있었다. 처음 가본 곳이었는데 이상하게도 낯이 익었다. 거리의 색, 냄새, 소리, 거리를 덮은 어둠, 그리고 그 어둠 속을 가득 채운 사람들, 그들의 얼굴, 표정, 몸짓, 눈빛, 입술, 혀, 그리고 혀끝으로 떨어지는 말까지도 낯이 익었다. 말은 실제로 혀끝으로 떨어지고 있었다. 어, 나는 떨어지는 말을 볼 수 있었다. 사람들의 혀끝에서 떨어진 말이 천천히 거리 위로 차오르는 것이 보였다. 사람들의 발에 채고 또 채는 수많은 말들이 보였다. 말은 사람들의 혀끝에서뿐 아니라 하늘에서도 떨어지고 있었다. 수많은 말이 사람들의 어깨 위로 천천히 내려앉고 있었다. 그것은 새벽의 눈보라처럼 아름다웠다. 나는 사로잡힌 채 멍하니 그 장면을, 그 말들을, 사람들을 바라보았다.

잠에서 깨어난 뒤에도 한참 동안 나는 꿈에 사로잡혀 있었다. 꿈의 마지막 장면이 눈앞에 펼쳐진 채로 사라지지 않았다. 겨우 일어나 커튼을 젖히고 창문을 열었다. 햇살과 신선한 바람이 쏟아져 들어왔다. 그리고 거리가 보였다.

요즘 나는 거리에 대해서 생각하고 있다. 내가 거리에 대해서 생각하는 이유를 생각하고 있다. 내가 거리에 사로잡힌 이유에 대해 생각하고 있다. 아마도 그건 지난 몇 년 동안의 나의 삶이 하나의 거리로 요약된다는 것을 깨달았기 때문이다. 난 언제나 떠났다. 쉽게 떠났다. 아니 그렇다고 생각했다. 하지만 내가 한 것은 단지 한 발자국 옆으로 움직인 것에 불과했다. 거리에서 내가 본 것은 거리를 가득 채운 수많은 사람들과 상점들, 간판들과, 또 다른 상점들과 상점들을 채운 사람들과, 간판들, 다시 사람들, 상점들, 상점들 앞에 늘어선 사람들과 그들을 소유한 건물들과 자동차와 늘어선 쇼핑백과, 축제라는 이름의 상점과 여름이라는 이름의 소비와 음악이라는 이름의 마취제와…… 그게 다다. 내가 본 모든 것은 천 원짜리 여행엽서 안에 구겨 넣을 수 있는 정도다. 그곳에서 내가 누구를 만났건, 무엇을 했건, 어디를 향해 걸었건, 무엇을 말했건, 무엇에 매혹되어 멈춰 섰건 상관없이 결국 그 모든 것은 단 하나의 평범하고 밋밋한 회색의 거리로 요약되어버렸고, 어, 그게 다다. 그게 전부다.

나는 아침을 먹고 집에서 나왔다. 문을 열자 햇살이, 건조한 열기가 덮쳤다. 나는 망설이지 않고 똑바로 걸었다. 역에 가야 했다. 그런데 나는 역으로 가는 길을 몰랐다. 지도조차 없었다. 난 표지판을 보지도 않았다. 사람들에게 길을 묻지도 않았다. 아니 묻지 못했다. 나는 내가 가야 하는 역의 이름조차 모르고 있었다. 나는 길을 잃고 싶었던 것 같다. 어, 길을 잃고 싶었다. 길을 잃기 위해서라면 뭐라도 할 생각이었다. 말 그대로. 길의 끝에 닿고 싶었다. 도시의 끝에 닿고 싶었다. 그것을 넘어서고 싶었다. 하지만 벗어나는 것은 불가능해 보였다. 그래서 나는 애써 잊었다. 그 거리가 속한 도시를, 그 도시가 속한 나라를 애써 모른 척했다. 나는 아무것도, 심지어 나 자신조차 상관하지 않으려 애썼다. 하지만 내 노력과 상관없이 여전히 나는 그 모든 것 안에 들어 있었다. 나는 하나의 거리 안에, 하나의 도시 안에, 하나의 나라 안에, 무엇보다 나 자신에 속해 있었다. 나는 아무것도 넘어서지 못했고, 결국 아무 데도 닿지 못했다. 나는 지도를 버렸지만 여전히 지도 안에 들어 있었다. 그리고 그 안에는 나와 같은, 떠나려 했지만 떠나지 못한 사람들로 가득 메워져 있었다. 나는 그들을, 아니 우리들을, 활기 넘치는 우리들의 거리를 바라보았다. 노천카페로 가득한, 늘어선 대형 텔레비전 앞 선글라스를 쓴 관광객들이 둥글게 모여 앉은 그 거리를 바라보았다. 텔레비전에서 축구 경기가 방송되고 있었다. 푸른 잔디 위를 땀에 흠뻑 젖은 남자들이 달려 나갔다. 나는 더위와 갈증을 느꼈다. 노천카페의 의자와 탁자는 모두 같은 재질이었다. 탁자 위에 놓인 설탕병의 뚜껑은 모두 같은 색이었다. 늘어선 대형 텔레비전은 모두 같은 상표였다. 사람들은 모두 부서질 듯 옅은 레몬 빛의 금발 위에 같은 디자인의 선글라스를 얹고 같은 맥주를 마시며 같은 주근깨 가득한 창백한 피부 위로 쏟아져 내리던 늦은 오후의 바짝 마른 햇살 속을 나는 걷고 있었다. 졸음 때문인지 현기증 때문인지 어지러웠다. 발에 닿는 길의 감각이 점차 사라졌다. 조금씩 거리가 꿈처럼 변해가는 동안 나는 필사적으로 거리에 대해서, 내가 속한 그 거리에 대해서 생각하기 시작했다. 한번도 떠나본 적이 없는 그 거리에 대해서.

그 거리, 패션을 의식하는 젊은이들의 거리, 부유한 노인들의 휴가를 위한 부티크 호텔과 오래된 극장의 거리, 세련된 아시아 식당들의 거리, 흥겨운 맥주바의 거리, 어디서나 외국어가 들려오는 거리, 예술가인 여행자와 여행자인 예술가의 거리, 소규모 언더그라운드 갤러리들의 거리, 천장이 높은 흰 아파트의 거리, 와인과 사교의 거리, 이민자가 운영하는 이십사 시간 슈퍼마켓의 거리, 아이폰과 아메리칸 어패럴의 거리, 유기농 슈퍼마켓의 거리, 도쿄와 런던과 캘리포니아가 뒤섞이는 거리, 정부와 기업과 광고회사의 사랑을 받는 거리, 다시 말해 우리 모두가 사랑하는 그 거리의 끝에서 갑자기 역이 나타났을 때 거리가 나를 향해 말했다. 내가 바로 거리다. 여기가 세계의 중심이다. 나는 놀라 멈춰 섰고, 다시 바라본 거리 위로 천천히 말들이 내려앉기 시작했다. 건물과 건물, 사람들과 사람들, 천천히 움직이는 차와 커다란 개 사이로 말들이 천천히 쏟아져 내리기 시작했다. 이미 바닥에 쌓인 말들은 사람들의 발에 채여 구르고 밟히고 찢기고 있었다. 나는 눈앞에 펼쳐진 장면에 완전히 사로잡힌 채로 굳어버렸다. 한참을 그렇게 가만히 서 있다가 정신을 잃기 직전 나는 겨우 중얼거렸다. 저 말들을 손에 쥐지 않겠다. 차라리 이 거리 속으로 쏟아지는 저 말들과 함께 꺼져버리겠다. 오후 네 시 반 사람들로 붐비는 거리 한복판 더위와 갈증 속에서 예기치 않게 쏟아져 내리는 저 말들을 무시해야 한다. 눈앞에서 오래된 역이 무너져 내려서는 안 된다. 거리가 나를 향해 소리쳐서는 안 된다.

단어들이 짓밟히고 피를 흘려서는 안 된다. 그러니까 눈앞에 보이는 이 정신 나간 거리를 통째로 뜯어내어 문장 속에 구겨 넣고 싶다는 욕망은 금지되어야 한다. 감정은 불에 태워 강에 흘려보내야 한다. 타고 남은 잿더미 속에서 몇 개의 문장이 주의 깊게 선택되어야 한다. 그러니까 나는 지금 내 앞에서 무너져 내리는 저 거리와 저 거리를 가득 메운 사람들의 비극을 무시해야 한다.

—

새벽 두 시 거리는 인적이 끊겼다. 크고 검은 새가 반대편 인도 끝에 내려앉는다. 새는 주위를 살피다가 차도로 가볍게 뛰어내려 거리를 가로지른다. 나는 홀린 듯 새를 향해 다가간다. 새가 날아오른다. 마치 꿈과 같이. 나는 중얼거린다. 마치 꿈과 같이. 새의 날개가 어둠에 섞여 보이지 않게 될 때까지 나는 그것을 바라본다. 모자를 쓰고 다시 출발한다. 골목에서 에이치엔엠과 자라를 걸친 여자애들이 웃으며 몰려나온다. 그들은 거리의 끝 한 건물 앞에 멈춰 서더니 주머니에서 꺼낸 전화기로 사진을 몇 장 찍은 다음 지하로 내려간다. 나는 그 건물을 지나쳐 방향을 바꾼다. 다시 길의 끝에서 터키인이 운영하는 간이식당을 발견한다. 문을 열자 붉은 플라스틱 탁자를 사이에 두고 두 명의 외국인이 마주 앉은 채로 졸고 있는 것이 보인다. 탁자 위에는 빈 맥주병 두 개와 잘게 썬 양배추 조각이 흩어져 있다. 나는 케밥을 주문하고 벽에 기대선다. 맞은편 거울에 내 얼굴이 비친다. 거울에 비친 내 목이 추워 보인다.

한 손에 케밥을 들고 다른 손을 들어 택시를 잡는다. 기사에게 거리의 이름을 말한다. 택시가 출발한다. 기사가 라디오의 채널을 바꾼다. 순간 한 노래가 찢기듯 스친다. 그 노래를 들어본 적이 있다. 어, 그 노래를 안다.

입구에서 손목에 도장을 찍고 재킷을 벗어 번호표와 교환한다. 번호표를 주머니에 넣고 몇 개의 문을 지나면 사람들로 빽빽한 천장이 높은 홀이 나타난다. 그곳은 수백 년 전 왕이 여름휴가를 보내기 위해 지은 작은 성이었다가 왕정이 몰락하고 수립된 민주정부 시절 잠깐 시의회로 쓰였으며 이후 길게 이어진 독재정권 시절 감옥으로 쓰였으며 독재정권의 몰락 후 아나키스트와 히피들에게 점거되어 언더그라운드 클럽으로 쓰이다가 삼 년 전 한 맥주회사가 사들여 내부를 수리한 뒤 콘서트홀로 쓰고 있다. 사람들 틈으로 발을 내딛자마자 귀를 두드리는 무거운 베이스와 눈이 멀 듯 쉴 새 없이 밝은 빛을 흩뿌려대는 조명 속에서 나는 생각을 멈춘다. 앞을 보면 믹서를 향해 몸을 살짝 굽힌 채 몸을 흔드는 그가 보인다. 십오 년 전 사람들은 나른한 비트 위에 얹어진 현대사회에 대한 모호한 적의와 혐오를 담은 그의 노래에 열광했다. 인기를 얻은 그는 곧 마약과 여자와 관련된 스캔들로 슈퍼마켓 가판대의 가십 잡지를 채우기 시작했다. 그는 곧 스타가 되었고 고향을 떠나 진짜 스타라는 단어가 어울리는 미국으로 갔다. 그곳에서 그는 진짜 스타가 되었고 영화에 나왔고 주말 토크쇼에 출연했고 피플 지(誌)에 등장했고 약간의 매너리즘에 빠졌고 그의 불길한 리듬 위에서 근사한 목소리로 흥얼거렸던 어린 연인과 헤어졌으며 하지만 여전히 잊을 때가 되면 새 앨범이 나오고 물론 유행에 민감한 어린애들은 그를 잊었지만 그래도 여전히 그의 공연은 매진이 되고 오늘도 그를 보기 위해 온 사람들로 꽉 채워진 오래된 성 안에서 믹서를 향해 몸을 굽힌 그를 이제는 더 이상 젊지 않은 그를 더 이상 위험해 보이지 않는 그를 나는 바라본다.

늦은 밤 오직 돌로 된 건물에서 뿜어져 나오는 냉기와 뒤엉킨 습도 높은 열기를 느끼며 나는 멍하니 서 있다. 그의 뒤로 펼쳐진 스크린에는 혐오스러운 온갖 이미지들이 펼쳐지고 겹쳐지고 반복된다. 진통제처럼 천천히 몸을 마비시키는 비트와 실패한 전쟁을 시적으로 야유하는 속삭임이 귀를 파고든다. 그것은 마취제를 살짝 적신 솜처럼 차갑고 또 부드럽다. 크게 벌어진 내 눈은 눈앞에 펼쳐진 광경의 채 십 퍼센트도 받아들이지 못한 채 점차 멀어져 가는 느낌이다. 미처 귓속으로 파고들지 못한 소리들이 목덜미를 타고 흘러내린다. 반쯤은 마비되었고 반쯤은 미쳐버린 느낌이다. 하지만 주위를 돌아보면 다들 나보다 훨씬 더 멀리 가 있는 듯하다. 노래가 천천히 절정을 향해 나아가고 나는 내가 그 노래에 열광하던 때를 떠올린다. 그때 나는 그 노래가 너무 좋아서 그 노래를 한 음절씩 잘라서 귀에 걸고 다니고 싶다고 생각했다. 가사를 오려내어 옷으로 만들어 입고 다니고 싶다고 생각했다. 그리고 지금 나는 옷과 귀고리 대신 이 시간을 샀다. 간간이 맥주병이 떨어져 깨지는 소리가 들리고 아주 멀리 간 여자가 기쁨 속에서 울부짖는다. 각자의 담배 연기가 머리 위에서 뒤섞이고 내 옆에 선 남자가 주머니에서 알약을 꺼내 입에 넣는다. 아주 잠깐 입술 끝으로 밀려 나왔던 그의 빨간 혀가 오랫동안 눈앞을 떠다닌다. 그리고 바로 이 순간. 폭탄이 스크린 가득 개미 떼처럼 흩어지고 나는 눈을 감는다. 지옥은 골목마다 가득 차 있으며 사랑이 너의 목을 조르고 최신식 폭탄이 오래된 마을을 향해 낙하한다. 다시 눈을 뜨면 지금 여기 우리는 땀에 절어 천국 안에 있으며, 그 안에서, 눈과 귀가 먼 우리들만의 천국 안에서, 우리는 거리를 가득 채운 지옥을 잊는다. 좀더 완벽하게 잊기 위해, 우리는 주말에 인도로 떠날 수 있다. 멕시코를 경유하여 쿠바에 도착할 수 있다. 이십사 시간 멈추지 않는 히피들의 천국으로 갈 수 있다. 물론 결국 아무 데도 도착하지 못할 테지만. 우리는 여전히 이 거리, 이 꽉 찬 동시에 텅 비어버린 거리를 벗어나지 못할 테지만. 어느 날 그 거리 속에서 내 손에는 커다란 쇼핑백이 들려 있고 사람들은 세일을 시작한 상점을 향해 돌진하기 시작한다. 쇼윈도가 나를 향해 소리친다. 너는 여기를 벗어날 수 없어! 나는 쇼윈도를 향해 소리친다. 하지만 나는 너를 알아! 고개를 들어 천장을 보면 한 손에 십자가를 한 손에는 교회를 든 금발의 성녀가 미소 짓고 있다. 발목까지 닿은 굽이치는 황금빛 머리카락, 장밋빛 뺨과 얇고 붉은 입술의 그녀가 우리를 향해 웃는다. 아주 오래된 천국 속에서 그녀가 우리들의 최신식 천국을 내려다보며 웃는다. 냉기와 열기가 적절한 비율로 섞여 있는, 왕과 독재자와 민주주의와 아나키스트와 히피와 맥주회사를 차례로 주인으로 둔 중부 유럽의 변두리 한 작고 아름다운 성에 나는 지금 속해 있다. 스크린 가득 낙하하는 폭탄들이 사라진 자리를 기후 변화로 인한 멸종 위기에 처한 북극의 곰들이 채운다. 바로 그 순간, 그 탐스러운 하얀 털에 뒤덮인 크고 사랑스러운 동물이 화면을 가득 채우는 순간, 그 이미지가 한숨과 같이 울려 퍼지는 여자의 목소리와 변칙적인 드럼 루프와 뒤섞이는 순간, 그것이 너무나도 아름다워 당장이라도 숨을 멈추고 싶다는 생각이 드는 순간, 먹이를 구하지 못해 아사하는 북극곰들의 희고 깨끗한 죽음이 극도로 세련된 방식으로 내 눈앞에 전시되는 순간, 바로 그 순간 나는 내 삶이 완전히 잘못되었다는, 아주 빌어먹게도 잘못되었다는 느낌에 사로잡힌다. 그 느낌, 내가 아주 잘못된 장소에서 아주 잘못된 짓을 하고 있다는 그 느낌은 너무나도 치명적이어서 나는 그저 가만히 서 있는 것밖에 할 수 있는 것이 없다. 비웃거나 비난할 힘도, 농담하거나 화를 낼 자격도 나에겐 없다고 느껴진다. 왜냐하면 나 또한 저 노래의 일부이므로 저 아름다운 죽음의, 그리고 이 성의 일부이므로 나는 내 의지로 이곳에 왔으며 울려 퍼지는 너무나도 익숙한 이 노래 속에서 나는 숨을 곳이 없다. 금발의 성녀는 여전히 나를 내려다보며 웃는다. 나는 숨을 곳이 없다. 나는 숨을 곳이 없다. 나는 숨을 곳이 없다. 그러나 이런 절망적인 느낌 속에서도 노래는 여전히 아름다우며 그 아름다운 노래가 아름다운 손을 뻗어 내 몸을 샅샅이 핥고 나는 몇 번이나 다시 몇 번이나 내 목을 조르고 싶을 정도로 행복하다. 주위의 모든 사람들에게 사랑한다고 속삭이고 싶을 정도로 나는 지금 행복하다. 높이 뻗은 손을 누군가 움켜잡는다. 돌아보면 한 남자가 입에 넣고 빨던 붉은 캔디를 꺼내 나를 향해 내민다. 그 캔디에는 '퍽 미'라고 쓰여 있다. 그가 입고 있는 티셔츠에는 '아이 캔 낫 웨잇'이라고 쓰여 있다. 퍽 미, 아이 캔 낫 웨잇, 나는 중얼거린다. 그가 웃는다. 나는 중얼거린다. 퍽 미, 아이 캔 낫 웨잇, 퍽 미, 아이 캔 낫 웨잇, 퍽 미, 아이 캔 낫 웨잇, 퍽 미, 아이 캔……

택시가 멈춘다. 기사가 나를 부른다. 나는 꿈에서 깨어나 창밖을 본다. 거리는 텅 비어 있다. 아, 이 거리, 나는 이 거리를 안다. 나는 택시에서 내려 걷기 시작한다.

—

오늘은 그의 생일이다. 그, 나의 연인, 무엇보다 나는 그를 혐오한다. 매일 눈을 뜰 때마다, 그를 떠올릴 때마다, 숨을 쉬는 것보다 더 자주 그를 떠올릴 때마다, 그보다 혐오스러운 인간을 만나본 적이 없다는 생각이 든다. 심지어 그는 매일 좀더 혐오스러워지는 것 같다. 나는 지금 과장하고 있지 않다. 그는 역겨운 인간이다. 그리고 그런 그를 나는 사랑한다. 나는 그를 혐오하며 동시에 사랑한다. 왜 나는 오직 혐오하거나 오직 사랑하지 못하나. 왜 나는 단순하고 아름다운 감정을 가질 수가 없나. 아마도 지금 내게 필요한 건 믿음이다. 생각하는 것을 멈추고, 말을 멈추고, 쓰기를 멈추고…… 하지만 무언가를 믿기에 나는 지나치게 병적이고 자주 혼란에 빠지며 너무나도 얄팍하고 가벼운 데다가…… 무엇보다 나 자신을 믿을 수 없다. 어쩌면 그게 내가 세상에서 가장 혐오스러운 인간을 사랑하게 된 이유다. 아니 그것뿐인가? 오직 그것뿐인가? 그를 만나면 만날수록 그를 닮아가고 있다는 느낌이 든다. 그건 정말 더러운 느낌이다. 왜 나는 그와 같은 혐오스러운 인간을 사랑하는가?

늦은 밤 잠에 취한 거리가 그처럼 추하다. 순간 거리의 추한 어둠이 나를 돌아보며 웃는다.

나는 혼란에 빠져 멈춰 선다. 한 손에 전화기를 꼭 쥔 채로. 그는 여전히 연락이 없다. 그는 어디에 있나? 잠이 들었나? 파티는 끝났나? 파티가 끝나고 나보다 어린 여자와 침대에 누워 있나? 왜 그는 내 전화를 받지 않나? 왜? 이렇게 나는 그에게, 그의 거리에서, 그를 향해 걸고 있는데? 그렇다. 이 거리는 그의 거리다. 십칠 년 동안 그는 이 거리에 있었다. 그는 이 거리의 모든 사람들을 알고 이 거리에서 일어난 모든 일을 했고 마침내 이 거리의 전문가가 되었다. 머지않아 그는 이 거리의 대가로 칭송받게 될 것이다. 아니 이미 그렇다. 그러니까 고작 삼년 전 이 거리에 온 나를 그가 무시하는 건 당연하다. 내가 이 거리에 대해서 한마디라도 하려 하면 그는 즉시 내 말을 가로막고 천구백구십

삼년 당시 이 거리가 어떠했는가 그때 이 거리에서 어떤 음악이 어떤 시가 어떤 그림이 어떤 사랑이 탄생했는지에 대해서 말하기 시작한다. 어떤 클럽과 어떤 갤러리가 그때 처음 이 거리에 문을 열었는지, 천구백구십오년 겨울 술에 취한 펑크들이 토한 담벼락의 위치와 그 담벼락에 얽힌 몇 가지 전설에 대해서 처음 만난 날 그는 랩이라도 하듯이 지껄였고 나는 그것에 반했다. 나는 그가 뱉어낸 말들에 정신이 나갔다. 그가 말하는 모든 것은 내가 차마 만져서는 안 되는, 박물관에 놓인 오래된 돌항아리처럼 가치 있어 보였다. 그러니까 그는 바로 그 오래된 돌항아리의 세계, 가치 있는, 그러나 이미 끝나버린 역사의 영역에 속해 있었던 것이다. 그러니 그는 아직 살아 있지만 이미 오래전에 죽어버린 하나의 완결된 역사의 한 조각이 되어버린 채로 그런 역사의 한 조각이라면 마땅히 그래야 할 것처럼 경멸하듯 나를 내려다보았고 나는 즉시 역겨움을 느끼며 그에게 반했다. 그때 우리는 이미 완전히 취해 있었다. 우리는 소주를 마셨다. 그리고 고기를 먹었고, 다시 소주를 마셨다. 우리는 고기를 구웠고, 소주를 마셨고, 남은 고기를 다 먹어 치우고 그리고 그의 집에 가서 섹스했다. 우리의 머리카락에서는 고기 냄새가 났다. 우리들은 고기 타는 냄새를 풍기며 섹스했다.

그를 만난 뒤로 이 거리에 올 때마다 이 거리 전체가 그가 되어 나를 비웃고 있다는 느낌을 받는다. 특히 이 거리의 오래된 이야기를 전해 들을 때마다 왠지 나 자신이 바로 이 거리를 망쳐놓은 저 커다란 스타벅스와 자라가 된 것만 같다. 하지만, 그렇다면, 그는 어떤가? 그 또한 이 거리를 망쳐놓은, 단지 나보다 좀더 일찍 이 거리를 망쳐놓기 시작한, 또 하나의 재수 없는 어린애가 아니었나? 내가 처음 왔을 때 이 거리에는 정말이지 아무것도 없었지. 그는 자주 그렇게 말했다. 술에 취했을 때나 취하지 않았을 때나 커피를 마실 때 혹은 섹스를 하다 말고 혹은 화를 내며 그는 거듭 그 점을 강조했다. 여기엔 아무것도, 아무것도 없었다는 점을 말이다. 그리고 그 말을 들을 때마다 나는 아메리카 대륙을 주인 없는 황무지로 묘사했던 미국으로 건너온 최초의 이민자들을 떠올리게 된다. 낯선 땅에 도착한 그들의 눈에 원주민들은 투명해 보였던 것이다. 보이지 않았던 것이다. 그러니까 너의 그 자랑스러운 첫 사진과 첫 클럽과 첫 펑크의 전에 이 거리에는 누가 있었지? 그들에 대해서는 누가 기억하지? 누가 그것에 대해서 말하지?

새로운 거리에 도착한 새로운 아이였던 그는 이 거리를 사진 찍었고 이 거리를 노래했고 이 거리에서 토했고 이 거리에서 잤고 그 이야기들을 모아 이 거리에 대한 책을 냈고 이 거리에 술집을 열기도 했으며 그의 모든 친구와 선생과 여자들이 바로 이 거리에 있다. 하지만 그 전에는? 그는 그딴 것에 관심이 없다. 그에게는 오직 그 후, 발견된 신대륙으로서의 이 거리가 중요했을 뿐이다. 그에게는 오직 그 십칠 년, 그가 이곳에서 보낸 십칠 년이 있다. 그는 한때 무서운 어린애였으나 이제는 배가 나온 지방 유지 행세를 하는 데 만족하고 있을 뿐이다. 지난 십칠 년간 그가 이곳에서 한 일은 그보다 나이 든 사람들을 조롱하고 젊음을 팔아먹으며 문화적이고 창의적인—다시 말해 값싸고 예쁜 새로운 시장 하나를 창출하는 데 기여한 것뿐이다.

잠들지 못하는 밤 나는 매초 그를 비난한다. 어쩌면 나는 그에 대한 비난만으로 백과사전을 채울 수도 있을 것이다. 어쩌면 나는 비난을 사랑으로 오해하고 있는지도 모르겠다. 아니 사랑을 비난으로 오해하고 있는지도 모르겠다. 아니 나는 단지 그를 원하는 것뿐인지도 모르겠다. 그를, 그가 가진 것들을 소유하고 싶은 건지도 모르겠다. 아니 그저 온

종일 그에게 비난을 쏟아붓는 식으로 그를 그리워하고 있는지도 모르겠다. 하지만 무엇보다 지금 내가 화가 나는 건 그가 전화를 받지 않는다는 것이다. 도대체 왜 그는 내 전화를 받지 않는가? 분명히 파티는 끝나지 않고 있을 것이다. 그곳에 도착하면 나는 바짝 긴장한 채 하지만 그것을 꼭 감춘 채 아니 감추기 위해 애를 쓰며 사람들이 점차 취해가는 것을 바라보며 떠나가고 다시 도착하는 새로운 사람들을 바라보며 다시 취해가고 다시 또 취해가고 사람들이 바뀌고 떠나가고 다시 떠나가고 다시 돌아오고 다시, 또다시 모든 것이 반복되는 동안 더 이상 구별할 수 없이 똑같은 얼굴들 속에서 여전히 긴장을 억누른 채로 그것을 해소하기 위해 술에 취하고 웃고 다시 취하고 더욱더 취한 채로 모두가 떠나가면 마침내 그와 내가 단둘이 남게 되면 우리는 너의 방 너의 침대로 기어들어 섹스하면 되나? (하지만 너는 너무 취해 발기가 되지 않을지도 모르겠다)

여전히 해결할 수 없는 질문, 나를 몹시도 부끄럽게 만드는 그 궁금증 — 왜 나는 그를 떠나지 못하는가? 왜 나는 그를 단념하지 못하는가? 나는 단지 이 거리에 대한 매혹을 그에게 투사하고 있는 것뿐인가? 단지 그것뿐인가? 그것을 그도 알고 있는가? 이 거리를 떠나지 못하듯이 나는 그를 떠나지 못한다. 그를 떠나지 못하고 이 거리를 떠나지 못하고 결국 나는 그에게, 언제나 이 거리로 다시 돌아온다. 빈티지 원피스를 입은 마른 여자들이 헝클어진 머리를 한 낮을 가리는 남자들과 손을 잡고 걷는 이 거리를 왜 나는 떠나지 못하나. 그건 물론 떠날 곳이 없기 때문이다. 다른 모든 것들에서 버림받았다는 느낌이 나를 사로잡고 놓아주지 않기 때문이다. 나는 아무 데도 갈 곳이 없으며 나를 받아줄 곳은 오직 이 거리, 이 거리뿐이라고 느끼고 있기 때문이다.

—

거리의 끝 왼쪽 골목으로 방향을 틀어 오래된 사 층짜리 빌딩의 이 층이 그가 사는 곳이다. 계단을 오르면 열린 문 너머로 시끄러운 노랫 소리가 들려온다. 파티는 슬슬 끝나가는 분위기, 남은 사람들이 졸고 있다. 나는 부엌으로 들어가 도마 위에 케밥을 올려놓고 반으로 자른 다. 그리고 졸고 있는 그에게 다가가 머리를 쓰다듬고 케밥을 내민다. 그가 눈을 비비며 살짝 미소를 짓고 내 허리를 끌어안는다. 나는 그의 무릎 위로 쓰러진다. 나는 그의 무릎에 허벅지를, 엉덩이를 소파에 걸 친 채 반쯤 누운 자세로 양손에 든 케밥을 번갈아 한 입씩 베어 먹는다. 구석에서 옅은 갈색 머리의 외국인이 피곤에 찌든 얼굴로 노트북을 들 여다보고 있다. 어둠 속에서 밝게 빛나는 애플 마크를 나는 멍청하게 바라본다. 외국인과 눈이 마주친다. 나는 그를 향해 왼손에 든 반쯤 먹 은 케밥을 내밀며 웃는다. 그가 아주 기쁜 듯이 다가와 그것을 받아 들 고 한입에 먹어 치운다. 그는 곧 덴마크인으로 밝혀진다. 덴마크에 대 해서 내가 알고 있는 것을 떠올려보려고 애쓴다. 아무것도 떠오르지 않 는다. 덴마크인이 다시 노트북에 머리를 파묻는다. 노래가 바뀐다. 한 여자가 바닥에 웅크린 채 잠이 들어 있다. 여자의 허벅지까지 말려 올 라간 원피스 아래로 망사 스타킹을 신은 다리가 보인다. 망사 스타킹을 신은 채 새벽 세 시 반 모르는 남자들로 가득한 방 한가운데에 웅크리 고 잠든 저 여자는 안전하다. 왜냐하면 우리들은 좋은 사람들이기 때문 이다. 우리들, 대체적으로 높은 수준의 교육을 받은 취향 좋은 젊은이 들은 안전하기 짝이 없다. 어떤 진정한 위험함도 우리는 가진 바가 없 다. 우리는 저 진짜 노동자들, 험한 말을 입에 달고 살며 좋지 않은 냄

새가 나고 싸구려 술과 담배를 즐기고 음악을 모르며 책을 멀리하는 그
런 종족들과 아주 멀리 떨어져 있다.

(심지어 우리들은 마약조차 하지 않는다)

덴마크인이 마약에 대해 말하기 시작한다. 사람들이 깨어나 귀를
기울인다. 우리 모두 메스암페타민과 엠디엠에이, 케타민과 디엠티의
효과에 관심이 있다. 하지만 한국에서는 마리화나 정도를 하는 데도 용
기가 필요하다며? 덴마크인이 그에게 묻는다. 그래서 우리들은 미친 듯
이 술을 마시지. 그가 말한다. 우리들은 모두 알코올홀릭들이야. 그렇
게 말한 그가 남은 맥주를 끝낸다. 그의 말은 노래처럼 리듬이 있다. 우
리는 오늘 밤 멕시코인 친구가 여는 파티에 갈 거예요,라고 말하듯이
유쾌하게 울린다. 덴마크인이 웃는다. 그런데 지금은 몇 시지? 저기 잠
든 여자애의 이름이 뭐야? 해는 언제 떠오르지? (중학교 때 나는 수학을
몹시 싫어했었는데 하지만……) 누구 춤추고 싶은 사람 없어? (아니 나
는 칠-아웃 한 것이 듣고 싶은데) 누구 병따개를 본 사람이 없어? (하지
만 나는 정말이지 춤을 추고 싶은데)

욕실로 들어가 불을 켠다. 세면대 위에 맥주를 내려놓는다. 거울
속 나의 얼굴을 본다. 목이 추워 보인다. 추워 보이는 목을 양손으로 조
르듯이 감싼다. 너는 왜 목이 추워 보여. 나는 거울을 향해 속삭인다.
잠깐 그렇게 거울을 들여다보다가 목을 놓고 맥주를 들고 욕실에서 나
온다. 어둠 속에서 사람들이 웃음을 터뜨린다. 그 소리가 아주 야하게
들린다. 다시 소파에 앉다가 덴마크인과 눈이 마주친다. 그가 나를 똑
바로 바라보며 묻는다. 그런데 너는 무엇을 쓰니? 그의 짙은 파란 눈이
나를 바라본다. 나는 현기증에 쓰러질 것 같다.

내가 뭘 쓰냐고? 그게 궁금해? 그렇다면 말해줄게. 나는 몹시 과시적인 글을 쓰고 있어. 그건 허영심과 거품에 대한 글이지. 아니, 사실은 증오에 대한 글을 쓰고 있어. 열등감과 수치심에 대한 글을 쓰고 있어. 광기에 대한 글을 쓰고 있어. 불안과 혐오에 대한 글을 쓰고 있어. 나는 패션에 대한, 그리고 혁명에 대한 글을 쓰고 있어. 패션과 혁명과 불안정 노동과 예술과 사회와 정치와 과학과 사랑과…… 그래, 나는 내가 전혀 모르는 것들에 대해서 쓰고 있지. 나는 교양 있는 사람들과 그들의 대화에 관심이 있어. 실패한 삶과 불행한 사람들에 관심이 있어. 어, 난 모든 것, 내가 모르는 모든 것에 관심이 있어. 그런데 뭔가 이상하지 않아? 뭔가 몹시 이상하지 않아? 그건 우리가 잠들어야 할 시간에 깨어 있기 때문인가? 지금 이건 마치 악몽 같지 않아? 그런데 악몽이 아닌 꿈이 있어? 너는 악몽이 아닌 꿈을 꾸어본 적이 있어?

지금 내가 쓰고 있는 글의 제목은 테이트 모던은 어째서 지구상 가장 역겨운 장소인가. 생각해봐, 사람들은 더 이상 공장에서 노동운동이나 자본가의 착취를 연상하지 않아. 왜냐하면 도시의 공장은 모두 텅 비어버렸으니까. 더 이상 살아 있는 공장은 우리들의 눈에 보이지 않아. 죽어 있는 것들뿐이지. 죽어 있는 공장에서 사람들이 보는 건 미학적 가능성이야. 식민지 시절 지어진 간장 공장의 붉은 벽돌로 된 벽에서 사람들은 십오억짜리 그림이 걸릴 가능성을 본다. 그 사람들이 누구냐고? 너랑 나 말이야. 우리들, 좋은 교육을 받은 취향 좋은 젊은 애들. 잘 봐, 세상은 미학적 가능성으로 차고 넘치고 그걸 잘만 이용하면 누구나 부자가 될 수 있어. 아주 쿨한 방식으로 말이야. 노동자들을 착취하지 않는 방식으로 말이야. 버려진 공장은 박물관이 되고 버려진 아파트는 갤러리가 되고 버려진 발전소는 언더그라운드 클럽이 되지. 버려진 성은 주말마다 십대로 가득 차고 벼룩시장에는 소비에트산 군복과 배지를 팔지. 뭔가 기분 나쁜 게 있어? 그렇다면 그걸 갤러리로 가져와서 전시해버려! 그럼 다 괜찮아질 거야. 사람들의 사랑을 얻고 부자가 될 수 있어! 내가 하는 말이 지루하니? 기분이 나빠? 그러니까 음악을 바꾸라고! 춤을 추자 그래 춤을 춰야겠어 소리를 좀더, 좀더 크게 해보라고

춤을 출 때 내 몸은 박자가 되어버린다 무엇보다 순수하게 나는 박자 자체가 되어버린다 내 머리카락이 내 추운 목이 내 뜨거운 발과 피곤한 팔 모두가 음악이 되어버리고 아니 음악을 반영하고 아니 음악에 반응하고 그것을 흡수하고 그것을 토해내며 거기엔 오직 음악이 있다 내가 없다 음악이 있다 음악에 복종한다 음악에 따른다 닥치고 오직 음악에 집중한다 중요한 것은 이렇게 모여 있는 우리들이 아무것도 나누지 않는다는 것 서로가 서로를 신경 쓰지 않는다는 것 우리는 거리를 유지한다 손잡지 않는다 껴안지 않는다 각자의 춤에 몰두한다 그렇게 우리들은 개인주의자들의 천국으로 간다 예의 바르고 겸손한 개인주의자들의 천국으로 간다 그곳엔 아무도 아무것도 없다 텅 비어 있다 나 자신조차 없다 아무것도 나누지 않은 채로 오직 음악 속에서 음악에 사로잡힌 채로 창밖으로 천천히 떠오르는 해를 보며 몸을 움직이며 소리친다 나는 집에 가지 않겠다 나는 음악 속에 있겠다 나는 이곳에 남겠다 아무 데도 가지 않겠다 이곳에 남아 영원히 이곳에 남아 영원히 영원히 영원히 이곳에 남아 있겠다

음악이 멈추면 모든 것이 차가워진다. 결국 나는 또 한 번 달아나는 데 실패한 자신을 발견한다. 수백 킬로미터를 가로질렀지만 결국 달

아나는 데 실패했다. 결국 나를, 나 자신을 벗어나지 못했다. 겹겹의 음악에 몸을 구겨 넣어도 여전히 나는 나 자신일 뿐이다. 숲과 강을 가로지르고 공기를 가득 채운 풀벌레 소리와 투명하게 비치는 호수 느리게 헤엄쳐 나아가는 물고기와 하늘을 가득 채운 빛나는 구름을 눈동자 가득 채워보아도 더 딱딱해지고 차가워지고 무겁게 내려앉는 나를 발견한다. 안다. 충분히 안다. 아마도 그 점에서 나는 실패했다. 나는 내가 가진 조건에서 벗어날 생각이 없다. 아무것도 스스로 끝장낼 생각이 없다. 단지 냉소한다. 내가 가진 그리고 가지지 못한 모든 것을 냉소한다. 하지만 도대체 냉소하지 않을 것이 남아 있는가? 세계는 오직 우스운 것으로 가득하고 그래서 모두가 혐오와 냉소의 전문가가 되어버렸다. 차마 비난하지도 못한 채 그저 비웃을 뿐이다. 대체 어디로 가야 하는가. 이 거리, 이 거리를 벗어나 대체 어디로 가야 하는가. 그것을, 오직 그것만을 모른다. 모든 것을 다 알지만 그 아는 것들을 벗어날 방법을 오직 모른다. 그러니 남은 것은, 오직 음악, 무엇보다 순수하게 닫혀 있는, 자폐적이고 텅 비어 있으며 그래서 가장 아름다운 바로 그런

음악이 다시 시작되고 열린 문으로 사람들이 쏟아져 들어온다. 술병을 들거나 작은 선물을 든 손으로 사람들이 웃으며 다가온다. 인사한다. 웃으며 인사한다. 우리들은 서로를 잘 안다. 우리들은 같은 음악을 듣고 같은 책을 읽고 같은 학교를 다니고 같은 공연에 가고 같은 영화를 보며 무엇보다도 우리들은 같은 이 거리에 속해 있다. 우리들은 같은 커피를 들고 같은 술에 취해 같은 거리를 걸어 같은 극장으로 들어가 같은 유머에 웃고 같은 두통과 불면과 우울에 시달린다. 같은 외로움, 버림받은 느낌에 운다. 같은 사랑에 빠지고 같은 섹스를 한다. 같은 전화기를 들고 같은 것을 구글하고 같은 유튜브를 보고 같은 노래에

울고 바로 그런 이유로 우리들은 지금 이곳에 모여 있다. 어쩌면 우리들은 태어날 때부터 그리고 영원히 바로 이 세계에 속해 있다. 아니, 우리가 바로 이 세계 자체다. 우리가 이 끔찍하게 쌓아 올려진 모든 것들이자 그 모든 것을 쌓아 올린 바로 그 사람들이다. 하지만 그게 대체 무슨 상관인가? 무슨 뜻을 갖는가? 우리 모두 단지 쫓겨 온 것에 불과하지 않은가? 바로 그런 면에서 우리들은 동일한 것이 아닌가?

그가 나를 보며 나의 이름을 부른다. 그럴 때 언제나처럼 시계가 멈춘다. 그를 보는 순간 언제나 나는 정신을 잃는다. 오직 그가 있다. 그가 나를 보며 웃는다. 아, 나는 그를 사랑한다. 저 대가리를, 나를 보고 웃는 저 대가리를 사랑한다. 저 늙음 저 흰 머리 저 옷 저 닳고 닳은 세련됨, 여유, 어쩔 수 없이 배어 나오는 초라한 늙음조차 패션으로 소화해내는 저 능글맞음, 십칠 년의 시간, 그 시간이 상징하는 수많은 것들, 결코 내가 만질 수 없는, 가질 수 없는 그 시간들, 그 모든 것, 그가 한, 그가 아는 모든 것, 그가 이룬 그 모든 것, 그가 이 거리에서 보낸 수많은 낮과 밤, 그리고 여전히 이 거리에 있다는, 이 거리를 소유했다는 저 자신감, 그런데 저기 슬쩍 감추어진 저 불안은 뭔가?

점차 밝아지는 창밖의 어둠을 배경으로 여전히 그는 사람들에게 둘러싸여 있다. 나는 계속해서 그를 바라본다. 그가 일어나 내 손을 잡는다. 음악이 새벽처럼 피곤하게 비틀거린다. 우리는 손을 꼭 잡은 채 새 맥주를 찾아 부엌으로 간다. 거긴 아무도 없다. 나는 그를 끌어안는다. 그는 얌전한 애완동물처럼 몇 초간 내게 안겨 있다가 부드럽게 나를 밀어낸다. 나는 그를 본다. 나와 있어줘. 내 눈이 말한다. 오직 나와 함께 있어줘. 하지만 그의 표정에 지겨움이 드러나고 나는 더욱더 애원한다.

처음 그를 본 순간 그와 자고 싶었다. 그와 자는 것만이 그의 진짜를 보게 되는 길이라고 생각했다. 그는 너무 나이 들었고, 유명하며, 많은 것을 경험했다. 그러니 그가 정직해질 수 있는 순간은 그 순간뿐이라고, 그를 알기 위해서 그와 자야 한다고 생각했다. 그렇게 나는 그를 만났다. 그렇게 나는 내 방식대로 그의 진짜를 봤고 하지만 거기엔 아무것도 없었다. 그는 나와 같은 여자애들에게 익숙하다고 말했다. 그러니까 지겹다는 말인가요? 나는 네가 찾으면 새벽 네 시 반에 택시를 타고 너의 집으로 달려갈 수 있는데, 언제나 바쁜 건 너인데, 내가 찾아오지 않으면 좋겠어? 그는 대답하지 않고 웃었다. 내가 그를 찾아오지 않을 수 없다는 걸 우리 둘 다 잘 알고 있었다.

결국 내가 발견한 그의 진짜는 불면과 외로움이었다. 하지만 알다시피 그런 것들은 아무것도 아니다. 그건 비밀조차 아니다. 그러니 나는 그에게서 아무런 진짜도 비밀도 알아내지 못했고 결국 우리는 아무런 진짜도 비밀도 공유하지 못했고 그러니 우리는 연인조차 될 수 없다. 모든 것을 경험한 그에게 나는 흔한 여자애들 중의 하나일 뿐이고 하지만 나는 여전히 나만 볼 수 있는 그의 진짜를 훔쳐내려고 애를 쓸 뿐이다.

그가 냉장고에서 맥주를 꺼내 부엌을 떠난다. 나는 망설이다가 그를 놓친다. 창 너머 묽어지는 무력한 어둠을 본다. 그 무력함이 나와 같다. 나는 빈손으로 거실로 돌아온다. 그는 소파에 깊숙이 파묻힌 채 사람들을, 아니 여자들을, 아니 한 여자를, 그 여자의 다리를 본다. 나는 그 다리를, 그 다리를 가진 여자를, 아니 여자들을, 사람들을 본다. 하나같이 비슷해 보인다. 과시적이지 않은 과시, 천박하지 않은 천박함, 화려하지 않은 화려함, 낡지 않은 낡음, 오만하지 않은 오만함, 오직 타인의 질투를 불러일으키기 위한, 나를 쳐다봐줘, 나를 질투해줘, 라고 속삭이는 그들을 나는 외면하지 못한다. 아니 나는 더욱더 그것에 사로잡히고 만다. 그가 뭔가 말하고 사람들이 일제히 웃음을 터뜨린다. 똑같은 웃음이 터져 나오는 똑같은 표정의 얼굴들을 바라보다가 문득 구석에 선 채 어색한 표정으로 웃지 않는 나 또한 누구보다 저들과 하나라는 것을, 다시 말해 '우리'라는 단어를 나는 떠올린다. 우리라는 단어 아래 선 한 무리의 사람들을 본다. 그들은 여전히 쫓기고 있는 것처럼 보인다. 무엇으로부터? 도대체 어디로부터? 그렇게 도망쳐 도착하게 된 이곳, 여기에 모여 있는 한 무리의 '우리'들을 나는 바라본다. 다 함께 같은 것으로부터 힘껏 도망쳐 도착하게 된 이 거리, 이 거리를 생각한다.

그를 본다. 그의 얼굴이 아주 낯설다.

낯설다. 이곳을 가득 채운 사람들이, 그의 말이, 무엇보다 나 자신이. 나는 뒷걸음치다 스피커에 부딪친다. 침묵하는 스피커는 잘못 놓여진 거대한 돌덩어리처럼 보인다. 나는 다시 그를 본다. 그는 피곤한 듯 찡그린 채 눈을 감고 있다. 그는 잠들지 못할 것이다. 그에겐 지독한 불면증이 있다. 그게 내가 그에 대해 아는 전부다. 나는 뒤로 뻗은 손을 더듬어 문손잡이를 잡는다. 문은 열려 있다. 나는 주위를 살핀다. 아무도 나를 보지 않는다. 나는 맥주를 찾아 부엌으로 향하듯이 자연스럽게 그곳을 빠져나온다. 계단을 뛰어 내려오는데 문득 뭔가 사라지는 것을 느낀다. 죽어버렸다. 나는 중얼거린다. 죽어버렸다. 건물 밖으로 나오자 어둠이 쓸려 나간 거리를 새벽의 푸른빛이 덮고 있는 것이 보인다. 인적이 끊긴 거리가 새벽빛 아래 흐느낀다. 새벽의 냉기가 소매 속으로 스민다. 문득 나는 맨발이라는 걸 깨닫는다. 발에 닿는 바닥이 얼음처럼 아프다. 얼마쯤 걷다가 거리 한가운데 새로 문을 연 거대한 옷가게가 나타난다. 멈춰 선다. 불 꺼진 상점 안 산더미처럼 쌓인 옷이 보인다. 상점을 향해 다가가다가 유리로 된 문에 비치는 나와 거리를 발견한다. 뭔가 이상하다. 문에 비치는 저것은 내가 아니다. 그렇다면 누구인가. 맨발, 피곤한 얼굴로 상점 안을 들여다보는 저 사람은 누구인가. 대체 뭘 하고 있는 건가. 대체 여기는 어디인가. 내가 알던 거리는, 내가 알던 그 사람들은 모두 어디로 갔는가. 생각난다. 그들은 모두 죽었다. 그리고 나는 죽은 사람들을 더 이상 알지 못한다. 더 이상 이 거리를, 저기 숙취에 시달리는 표정으로 거리를 가로지르는 사람들을 모른다. 창백한 얼굴로 같은 방향을 향해 걷는 저 사람들을 모른다. 이 거리는 더 이상 내 거리가 아니다. 저 사람들은 어디로 가는 건가? 나는 다시 걷기 시작한다. ……향해 걷는다. 해가 떠오른다. 햇살 아래 깨어난 거리가 어떤 모습을 하고 있을지 알 수 없다. 걷는다. 더 나쁜 쪽을 향해 걷는다.

〔『작가세계』 2011년 봄호〕

# 선 정 의 말

—

두 개의 '기분'에 대한 언급에서 시작하자. '로쟈'라는 닉네임으로 더 유명한 평론가 이현우는 김사과의 첫번째 소설집 『02』(창비, 2010)에 대한 리뷰에서 "한국사회의 현실에 절망적인 분노로써 반응하고 분열증으로써 싸우는 소설"(김영찬, 「해설 — 앙팡 스키조」, 『02』, 창비, 2010, p. 259)이라는 김영찬의 해설에 쉽게 동의할 수 없다고 하며, "김사과 소설에서 문제적인 것은 '한국사회의 현실'에 대한 분노가 아니라 유독 그런 분노를 유발시키는 '얇은 인간'의 발명"이고, 김사과 소설의 인물들이 보여주는 인식은 "'현실'이 아닌 '기분'의 세계다"(이현우, 「도대체 이 모든 분노는 어디에서 오는 걸까」, 『자음과모음』, 2011년 봄호, pp. 686~87)라고 썼다. 이 리뷰를 읽었는지는 알 수 없지만 김사과는 최근의 한 글에서 "서울에 머물게 될 때마다 이상하고 불길한 기분에 사로잡히게 된다"고 하며, 그 불안에 대해 "필사적인데 분명히 아주 처절한데 이상하게도 아무것도 느껴지지 않"는다고 썼다(김사과, 「작가노트 — 이상하고 불길한 기분에 사로잡힐 때가 있다」, 『2011 제2회 젊은작가상 수상작품집』, 문학동네, 2011, pp. 181~82). 김사과의 소설을 논함에 있어 반드시 묻고 답해야 할 이 '기분'에 대해 주의를 기울일 이유는 분명하다. 이것을 인식해야 할 무엇으로 이해할 것인지, 공감해야 할 어떤 것으로 감각할 것인지에 따라 김사과 소설에 대한 반응은 극명하게 나뉠 수 있기 때문이다.

「더 나쁜 쪽으로」는 김사과 소설에 가득한 불길한 '기분'의 기원에 대한, 그렇기에 김사과라는 독특한 소설가의 발생에 대한 글쓰기이다. 소설의 주인공인 '나'는 자신의 삶이 "하나의 거리"(p. 164)로 요약된다고 언급한다. 환락과 불면과 외로움이 온통 뒤섞인 거리에서 나는 "내가 아주 잘못된 장소에서 아주 잘못된 짓을 하고 있다는"(p. 169) 느낌에 사로잡힌다. '나'는 거리를, 거리가 속한 도시를, 도시가 속한 나라를 월경(越境)하고 망각하려 하지만 그것이 불가능하다는 것을 깨닫고는 거리에 대해서 생각하고, 쓰게 되었다고 말한다. 아쉽지만 이 소설에 대해 내가 쓸 수 있는 것은 여기까지다. 소설 속에서 무엇을 쓰고 있냐는 질문과 그에 대한 '나'의 대답이 있지만, 이는 인용될 수 있을지언정 다른 언어로 씌어질 수는 없다. 그것은 아직 서사화되지 못한 주제어이며, 사유와 설명이 더 필요한 '기분'이기 때문이다. 하지만 분명한 것은 「더 나쁜 쪽으로」가 이러한 세간의 질문과 의구에 대한 김사과식의 반응이라는 점이다. 분노하며 거리를 질주하던 김사과의 인물들이 걷기 시작했다. 그 방향이 궁금한 것은 사실이다.

_서희원(문학평론가)

강 지 희 · 김 사 과

# 인터뷰

—

**강지희**_「더 나쁜 쪽으로」는 다른 소설에서 자주 보이던 정념이나 광기 대신에 시적인 문장이라든가 몽환적 이미지 같은 것들이 많이 눈에 띄었던 것 같아요. 이전 소설들의 주 정조가 분노였다면 슬픔 같은 것들이 더 많이 느껴지기도 했고요. 문체가 변했다는 생각도 들었어요. 그래서, 창작자가 어떤 변화를 추구하고 있다고 볼 수도 있겠다는 생각이 들었습니다.

**김사과**_개인적으로는 모든 면에서 다 실패했다고 봐요. 다루고자 했던 문제의식은 다양했는데 제대로 형상화되었다는 느낌이 안 들고 해서 안타까워요. 하지만 실패 자체가 무의미하다고 생각지는 않아요. 앞으로 다룰 여러 가지 주제에 대한 워밍업이었다고 여기고 있습니다.

**강지희_**이번 작품에서도 회색 도시를 걸어 다니는 주인공이 있고, 그럼에도 이 도시를 벗어날 수 없다는 것에 대해 절망하는 장면들이 나오는 것 같아요. 그래서 자본주의에 완전히 침식당한 도시에 대한 강한 부정의식 같은 게 놓여 있는 것 같은데, 좀 막연할 수도 있지만 도시에 대해 가지고 있는 전반적인 관점이라든가 생각의 변화 같은 것이 있으면 말씀해주실까요?

**김사과_**저는 도시에서 태어나고 자랐기 때문에 도시의 일부 같은 느낌인 게 있고, 뭐라고 설명하기 어렵지만, 너무나도 도시적인 사람이기 때문에 도시적이지 않은, 즉 시골이나 이런 게 훨씬 관념적인 것 같고요, 그래서 약간, 도시 자체에 대해서 매력 같은 걸 갖고 있고 도시의 삶 자체가 개인적으로 편해요. 그런데 지금 도시가 그 안에 사는 사람들 모두에게 좋지 않은 방향으로 계속 발전하는 것 같아서, 그런 점들에 대한 비판의식이라든가 하는 게 있는 것 같아요.

김사과

**강지희_**걷는 행위와 밀접하게 관련되어 있는 것 같더라구요. 마지막 장면을 보면 그곳을 빠져나온 주인공이 뭔가 사라지는 것을 느끼고 죽어버렸다고 중얼거리면서 새벽의 거리를 다시 걷기 시작하잖아요. 그것도 맨발로 걸어가는데, 이때 '더 나쁜 쪽을 향해 걷는'는 말과 함께 해가 떠오르면서 모종의 의지 같은 것들이 느껴지더라구요.

**김사과**_ 사무엘 베케트의 『Worstward Ho』를 번역하면 '더 나쁜 쪽으로'는 아니고 '가장 나쁜 쪽으로'가 되는 건데, 그 제목이랑 책이 인상 깊어서 그걸 가지고 있던 중에 구상하던 이야기와 맞을 것 같더라구요. 그러니까 계속해서 가는 게, 더 좋은 쪽으로 가는 게 아니라 어떻게 생각하면 더 나쁜 쪽으로 가고 있는데 사실은 그게 맞는 방향이라는 의미를 담을 수도 있는 거고, 혹은 그냥 나아가는 삶 자체가 계속해서 더 나빠지는 건데 그러니 가지 말고 가만히 있어야지, 하는 게 아니라 의식적으로 더 나아가야겠다 하는 이런 걸 담은 건데, 결말이 좀…… 개인적으로는 아쉬워요.

강지희

**강지희**_ 소설을 예술이라 생각하지 않고, 본인도 예술가라 생각하지 않는다고 하셨는데, 그렇다면 김사과 씨에게 소설이란 어떤 의미를 가지는지 묻고 싶어요.

**김사과**_ 소설은 예술로 바라볼 수도 있지만 여러 가지 것들의 중간에 있다고 생각해요. 시적인 것과 개념적인 것, 그런 것들의 중간에 위치하는 게 아닌가 하는 거죠. 다시 말하자면 예술과 철학의 중간, 그런 게 아닌가 하고 생각을 하는데, 그래서 소설을 하나의 장르로 봤을 때 심미적인 것과 정치적인 것이 투쟁하는 장소가 아닌가, 하는 생각이 들거든요. 그런데 한편으로는 투쟁하는 장소임과 동시에 투쟁을 하는 도구로서 인물이라든가 서사를 사용하는 장르인 것도 같아요.

**강지희**_ 소설을 쓰면서 제일 중요하게 생각하는 부분이 있다면……

**김사과**_그게 본질이 됐건 아니면 시대의 정신이 됐건 간에 그것을 있는 그대로 보여주는 거예요. 개인적으로는 리얼리즘이라고 생각하는데, 극사실적으로 묘사하는 것을 말하는 게 아니라, 있는 그대로를 생생하게 전달하는 것이 중요한 것 같아요. 근데 그것의 대상이 초기에는 분노 같은 것들이었다면 갈수록 시대상이라든지 도시라든지로 확장되는 그런 느낌이 있고요. 그리고 한편으로는 묘사만 되어서는 안 되고 묘사를 통해서 현실의 다음 단계라든가 그런 것들을 보여준다거나 제시를 한다거나 그런 면도 중요하다고 생각하는데, 그건 아직까지는 시도하지 못했던 것 같아요. 앞으로는 그런 것들을 좀 시도하고 싶다는 생각을 하고 있어요. ▣

질문들 _김미월

김 미 월   1977년 강원도 강릉에서 태어났다. 2004년 『세계일보』 신춘문예에 당선되어 문단에 나왔
으며, 신동엽창작상(2011)을 수상했다. 소설집 『서울 동굴 가이드』『아무도 펼쳐보지 않
는 책』과 장편소설 『여덟 번째 방』이 있다.

**작 가 노 트**

질문에 대한 질문 같은 소설을 쓰고 싶었는데 써놓고 보니
질문에 대한 불만 같은 소설이 되어버린 것 같다. 아쉽고 부끄럽다.

●··

# 질문들
—

죽일까, 말까. 이도 저도 탐탁지 않았다. 죽인다면 모든 갈등이 끝나겠지만 결말이 작위적으로 흐를 위험이 있고, 죽이지 않는다면 열린 결말을 제시할 수 있겠지만 인물들의 갈등을 어떻게 봉합해야 할지 알 수가 없었다. 아, 진짜 어떻게 하는 게 좋을까. 주인공의 운명 앞에서 고민하는 내 속도 모르고 오빠는 내 앞에 앉자마자 대뜸 시비부터 걸었다.

"근데 넌 왜 조용한 집 놔두고 이런 카페에서 글을 써?"

그가 이해할 턱이 없었다. 아무리 조용하다고 해도, 혹은 혼자 산다고 해도, 원래 집에서는 글이 안 쓰인다는 것을. 세상에 어째서 그토록 많은 도서관과 독서실이 존재하겠는가. 다 집에서는 공부가 안 되는 학생들을 위해 만들어진 것 아니겠는가.

나는 동네 카페에서 이번 신춘문예에 응모할 단편소설을 쓰고 있던 참이었다. 원고 마감일까지는 무려 일곱 달이 남아 있었지만 신문사 세 곳에 응모하려면 적어도 소설 세 편이 필요했고 한 편 완성하는 데 보통 두세 달이 걸리는 내 작업 속도를 감안하면 일곱 달은 결코 넉넉한 시간이 아니었다. 이번에는 꼭 당선이 되어야 했다. 나이 서른에 언제까지 아르바이트나 하며 기약 없는 등단에 목을 매고 있을 수는 없었다. 다행히 지금 쓰고 있는 소설은 예감이 좋았다. 결말만 남겨놓은 상태인데 주인공을 죽일지 살릴지 그것만 결정하면 사나흘 안으로 탈고할 수 있을 것 같았다.

"저기, 뭐 좀 물어보려고."

안다. 오빠는 뭐 좀 물어볼 게 있을 때만 나를 찾으니까.

"너 지금 사는 원룸 보증금이 얼마야?"

"그건 왜 묻는데?"

신혼집으로 아파트를 얻으려고 하는데 전세금이 모자란다고 오빠는 말했다. 그는 석 달 후에 결혼할 예정이었다. 나의 올케가 될 여자는 오빠에게 과분하다고 느껴질 만큼 참하고 다정하고 사려 깊은 사람이었다. 특히 상대방이 말할 때 눈을 동그랗게 뜨고 상체를 앞으로 약간 숙여 그의 말에 귀 기울이는 모습이나 오빠의 시답잖은 농담에도 희고 조그만 치아를 드러내며 활짝 웃는 모습은 여자인 내 눈에도 대단히 사랑스러워 보였다.

"너는 직장에 다니는 것도 아니잖아."

어차피 집에서 글을 쓰는 거라면 꼭 서울이 아니어도 되지 않느냐, 그러니 고향집에서 부모님과 함께 살고 너의 원룸 보증금은 나에게 빌려달라, 그것이 오빠가 오늘 나를 만나자고 한 목적이었다. 맞는 말이었다. 소설을 쓰기 위해서라면 굳이 서울 한 귀퉁이 보증금 2천만 원에 월세 20만 원짜리 성냥갑만 한 방에서 아르바이트로 근근이 생계를 이어가며 살 필요가 없었다. 그렇긴 하지만……

나는 10년 전에 상경하면서 중고로 샀던 구닥다리 노트북의 화면을 노려보았다. 30분에 한 번씩 전원이 나가버려서 소설 쓰다 말고 29분에 한 번씩 저장을 해줘야 하는 애물인데도, 원룸 보증금을 모으느라 내년에 사야지 내년에는 꼭 사야지 하며 새 노트북 구입을 미뤄온 것이 벌써 9년째였다.

"내 형편에 월세는 어렵고, 그렇다고 이제 와서 결혼을 연기할 수도 없고."

그것도 맞는 말이었다. 결혼은 새 노트북이 아니었다. 오빠에게는 미룰 수 없는 일이고 평생 한 번 있는 거사였다. 오빠가 올케 앞에서 기죽는 것은 나도 싫었다. 그리고 나는 그녀를 좋아했다. 두 사람이 행복하기를 바랐다. 게다가 이 청을 거절한다면 오빠는 나를 평생 원망할 것이고 나는 평생 죄책감을 안고 살아야 할 것이다. 결국 임대 계약 만료까지 두어 달 남긴 했지만 집주인에게 사정을 해서 최대한 빨리 방을 빼보겠다며 나는 그가 원하는 답을 주었다.

거기서 대화를 끝냈으면 좋았을 것이다. 오빠는 그저 고마워서, 내게 미안해서, 그래서 제 딴에는 자리를 뜨기 전에 무슨 말인가 더 해야 한다는 의무감을 느꼈을 것이다. 그러나 성격상 미안하다거나 고맙다는 말을 할 수 없었으므로 다른 말을 찾았을 것이다.

"그리고 말이야, 그만큼 했는데도 안 되는 건 그냥 안 되는 거야."

그는 등단을 이야기하고 있는 것이었다. 나는 대꾸 없이 노트북 화면 속의 쓰다 만 문장들을 들여다보았다.

"이게 다 너를 걱정해서 하는 소리야."

주인공의 이름 뒤에서 커서가 무심하게 반짝이고 있었다. 죽일까, 말까.

"고향 내려가면 이참에 그냥 취직을 하든가 해."

카페를 나서는 그를 배웅하면서 나는 주인공을 죽이기로 했다.


홍대입구역 일대는 늘 그렇듯이 소란스럽고 활기차고 인파로 북적거렸다. 얼굴 반반한 여자들과 옷맵시 빼어난 남자들, 그리고 그렇게 보이고 싶거나 스스로 그렇게 보인다고 믿는 이들을 한곳에 모아놓은 것 같다고 할까. 그 거리 한쪽에 나는 접이식 플라스틱 탁자를 펴놓고 보경과 둘이 나란히 서 있었다. 5번 출구 옆에 정차한 대한적십자사 헌혈 버스의 차창에 'A형 급구' 종이가 나붙은 것이 보였다. KFC 건물 앞에서는 금발에 푸른 눈을 가진 청년이 기타를 치며 노래를 부르고 있다. 다른 금발 청년이 모자를 들고 청중 사이를 돌아다녔다. 주차장 길입구에서는 주홍색 핫팬츠를 입고 짙은 화장을 한 여자가 1인 시위라도 하듯이 피켓을 높이 들고 서 있었다. 거기에 그려진 것은 커다란 물음표 달랑 하나. 행사 도우미가 특정 회사의 신상품 프로모션을 하고 있을 확률이 높겠지만 그래도 궁금했다. 저것은 과연 무엇에 대한 물음표일까.

내가 사회에 나와 깨달은 것들 중 하나는 이 세상에는 정말로 많은 질문들이 있다는 것이었다. 무엇인가를 하기 위해 우리는 끊임없이 질문해야 하고 또 질문 받아야 한다.

면접을 보러 가면 왜 이 회사를 지원했느냐는 질문을 받아야 하고, 식당에서는 이 쇠고기가 미국산인지 아닌지 질문해야 하고, 번화가를 혼자 걷노라면 도를 믿으시냐는 질문을 받아야 하며, 소개팅을 할 때는 그 여자가 예쁜지 그 남자의 '스펙'이 좋은지 주선자에게 미리 질문해야 하는 것이다. 하기야 쪽지시험을 포함해 중간고사니 기말고사니 학창 시절에 우리가 치른 모든 시험에는 아예 질문밖에 없었으니, 사회에 나오기 전에도 이 세상이 수많은 질문들로 이루어져 있다는 사실을 영 모르지는 않았을 것이다. 그리고 그것들을 능수능란하게 받아치던 친구들이 사회에 나가서도 주눅 들지 않고 무엇이든 잘 받아친다는 것을 목격했으니 삶에서 질문에 대처하는 능력이 매우 중요하다는 것 역시 알고 있었을 것이다.

가끔은 이 세상이 아직 무너지지 않고 있는 것이 바로 그 질문들 때문일지도 모르겠다는 생각을 한다. 묻고 답하고 다시 묻는 그 과정에 필요한 에너지가 사람을 살아가게 하고 세상을 지탱해주는 것은 아닐까 하고 말이다.

예컨대 중세 유럽에서는 학자들이 '하나의 바늘 위에서 몇 명의 천사가 춤출 수 있는가' 같은 맹랑한 질문의 답을 찾느라 밤잠을 설치며 격론을 벌였다는데, 반짇고리 속의 바늘도 숨을 죽이고 천국에 있는 천사들도 날개를 접은 채 인간세상을 향해 귀를 쫑긋 세우고 있었을 그 밤들을 상상하노라면 나는 괜히 흐뭇해지는 것이다. 당장은 쓸모없어 보이는 질문일지라도 누군가 그것을 쓸모 있게 만들어줄 답을 찾기 위해 애쓴다면, 그 곡진한 기운들이 모여 결국은 사람들의 인식을 바꾸고 시대의 얼굴을 바꾸고 나아가 역사의 흐름을 바꾸는 것 아니겠는가. 인간이란 무엇인가, 신은 존재하는가, 우주는 어떻게 형성되었는가, 이런 질문들에서부터 저 나무 이름이 뭐예요, 너 휘파람 불 줄 아니, 브람스를 좋아하세요, 이런 질문들에 이르기까지.

어쨌거나 나의 상황에 대입시켜 말한다면 질문이 사람을 살아가게 하는지도 모른다는 표현은 은유가 아니었다. 그것은 실제로 나에게 밥과 옷과 방과 약간의 기호품을 제공해주고 있었다. 질문들을 상대하는 것이 바로 내가 하고 있는 아르바이트였기 때문이다.

"설문지를 작성해주시면 선물을 드립니다!"

보경이 외치는 소리가 제법 컸다. 몇몇 행인들이 그녀와 내게 눈길을 주었다가 곧 거두며 제 갈 길을 갔다. 숫기 없고 인상도 무뚝뚝한 나와 달리 보경은 20대 초반 특유의 생기 있는 얼굴에다 타고난 싹싹함과 서글서글함으로 누구에게나 쉽게 말을 걸었고 누구하고나 쉽게 어울렸다. 그것은 웃을 때마다 그녀의 왼쪽 뺨에 파이는 보조개처럼 숨기려 해도 숨길 수 없는 것이어서 나는 보경과 한 팀이 된 지 15분 만에 그녀의 성격을 파악할 수 있었다. 그래서 그녀는 사람들을 끌어모으는 데 주력하고 나는 그들에게 설문 작성 요령을 일러주는 일을 전담하는 것으로 자연스럽게 역할 분담을 할 수 있었다.

이름 하여 앙케트 조사 요원. 소설을 쓰지 않는 날이면 나는 이 아르바이트를 하곤 했다. 아니, 정확히는 이 아르바이트를 하지 않는 날이면 소설을 쓰곤 했다고 말해야겠지만. 회사를 그만둔 후로 줄곧 홍대입구나 압구정이나 명동, 광화문 등 유동 인구가 많은 곳에서 행인들을 상대로 설문조사를 하는 아르바이트를 해왔다. 최근 들어서는 온라인 앙케트가 각광받는 추세라 오프라인 앙케트의 경우 일주일에 한두 건 있을까 말까 할 정도로 예전에 비해 일감이 현저히 줄었지만, 대신 상대적으로 단가가 높아져서 생존에 필요한 최소한의 수입과 소설 집필에 필요한 최대한의 시간적 여유를 원했던 내게는 오히려 더 나은 조건이라고 할 수 있었다.

"설문조사에 참여해주세요! 5분이면 됩니다!"

마침 한 쌍의 남녀가 우리 탁자 쪽으로 다가오고 있었다.

"선물로 아주 예쁜 순면 100퍼센트 고급 타월을 드려요!"

보경이 때를 놓칠세라 그들의 눈앞에 설문지를 흔들어 보였다. 나도 모르게 웃음이 나왔다. 세수수건이 예쁘면 얼마나 예쁠 것이며 고급이면 얼마나 고급이겠는가. 하지만 나는 요행히 우리에게 관심을 보이는 그들 남녀에게 자못 진지한 얼굴로 설문의 내용과 목적을 설명해주었다. 그리고 그들이 설문을 끝내기를 기다리며 바닥에 부려놓았던 라면박스에서 수건 두 장을 꺼내 탁자 위에 올려두었다.

"언니!"

"……"

"언니! 안 들리냐니까?"

보경의 얼굴이 코앞에 있었다. 퍼뜩 정신이 들었다. 주위를 둘러보니 언제 가버렸는지 예의 두 남녀가 보이지 않았다. 탁자 위에 있던 아주 예쁜 순면 100퍼센트 고급 타월 두 장도 어느새 사라지고 없었다.

"세 번이나 불렀는데. 12시야. 점심 먹자고."

"아, 미안해. 못 들었어."

"언니도 참. 무슨 생각이 그렇게 많아?"

그랬나. 그랬다. 실로 생각이 너무 많았다.


며칠 전 집주인은 고맙게도 보증금 2천만 원을 돌려주는 것은 어려운 일이 아니라고 했다. 다만 방을 빼지 말고 월세로 계속 사는 것은 어떨지 내 의향을 물었다. 저와 내가 임대인과 임차인으로서 그간 쌓아온 정리가 있으니 보증금 없이 대신 월세를 30만 원 올려 받는 조건으로, 다시 말해 월세만 50만 원씩 내며 살 수 있도록 배려해주겠다는 것이었다. 그러니까 그게 정말 '배려'라면 말이다. 나는 하루만 더 생각해볼 시간을 달라고 했다.

그 하루 동안 마음은 수차례 귀성열차를 탔다가 고향에 도착하기도 전에 도로 귀경열차로 갈아타고는 했다. 그것은 소설의 주인공을 죽이느냐 살리느냐 따위와는 비교도 되지 않을 만큼 어렵고 복잡한 문제였다. 내가 죽느냐 사느냐 하는 문제였으니까. 처음 오빠에게 돈을 보내주기로 마음먹었을 때는 그의 말마따나 고향에 내려가도 괜찮을 거라 생각했다. 하지만 다시 생각해보니 상경한 지 10년이 지났는데 이대로 패잔병처럼 터덜터덜 고향에 내려가는 것은 남부끄러운 일이었다. 귀향과 낙향은 엄연히 다르지 않은가. 금의환향까지는 아니더라도 최소한 명분은 있는 귀향이어야 했다.

10년 세월은 금방이었다. 서울에 위치한 2년제 대학의 문예창작과에 진학할 때만 해도 나는 졸업하면 겨우 스물두 살이니 서른이면 이미 소설가가 되어 있을 줄 알았다. 그러나 등록금만으로도 등골이 휠 텐데 생활비까지 부모에게 전가할 수는 없어 아르바이트를 하느라 휴학을 일삼았더니 졸업할 때 이미 스물네 살이었다. 그래도 나는 여전히 몇 년 이내에 등단할 수 있으리라 믿었다. 대학 재학 내내 교수들로부터 소설가는 소설을 잘 쓰는 사람이 아니라 소설을 꾸준히 쓰는 사람이라는 말을 들어오지 않았던가. 꾸준히 쓰는 걸로 말하면 나만 한 사람도 드물 터였다. 하여 졸업 후에도 계속 아르바이트를 하며 짬짬이 소설을 썼다. 두 편을 완성했고 두 곳에 응모했다. 두 번을 낙선했지만 그래도 여전히 희망을 버리지는 않았다. 문제는 사글셋방을 전전하다 보니 수입보다 지출이 많아 늘 돈에 쪼들리며 살아야 한다는 것이었다. 과연 사그라지는 돈이라 사글세라 한다던가. 전세 보증금을 모으기로 작심하고 취직을 한 것은 스물다섯 살. 4년 동안 야근에 주말 근무까지 불사하며 돈을 모았다. 회사가 자금난으로 문을 닫은 것은 지난해의 일이었다. 내가 아직도 희망이 있을지 회의하기 시작한 것은 그때부터였다. 스물 아홉 나이에 다시 취직을 하기도 쉽지 않을 테고 이참에 당분간 아르바이트나 하며 소설에 전념해볼까 하고 등 떠밀리듯 결심하게 된 것도 그래서였다. 그것이 불과 1년 안쪽의 일이었다.

그런데 이 시점에서 고향에 내려간다니. 남들 눈에 우세스러운 것이야 그렇다 치더라도 당장 내가 소설을 쓸 수 없다는 것이 더 큰 문제였다. 진종일 텔레비전을 틀어놓고 볼륨을 최대치로 높인 채 고함을 지르듯 대화하는 귀먹은 부모와 한집에 살면서, 얼른 시집이나 가라는 그들의 잔소리에 시달려가면서, 무엇을 어떻게 쓸 수 있겠는가. 하다못해 그 동네에는 변변한 카페 하나 없지 않던가. 지금은 귀향할 때가 아니었다. 일단 서울에 남아야 했다.

그때까지만 해도 나는 내가 뭔가를 선택하고 있다고 믿었다. 고향이냐, 서울이냐. 그중에서 서울을 택한 것이었다. 그러나 풀어야 할 문제는 또 있었다. 월세를 50만 원씩 낸다는 것이 가능할까. 다행히도 그것은 묻는 순간 답을 알 수 있는 종류의 질문이었다. 도시가스 요금에 전기세, 수도세, 건물 관리비까지 합하면 실질적으로 통장에서 다달이 빠져나가는 돈은 60만 원 안팎이 될 터였다. 아무 데도 안 가고 우산꽂이처럼 얌전히 집구석에만 처박혀 있어도 한 달에 60만 원인 것이다. 거기에다 건강보험료와 통신비와 식비와 교통비 등 생활비를 다 합하면…… 숨이 턱 막혔다.

내가 지금 이런 고민을 하고 있는 게 다 누구 때문인가. 오빠 때문 아닌가. 그의 신혼집 전세금이 모자란다는데 왜 내가 그걸 메워주어야 하

나. 여윳돈이 있어서라면 또 모를까, 내 방 보증금을 빼가면서까지 그래야 할 까닭은 없지 않은가. 오빠만 아니면 서울이냐 고향이냐 월세 50만 원을 내느냐 못 내느냐 고민할 필요가 없었다. 그리고 그것은 곧 내가 예전처럼 마음 편히 소설에만 전념할 수 있다는 것을 의미했다. 나는 새삼 오빠의 부탁을 들어주기로 하기 전까지 내가 누렸던 그 보잘것없다 생각했던 시간들이 실은 얼마나 안온하고 평화롭고 소중한 것이었는지를 뒤늦게 실감하고 있었다.

그 하루의 끝에 나는 결심했다. 그리고 거울을 보며 목소리를 한 옥타브 낮춰서 말하는 연습을 해보았다.

오빠, 정말 미안한데…… 엊그제 돈 빌려주기로 했던 거 말이야 …… 그거 없었던 일로 해야 할 것 같아. 정말 미안해……

핸드폰의 폴더를 열었다. 마땅히 해야 할 말을 하려는 것뿐인데 스타트 라인에서 출발 신호를 기다리는 육상 선수처럼 긴장이 되었다. 심호흡을 했다. 오빠의 전화번호를 누르려는 찰나였다. 때마침 새로운 문자메시지가 수신되었음을 알리는 초록색 불빛이 손바닥 안에서 조급하게 반짝거리고 있었다.

'오빠한테 뒤늦게 얘기 들었어요. 정말 너무 고마워요.'

발신인 칸에 찍혀 있는 것은 올케의 전화번호였다. 가지런한 이를 드러내고 웃으며 나를 아가씨라 부르곤 하던 그녀의 상냥한 목소리가 떠올랐다. 부정출발을 했다가 제자리로 돌아오는 육상 선수처럼 허탈해하며 나는 폴더를 닫았다.

그래, 까짓것, 싼 방으로 이사 가면 된다. 방이야 얼마든지 있지 않겠는가. 그리고 겨우 1년이다. 오빠는 1년 이내에 돈을 갚겠다고 했다. 그 정도 버티는 것이야 일도 아니잖은가. 10년 세월도 금방 지나가는데.

결국 집주인에게 배려는 감사하지만 방을 빼야겠노라 통보했다. 그리고 돌아서면서 불현듯 깨달을 수 있었다. 나는 선택한 것이 아니었다. 선택된 것이었다. 그것은 그냥 결정되었다. 거기에는 다른 결정도 없고 다른 선택도 없었다.

그 이튿날부터 어림잡아 하루에 두세 명 정도가 방을 보러 왔다. 나는 집 근처 카페에서 소설을 쓰다가 방을 좀 보여달라는 부동산 중개인의 전화를 받으면 집으로 냅다 뛰었다. 카페에 노트북을 그대로 놔둔 채 자리를 비워도 아무도 안 훔쳐갈 것이 뻔했으므로 새 노트북 사는 것을 9년째 미뤄오길 잘했다는 생각도 했다. 나는 정말이지 참으로 긍정적인 인간이었다.

맨 처음 방을 보러 온 사람은 30대 여자 직장인이었다. 그녀는 방이며 욕실을 대충 둘러보는 시늉만 하더니 내게 물었다.

"낮에 햇볕 잘 들어와요?"

나는 창문이 북향으로 나 있어서 낮에도 불을 켜지 않으면 어두우며, 아마 그래서일 테지만 지금껏 살아서 이 방을 나간 화초가 하나도 없다고, 사실대로 이야기해주었다.

두번째로 온 이들은 신혼부부였다. 그들은 형광등을 껐다가 켜보고 창문을 열었다 닫아보고 욕실에 들어가 세면대 수도꼭지까지 틀었다 잠가본 후에 물었다.

"방음은 잘 되는 편입니까?"

옆방에 사는 사람이 컴퓨터로 메신저에 접속할 때면 로그인 사운드를 또렷하게 들을 수 있다고 나는 이번에도 사실대로 고했다. 그러나 옆방 사람이 샤워할 때 샤워기를 벽에 거는 소리까지 들을 수 있다는 이야기는 쓸데없이 야릇한 오해를 살까 봐 하지 않았다.

세번째 방문객은 20대 남자 대학생이었다. 그는 집주인이 이 건물에 살고 있지 않으며 고로 세입자의 사생활을 간섭할 일도 전혀 없다는 사실을 확인하더니 만족스러운 표정을 지었다. 그리고 방을 나가기 직전에 깜빡 잊을 뻔했다는 듯 짧게 아 하고 외쳤다.

"여기 초고속 인터넷 깔려 있나요?"

나는 아무래도 이 건물은 아니고 옆 건물의 누군가가 무선 인터넷을 쓰는 것 같기는 한데, 낮에는 신호가 거의 안 잡히지만 자정부터 새벽 5시 사이에는 그럭저럭 잡히므로, 만약 그 시간대에 주로 활동한다면 공짜로 인터넷을 할 수 있을 것이라고 일러주었다. 내 대답에는 조금의 과장도 거짓도 없었다.

그들은 그렇게 왔다가 갔다. 이사 철도 아닌데 희한하게 방을 보러 오겠다는 사람은 끊이지 않았다. 따라서 나 또한 카페에서 소설 쓰다 말고 집으로 달려가는 일을 반복해야 했다. 소설에 집중하기가 어려운 것이 당연했다. 집에 있는 동안이라고 마음을 놓을 수 있는 것도 아니었다. 그들은 아침에 내가 늦잠을 자고 있을 때도 왔고 점심을 먹고 있는 도중에도 왔고 저녁에 샤워를 하고 있을 때도 왔다. 나는 아무것도 할 수가 없었다. 그들이 언제 올지 알 수 없었기 때문이다. 다만 그들이 무엇을 질문할 것인지는 짐작할 수 있었다.

"외풍이 있진 않나요?"

"수압은 괜찮습니까?"

"겨울에 가스비가 얼마나 나와요?"

나는 매번 있는 그대로 솔직하게 대답해주었다. 그러기를 사나흘쯤 했을까. 안 그래도 낯선 사람들을 상대하는 일에 슬슬 지쳐가던 차였다. 저녁 늦게 방을 보러 온 젊은 남자가 갑자기 걸려온 전화를 받느라 밖으로 나간 사이, 그와 함께 온 부동산 중개인이 문 쪽을 힐끔거리며 낮은 목소리로 나를 다그쳤다.

"도대체 방을 뺄 생각이 있는 거요, 없는 거요?"

그는 같은 말을 해도 아 다르고 어 다른 법이라고 했다. 나처럼 이 방에 하자가 있다는 것을 곧이곧대로 말하면 누가 입주하려 하겠느냐는 것이었다. 사람이 살아가면서 물론 솔직한 게 제일 좋지만 경우에 따라 가끔은 거짓말도 좀 하고 그래야 사는 게 편해지고 서로 좋은 게 좋은 것 아니겠느냐는 그의 말에는 두서가 없었다. 그렇지만 악의도 없었다.

"이게 다 아가씨를 걱정해서 하는 소리예요."

오빠가 나에게 했던 말을 그도 똑같이 하고 있었다. 왜 다들 그렇게 나를 걱정하는 것일까. 그들에게 걱정을 끼치지 않으려면 나는 소설 쓰기를 포기해야 하고 방을 보러 온 사람들 앞에서 이 방의 문제점들을 은폐해야 했다. 그러나 그것이 과연 옳은 일인가. 내가 어떻게 하는 것이 좋을지 자연히 생각이 많아질 수밖에 없었다.

그것이 바로 어제의 일이었다.


보경과 나는 설문지가 수북이 쌓인 탁자를 사이에 두고 마주 앉아 편의점 샌드위치와 테이크아웃 커피로 점심을 때웠다. 오전에만 설문 40여 건을 해치웠으니 그만하면 중간 성적이 나쁘지 않은 셈이었다. 그럼에도 바지런한 보경은 쉬지 않았다.

"너는 이성을 볼 때 어디를 제일 먼저 봐?"

그녀는 커피를 홀짝거리며 남자친구와 통화를 하고 있었다.

"1번 얼굴, 2번 몸매, 3번 성격, 4번……"

그에게 전화로 설문조사를 하고 있는 것이었다. 이번 건은 항목별로 답을 체크한 후 마지막에 응답자의 전화번호만 기재하면 되는 양식이라 남이 대신 작성하는 것도 불가능하지는 않았다. 설문지 한 건당 따로 수당이 떨어지기 때문에 보경은 이런 식으로 가끔 제 지인들을 동원하고는 했다.

"데이트 비용은 어떻게 부담해? 1번 남자가 다 낸다, 2번……"

신생 결혼 정보 업체에서 실시하는 설문조사였다. 그들의 진짜 목적은 설문 자체에 있는 것이 아니라 언론사에 그것의 결과를 보도해달라고 요청하는 방식으로 회사의 이름을 대중에게 노출하려는 데 있다고 봐야겠지만, 우리 아르바이트생들이야 시키는 대로 하고 돈만 받으면 그만이니 그런 데까지 신경 쓸 필요는 없었다.

이 일을 시작하고 나서 나는 수많은 질문들을 상대해왔다. 요즘 청소년의 독서 경향에 대해, 우리나라 커피전문점의 커피 가격에 대해, 분리수거의 실효성에 대해, 성범죄자의 적절한 처벌 방안에 대해, 시판되는 유기농 식품의 신뢰도에 대해, 독도 문제를 어떻게 생각하는지에 대해, 핸드폰 기기를 교체하는 이유에 대해, 그것들은 항목도 다양했고 목적도 다양했고 대상도 다양했다. 다양하지 않은 것은 아르바이트생에게 지급되는 건당 수당뿐이었다. 또한 질문들은 낮이 가면 밤이 오고 밀물이 들면 썰물이 지고 사람들이 서로 만나면 헤어지고 또 만나듯 끝없이 이어졌다. 앙케트 대행 회사가 망한다 해도, 내가 아르바이트를 그만둔다 해도, 세상의 질문들은 끝없이 생산되고 유포되고 소비될 것이었다. 내가 죽은 후에도 물론. 그런 생각이 가끔 나를 막막하게 하곤 했다.

"애인의 생일 선물 가격은 얼마가 적당한가? 이건 주관식이야."

나는 보경을 쳐다보았다. 그리고 얼른 탁자 위의 설문지를 살폈다. 내 기억대로 거기에 주관식 항목은 없었다. 보경의 질문 자체가 아예 없는 것이었다. 그녀는 내 의아한 시선에도 아랑곳하지 않고 질문을 이어갔다. 그러면서 뭐가 그리 우스운지 이따금 손으로 제 입을 가리고 웃었다.

"뭐가 그렇게 물어볼 게 많아?"

그러고 보니 내가 생각이 많다면 보경은 질문이 많았다.

"왜? 난 누가 나한테 뭐 물어보면 기분 좋던데. 언닌 안 그래?"

전화를 끊은 후에도 그녀의 왼쪽 뺨에는 여전히 보조개가 파여 있었다.

"글쎄, 그런가. 난 잘 모르겠는데."

"뭘 물어본다는 건 그만큼 나한테 관심이 있다는 거잖아."

그래서 보경은 저부터 관심이 가는 사람이 있으면 항상 먼저 말을 건다고 했다. 사람은 누구나 자신에게 뭔가를 물어봐주고 말을 걸어주는 이를 좋아한다. 그가 자신에게 관심을 갖고 있다고 생각하게 되기 때문이다. 그래서 응당 고마움을 느끼게 되고 친절하게 대답하게 된다. 그러면 처음에 말을 걸었던 이는 자신의 시도가 성공했다는 사실에 용기를 얻게 되고 남에게 점점 더 잘 물어보게 된다. 당연히 점점 더 많은 사람들의 호감을 사게 된다. 이것이 그녀의 주장이었다. 말하자면 일종의 선(善)순환이라고 할까.

들고 보니 그럴듯했다. 그렇다면 나는 어떤가. 내가 남에게 뭔가를 먼저 물어본 적이 있던가. 아니, 내게도 먼저 뭔가를 물어봐준 사람이 있었나. 기억을 더듬어보고 있는데 핸드폰 벨이 울렸다. 부동산에서 온 전화였다. 방을 보고 싶어 하는 사람이 있다는 것이었다.

"죄송하지만 제가 지금 밖이라서 방을 보여드릴 수가 없어요."

"아이고, 그럼 집주인한테 열쇠를 맡겨놓고 나갔어야지."

중개인은 혀를 차더니 다시 한 번 내게 방을 뺄 생각이 있기는 하느냐고 물었다. 나는 결국 그에게 현관문 디지털 도어록의 비밀번호를 알려주었다. 어쩌면 방의 하자를 시시콜콜 고하는 내가 없는 편이 방을 빼는 데 더 도움이 될지도 모르는 일이었다. 곧이어 오빠에게서도 전화가 왔다. 그는 내가 집주인에게 보증금을 돌려받았는지 알고 싶어 했다.

"아직 못 받았어. 방이 안 나갔거든."

"그럼 언제쯤 받을 수 있을까? 내가 좀 급해서 말이야."

나는 종이컵 속의 식은 커피를 마저 들이켰다. 사람들은 내게 무엇인가를 묻고 있었으나 기실 그것들은 질문이라기보다 명령이나 권유에 가까웠다. 컵 바닥에 채 녹지 않은 설탕이 남아 있었나. 마지막 커피 한 모금이 몹시 달았다.

긴 오후였다. 보경은 오전보다 더욱 적극적으로 사람들을 불러 모았다. 나 역시 그들에게 설문 작성 요령을 설명해주고 수건을 나눠주느라 분주했다. 탁자에 엉거주춤 엎드려서 설문지를 들여다보는 사람들의 머리 위로 헌혈 버스 앞 대한적십자사에서 파견 나온 여자들이 외치는 '헌혈하고 가세요' 소리가 어지럽게 떠돌다 흩어졌다. KFC 건물 앞에서 기타 치며 노래를 부르던 금발 청년은 오늘의 공연 일정을 끝냈는지 모자를 들고 청중 사이를 누비던 다른 금발 동료와 함께 앰프며 스피커 등을 정리하고 있었다. 그들이 영어로 소리 지르듯 주고받는 대화 속에서 나는 용케 'too late' 한마디를 알아들었다. 너무 늦었다니, 무엇이 너무 늦었다는 것일까.

사람들은 금세 설문을 마쳤고 금세 자리를 떴다. 질문 20항목의 답을 표기하는 데 평균 5~6분밖에 걸리지 않았다. 문제가 모두 객관식이었으니까. 그리고 자기 자신에 대한 질문이 아니었으니까. 다시 말해 심사숙고하거나 정성을 기울일 필요 없이 그저 세수수건 한 장만큼의 성의만 보이면 되는 일이었으니까 말이다.

아침부터 주차장 길 입구에서 주홍색 핫팬츠 차림으로 혼자 피켓을 들고 서 있던 여자는 어디로 갔는지 보이지 않았다. 나는 아직도 끝내지 못한 나의 소설을 생각했다. 주인공을 죽일지 살릴지 결정하고 나면 나머지는 일사천리로 진행되리라 믿었는데 실상은 그렇지가 않았다. 방을 내놓은 후로 더 이상의 진척이 없었던 것이다. 썼다 지웠다 반복하고 나면 늘 제자리였다. 따라서 일찍이 죽이기로 마음먹었던 주인공도 아직 살아 있는 상태였다.

쓰다 만 소설의 마지막 페이지에서 주인공은 고민하고 있었다. 죽을 것인가, 말 것인가. 그는 고민 끝에 자신이 죽어야 할 이유와 살아야 할 이유를 각각 종이에 적어보았다. 그 과정을 통해 그가 깨달은 사실은 딱히 죽어야 할 이유도 없고 마땅히 살아야 할 이유도 없다는 것이었다. 주인공은 서른 살이었다. 서른 해 이후의 생사를 결정적으로 결정할 만큼의 절대적이고도 필연적인 이유가 없다는 것에 그는 충격을 받았다. 거기에서 소설은 멈춰 있었다.

이 소심하고 나약한 인물을 어떻게 처치하는 것이 좋을까. 다섯 리 안개 속에 갇혀 있는 것 같은 소설의 결말을 떠올리자 나는 마음이 착잡해지면서 6천 마디 힘줄이 다 느슨해지는 기분이었다. 하기야 남의 인생을 결정하는 일이 그렇게 호락호락할 리가 없었다.

부동산 중개인에게 다시 전화가 걸려온 것은 내가 일없이 주홍색 핫팬츠 여자의 행방이 궁금하여 목을 빼고 주차장 길 쪽을 기웃거릴 때였다. 중개인은 내가 가르쳐준 방법대로 도어록을 조작해보았지만 문이 열리지 않는다고 했다.

"우물 정 다음에 공이일일 그리고 다시 우물 정 누르면 돼요."

"숫자 맞게 누르셨어요? 공이일일, 영둘하나하나."

"네? 그럴 리가요. 처음부터 다시 해보세요, 우물 정부터."

매일 한집에서 얼굴 맞대고 사는 현관문조차 나를 도와주지 않으니 오늘도 방이 나가기는 글렀구나 싶었다. 사실 방이 덜컥 나간다고 해도 문제였다. 그때부터는 당장 내가 앞으로 살 방을 구해야 했기 때문이다. 그것도 보증금 없이 월세만으로 들어갈 수 있는, 그러니까 사글셋방을 말이다. 오빠가 1년 이내에 돈을 갚겠다고 했지만 1년이란 상황에 따라 '겨우'와도 어울리고 '무려'와도 어울릴 수 있는 시간이 아닌가.

불현듯 내가 지금 서울 땅에서 뭘 하고 있는 것일까 하는 생각이 들었다. 나는 지금 어디로 흘러가는 것일까. 이렇게 살아도 괜찮은 걸까. 생각해보면 죽어야 할지 말아야 할지 갈팡질팡하고 있는 내 소설 속의 주인공이나 나나 별다를 것이 없었다. 어쨌거나 나 역시 아직 살아 있다는 점에서도. 해가 이울어가는데 답란이 비어 있는 설문지는 여전히 탁자 위에 높다랗게 쌓여 있었다. 수건들이 든 상자를 정리하기 위해 돌아섰을 때 나는 등잔 밑이 어둡다더니 마침내 주홍색 핫팬츠 여자가 바로 맞은편 파리바게트의 노천 탁자 앞에 앉아 있는 것을 발견했다. 일을 끝냈는지 혹은 다른 사람과 교대한 것인지 이제 그녀의 손에는 피켓이 들려 있지 않았다. 그 물음표, 무엇에 대한 물음표였는지 묻고 싶었는데.

"설문조사 참여하시고 선물 받아 가세요!"

그렇게 외친 것은 나였다. 의자에 앉아 잠시 쉬고 있던 보경이 나를 향해 웃어 보였다. 그리고 이내 자리에서 일어나더니 맥없는 내 목소리에 슬며시 씩씩한 제 목소리를 보탰다. 주홍색 핫팬츠 여자가 우리 쪽으로 고개를 돌렸다. 짐작했던 것보다 훨씬 어려 보이는 얼굴이었다. 순간 뜬금없이 나는 내 소설의 주인공을 살려두는 게 낫겠다고 마음을 고쳐먹었다. 도대체 앞으로 얼마나 더 갈팡질팡할 것인지 좀더 지켜보아도 되지 않을까 싶었던 것이다. 그는 서른 살이었다. 서른이란 상황에 따라 '무려'와도 어울리지만 '겨우'와도 어울릴 수 있는 나이 아닌가. 딱히 죽어야 할 이유가 없다고 살기에는 늦은 나이가 아니지만 마땅히 살아야 할 이유가 없다고 죽기에는 이른 나이였다. 물론 그런 일에 적당한 나이가 따로 있다고 할 수는 없겠지만.

주인공을 살리기로 마음을 바꾸고 나니 나는 갑자기 사기가 충천해졌다. 이번에는 정말로 결말이 술술 잘 풀릴 것 같았다. 어서 책상 앞에 앉아 노트북 자판에 열 손가락을 올려놓고 싶었다. 그리고 주인공에게 무엇이든 묻고 싶었다. 다만 묻고 싶기는 하되 무엇을 묻고 싶은지 알 수가 없다는 것, 그것이 문제였다.

〔『현대문학』 2011년 5월호〕

## 선 정 의 말

—

『천 개의 고원』의 한 대목을 보면, 교사가 학생에게 질문을 하는 이유는 뭔가를 알고자 함이 아니라 단지 그 사회가 요구하는 것에 따르기를 명령하기 위해서라는 말이 나온다. 어디 교사의 질문뿐이겠는가? 모든 질문, 아니 모든 진술은 궁극적으로 명령이며, 곧 언어 자체가 명령어라는 말이 이어진다. 「질문들」에는 서른을 넘긴, 다니던 회사가 문을 닫아 현재 설문 조사 아르바이트로 근근이 생활비를 버는, 그런데 소설가 지망생인 주인공이 등장한다. '그런데'라는 말은 아껴두고 싶었다. "소설가를 지망하지 못하란 법이 있나?"라는 이유에서라기보다는 더 심각한 '그런데'의 사태가 도래하기 때문이다. 그런데 그 주인공은 결혼을 앞둔 오빠의 전세 자금을 보태기 위해 원룸 보증금 2천만 원을 빼주고 집도 절도 없는 처지가 된다. 불현듯 그녀는 "사람들은 내게 무엇인가를 묻고 있었으나 기실 그것들은 질문이라기보다 명령이나 권유에 가까웠다"는 사실을 깨닫는다. 그 질문들이 명령하는 것은 무엇일까? 어쩌면 그 명령은 그렇게 대책 없이 살지 말라는 것이 아닐까? 이 사회에서 살아남기 위해서는 오빠가 부탁해도 보증금을 빼주지 말라고, 어찌어찌해서 보증금을 빼주기로 했으면 소설가 되기를 포기하고 낙향이나 하라고, 하다못해 방 보러 오는 사람들한테 참 좋은 방이라고 거짓말이라도 하라고 명령하는 것은 아닐까? 하지만 그녀는 그런 명령들을 따를 생각이 없는 것 같다. 다시 한 번 말하자면, 질문이란 뭔가를 묻는 것이 아니라 단지 복종하라는 명령어일지도 모른다. 그런데 "중세 유

186

럽에서는 학자들이 '하나의 바늘 위에서 몇 명의 천사가 춤출 수 있는가' 같은 맹랑한 질문의 답을 찾느라 밤잠을 설치며 격론을 벌였다는데, 반짇고리 속의 바늘도 숨을 죽이고 천국에 있는 천사들도 날개를 접은 채 인간세상을 향해 귀를 쫑긋 세우고 있는 그 밤들을 상상하노라면 나는 괜히 흐뭇해지는 것이다"라고 말하는 그녀는, 그냥 명령에 복종하면 될 것을, 정말 쓸데없는 질문에까지 '비경제적으로' 마음을 쓰고 있다. 그건 참 대책 없어 보이고, 그런데 마음이 짠해지고, 그래서 왠지 애착이 간다. _이수형(문학평론가)

강 지 희 · 김 미 월

# 인터뷰

—

**강지희**_ 쓰신 소설들 중에 20대와 방에 대한 이야기를 다룬 소설이 많은 것 같아요. '방'이 서울로 올라온 청년들이 겪는 소외감을 가장 집약적으로 보여주는 공간처럼 보이기도 하는데요, 작가의 서울이나 방에 대한 느낌이나 생각 같은 것이 있다면 어떤 것들이 있을지.

**김미월**_ 제가 바로, 20대에 상경한 전형적인 유학생이라고 할 수 있는데, 일반적으로 대학에 진학하기 전까지 생활은 가족이라는 울타리 속에서 집이라는 공간에 제한되어 있는 것이었잖아요. 그런데 서울로 올라오니까 나 자신이 1인 가구의 가장이 되고, 집이 아닌 방 하나가 내 삶의 전체 터

전으로 제한되는 변화를 맞이하게 됐어요. 그거야 당
연히 혼자 살면서 집 한 채를 다 차지하기란 현실적으
로 쉽지 않으니까 방 하나만을 갖게 되는 걸 텐데요,
이 서울이라는 공간이 굉장히 비정하다고 할까 비인간
적이라고 할까, 예를 들면 죽은 자에게는 죽은 몸을
눕힐 한 평의 땅만 있으면 되지만 살아남은 자에게는
살아남은 자로서 필요한 최소한의 공간이 있는 거잖아
요. 그런데 그게 살아남은, 살아 있는 자가 공간을 정
할 수 있는 게 아니라 방이 그걸 정해주는 것 같다고
할까, 그러니까 이 정도 공간에서도 너는 살아남을 수

김미월

있어,라고 규정해주는 것 같은 느낌을 받았죠. 어떻게 이런 열악한 공간을
방이랍시고 임대할 수 있을까, 생각하게 되는 그런 곳들을 서울에 와서 너
무 많이 봤거든요. 당연히 자본주의 사회에서 최대한의 이윤을 창출하기 위
해 어쩔 수 없었을 거라는 생각을 하면서도 그게 되게 속상했어요. 예를 들
면 옥탑에 살면 원래 여름은 더워, 지하에 살면 원래 곰팡이가 피어, 이런
방에 살면 원래 창문이 없어,라고 말하는 것들 있잖아요. 원래 그래,라고
하는, 인간의 삶을 방이 규정해주는, 본말이 전도된 것 같은 그런 상황이
씁쓸했구요. 너무나 많은 지하방들이 특별히 더 없는 사람들을 위해 존재하
고 있다는 사실 같은 것을 서울에 처음 올라와서 깨닫고, 방과 막 독립한
20대의 신산한 삶과 자본에 대해 고민하게 되면서 처음 소설을 쓰기 시작
해서, 무의식중에 그런 부분들을 많이 집어넣은 것 같아요.

**강지희**_(주인공이) 자신의 소설 속 인물을 두고 고심할 때, '남의 인생
을 결정하는 일이 그렇게 호락호락할 리가 없었다'고 말하는 데서 등장인물

을 아끼는 작가의 윤리 같은 것이 느껴졌어요. 소설을 쓸 때 가장 중요하게 생각하시는 것이 있다면 무엇인지.

**김미월**_제 소설에서 제대로 표현하고 있다는 생각은 아직 안 드는데요, 이를테면 인물들이 각자의 역할 속에서 자기가 할 수 있는 최대치의 힘과 진정을 발휘하도록 하는 게 그 사람을 만들어낸 저의 역할이라고 생각하거든요. 어쨌든 그 인물을 소설 속에 처음 부려놓은 것은 작가 자신이잖아요. 그래서 저는 그 등장인물들의 시작과 끝에 일정 부분 책임을 지고 있다고 생각해서, 그 사람들이 최선의 삶을 사는 모습을 보여줘야 한다는 게 제가 생각하는 소설 쓰기의 덕목이에요. 지키고 싶은 덕목.

강지희

**강지희**_좋은 소설은 좋은 질문을 던지는 것이라는 말을 많이 하는데요, 앞으로 독자들에게 꼭 던지고 싶은 질문이 있다면?

**김미월**_행복하다고 말하는 사람보다 행복하지 않다고 말하는 사람을 훨씬 더 많이 보는 것 같아요. 그래서 행복하지 않다면 왜 안 행복한지 물어보고 싶고요, 행복해지기 위해선 무엇을 하고 있는지, 그런 것에 대해서 질문하고 싶어요. 얼떨결에 작가가 되고 나서 '너는 작가가 되어서 좋겠다. 나도 한때는 작가가 되는 게 꿈이었는데, 작가로 생계를 유지하며 사는 게 힘드니까 어쩔 수 없이 생활 전선에 쫓겨서 이렇게 평범한 회사원이 됐는데 너는 그렇게 하고 싶었던 일을 하고 있으니 얼마나 좋겠냐' 이렇게 말씀하시는 분들 많이 뵈었어요. 가끔 혼자서 생각하기를, 저분들이 정말 되고 싶었던 건 작가가 아니라, 작가가 된 사람을 만나서 '너는 좋겠다, 나도 옛날엔 작가가 되고 싶었는데……' 하고 말하는 사람이 아닐까 하며 혼자 씁쓸하게 웃은 적이 있었죠. 하고 싶은 일을 하고 살아도 물론 힘든 일도 많고 행복해지지 않을 수 있지만 하고 싶지 않은 일을 하면 불행하고 힘든 일들은 훨씬 더 많을 거라고 생각하거든요. 그래서 왜 살까? 행복해지기 위해서? 행복하다면 어째서? 행복하지 않다면 어째서? 이런 질문들을 저를 포함해서 다른 분들께도 던져보고 싶어요. ▩

뼈 도둑 _황정은

황 정 은   1976년 서울에서 태어났다. 2005년『경향신문』신춘문예에 당선되어 문단에 나왔으며, 한
국일보문학상(2010)을 수상했다. 소설집『일곱시 삼십이분 코끼리열차』『파씨의 입문』과
장편소설『百의 그림자』가 있다.

**작 가 노 트**

그대가 부르고 싶은 대로 나를 부르라.

●‥

# 뼈 도둑
—


그대는 이 기록을 눈 속에서 발견할 것이다.

나는 눈에 갇혔다.

그대가 부르고 싶은 대로 나를 부르라. 그 남자, 그 기록, 그 새끼, 그 물건, 그것, 나는 즉 그다. 그는 이미 많은 얼굴을 잃어버린 뒤 그 집에 당도했다. 많은 얼굴을 제대로 떠올릴 수 없었고 그 자신의 얼굴 역시 그런 얼굴들 속에 있었다. 겨울이었다. 그 집으로 가는 진입로에서 차 바퀴가 진흙에 빠졌다. 오른쪽 앞바퀴가 진흙 속으로 가라앉아 헛돌았다. 그는 운전대를 잡은 부동산 중개인 곁에서 철과 고무가 헛도는 소리를 들었다. 부동산 중개인이 부지런하게 핸들을 돌리고 기어를 조절하고 가속기를 밟았으나 가라앉은 바퀴는 진흙을 사방으로 튀겨낼 뿐이었다. 개들이 짖었다. 그는 그를 조수석에 내버려두고 차 바깥으로 삼십미터를 걸어가서 외딴집 앞에 버려진 연탄을 안고 돌아오는 부동산 중개인을 지켜보았다. 그도 차에서 내려 거들었다. 길가에서 다갈색으로 말라죽은 풀을 다발로 뽑아 연탄재 반죽에 박고 밟았다. 연탄을 몇 개 더 부숴 넣고 바퀴 주변의 진흙을 다진 뒤 간신히 빠져나올 수 있었다. 그들은 뒤쪽으로 차를 빼두고 거기서부터 걸어갔다. 마침내 대문 앞에 도착했을 때 부동산 중개인은 열쇠를 찾지 못했고 욕을 뱉으며 차로 돌아갔다. 홀로 남은 그는 대문을 등지고 서서 그 마을을 바라보았다. 대문 앞에서 서너 걸음 걸어 나간 곳부터 움푹 꺼진 평지가 펼쳐져 있었다. 시야를 가리는 것이 아무것도 없었다. 평지 건너 가장 가까운 집이 일 킬로미터쯤 떨어져 있었다. 파란 페인트를 발랐는지 파란 기와를 얹었는지 지붕이 균질하고 두껍게 파란색이었다. 덕분에 그 집은 평지 바닥과 강렬하게 구별되고 있었다.

눈을 쏘는 듯한 찬바람이 분지를 넘어 그를 향해 불어왔다. 그는 손을 외투 주머니에 넣고 대문을 향해 돌아섰다. 집 뒤로 완만하게 솟은 언덕을 제외하고는 사방이 말라죽은 풀로 가득한 벌판에 그 집과 이웃집, 단 둘이었다. 이웃집은 대문도 담도 없이 마당이 노출된 구조라서 옛날식 부엌과 낡은 마루와 단열재를 감아둔 수도가 들여다보였다. 대문이 있을 만한 자리엔 개장이 있었다. 커다란 개들이 개장 속을 오가며 맹렬히 짖었다. 다섯 마리의 입에서 탁하게 입김이 부풀었다. 애완용이나 번견으로 사육되는 것은 아닌 듯 보였고 고기로 팔려 나갈 개들인 듯했다. 그가 개들을 물끄러미 바라보는 동안 부동산 중개인이 돌아왔다. 그들이 빈집으로 들어서자 개들이 짖는 것을 멈추었다. 그는 말없이 부동산 중개인을 따라다니며 집을 둘러보았다. 신발을 신은 채로 거실로 올라서서 방 두 개를 들여다본 뒤 부엌으로 이동했다. 본래 외양간이었다는 부엌 겸 욕실은 앞으로도 외양간으로 사용될 예정이라고 해도 무리 없이 믿을 만한 모습을 하고 있었다. 타일 한 점 없이 바닥, 천장, 시멘트벽으로 이루어진 공간이었다. 그는 오른쪽 벽에 돌출된 수도꼭지 아래 묘한 시멘트 구조물을 발견하고 다가가보았다. 허리 높이로 수도 꼭지가 달렸으니 용도는 개수대인 듯했는데 개수구멍이 없었다. 기울어진 방향으로 양배추 조각이 몇 점 모여 있었다. 오래되지는 않은 듯 가장자리만 시든 채로 개수대 바닥에 말라붙어 있었다. 여기 누가 살고 있습니까, 그가 묻자 중개인이 이상한 것을 묻는다는 표정으로 그를 바라보았다. 그는 수도꼭지를 비틀어 물을 흘려본 뒤 삐걱삐걱 잠갔다. 거친 녹물에 잠긴 뒤 작은 조각 몇 점이 수면으로 떠올랐다. 물은 고인 채 어디로도 움직이지 않았다.


그가 그 집으로 좋다고 말하자 부동산 중개인이 좋아했다. 그들은 부동산 중개인의 진흙투성이 차를 타고 시내로 돌아왔다. 차로 십 분 달려 도(道) 경계를 넘자마자 거리의 밀도가 물질적으로 달라졌다. 도를 넘나드는 버스가 석 대나 있으니 출퇴근하는 데 애를 먹지는 않을 것이라고 부동산 중개인이 말했다. 계약하겠다는 이야기를 들은 뒤부터 문득 생기를 띠게 된 이 남자는 이 정도 거리라면 시내와 가깝고 아니 거의 시내나 다름없고 한갓지고 조용하고 밝고 모든 면에서 오히려 사람에게 좋고, 하며 줄곧 그 집에 관해 말했다. 부동산 사무소로 돌아온 중개인은 전화기부터 집어들고 어디론가 전화를 걸었다.

그는 두 손을 무릎 사이에 넣고 등을 구부린 채로 탁자에 놓인 인주 상자와 신문을 바라보았다. 폭설과 혹한으로 고립된 동쪽 도시에 관한 기사가 표제로 실려 있었다. 눈 무게로 절반쯤 내려앉은 처마 밑에서 공허하게 카메라 쪽을 바라보는 노인의 모습이 실려 있었다. 세입자가 나타났다, 세입자가 기다린다고 부동산 중개인은 전화에 대고 말하고 있었다. 중개인이 전화를 끊고 그를 향해 돌아섰다.

주인분 금방 오신다네요,라는 중개인의 말을 들으며 그는 생각했다. 세입하는 사람은 세입놈〔者〕이고 집주인은 주인분입니까,라는 질문을 던지면 어떻게 될까. 농담하듯 말하고 웃거나 신랄하게 말한 뒤 당황하는 중개인의 모습을 지켜보거나. 장이라면 신랄하게 말했을 것이다. 장은 그런 것을 그냥 지나가는 법이 없었으니 이번에도 그렇게 했을 것이다. 예전 집을 계약할 당시에 만난 중개인은 집주인을 주인님이라고 말하는 습관을 지니고 있었다. 장이 잔인한 말을 동원해 그걸 지적하자 그 노인은 허를 찔린 것처럼 웃다가 산 개구리를 씹은 듯한 얼굴이 되었다. 소질이 없다고 생각하면서도 씨발 장처럼 말해보고 싶다고 그는 생각했다. 말하고 싶은 것을 남기지 않고 말하는 경우에 관해 생각하며 앉아 있었다. 고어텍스 등산복 위로 외투를 덧입은 사내가 사무실로 불쑥 들어섰다. 바람을 뚫고 상당히 걸은 듯 주먹과 뺨이 빨갛게 얼어 있었다. 부동산 중개인이 사내에게 그를 소개했다. 사내는 만사 새로울 것 없다는 표정으로 그를 한번 바라보더니 중개인을 향해 섰다. 당신의 중개로 최근에 팔려나간 물건을 더 비싸게 구입하려는 사람이 뒤늦게 나타났다면서 좀더 요령 있게 구매자를 연결해주었다면 그 물건을 더 비싸게 팔 수 있었을 것이라고 사내는 불평했다. 손해를 보았다,고 침을 뱉듯 말하고 있었다. 그는 벽에 걸린 거울을 통해 부동산 중개인이 얼굴을 일그러뜨리며 요령 있게 웃는 모습을 지켜보았다. 사내가 문득 그를 향해 돌아서서 그래서, 언제 그 집으로 들어갈 것이냐고 물어왔다.

토요일 오후에 그는 간단한 짐을 자동차에 싣고 그 집에 도착했다. 텔레비전이 있었고 책을 비롯한 잡동사니들을 꾸린 박스가 몇 개 있었다. 창고로 사용할 방에 박스들을 쌓아두고 그는 나머지 방에 텔레비전을 연결했다. 단 하나의 채널을 수신할 수 있었는데 몇 번 채널인지 알아볼 수 없을 정도로 노이즈가 심했다. 진동하는 모자이크로 탈색된 화면에서 아마도 남자로 보이는 해체된 얼굴이 바직파직 무언가를 말하고 있었다. 그는 텔레비전을 그대로 두고 박스 몇 개를 풀었다. 셔츠와 바지, 외투, 서양 장기판 한 세트, 어쩌자고 꾸렸는지 알 수 없는 기타 용도의 잡동사니들을 바닥에 늘어놓고 바라보았다. 대부분 꾸리기 직전까지도 사용하던 물건들을 만졌을 뿐인데 손이 더러워졌다. 그는 부엌이라고도 욕실이라고도 말하기 애매해서 차라리 외양간으로 말하는 것이 적합할 듯한 곳으로 손을 씻으러 갔다. 개수구멍 없는 개수대를 들여다보았다. 물을 틀어두고 물끄러미 보다가 이 물은 마실 수 없을 것이라고 생각했다. 녹이 심했다. 손바닥에 받아 먹어보니 역시 거칠고 비렸다. 마실 수 있는 물이 필요했다.

그가 열쇠를 쥐고 자동차 쪽으로 걸어가자 이웃집 마당에서 바가지를 쥐고 개장을 향해 가던 여자가 그를 보고 멈춰 섰다. 얼굴이 둥글고 눈이 작고 눈썹 숱이 적은 여자였다. 그녀 말고도 숱 없는 백발을 뒷덜미 쪽으로 모아서 단단하게 쪽 찐 노인이 마루 끝에 서 있었다. 그는 자동차 문을 열고 좌석에 앉은 다음 자기 집 마당에서 꼼짝 않고 이쪽을 지켜보고 있는 그녀들을 바라보았다. 프레리도그 같다고 생각했다. 조짐을 느끼면 뒷발로 딱 버티고 서서 전방을 경계하는 조그만 동물들. 가속기를 밟자 딱딱하게 언 진흙이 차 밑바닥에 탁탁 튀었다.

전에도 들르곤 했던 쇼핑몰은 주차장 바깥 도로에서부터 진입을 대기하는 차량들이 길게 늘어서서 진입 자체가 어려운 상태였다. 그는 부근의 다른 쇼핑몰로 차를 몰아갔다가 상황이 더욱 좋지 않은 것을 확인하고 첫번째 쇼핑몰로 돌아갔다. 긴 줄 끝에 차를 대고 앞차가 뿜어내는 배기가스를 바라보고 있다가 조금씩 나아갔다. 라디오를 통해 기상특보가 이어지고 있었다. 그는 구겨진 영수증과 아이스바 껍질이 담긴 쇼핑 수레를 밀고 쇼핑몰로 들어섰다. 더는 새로울 것도 없는 물건들을 하나하나 눈으로 확인하며 걸어 다니다가 식수 코너에서 5리터들이 물통 아홉 개를 수레에 옮겨 실었다. 가라앉아 보이도록 묵직해진 수레를 다시 밀며 걷다가 잡곡과 마른 식재료들을 싣고, 끓인 물만 있으면 빠르게 조리해 먹을 수 있는 인스턴트식품들도 집어서 물통 위에 얹었다. 난방용품과 물, 알코올은 일인 구매량을 제한한다고 적힌 마분지가 곳곳에 걸려 있었다. 쇼핑몰은 전체적으로 어수선했다. 선반들은 어질러진 채 방치되어 있었고 깨끗하게 닦여 있곤 했던 바닥도 무언가 엎질러진 자국과 사람들의 발자국으로 더럽혀져 있었다. 그는 신경이 곤두선 사람들 틈으로 천천히 수레를 밀었다. 통로를 통과하고 모서리를 돌고 계산 순서를 기다리고 주차장을 빠져나가고 이 모든 것을 해내는 데 일일이 시간이 걸려 마침내 그가 쇼핑몰 바깥으로 나왔을 때는 해가 진 뒤였다. 돌아가는 길은 바람이 많이 불었다. 버스 정류장이 있는 큰 도로에서 그 집으로 이어진 길은 차로 오 분 걸리는 외진 길이었다. 가로등도 없이 불빛이라고는 그가 몰아가는 자동차의 전조등뿐이었다. 구불구불한 흙길을 노랗게 비춰가며 나아가다가 그는 이웃의 불빛을 발견했다. 그것을 도정표 삼아 차를 몰았다. 어둠 속에서 개들이 짖었다.

그는 텔레비전을 끄고 담요 한 장을 잘 자리에 펼쳤다. 불을 끄니 아무것도 보이지 않았다. 분지를 가로질러 그 집 외벽에 부딪는 바람 소리가 거셌다. 어느 집 속에선가 휴대전화가 울리는 것 같았는데 바로 전날 그가 그의 손으로 그것을 분질렀으므로 그럴 리 없었다. 개들이 바람을 향해 두어 번 짖고 잠잠해졌다. 그는 꿈을 꾸고 있었다. 장과 함께 버스를 타고 어디론가 가는 길이었다. 장과 그는 뒷자리에 앉아서 사람들의 선명한 뒷모습을 바라보고 있었다. 컹, 하고 그들의 버스가 어딘가에 충돌했다. 천장으로 창으로 많은 양의 모래가 쏟아져 들어왔다. 매우 많은 양의 모래. 그는 모래에 쓸려 구르고 뒹굴다가 목전에서 연인의 노란 얼굴을 발견했다. 그 얼굴은 그와 다름없이 모래에 묻혀가는 중이었다. 눈을 감고 있었고 입을 벌리고 있었다. 양쪽 귀는 가망 없이 묻혔고 이제 입을 향해 모래가 닥쳐오고 있었다. 그는 장을 불렀다. 장, 장, 입이 없으면 숨을 쉬지 못한다, 이미 숨을 쉬지 않는 듯한 연인의 얼굴을 덮어가는 모래를 쓸어내고 쓸어내며 흐느꼈다.


　　꿈에서 틀림없이 장이라고 믿었던 그 얼굴은 틀림없는 장의 얼굴이었을까. 그 얼굴은 실제 장의 얼굴과 얼마나 같았을까. 따지고 보면 같지 않았다. 전혀 달랐다. 일단 장은 그렇게 죽지 않았다. 비탈, 모터사이클, 트럭, 간격 그리고 어쩌면 겨울 같은 것들이 장의 죽음과 조금 더 관련 있었다. 실제로 죽는 순간 장이 어땠는지 그는 알 수 없었다. 마지막으로 보았을 때는 이미 죽어 있었다. 오후에 연락을 받았고 장례식장에서 뭔지 모를 상태로 이틀을 보낸 뒤 염을 할 때 비로소 장을 보았다. 장과 관이 있었다. 관과 장의 죽음이 있었다. 유리벽 너머로 위생복을 입은 여자와 남자가 등장해서 입관을 지켜볼 사람들을 향해 인사했다. 그는 그들이 장의 몸을 이리저리 뒤집어가며 닦고 묶는 것을 지켜보았다. 그가 보기에 여자가 전문가였고 남자는 보조를 맡은 듯했다. 여자는 통통했고 남자는 마른 편으로 둘 다 기묘하게 낯익은데 낯설었고 그렇게 기묘하다는 점이 묘하게 낯익었다. 그들은 공손하고도 능숙하게 시신을 다루었다. 그는 옆 사람에게 한쪽 팔을 짓눌린 자세로 아무것도 하지 않고 서 있었다.

장의 텅 빈 뒤통수는 솜으로 채워져 있었고 두개골의 울퉁불퉁한 모서리는 검게 말라 있었다. 귀 뒤쪽에서 턱 쪽으로 검은 실을 사용한 바늘땀이 무성의한 간격으로 이어지다가 턱에 이르러 작은 매듭으로 빳빳하게 솟아 있었다. 저기를 왜 저렇게 해두었을까. 그는 그 짧은 매듭에서 눈을 떼지 못했다. 그 부근의 땀을 뜯어내면 금방이라도 무언가, 싹이라도 비쭉, 돋을 듯했다. 그걸 지켜보느라고 눈이 노랗게 터질 듯했다. 마지막 순서가 되어 사람들이 옆방으로 이동할 때 그도 휩쓸리다시피 벽 너머로 이동했다. 장의 죽음이 놓인 방에서는 짙은 초산 냄새가 났다. 기도가 시작되었다. 구두 바닥에서 씹히듯 버적버적 밟히는 것들이 있었다. 분명 밟히는데 밟히는 것이 좀처럼 보이지 않아 발을 몇 차례 들었다 놓았다 하다가 그는 가느다란 것들을 알아보았다. 고불고불하거나 짧거나 길거나 검거나 노랗거나 붉거나 매우 많은 죽은 사람들의 머리카락이 헝클어진 채로 바닥을 덮고 있었다. 장의 누이가 가장 크게 울었다. 그녀는 장의 뺨에 손을 얹었다가 섬뜩 놀란 듯 손을 거두며 차가워, 라고 중얼거렸다.


　　　일 년이나 지난 시점, 장과 그가 동거하던 집이 장의 이름으로 계약되었다는 것을 알고 연락을 해 온 것이 그 누이였다.

돌려달라, 라고 그녀는 말했다.

그는 거절할 수 없었다. 에너지가 남아 있지 않았다. 돌려달라, 라는 말에 정색을 하고 반박하고 자신의 몫을 지키고 어쩌고 하려면 하지만, 이라는 말과 표정이 필요할 테고 그다음엔 또 다른 말과 태도가 필요할 테고 또 다음과 그다음엔. 그런 것을 해내는 데 동원할 에너지가 조금도 남아 있지 않았다. 그가 개수구멍 없는 개수대가 설치된 외양간이 딸린 낯선 집으로 이주를 결정한 이유는 그러므로 여지가 없었기 때문이었다. 의지라는 것이 고갈되었다.

아침에 그는 생선뼈만도 못한 무게감으로 외양간에 서서 흘러내리는 물을 바라보았다. 세수를 한다, 출근 준비를 한다, 라고 생각하며 물이 고여가는 가망 없는 개수대를 내려다보고 있었다. 장의 얼굴을 분명하게 떠올릴 수 없었다. 어쩔 수 없다고 그는 생각했다. 일 년이나 되었는데. 사람은 잊는다. 일 년밖에 되지 않았는데. 그는 차고 거친 물로 세수를 하고 두꺼운 옷을 찾아 입은 뒤 서리로 덮인 차 속으로 기어들었다. 거기까지만 해도 하루를 전부 보낸 것처럼 피로했다. 열쇠를 꽂고 심호흡을 하고 시동을 걸었다. 반응이 없었다. 시동이 걸리지 않았다. 두번째로 시도해보았다.

세번, 네번째.

상당한 간격을 두고 다섯번째.

그는 차를 내버려두고 집 안으로 돌아갔고 그 뒤로 사람들 틈으로 돌아가지 않았다.

*

    개수구멍 없는 개수대에 달린 수도꼭지를 내려다보며 그는 생각했다.

백년은 된 것 같다.

백년이 지났다고 해도 놀라지 않을 것이다. 개수구멍 없는 개수대가 설치된 외양간이 딸린 집, 이 집으로 든 것, 사실을 말하자면 석 달 정도 되었을 뿐이지만 사실은 벌써 백년 정도는 흘러가버렸는지도 모르겠다. 수도꼭지로부터는 녹물 한 방울 떨어지지 않았다. 어딘가 먼 곳에서 물을 끌어올리는 소리도 들리지 않고, 뿌리 깊이 얼어 있었다. 기온이 계속 떨어지고 있었다. 강풍이 불고 한차례 진눈깨비가 내린 뒤로 물이 끊기고 대기가 얼어붙었다. 텔레비전 뉴스를 통해 이례적이고도 일시적인 현상이라는 보도가 있었지만 이례는 상례가 되었고 일시는 영속이 된 듯했다. 수도권 기온이 영하 37도로 떨어졌다는 보도를 들은 뒤로 전기도 끊겨 더는 뉴스를 들을 수 없었다. 그는 방에 불을 피워두었다. 장판을 뜯어내고 시멘트 바닥에 모닥불을 지폈다. 지난 한 달간 그 불은 꺼진 적이 없었다. 바닥이 그을렸다거나 벽에 그을음이 뱄다는 항의를 나중에 듣는다고 해도 어쩔 수 없다고 그는 생각했다. 손해를 보았다,라는 항의를 들어도 어쩔 수 없었다. 그는 그 방에서 벽에 번져가는 그을음을 바라보거나 항상성 없는 불꽃의 형태를 지켜보거나 곡식을 끓여 먹었다. 오후엔 외투에 달린 털모자 속으로 깊이 머리를 감추고 땔감을 주우며 집 주변을 돌아다녔다.

그가 문 밖으로 나서자 개들이 짖었다. 몇 번을 보았어도 개들은 한결같았다. 다섯 마리 가운데 두 마리는 얼어 죽고 세 마리가 남았다. 개들을 키우는 모녀는 좀처럼 집 밖으로 나오는 일이 없었다. 정말 모녀간인지도 알 수 없었다. 일방적인 가정으로 모녀, 라고 생각해두었을 뿐이다. 노모는 딸을 닮았고 딸은 노모를 닮아서 두 사람 모두 마찬가지로 늙어 보였다. 한번은 그녀들 가운데 젊은 쪽이 개장에서 죽은 개를 끌어내는 것을 보았다. 그녀는 왼손과 오른손으로 개의 앞다리와 뒷다리를 잡고 앞뒤로 몇 번 흔들다가 분지를 향해 던졌다. 개는 뻣뻣한 가죽자루처럼 허공을 날아 퍽, 소리를 내며 분지로 떨어졌다. 그녀가 집 안으로 돌아간 뒤 그는 분지 가장자리에서 바닥을 물끄러미 내려다보다가 어린 개와 큰 개의 뼈를 다수 발견했다. 개들의 사육자는 개장에서 개를 치고 먹이다가 개가 죽으면 그곳에 던져두는 듯했다. 두 번째로 죽은 개는 집 안으로 끌고 들어갔다. 먹었을 것이다. 먹지 않았어도 나중을 대비해 저장해두었을 것이라고 그는 생각했다.

그는 둑처럼 솟은 가장자리에서 분지 바닥을 향해 짧은 미끄럼을 탔다. 온갖 마른 잡풀로 헝클어진 땅에 발을 딛자마자 가죽째 말라가는 두개골을 와작 밟았다. 머리 위로 전투기가 날아갔다. 쌍발기 두 대가 남쪽에서 북쪽으로 날아간 뒤 헬리콥터 한 대가 그 뒤를 분주하게 따라갔다. 꽁무니 쪽으로 종이 몇 장을 비늘처럼 흘리는 것을 보니 부근 어딘가에 전단을 뿌리고 돌아가는 길인 듯했다. 대피소로 대피하라는 내용을 담은 전단일 것이다. 그는 집 부근에서 그런 전단을 몇 장이나 주웠다. 모닥불에 넣으면 매캐한 연기를 내며 탔다.


그는 소중하게 불을 관리하고 있었다.

장과 그가 살던 방에는 침구와 책상과 가구 몇 개가 있었다. 그것들은 장의 누이를 비롯한 장의 식구들 손을 거쳐 어디론가 옮겨졌을 것이다. 그 밖에 장은 책을 상당히 가지고 있었는데 그 가운데 몇 권은 그가 그 집으로 가져온 상자 속에 들어 있었다. 기온이 더 떨어지고 태울 것도 떨어지면 그것들을 상자째로 태워야 할지 몰랐다. 그는 여전히 장의 얼굴을 분명하게 떠올릴 수 없었으나 그것보다는 분명한 기억이 남아 있었다. 촉각에 남아 있었다. 만지고 닿아서 느낀 것들. 만지고 만지고 만져서 손바닥으로 기억해둔 몸의 요철. 세포에 남았으므로 잊을 수도 없었다. 장은 작고 말랐고 체온이 높은 편이었다. 아름다웠고 예민했고 재능 있었고 화를 낼 때는 집요했다. 이 사람은 요절하거나 깜짝 놀랄 만큼 오래 살 것이다, 생각했는데 그렇게 죽고 말았다.

오늘은 햇빛이 든다, 조, 햇빛을 쐬라, 조, 그게 마지막 말이었다. 죽음 며칠 전 출근을 준비하다 말고 넋을 잃은 듯 거실에 서 있다가 문득 생각난 것처럼 말했다. 그 뒤로도 며칠 더 살아 있었으니 사실을 말하자면 그 말이 마지막 말은 아니었을 것이다. 그런데도 그게 마지막이었다. 그 뒤로 한 말은 한 가지도 떠오르는 것이 없으므로 마지막 말이 되었다. 햇빛이 든다, 조, 햇빛을 쐬라.

장의 장례식은 기독교장으로 진행되었다. 장을 포함한 장의 식구들은 모태신앙인들이었다. 습관 같은 것이라고 장은 말했다. 말하자면, 주기도문으로 시작해서 중간을 인내하고 사도신경으로 마무리되는 부분이 마음에 들 뿐, 교회가 인용하는 신은 그다지 신뢰하지도 좋아하지도 않는다는 것이었다. 어렸을 때, 라고 장은 말했다. 설탕 과자처럼 어감도 감미로운 성탄, 성탄 밤에 예배 중인 교회로 구걸하러 들어온 걸인이 있었어. 한 끼 먹게 해달라고 뒤쪽에서 서성거리다가 전도사들에게 떠밀려 쫓겨났다. 하필 성탄 밤에 하필 그곳을 구걸의 장소로 선택했다는 점을 생각하면 아무래도 의심스러운 구걸이었지만 어쨌거나 예배는 잠시도 중단되지 않았어. 예배가 끝난 뒤엔 난방 덕분에 뺨이 달아오른 사람들이 선물 꾸러미를 나누었다. 그런 광경을 보고 의심하지 않을 수는 없었던 것이다. 그들은 이웃을 사랑한다고 말한다. 사랑하지 않으면서 사랑하지 않는다고 말하지 않고 사랑한다고 말하는데 그건 사랑하지 않는 것보다 나쁘다. 닥치는 것보다도 나쁘다. 특별히 성탄절이나 추수감사절에 그들이 즐겨 부르는 노래, 당신은 사랑받기 위해 태어난 사람이라는 노래, 사랑받기 위해 태어난 당신이라는 것이 있다면 사랑받지 못하도록 태어난 당신도 있다는 의미일까, 그런 당신은 누구고 저런 당신은 누굴까.

어느 쪽이든 정말은 사랑해줄 생각도 씨발 없으면서, 라고 하면서도 장은 교회 다니는 일을 그만두지 않았다.


　　　봄이었을 것이다.

일찍 일을 마친 그는 장을 바깥에서 만나 영화 한 편을 보았다. 형으로부터 전보를 받은 노인이 잔디 깎는 기계를 타고 대륙을 가로질러 형을 만나러 간다는 이야기였다. 장은 만족한 것처럼 보였다. 돌아오는 길에 편의점에 들러 맥주를 한 잔씩 마셨고 맞잡은 손을 비비며 집으로 가는 오르막을 올라갔다. 맞은편에서 비틀거리며 비탈을 내려오던 중년 남자가 그들을 유심히 보았다. 그 남자는 한번 지나갔다가 되돌아와서 장을 불렀다. 아니 이거 장 형제, 형제, 라고 불러 세우고 그런데 왜 남자와 손을 잡고 가느냐고 물었다. 머리를 기울이고 술냄새를 풍기며 비틀거리고 비딱하게 섰다가 앞뒤로 몸을 끄덕이며 장 형제, 아니 왜 남자랑

손을 잡고 가느냐고, 분위기 이상하게, 대답해보라고 어, 불쾌하게 사
내새끼들끼리, 라고 말했다. 그냥 가세요 제발 가세요 가시라고요, 그는
말렸고, 뭐가 불쾌하세요 제가 불쾌합니까 저도 당신이 불쾌한데요, 라
고 장이 말했고, 주먹이 오갔다. 문 닫은 과일가게 차양막이 뜯어졌고
사실 몸을 가눌 여유도 없었던 남자는 장의 주먹질 몇 번, 이라기보다는
제풀에 뒤로 넘어져서 머리를 깼다. 장은 가해자로 경찰에 연행되었다.
날벼락 같은 밤이었다.

그 주엔 교회에 가지 않을 줄 알았는데 장은 일찌감치 일어나 채비를
하고 있었다. 그는 장이 걱정되어서 동행했다. 예배 중간 중간 호기심
을 숨기지 않고 돌아보는 노인들, 새침한 기색으로 장과 그를 등지고
앉은 피해자의 가족들, 근엄하게 입을 다문 사람들, 보라는 듯 친밀하
게 인사해 오는 사람들 가운데 장은 재미있다는 듯 눈을 빛내며 앉아
있었다. 예배가 끝나고 모두 모여 점심을 먹는 시간이 마련되어 있었
다. 숟가락과 젓가락이 왈그락 덜그럭 쏟아지고 부딪치고 모두가 한 벌
씩 나누어 받은 뒤 식사가 시작되었다. 어느 쪽에서 들려왔는지는 몰라
도 거시기한 관계, 라는 속삭임이 들려왔고 짧은 침묵이 흘렀다. 다시
왈그락 덜그럭. 장은 입에 든 것을 꼼꼼하게 다 씹은 뒤 장과 그를 유심
히 바라보고 있는 부부를 향해 돌아앉았다. 그렇게 궁금하세요 그렇습
니다 이 새끼가 나한테 넣고 내가 이 새끼에게 넣습니다 안심하세요 내
게도 취향이라는 게 있어 나는 당신들에겐 조금도 넣고 싶지 않습니다.
장은 그 뒤로도 몇 주간 더 출석했고 마침내 목사로부터 더는 교회에
오지 말아달라는 연락을 받았다. 장은 의기양양하게 알겠습니다, 라고
대답하고 전화를 끊었다.

그는 눈을 떴고 불을 보았다. 잠들기 전에 그가 피워둔 불이 죽어가고 있었다. 깜부기불을 다독여 불을 키웠다. 밤이 오고 있었다. 벽틈으로 파고든 얼음이 팽창해 뻐근하게 갈라지는 소리가 들려왔다. 바람이 불자 난파라도 당한 듯 지붕이 삐걱거렸다. 그는 배고팠다. 이따금 내리는 소량의 눈을 긁어모으거나 서리를 핥는 것으로 갈증은 어떻게 해볼 수 있었지만 지난 닷새 동안 뭔가를 씹지 못했다. 소금과 쌀 몇 줌이 남아 있었는데 그는 그걸 조금씩 나눠서 묽게 끓여 먹고 있었다.

지금이라도 대피소로 대피하는 것이 좋을지 몰랐다. 아예 대피령이 떨어졌을 때 대피하는 것이 좋았을지도 몰랐다. 그랬다면 지금쯤 거기서 먹을 것과 마실 것을 나누어 받고 있을지도 몰랐다. 거기 모인 사람들과 말을 나누고 있을지도 몰랐다. 그 가운데 안심하며 포근하게 자리를 잡고 있을 수도 있었다. 숟가락과 젓가락이 왈그락 덜그럭, 그런 광경을 다시 보고 있을지도 몰랐다. 그는 웃음을 터뜨렸고 기침을 했다. 개를 훔쳐볼까. 개를 먹어볼까. 고기를, 밤에, 밤에. 그는 불을 바라보며 밤이 되기를 기다렸다. 몇 달째 벗어본 적 없는 외투 위에 또 다른 외투를 겹쳐 입고 타월로 입과 턱을 단단하게 감싸고 모자를 눌러쓴 뒤 집 밖으로 나섰다.

달이 밤 복판에 떠 있었다. 싸늘한 공기가 눈과 뺨을 쪼는 듯 조여왔다. 그는 현기증을 느끼면서도 천천히 호흡하며 앞으로 나아갔다. 개장까지 몇 미터 되지 않는 거리를 더듬거리며 걸었다. 이웃집 창 안쪽으로 어두운 불꽃 그림자가 보였다. 개가 짖었다. 두 마리 남았다. 그는 개장 근처에서 바닥을 더듬어 주먹보다 큰 돌을 집었다. 금속이라도 바짝 얼었다면 쉽게 부서질 것이다. 자물쇠로 짐작되는 검푸른 고리를 향해 돌을 내리쳤다. 처음 몇 번은 가급적 소리를 내지 않도록 조심했지만 나중엔 염두에 두지 않았다. 자물쇠 부수려는 소리가 깡, 깡, 분지로 번져나갔다. 입을 감싼 타월이 입김에 젖었다. 숨을 들이쉴 때마다 찰싹 달라붙어 턱이 얼얼했다. 그것 자체가 차가워 차라리 맨공기에 턱을 드러내는 것이 나을지도 몰랐다. 맹렬하게 짖어대던 개들이 맥없이 앓는 소리를 내며 개장 속을 돌아다니고 있었다. 저걸 먹는다고 생각하자 그는 토기를 느꼈다. 개를 먹겠다고 생각했을 때는 먹을 수 있다는 것을 의심조차 하지 않았는데 막상 저걸 먹는다고 생각하니 도저히 먹을 수 없을 것 같았다. 먹을 수 없다면 곁에 두고 몸을 데울 수 있다. 체온을 나누어 받을 수 있다. 그는 마지막으로 돌을 치켜들었다가 고리가 있는 방향으로 내리쳤다. 그때 단단한 것으로 등을 맞고 고꾸라졌다. 바닥을 뒹구는 그를 향해 발길질이 이어졌다. 그는 몸을 굴려 일어났다. 침착하게 일격, 일격을 날려 오는 상대방을 향해 돌진하고 팔과 다리를 휘둘렀다.

우주로 뚝 떨어져 나간 듯한 어둠과 냉기 속에서 한마디 말도 없이 주먹과 발길질이 오갔다. 그는 집요하게 닥쳐오는 몸을 향해 팔을 뻗었다가 머리카락 한 줌을 움켜쥐었다. 손가락에 감기는 질긴 머리카락 아래 조그만 머리통이 있었다. 인간이다. 늙었다. 섬뜩해진 그는 그 머리를 집어 던지듯 밀어내고 달아났다. 얻어맞은 입에 피 맛이 돌았다. 그는 얼음알갱이가 달라붙은 타월을 턱에서 벗겨내고 그의 불 곁에 누웠다. 자갈 무더기에 눌린 것처럼 몸이 무거웠다. 사지를 펼치고 까무룩 잠들었다가 아득하게 눈을 떴을 때 그는 누군가 창밖에서 집 안을 들여다보고 있는 것을 보았다. 이웃 같았다. 뒤를 확실하게 하려고 쫓아온 것인지 보복으로 그가 가진 것 가운데 무언가를 빼앗으려고 온 것인지 다만 상태를 보러 온 것인지 무언지, 짐작할 수 없는 무표정한 얼굴로 그를 들여다보고 있었다. 그는 조용히 그 얼굴을 바라보다가 언제 잠들었는지 모르게 잠들고 말았다.

*

그는 눈 내리는 소리를 들었다.

얼마나 잤는지 알 수 없었다. 모닥불은 거의 꺼져 있었고 한기와 몸싸움과 깊은 수면 탓에 몸이 굳어 한동안 움직일 수 없었다. 아랫배를 부풀려 숨 쉬려는 노력을 하고 나서야 등과 가슴이 부드러워졌다. 그는 종잇장처럼 허약하게 감각되는 폐를 부풀리며 일어나 앉았다. 숨을 들이쉬기가 괴로울 정도로 공기가 싸늘했다. 재 속으로 손을 넣어보고 남아 있던 불을 만졌다. 재를 덜어내고 종이와 작은 나뭇가지로 불을 키운 뒤 그는 불을 들여다보았다. 고요했다. 담요 위에서 그는 거의 움직이지 않고 있었는데 그 자신 움직이는 소리가 바스락바스락 거슬리도록 잘 들려왔다. 그는 희끗희끗하고 작고 단단한 조각들이 탁, 툭, 하고 창에 닿는 소리를 들었다. 다시 눈이었다. 그는 밖으로 나가서 눈이 쌓인 마당을 보았다. 마루 끝에서 발을 디뎌보자 무릎까지 잠겼다. 신선한 눈 표면을 감탄하며 내려다보다가 손으로 한 줌 떠서 먹었다. 차고 건조했다. 그쳐가는 눈을 향해 얼굴을 들고 있다가 그는 집 밖으로 나섰다.

세계가 고요했다.

만년은 자고 일어난 듯한 기분이 들었다.

개들이 조용했다. 그는 그걸 깨닫고 개장을 향해 돌아섰다. 개장 바닥

도 눈에 잠겨 있었고 개들은 그 밑에 묻혔는지 어떻게 되었는지 간데없
었다. 그는 눈을 정강이로 걷어내며 경중경중 걸어서 이웃집 마당으로
들어섰다. 문이 모두 열려 있었다. 떠났다. 언제 떠났는지는 알 수 없
어도 이미 갔다. 아마도 그들의 개들을 데리고.

그는 애초부터 버려진 듯 황량한 방에 서 있다가 부엌으로 내려갔다.
서랍을 열어보고 선반을 더듬고 구석구석을 뒤지다가 소금 단지를 발견
했다. 유약 아래 서투른 솜씨로 엉겅퀴가 그려진 동그란 사기그릇이었
다. 그는 그걸 주머니에 넣었다.


　　　　장의 장례식장에서 장의 가족들은 그에게 친절했으나 그만 가
주길 바라는 눈치를 숨기지도 않았다. 그는 곤란한 상황을 맞닥뜨린 사
내아이처럼 머뭇거리며 내내 장례식장에 머물렀다. 대부분의 조문객들
은 그를 몰랐으나 어느 정도 사정을 아는 친척들은 그를 곁눈질로 살피
고 있었다. 장의 누이와 형제들은 새로운 조문객들이 방문할 때마다 인
사를 주고받고 때로 울먹이고 장의 어린 시절에 관한 이야기를 조그맣
게 나누다가 웃고는 했다. 그는 이따금 안치실이 있는 건물 뒤로 가서
벽을 바라보며 숨을 돌렸다. 매번 그가 장례식장으로 돌아올 때마다 장
의 가족들은 실망한 듯한 얼굴로 그를 올려다보았지만 소란이 될 거라
고 생각했는지 억지로 밀어내지는 않았다. 그는 화장터까지 장례 행렬
을 따라갔다. 장의 관을 접수하고 화장을 대기하던 가족들은 장 모 씨
의 가족은 모여보시라, 라는 외침을 듣고 한군데에 모였다. 삼일장을 치
르느라 초췌해진 사람들로부터 조금 떨어진 곳에 그도 구겨진 옷을 입
고 서 있었다. 그리고 그들 뒤편에서, 장을 담은 관이 레일에 얹혀 가마

로 빨려 들어가는 것을 그도 보았다. 그는 장의 가족들이 유골단지를 안고 화장터 인근 납골당으로 이동하는 것을 보고 따라갔다. 모든 과정이 마무리되고 그들 모두가 나른하면서도 어딘가 후련한 듯한 얼굴로 납골당을 떠날 때까지 그는 남아 있었다. 말하지 못한 것이 있었기 때문이었다. 나누어달라고 말하고 싶었다. 한 조각만.

뼈를.

장의 뼈를.

납골당은 어떻게 되었을까. 그는 불을 바라보며 생각했다. 눈에 묻혔을까. 관리자들도 대피했을까. 이제 그곳엔 뼈를 담은 항아리들만 남아 있지 않을까. 거기까지 찾아간 적 있었다. 여름에, 시속 구십 킬로미터의 속도로 두 시간 반 걸려 갔다. 길이 잘 닦여 있어 헤매지 않았다. 납골당으로 들어가는 진입로엔 풀이 길게 자라 있었고 능소화가 바랜 빛깔로 늘어져 있었다. 장의 유골단지를 담은 선반은 높지도 낮지도 않아서, 의자를 끌어다 놓고 앉으면 눈높이에서 볼 수 있었다. 천으로 만든 작약과 장이 더는 믿지도 좋아하지도 않는 신의 말씀을 담은 책 한 권, 고난을 상징하는 조각상, 그가 본 적 없는 시절의 장을 담은 사진 한 장, 그런 것으로 장식된 유골 선반을 들여다보며 삼십 분가량 앉아 있다가 그는 납골당을 떠났다. 돌아오는 길이 너무 어려워 두 번은 가지 못했다. 그는 그 집에서 도 경계까지의 거리를 생각해보고 거기서 납골당까지의 거리를 따져보았다.

시속 구십 킬로미터로 두 시간 반.

한 시간에 최대 사 킬로미터씩 걸어서 하루 열 시간 정도 이동한다면 엿새. 눈 속을 걸어서,라면 엿새보다는 조금 더.

지붕에서 바닥으로 눈이 미끄러지는 소리를 들으며 그는 계속 생각했다. 밤새 바람이 불었다. 그는 상자를 뒤져 배낭을 찾아내고 거기에 양말과 담요를 넣었다. 성냥과 라이터와 여분의 장갑을 넣고, 남은 곡식과 소금을 담은 주머니도 소중하게 챙겼다. 상자를 뒤진 김에 랜턴도 찾아내 배낭에 넣었다. 냄비를 가벼운 것으로 골라 배낭 바깥에 신발끈을 사용해 비끄러매자 그가 보기에 준비가 다 된 듯했다. 설상화 같은 것을 만들어볼 수도 있을 것 같았지만 가는 거리를 생각해보면 꾸물거릴 틈이 없었다. 식량이 조금이라도 남아 있을 때 출발하자고 그는 생각했다. 그는 의심하지 않았다. 살 수 있었고 갈 수 있었다.


　　　새벽별이 떴을 때 그는 집을 나섰다.

공기를 들이마시자 폐 가장자리가 가볍게 어는 듯했다. 무릎을 들어 눈 위에 발을 얹고 무게를 얹었다. 발이 눈 속으로 깊이 묻혔다. 물기가 별로 없이 팍팍한 눈이라 걷기에 나쁘지 않았다. 발을 올리고 그다음 발을 내려놓았다. 다음 발. 그다음 발. 그는 머리를 감싼 모자 속으로 메아리치는 숨소리를 들었다. 하, 후, 하, 후.

그는 상상하고 있었다.

문이 열리고, 텅 빈 납골당으로 들어서는 사람, 눈사람과도 같은 거인, 그의 등과 머리에 쌓인 눈, 체온의 냄새. 한 발 한 발 전진해 갈 때마다 그는 그에 관한 꿈을 꾸었다. 그에 관한 꿈으로 완전에 가까워지고 있었으므로 그는 갈 수 있었고, 살 수 있었다.

하.

후.

하.

*

그대는 이 기록을 눈 속에서 발견할 것이다.

〔『파씨의 입문』, 창비, 2012〕

# 선 정 의   말

—

「뼈 도둑」의 '조'는 "물은 고인 채 어디로도 움직이지 않는" "가망 없는 개수대"가 환기하는 불쾌에 이끌려 스스로를 외딴집에 유폐시킨다. 텔레비전조차 제대로 수신되지 않는 이곳에서 이미 오래전에 휴대전화를 부수어버린 그는 한없는 적설 속에서 어디로도 흐르지 않은 채 침윤되어간다. 단지 1년 전에 죽은 연인 장을 애도하면서 누구에게도 이해받지 못했던 사랑의 기억을 반추하는 데 몰입하고 있을 뿐이다. 마치 프레리도그처럼 자신 및 자신의 사랑을 경계하고 또 배척하기만 하는 이웃들의 냉랭한 시선 앞에서 홀로 남겨진 삶을 의미 있는 것으로 만들 수 있을 법한 어떤 "특별한 에너지"를 상실해버린 그다. 그러므로 이제 차라리 장을 따라가는 것이 보다 빨리 편해지는 길일지 모른다. 실제로도 그는 폭설 속에 묻힐 운명에 처해 있다.

그렇다고 해서 그가 쉽게 죽음을 선택해버리는 것은 아니다. 오히려 그야말로 순수한 의미에서 '지금 여기'의 삶만은 살고자 한다. 그리고 그렇게 하여 매순간 현현하는 장의 기억을 외면하지 않을 수 있다. 단지 과거 그리고 그것을 반추하는 현재에 충실하고자 하는 이것이 항상 내일을 기약하기 마련인 세속적인 삶의 형식과는 근본적으로 다르다는 것은 말할 필요도 없다. 장의 말대로 햇빛을 쐬기 위해서, 그는 시시각각으로 닥쳐오는 죽음의 그림자에 한사코 저항하지 않을 수 없으며 실제로 이웃과의 사투까지도 불사하고 있다. 그리고 이것이 그를 순백한 적설 속 한없는 유폐와 침윤

216

을 향해 기꺼이 나아가도록 하는 근원적인 동기가 되고 있다. 마치 작렬하는 백야 아래 아연하게 펼쳐진 소금사막의 지평선을 따라 걸어가는 것처럼 말이다. 그 한복판에 장의 희디흰 뼈가 놓여 있음은 물론이다.

그렇게 조는 영원히 장을 애도하는 길을 선택했다. 그 길은 일상적 삶과 죽음 어느 편에도 수렴되지 않는다. 더욱이 어떤 의미나 가치에 대해서도 초연하다는 점에서 조의 애도는 무의미 그 자체로 완전해진다고 할 수 있다. "살 수 있었고 갈 수 있었다"는 단호하기 그지없는 지향이 결국 눈 속에 묻혀 영원을 꿈꾸는 역설로 귀결되는 것처럼 말이다. 이 살지도 죽지도 않고자 하는 순백의 애도가 황정은 소설의 인상적인 의성어와 의태어들처럼 어떤 다른 언어로도 쉽게 치환되거나 추상되지 않는 것은 그러므로 당연하다. 둘도 없을 이 순정한 단독성의 기록을 눈 속에서 발견할 수 있었던 자로서 한편으로 슬펐고 또한 아름다워 눈부셨다. _조형래(문학평론가)

황 정 은 · 유 준

## 인터뷰

—

**유 준**_먼저 「뼈 도둑」을 쓰시게 된 동기에 대해서 여쭙고 싶습니다.

　**황정은**_실은 굉장히 잘 쓰고 싶었던 소설인데, 실패했다고 생각을 해요. 제가 상당한 무력감에 잠겨 있는 상태였고, 그것이 소설 쓰는 데까지 번지더라고요. 이걸 써서 뭘 할까, 내가 정말 이걸 하고 싶을까, 하는 질문들이 이는 혼란스러운 상태였기 때문에 세계가 싫고, 말하는 것도 힘들었어요. 그 와중에 공동체에 관해서 관심을 갖게 됐어요. 그래서 몇 가지를 생각하다가 어떤 사회에 대한 거절, 이런 이야기를 한번 써보고 싶다는 생각을 하게 됐고요. 그러니까 사회에 영입되고 편입되면 어떻게든 살 수는 있지만 과연 그게 무슨 의미가 있을까, 라는 생각을 했던 거죠. 상당히 뒤틀린 상태에서 썼기 때문에 개인적으로 굉장히 아쉬움이 많은 작품입니다.

**유 준**_소설 앞부분에 이런 구절이 나오는데,

*의지라는 것이 고갈되었다. 아침에 그는 생선뼈만도 못한 무게감으로 외양간에 서서 흘러내리는 물을 바라보았다.*

마지막에는 이런 문장이 나오네요.

*그는 상상하고 있었다. 문이 열리고, 텅 빈 납골당으로 들어서는 사람, 눈사람과도 같은 거인, 그의 등과 머리에 쌓인 눈, 체온의 냄새. 한 발 한 발 전진해 갈 때마다 그는 그에 관한 꿈을 꾸었다.*

의지가 모두 고갈되고 생선뼈만 한 무게감도 지니지 못한 한 인간이 마지막에 보면 엄청난 의지를 갖고 사랑하는 사람, 더 정확히 말하면 사랑하는 사람의 뼈를 향해서 혹한과 폭설을 헤치고 걸어가잖아요. 보면서 저는 굉장한 감동을 받았는데요. 더불어,

*그는 그에 관한 꿈을 꾸었다. 그에 관한 꿈으로 완전에 가까워지고 있었으므로 그는 갈 수 있었고 살 수 있었다.*

라는 문장 역시 멋진 문장이 아닌가 하는 생각이 듭니다. 누군가를 사랑하고 누군가에 대해 꿈을 꾸고 생각하는 것만으로 완전에 가까워질 수 있다는

이런 사유가 정말 좋더라고요. 그러니까 사랑, 그것은 완전성의 다른 이름이 아닌가 하는 생각을 이 문장을 통해서 갖게 되었는데요, 이 결말을 애초에 작품을 구상하실 때부터 염두에 두셨던 건지요.

황정은

**황정은**_네. 「뼈 도둑」이라는 소설은, 불이 꺼지고 방치된 납골당 문을 열고 들어서는 사람, 그 광경 하나를 가지고 시작했어요. 그래서 소설의 마지막, 소설 안에서 직접적으로 언급은 안 되지만 제가 갖고 있는 그 장면에 당도하기 위해서 굉장히 심정적으로 많이 다운된 상태에서 한 문장 한 문장 힘을 많이 들여서 썼는데 결과적으로 그래서 실패하지 않았나 싶기도 하거든요. 그리고 말씀하신 문장은 그 전에 '살 수 있었고 갈 수 있었다'로 한 번 먼저 등장해요. 그랬다가 갈 수 있었고 살 수 있었다, 이렇게 역전이 되거든요. 누가 봐도 이 사람이 가다가 물리적으로 죽을 것이 뻔한 상황이죠. 하지만 이 사람이 살 수 있어서 거길 가는 것이 아니고 갈 수 있어서 사는 것이다, 그게 또 이 사람이 사는 방법이다, 라는 생각이 들더라고요. 그래서 등장한 문장과 장면들입니다.

**유 준**_이 소설을 쓸 때의 사회적인 무력감 같은 걸 말씀하셨는데 작가로서든 한 사람으로서든 사회적인 이슈나 문제 같은 것들에 대해서 평소 많이 생각하는 편인가요?

**황정은**_생각을 안 할 수가 없겠죠. 요즘 특히 생각을 많이 한다기보다는 고민을 안 할 수가 없더라고요. 그냥 한 명의 생활인으로서도 상당히 영향을 받는 측면이 있어서요. 주변 사람들 사는 모습이나 제가 사는 삶의 형태라든가 하는 것들이 사회의 영향을 받지 않을 수 없죠.

**유 준**_『百의 그림자』하고도 어떤 연관성이 보이는데요, 쓰실 때 염두에 두셨던 건지.

**황정은**_『百의 그림자』가 '그럼에도 불구하고'를 말하고자 한 저의 첫번째 노력이었다면, 「뼈 도둑」 같은 경우는 '그럼에도 불구하고'를 나름 뒤틀린 방식으로 해보려는 두번째 노력이었어요. 앞으로도 세번째 네번째를 찾으려는 노력을 계속하고 싶어요.

유 준

**유 준**_세계가 싫고, 사회적인 무력감을 느끼고, 도처에 사회에 대한 거절을 당한 존재들투성이고 세상만사가 이렇습니다만 그래도 '그럼에도 불구하고'라는 태도를 견지하고 싶다, 정도로 받아들이면 될까요?

**황정은**_네. 🈺

부고 _김이설

**김 이 설** 　1975년 충남 예산에서 태어났다. 2006년『서울신문』신춘문예에 당선되어 문단에 나왔으
며, 소설집『아무도 말하지 않은 것들』과 경장편소설『나쁜 피』『환영』이 있다.

**작 가 노 트**

세 부분을 손보고 싶었다. 첫 문장과 은희의 그날 밤. 그리고 생모와 아버
지의 부고를 알린 의붓어미의 부고는 누구에게 들어야 하는지 은희가 염려
하는 장면을 넣고 싶었다.

그 세 부분을 조금 더 다듬었다면 조금 더 좋은 소설이 되었을까. 적어도
지금보다는 나은 소설이 되었을 것이다. 그런데도 고치지 않았다. 부끄러
움도 내가 감내해야할 숙제라고 여겼기 때문이다.

허물이 많은 소설을 다시 만나는 일은, 쓴 사람도, 읽는 사람도 괴롭기는
마찬가지일 것이다. 그러니 하염없이 송구하다.

● ‥

# 부고
—

*

역한 비린내가 났다. 정액 냄새라고 생각했는데, 비 때문이었다. 창
턱이 빗물로 흥건했다. 전화벨이 울렸다. 시계를 보니 새벽 세 시였다.

—네 엄마가 죽었다.

엄마는 담담했다. 아버지가 같이 오라신다. 나는 팬티를 입는 상준
을 쳐다봤다. 와이? 상준이 소리를 내지 않고 물었다. 내 표정이 이상
했는지, 상준이 다가와 내 어깨에 손을 올렸다. 무슨 일이니?

"엄마가 죽었대."

상준이 나를 껴안았다. 맨살에 닿는 상준의 몸은 여전히 뜨거웠다.

"슬프겠다, 은희."

엄마는 지난 이태 동안 식구들의 짐이었다. 당뇨 후유증으로 온몸
이 썩어 들어갔다. 시력을 잃고 다리를 절단하고도 생을 연명했다. 나
는 슬프지 않았다.

"그런데 어떤 엄마가 죽은 거니?"

죽은 엄마는 나의 생모였다. 부고를 알린 건 나를 키워준 엄마였다. 나는 바닥에 벗어놓은 티셔츠를 입었다.

"커피 줄까?"

나는 고개를 끄덕이고 컴퓨터 앞에 앉았다. 다음날까지 보내야 할 논문을 아직 끝내지 못한 상태였다. 이미 한 번 미뤘던 원고였다. 한글 창을 열 엄두가 나지 않았다. 나는 원용 선배에게 전화를 걸었다.

—이제 와서 무슨 소리야.

엄마가 죽었다는 말을 못했다. 내게는 살아 있는 엄마도 있다. 설명하자면 길었다.

—너 아니고도 사람 많아.

—일주일만 미룰게요.

—이 바닥 좁다 너.

제 할 말만 한 원용 선배가 먼저 전화를 끊었다. 상준이 커피를 내밀었다. 어떻게든 일을 마쳐야 했다. 원용 선배의 눈 밖에 나면 안 되었다. 원용 선배만큼 대필 논문을 대줄 사람이 없었다. 상준이 방문 앞에서 말했다.

"혼자 있고 싶지? 난 내 방으로 갈게."

"아버지가 같이 오래."

"나?"

나는 고개를 끄덕였다. 상준의 얼굴이 굳어졌다.

"한국 장례식은 어렵지?"

"예전에는. 지금은 병원에서 하니까 그냥 있으면 될 거야. 사실, 나도 잘 몰라."

모니터로 고개를 돌렸다.

"엄마가 죽었는데 일을 하겠다고? 슬퍼서 그러니?"

"원고 못 보내면 돈 못 벌어. 단순한 이치야."

"이치?"

"단순한 원리, 단순한 상황이라는 뜻이야."

상준은 침대에 걸터앉아 나를 쳐다봤다. 나를 불쌍하게 여기는 표정 같기도 했고, 이해하는 표정 같기도 했지만, 그건 너의 일이니 알아서 하라는 방관처럼 보이기도 했다. 그럴 때면 어쩔 수 없이 상준은 외국인처럼 보였다.

생모를 찾아 한국으로 온 게 십 년 전이라고 했다. 삼 년 만에 생모를 찾았지만 그쪽에서 재회를 원하지 않았다. 미혼모로 상준을 낳았던 생모는 새 가정을 이뤄 잘 살고 있었다. 스물세 살의 상준은 생모를 이해할 수 없었다. 그런 이별을 방치한 한국사회가 더 이해되지 않았다. 그래서 한국에 눌러앉았다. 스스로 납득할 시간을 갖고 싶었다고 했다. 상준을 만난 건 학원에서였다. 이미 외국어 강사 경력이 쌓인 상준은 한국어에 능숙했다. 나는 한 번도 상준과 영어로 대화한 적이 없었다.

좋은 아침입니다. 상준이 자기 손에 든 커피잔을 살짝 들어 보였다. 나도 모르게 자리에서 일어나 상준을 향해 깍듯하게 목례를 했다. 학원의 강사들은 내게 먼저 인사를 건네지 않았다. 나는 안내 데스크에서 수강신청을 받고 상담전화를 받았다. 상준은 유일하게 먼저 인사를 건넨 학원 사람이었다.

상준과 나의 유일한 공통점은 엄마가 둘이라는 사실이었다. 그런데도 상준은 나를 이해한다고 했다. 엄마가 둘이라는 이유로 같이 사는 사람들이 세상에 몇이나 될까. 상준은 그런 건 아무 의미가 없다고 했다. 중요한 건 너와 나가 사랑한다는 사실이야. 상준은 내가, 라는 말 대신 나가, 라고 했다. 나는 그때마다 고개를 끄덕였다. 사랑한다는 말만큼은 진짜 같았다.

나는 모니터를 응시하며 뜨거운 커피를 마셨다. 매일 마시던 커피 맛이 달랐다. 엄마가 죽었다. 사람은 누구나 죽는다. 엄마는 투병 중이었다. 슬플 이유가 없었다. 여하튼 남편을 떠나고 어린 나와 오빠를 버린 사람이었다. 속이 메스껍고 자꾸 생목이 올라왔다. 기분이 나빴다. 나는 논문 원고를 열었다. 근대문학사에 관한 연구였다. 마지막으로 퇴고를 한 번 더 봐야 할 일이었다. 어떻게든 저녁때까지 마쳐야 했다.

병원 입구에서 상준은 내 팔을 붙잡았다.

"이정도면 되니?"

귀걸이를 빼고, 감색 양복을 입은 상준은 말끔했다. 서른 살의 상준은 이십대 중반으로밖에 보이지 않았다. 상준에 비하면 서른다섯의 나는 너무 늙은 여자 같았다.

장례식장에는 사람이 없었다. 그럴 거라고 생각했지만, 모양새가 좋지 않았다. 귀퉁이에 앉아 있던 엄마가 자리에서 일어났다. 멀리 영정 사진이 보였다. 젊은 여자였다. 저렇게 생긴 여자였구나. 예순이 다 된 사람의 영정으로 쓰기에 마땅한 사진은 아니었다. 모르는 사람이 보면 요절했다고 여길 만한 사진이었다. 어디서 저런 사진을 구했는지, 끔찍했다. 엄마셔. 상준이 허리를 굽혀 인사를 했다.

"이런 자리에서 만나서 미안해요."

"아닙니다. 상심이 크시겠습니다."

상심이 크겠다니. 무슨 뜻인지도 모르고 인터넷에서 알아온 말이었을 것이다. 아버지가 자리에서 일어섰다. 아버지에게도 상준은 똑같은 인사를 건넸다.

"절해라."

아버지는 상준을 쳐다보지 않았다. 나는 절을 했다. 자네도 하게. 상준이 어색하게 몸을 숙였다.

엄마가 밥과 국, 술을 갖다 주었다.

"불쌍한 사람이라고, 아버지가 장례를 치러주자 했다."

엄마는 상준 앞으로 수저를 놓아주며 말을 이었다.

"죽은 사람이 알던 사람들까지 찾아서 부르고 싶진 않더라."

"잘 하셨어요."

"네가 서운할지 모르겠다만, 나는 할 만큼 했다, 은희야."

엄마가 내 이름을 부를 때는 진심을 담은 말이라는 걸 나는 알고 있었다. 엄마의 눈가가 기미로 거뭇했다. 수저를 들었다. 국은 짜고 매웠다. 메스꺼웠던 속이 좀처럼 가라앉지 않았다.

*

죽은 엄마가 집을 나간 건 내가 초등학교에 들어가기 전이었다. 예닐곱 살 즈음이니 기억이 있을 법한데도, 떠난 엄마의 기억은 전무했다. 대신 어둑한 방 가운데 우두커니 앉아 있던 아버지만 선명하게 기억이 난다. 자다 깨 보면, 어김없이 아버지가 엄마의 빈 베개를 노려보고 있었다. 그런 아버지를 본 것만으로 큰 잘못을 저지른 것 같았다. 아버지의 검은 실루엣을 목도할 때마다 가위에 눌린 것처럼 숨이 턱 막히곤 했다.

　내가 중학생이 될 때까지 아버지 혼자 남매를 건사했다. 아침은 아버지가, 저녁은 오빠가 차렸다. 세 살 위인 오빠가 중학생이 된 이후에는 내가 상을 차렸다. 얼마 지나지 않아 쌀을 안칠 수 있었다. 소시지나 감자를 식용유에 볶고, 고춧가루와 참기름으로 단무지를 무쳤다. 김치찌개나 된장찌개도 끓였다. 상차림뿐 아니라 청소와 빨래도 내 몫이었다. 다른 아이들이 고무줄을 뛰어넘고, 친구 집으로 몰려가 숙제를 하는 것처럼 집안일은 나에게 당연한 일이었다. 오빠 대신 언니가 있었으면 했다. 그러면 언니가 나 대신 일하고, 언니가 나처럼 살았을 테지. 그럼 나는 지금과 다르게 살고 있을 것이었다.

　아버지는 초등학교 교사였다. 집에 돌아온 아버지는 제일 먼저 숙제검사부터 했다. 오빠와 나는 공책을 들고 아버지 앞에 섰다. 아버지 마음에 들 때까지 공책을 채우고 글씨를 바로 써야 그 자리에서 벗어날 수 있었다. 자기 전, 아버지는 다시 남매를 앉혔다. 그러고는 자신이 꺼내 온 책을 소리 내어 읽었다. 나에게는 세계명작이나 전래동화를, 오빠에게는 한국 단편소설들을 읽어주었다. 오빠는 벽에 기대어 창밖을 바라보거나, 노트를 꺼내 그림을 그리면서 아버지의 낭독을 들었다. 혼자 있는 게 싫었던 나는 베개를 들고 와 오빠 옆에 누워 잠이 들곤 했다. 김동인, 이효석, 염상섭의 단편들을 소리 내서 읽는 아버지는 무척 외로운 인간처럼 보였다.

　지금 생각해보면 아버지의 낭독은 다분히 위악적이었다. 내가 골라 온 책은 뒷전에 두고, 꼭 자기가 읽고 싶은 걸 읽었다. 가끔 주인공 대신 내 이름을 넣어달라고 조르기도 했지만 한 번도 응해준 적이 없었다. 그 입 좀 다물어. 지금 내가 읽고 있잖니. 책을 읽는 중에는 어떤 질문도 할 수 없었다. 더 읽어달라고 졸라도 언제나 한 권으로 끝이었다.

책을 다 읽은 아버지는 꼭 한마디 덧붙였다. 세상에 책 읽어주는 아버지는 흔치 않다. 넌 행복한 아인 줄 알아라. 하지만 아버지는 나의 외로움에 대해 어떤 위로도 건네지 않았다. 엄마가 없다는 걸 표내면 따돌림받는다. 함부로 가족 이야기를 하지 마라. 말수가 적어야 귀여움을 받는 여자애가 된다. 어디서든 나서지 마라. 평범하게 자라라. 나는 아버지가 바라는 대로 자라야 했다. 조용하고, 집안일에 성실했으며, 불만을 토로하지 않았다. 차마 엄마가 그립다는 내색도 하지 못했다. 그것이 열댓 살도 되지 않은 내가 아버지에게 배운 삶의 자세였다. 엄마 없이 자라는 여자아이의 마음 따위는 아버지의 관심사가 아니었다.

아버지가 낭독을 그만둔 건 내가 초경을 시작한 열다섯 살 여름부터였다. 문과였던 오빠가 아버지와 오랜 갈등 끝에 뒤늦게 예체능계열로 바꾼 무렵이었다. 미술학원에 가겠다고 나서는 오빠를 불러 앉혔다.

"기어이 네 고집대로 하겠다니, 잘났다. 예술은 개나 소나 한다더냐? 빌어먹는 환쟁이나 되라고 내가 널 키웠구나. 어디 두고 보자."

오빠는 대꾸하지 않았다. 말수가 적은 오빠는 좀처럼 그 속을 보이지 않았다. 아버지는 오빠가 법대에 가기를 바랐다. 힘을 가지려면 법을 알아야 한다고 했다. 사회적 계급을 위해서라도 남자라면 마땅한 진로라고 설득했다. 그런 아버지에게 미대에 가겠다는 오빠의 선언은 아버지의 존재를 부정하는 일과 같았다. 자기 뜻이 꺾인 아버지의 노여움은 가시지 않았다. 자식에게 졌다는 걸 참지 못했다. 나는 아버지와 대척점에 있는 오빠가 오히려 부러웠다.

아버지가 바라는 대로 자라면 되는 줄 알았다. 그것이 아버지의 사랑을 받는 일이라고 여겼다. 그런데 아니었던 것이다. 차라리 못된 짓을 해서 실컷 두들겨 맞기라도 했다면 아버지에게 조금 더 살가운 부정을 느꼈을지도 모르겠다. 그러나 나는 어떻게 나를 표현해야 하는지 몰랐다. 아버지가 침묵을 강요했기 때문이었다.

"자식이 전부라고 생각한 내가 천치였지. 나도 이제 내 생각 하면서 살겠다. 그리 알아라."

얼마 후 아버지가 여자를 데리고 왔다. 오빠는 여자에게 깍듯이 인사했다. 하지만 엄마라고 부르진 않겠다고 말했다. 여자가 말릴 틈도 없이 아버지가 오빠의 머리를 후려쳤다. 오빠가 화구통을 들고 훌쩍 집을 나갔다. 엄마라는 단어는 나 역시 이물스러웠다. 나는 여자를 오래 쳐다보았다. 연분홍색 투피스를 입은 여자 옆에는 검은 가방과 커다란 이불 보따리가 놓여 있었다. 여자의 마주잡은 두 손이 미세하게 떨렸다. 손톱이 짧아 속살이 벌겋게 솟아 있었다.

여자는 나와 오빠에게 꼬박꼬박 존대를 했다. 밥 먹어요. 이제 그만 자야죠. 아버지가 그러지 말라고 했어요. 나는 너희들의 엄마가 아니라는 선언 같기도 하고, 한편으로는 굳이 엄마라 부르지 않아도 된다는 허락 같기도 했다. 여자는 음식 솜씨가 좋았고, 부지런해 집안은 언제나 말끔했다. 발소리를 내지 않았고, 아버지와 다툼 한 번 없었다.

다만 여자는 일 년에 한 번, 일주일씩 집을 비웠다 돌아왔다. 마치 휴가를 얻어 떠나는 사람 같았다. 집을 비우기 전에는 일주일치 반찬과 국, 찌개를 냉장고에 재어놓았다. 아버지 말로는 여자의 부모를 만나러 간다고 했다. 여자의 부모라면 오빠와 나에게는 외가가 될 터였다. 그러나 그쪽과 교류는 없었다. 아버지는 여자를 일가에 알리지 않았다. 집안의 대소사에 언제나 아버지 혼자 다녀왔다. 새로운 관계는 여자 하나로 족했다.

오빠는 재수 끝에 미대에 진학했다. 여자는 새벽마다 도시락을 싸주었고, 저녁에는 화실 앞으로 저녁을 날랐다. 대학에 들어간 뒤, 학교 앞에서 자취를 시작한 오빠에게 종종 반찬을 갖다주기도 했다. 아버지는 여자가 들어온 이후로 입성이 좋아지고 살이 붙었다. 낭독을 하던 시간에는 여자의 무릎을 베고 텔레비전을 봤다. 좀처럼 들을 수 없었던 아버지의 웃음도 흔해졌다. 여자는 자기가 할 일을 잘 찾았고, 항상 잘 해냈다.

여자 때문에 힘든 건 나밖에 없는 것 같았다. 여자가 들어온 이후 모든 것이 변했다. 계절마다 이불의 두께가 달라졌고, 커튼 색깔이 바뀌었다. 냉면이나 주꾸미 같은 제철에 먹을 수 있는 별미가 상에 올랐다. 겨울을 앞두면 김장을 했고, 손수 만두를 빚었다. 베란다에는 철마다 꽃을 피우는 화분들이 빼곡히 들어찼다. 매일 삶는 수건과 속옷에서는 언제나 기분 좋은 냄새가 났다. 내가 하지 못하는 일들이 있었다는 걸 나는 몰랐다. 그것이 여자여서 가능하다는 걸 절감할 때마다 열패감을 느끼곤 했다. 나는 여자 때문에 집안일을 하지 않았으므로 갑자기 부여된 많은 시간을 어쩌지 못했다. 친구를 사귈지 몰라서 늘 외톨이였다. 책을 읽거나 공부만 했다. 그것밖에 할 줄 아는 게 없었다.

여자는 한결같았다. 정해진 시간에 간식을 주고, 매일 깔끔하게 교복을 다려놓았다. 미처 꺼내놓지 못한 실내화도 깨끗하게 빨아 월요일 아침이면 현관 앞에 놓아두었다. 자라는 몸에 맞춰 새 속옷을 건넸고, 용돈을 늘 넉넉히 챙겨줬다. 늦은 밤에 생리대를 사다주거나, 블라우스나 한복 저고리를 만드는 가사 숙제를 대신 해주기도 했다. 그래서 내가 여자에게 가장 많이 한 말은 고맙습니다,였다. 그런데도 여자는 나에게 학교생활에 대해 먼저 묻지 않았다. 나는 가정통신문이나 성적표를 아버지에게 내밀었다. 여자는 늘 멀찍이 서 있곤 했다.

내가 여자를 엄마라고 부르게 된 건 열일곱 살 여름이었다. 야간자율학습을 마치고 집으로 오던 길이었다. 집 부근에 남자애들 네댓이 모여 있었다. 그중 하나가 내 이름을 불렀다. 또래로 보였지만 아는 얼굴은 아니었다. 너 이 집 살아? 그런데? 나는 주춤 물러섰다. 무리가 나를 에워쌌다. 아버지 딸이라 이거지? 뭐? 어딘가 낯익은 생김새였다. 비밀 하나 알려줄까? 너 누구야, 너희들 뭐야? 남자애가 담배를 피워 물더니 고개를 끄덕였다. 무리 중의 둘이 내 두 팔을 잡았다. 왜 이래! 남자애가 비죽 웃더니 뺨을 올려쳤다. 소리 지를 엄두가 나지 않았다. 맞은 뺨을 감싼 채 뒤돌아섰지만 나를 둘러싼 남자애들 때문에 도망칠 수도 없었다. 남자애가 순식간에 내 머리채를 잡아챘다. 악! 조용히 못해! 엄마! 엄마! 나도 모르게 터진 말이었다. 한 번도 불러본 적 없는 엄마였다. 그러나 골목은 조용했다. 작정을 하고 덤빈 남자애들을 이겨낼 수 없었다. 엄마! 엄마! 엄마 좋아하시네! 남자애가 내 입을 막고 골목으로 끌고 들어갔다. 남자애들은 질질 끌려가는 나를 낄낄대며 발로 차댔다.

정신을 차린 건 내 방에서였다. 아버지가 소리를 질렀다. 생전 처음 들어보는 큰 목소리였다. 네가 낳은 자식이 아니라고 그러는 거야! 여자가 조용히 대꾸했다. 당신 자식을 내 자식이 아니라고 생각해 본 적은, 단 한순간도 없었어요.

"그런 사람이 그런 말을 해? 신고를 하자고? 동네방네 소문낼 일 있어?"

"숨기는 게 은희에게 더 큰 상처가 될 거예요."

"당신이 뭘 알아? 여자 인생이 어떤 건지 당신도 잘 알잖아!"

"은희 잘못이 아니잖아요. 그걸 은희 혼자 감당하게 하려는 당신이 더 이기적인 거라고요."

"가만두면 조용해질 일이야. 그런데 신고를 해? 나는 그런 생각을 하는 당신이 더 의심스러워. 왜 긁어 부스럼을 만들어?"

"제 인생을 생각해보세요. 은희가 저처럼 되지 말라는 보장을 누가 해요."

한동안 침묵이 이어졌다. 나는 방문에 기대어 앉았다. 교복은 흙과 피로 범벅이었다. 아랫도리는 송두리째 없어진 것처럼 어떤 감각도 없었다. 골목이 떠올랐다. 재개발 바람이 분 동네는 온통 부서진 집들이었다. 내가 끌려간 곳도 기둥만 남은 집터였다. 시궁창 냄새가 진동했다. 내 뺨을 후려친 남자애가 바닥으로 나를 밀쳤다. 교복 치마가 훌렁 뒤집어졌다. 손을 뻗기도 전에 남자애의 운동화가 가랑이 사이로 들어왔다. 검은 쥐 한 마리가 내 어깨를 지나갔다. 남자애가 나를 덮쳤다. 내 입을 막고 소리쳤다. 너 혼자 아버지를 갖겠다고! 넌 공주처럼 키우고 난 쓰레기처럼 내팽개치겠다고! 다른 남자애들은 나를 내려다보고 있었다. 나는 발버둥을 쳤다. 몇이 내 팔과 다리를 잡았다. 남자애는 알아듣지 못할 말을 계속 지껄이면서 내 몸을 짓이기듯 파고들었다. 온몸이 점점 굳어졌다. 어느새 남자애가 일어나 바지춤을 올리며 침을 뱉었다. 야, 너! 발을 잡고 있던 남자애가 내 위로 올라왔다. 남자애들의 키득거리는 소리가 들렸다. 야, 다음은 너! 팔을 잡고 있던 남자애가 나를 올라탔다. 야, 이제는 너! 씨발, 나부터 하자. 싸겠다, 싸! 왁자한 웃음소리에 정신이 들었다. 이대로 죽을 수는 없었다. 내 입을 막은 남자애의 손을 있는 힘껏 깨물었다. 아악! 남자애의 손가락 살점이 뜯겼다. 내 얼굴로 피가 뚝뚝 떨어졌다. 남자애가 돌멩이로 내 머리를 쳤다. 욕지기가 일면서 오줌을 지렸다. 순간, 정신을 잃었다.

"내 새끼가 내 새끼를 해쳤다고 고발하라고? 나는 못 해. 차마 그렇겐 못 하겠다."

아버지가 낮게 읊조렸다. 여자는 아버지를 이기지 못했다. 나는 집 안의 비밀이 되었고, 곧 이사를 했다. 아버지는 새로 이사한 집, 새로운 내 방에서 다시 시작하면 된다고 했다. 방문을 열어준 아버지가 내 어깨를 감쌌다.

"누구나 살면서 불운을 겪는 법이다. 그러니……"

여자가 아버지의 말을 막고 나를 데리고 방으로 들어갔다. 여자가 나를 힘껏 안았다. 여자의 품에서 시큼한 땀내가 났다.

"괜찮아, 은희야."

여자가 내 이름을 발음했다. 은희 혼자 감당하게 하려는 당신이 더 이기적인 거라고요. 제 인생을 생각해보세요. 여자가 했던 말이 떠올랐다. 여자도 나와 같은 불운의 경험이 있다. 집에 여자가 있다는 사실에 처음으로 안도를 느꼈다.

시간이 지난다고 기억이 사라지는 건 아니다. 기억은 언제나 생생하게 되풀이되며 재생되었다. 입 밖으로 내놓을 수 없는 비밀은 더욱 견고하게 기억에 매몰되었다. 그 뒤로 나는 아버지와 눈을 마주치지 않았다. 스무 살이 되기만을 기다렸다. 아버지와 한집에 사는 이상 그날 밤의 기억에서 벗어날 수 없었다.


엄마가 상준을 물끄러미 지켜봤다.

"은희에게 이야기 들었어요. 국적이 한국이 아니라고요."

네. 상준이 수저를 내려놓고 자세를 고쳐 앉았다. 한국사회가 바라는 버릇을 이미 몸에 익힌 상준이었다.

"들어온 지 십 년이면, 한국사람 다 되었겠어요."

"아, 아닙니다. 아직 부족합니다."

"계속 한국에 있을 건가요?"

"결정하지 않았습니다."

"아버지는 은희가 한국에 있기를 바라고 있어요. 나도 그렇고. 오빠가 한국에 없다보니······"

오빠가 결혼 직후 뉴질랜드로 이민을 간 게 오 년 전이었다. 빈 상가를 둘러보았다. 오빠가 한국에 있다면, 여기에 왔을까. 아버지에게 시선을 보냈던 엄마가 이내 고개를 돌렸다. 아버지는 엄마의 영정을 우두커니 바라보고 있었다. 전 부인의 장례식장에 서 있는 남편을, 자기가 키운 의붓자식을, 그 자식이 데리고 온 이국의 사내를 바라보는 엄마의 마음은 대체 어떤 것일까.

집을 나간 엄마가 다시 돌아온 건 이태 전, 근 삼십 년 만이었다. 평생 혼자 살았으면서도 죽음을 앞두고는 두려웠다고 했다. 그것이 인간이 가진 특권일지도 모른다는 생각을 했지만, 납득할 수는 없었다. 아버지는 돌아온 사람을 내치지 않았고, 엄마 역시 아버지를 만류하지 않았다. 나는 받아들인 아버지보다 묵과한 엄마가 더 놀라웠다. 병든 전 부인을 받아들여 입원시키고, 간병인을 붙이는 엄마의 행동을 이해할 수 없었다.

엄마와 살면서도 아버지는 떠난 엄마를 만나왔다. 졸업식을 앞두고 있을 때마다, 아버지는 엄마가 나를 만나고 싶어 한다는 걸 전했다. 하지만 나는 한 번도 응하지 않았다. 아버지의 외도 때문에 떠났지만 나를 버린 엄마였다. 용서할 수 없었다. 어릴 적 내가 불쌍해서라도 용서하고 싶지 않았다. 편부에게 사랑받기 위해 엄마라는 단어조차 입 밖에 내지 못하며 자란 나였다. 엄마가 그립지 않았다는 건 거짓말이다. 아버지의 방만한 양육이 엄마를 향한 그리움조차 밝힐 수 없게 했던 것이다. 떠난 엄마에게도 책임이 있었다. 무엇보다도 키워준 엄마를 배신하고 싶지 않았다. 나를 키운 여자는 적어도 나에게 괜찮다는 말을 해준 유일한 사람이었다.

"키워준 부모님은 모두 생존, 그러니까 살아 계시나요?"

"네."

엄마가 계속 상준에게 물었다. 마치 사윗감을 보는 자리 같았다. 나는 점점 불편해졌다.

"그래도 키워주신 분들인데. 생모를 찾아 여기에 나와 있는 걸 서운하게 생각하지 않으실까요?"

"그런 분들은 아닙니다. 한국인의 정서와는 많이 달라요. 자기 인생은 자기가 찾는 것이라는 원칙이 강한 분들이에요."

"훌륭한 분들이네요."

엄마의 말이 가슴에 박혔다.

"여기까지 왔으니 알겠지만. 우리의 사정을, 다른 나라에서 자란 사람이 어떻게 이해하는지 나는 잘 모르겠어요. 나이도 있고, 부모 입장에서는 둘이 같이 사는 걸 알면서도 그냥 두는 게 옳은지⋯⋯ 은희 아버지는 둘이 결혼하길 바라거든요."

상준이 잘라 말했다.

"은희와 거기까지 말해본 적 없습니다."

사생활 존중. 일할 때는 방해하지 않기. 식사준비와 청소, 빨래는 번갈아가며. 생활비는 반반씩. 간략하고 단출한 규칙이었다. 다른 상가의 곡소리가 들릴 때마다 상준은 흠칫 놀라며 어깨를 움츠렸다.

"한국은 조금 다르다는 걸 알죠? 부모 입장에서는 과년한, 그러니까 나이가 많은 딸을 그저 동거하는 딸로 두고 싶지 않아요."

엄마의 말에 상준이 못 알아듣겠다는 표정을 지었다. 나에게 도움을 청하듯 쳐다봤다. 여기에 데리고 오는 게 아니었다. 아버지가 이쪽으로 다가왔다. 나는 자리에서 일어났다. 상준도 따라 일어섰다. 앉아라. 엄마가 아버지의 밥과 국을 들고 왔다. 넷이 소리 없이 식사를 했다. 다른 상가에서 오열하는 여자의 목소리가 들려왔다. 나는 젊은 엄마의 영정 사진이 신경 쓰였다. 더 이상 수저를 들 수 없었다.

"본인 스스로가 고른 사진이다. 뭐라 하지 마라."

아버지가 눈을 치켜떴다. 평생 교육자로 살았다는 자부심이 강한 사람이었지만 그건 자기 논리일 뿐이었다. 친척이나 친구들에게 이혼과 재혼을 철저히 숨긴 걸 투철한 자기관리라고 내세웠다. 자기의 외도로 집을 나간 사람의 죽음 앞에서, 저렇게 서슬 퍼런 영정 앞에서 밥술을 뜨는 사람이었다. 불운을 겪은 딸을 위해 이사하고, 국적을 바꾸겠다는 아들을 막지 못한 것도 자신이 아량을 베풀었기 때문이라고 믿는 장본인이었다.

다른 상가로 들어서는 사람들이 모두 젖은 우산을 들고 있었다. 물기 가득한 공기가 상가에 맴돌았다. 상준이 자꾸 시계를 쳐다봤다. 더 있을 필요가 없었다. 자리에서 일어나려는데, 입관을 알리는 연락이 왔다.

입관실과 참관실은 유리부스로 나뉘어 있었다. 창 너머에 엄마가 누워 있었다. 생소한 얼굴이었다. 입원했던 동안에도 나는 엄마를 보러 가지 않았다. 엄마의 기억이 없으니, 생전 처음 보는 셈이었다. 엄마라는 호칭조차 무색했다. 저기 죽은 여자가 누워 있을 뿐이었다.

입관 담당자가 수의를 다 입히자 가족들을 불렀다. 망자에게 마지막 말을 하라고 일렀다. 아버지가 내 등을 떠밀었다. 나는 두 다리에 힘을 줬다. 어미의 도리를 저버린 사람에게 자식으로서 죽음의 예의를 갖추라 종용하는 절차가 원망스러웠다. 엄마가 내 등을 천천히 쓰다듬었다. 엄마의 손이 뜨거웠다. 그제야 나는 발을 뗐다. 시키는 대로 죽은 사람의 이마와 가슴에 손을 댔다. 오른손에 닿은 이마가, 소스라치게 차가웠다. 살면서 다시 느끼고 싶지 않은 섬뜩함이었다. 그러나 그 순간, 얼음장보다 더 차가운 이 여자가 나를 낳은 사람이라는 걸, 명확히 깨달았다.

\*

월말의 학원은 수강신청을 하는 사람들로 북적였다. 매달 벌어지는 일이었다. 레벨 테스트를 위해 상담 강사를 안내하고, 수강신청을 접수하느라 하루가 어떻게 흘렀는지 몰랐다. 모친상이라 말하지 않았기 때문에 출근을 해야 했다. 탈상 때는 어쩔 수 없이 휴가를 냈다. 하필 월말에, 말끝을 흐린 담당자가 인상을 썼다. 마침 상준이 사무실로 들어섰다. 눈이 마주쳤지만 상준은 이내 시선을 거뒀다. 자기 책상 앞에 앉자마자 옆자리의 강사와 떠들었다. 학원에서 나와 상준의 동거를 아는 사람은 없었다. 이제 상준은 학원에서 나에게 알은체를 하지 않았다. 학생들과 담소를 나누고, 학원 강사들과 회식을 가면서도 내게 눈짓 한

번 주지 않았다.

　장례식장에서 돌아오는 길에 나는 상준에게 엄마의 말은 신경 쓰지 말라고 했다. 결혼 같은 걸로 우리의 관계를 규정짓지 말자고 했다.

　"오케이."

　상준의 대답은 명료했다. 상준이 끔찍이 싫어하는 된장찌개만 끓이지 않으면 결혼이 어려운 건 아니었다. 엄마가 둘이라는 것도 우리 사이에 문제가 될 건 없었다. 상준이 늘 하는 말처럼 사랑한다면, 국적이나 과거의 일 따위는 중요하지 않았다. 나는 단번에 결혼 이야기를 접은 상준이 내심 서운했다. 정말 나와의 결혼을 한 번도 생각해본 적 없니? 넌 가정이라는 걸 꾸리고 싶지 않니? 묻고 싶었지만 입을 다물었다.

　약속이 있다는 말이 없었는데 상준의 귀가가 늦었다. 나는 불을 끄고 누웠다. 시계 초침 소리가 점점 크게 들렸다. 자고 싶은데 좀처럼 잠이 오지 않았다. 새벽에 발인이었다. 하루 종일 복잡하고 고단할 것이었다. 전화벨이 울렸다. 원용 선배였다. 보낸 원고에 대해 몇 가지 피드백을 해주었다. 메일로 지적사항을 보내놓고도 꼭 이렇게 다시 전화를 걸었다. 통화 말미에는 다른 일을 주었다. 지난번 논문과 비슷한 주제였지만, 그렇기 때문에 더 신경 써야 할 것이었다.

　논문을 쓰다 보면 그것이 내 논문 같고, 내가 석사 박사가 된 것 같았다. 학원으로 출근하다보면 내가 학생들을 가르치는 강사 같았다. 상준과 누워 있으면 상준의 아내 같고, 여자를 엄마라고 부른 뒤로는 여자의 친자식 같았다. 그렇게 살다 보니 나는 아무 일도 없었던 사람 같았다.

아버지의 차에 셋이 올랐다. 아버지와 엄마가 앞에, 내가 뒷자리에 앉았다. 유골함은 내 옆에 두었다. 보자기에 싸인 상자도 한 자리를 차지하는 것 같았다. 자꾸 멀미가 났다. 뼛가루는 죽은 엄마가 살던 곳에 뿌리기로 했다. 그것도 죽은 사람의 바람이었다. 남은 사람들에게 끝까지 자기 일생의 응어리를 짓누르는 망자가 새삼 가여웠다. 나는 머리를 뒤에 붙이고 먼 곳으로 시선을 두었다. 고속도로로 두 시간 거리였다. 휴게소에 세 번이나 들른 후에야 도착했다.

처음 가보는 곳이었다. 백숙집과 영양탕집이 즐비한 물가였다. 여기서 죽은 엄마가 뭘 하며 살았는지 나는 알 수 없었다. 3월이 목전이었는데 간간이 눈발이 흩날렸다. 산간지방에는 폭설주의보가 내렸다고 했다. 아직 추위가 가시지 않았는데도 군데군데 낚시꾼들이 보였다. 아버지가 성큼 물가로 다가갔다. 내가 아버지 뒤를, 엄마가 내 뒤를 따랐다. 물 앞에 선 아버지가 뒤로 물러섰다. 네가 뿌려라. 오빠가 한국에 없다는 사실이 새삼스러웠다. 앞으로 아버지와 엄마에 관한 일들은 모두 내 몫이 될 것이었다.

뼛가루가 물 위에 둥둥 떠다녔다. 두어 번 손으로 꺼내 뿌리다가, 유골함을 통째로 뒤집어엎었다. 허연 가루가 제멋대로 날렸다.

아버지가 담배를 피워 물었다. 이십 년간 끊었던 담배였다. 엄마가 보이지 않았다. 나는 물가에서 멀찍이 떨어져 걸었다. 허름한 낚시 가게와 백반집, 작은 점포가 띄엄띄엄 자리했다. 저만치에 엄마가 웅크려 앉아 있었다. 나는 엄마에게 다가갔다. 엄마의 손에는 냉이가 한 움큼 쥐어져 있었다.

"여기 잔뜩 있다."

어디서 주웠는지 나무 막대기로 땅을 파내 냉이를 캐고 있었다. 냉이의 뿌리가 길고 곧았다.

"다 뿌렸니."

"네."

"고생했다."

말은 그렇게 했지만 엄마는 냉이를 찾느라 계속 앉은걸음이었다. 아버지가 불렀다. 엄마는 아랑곳하지 않았다.

"가요, 엄마."

"은희야."

엄마가 방금 캔 냉이 뿌리의 흙을 탁, 탁 털었다.

"너는 늘 혼자 방에서 책만 읽는 애였다. 밥 먹으라고 불러도 도통 단번에 나오질 않았지. 그래서 네가 책을 만들거나 글을 쓰는 사람이 될 줄 알았어. 그런데 거짓말을 하면서 살 줄은 몰랐다. 나는 그게 속상해. 그렇게 살지 마. 비밀을 만드는 사람은 결국 외롭게 되어 있어."

나는 아무 말도 하지 못했다. 엄마가 다시 냉이를 찾아 자리를 옮겼다. 엄마의 등은 동그랗고 작았다.

"너는 강한 아이야. 속은 문드러졌겠지만, 적어도 허투루 사는 애는 아니지. 그게 늘 고마웠어. 내가 해줄 수 있는 일이 없어서 미안했고. 그걸 꼭 말하고 싶었다."

돌아오는 차 안에서 엄마는 연신 냉이 이야기를 했다. 차 안에는 흙냄새가 가시질 않았다. 흙냄새 때문이었는지, 멀미를 하지 않았다.


집에 돌아오니 상준의 방이 깨끗했다. 책상 위에 메모가 있었다.


I also had hard times, but I got over it with another aspect of life. You cannot stop mourning your mother, but the emotion would be dimmed. It seems that I cannot help you to find your new life. But I never forget the moments we've shared. Thank you for all of our times. Farewell.

한글이 아니라 영어로 쓴 메모였다. 왜 그랬는지 어렴풋이 알 것 같았다. 나와 함께 지낸 이 년 동안 상준은 한국사회를 조금 더 잘 이해하게 되었을까. 내가 찾아야 할 new life가 무엇인지 알려주면 더 좋았을 텐데. 어쨌든 Farewell. 나는 배 속 아이에 대해 상준에게 말하지 않은 걸 잘했다고 생각했다.

학원에 전화를 걸었다. 상준이 출근한 걸 확인한 뒤, 일을 그만두겠다고 했다. 그리고 산부인과를 찾아갔다. 수술은 짧았다.

열일곱 살짜리 나를 데리고 산부인과에 들어섰던 여자는 눈물을 흘렸다. 회복실에서 눈을 떴을 때 여자는 내 손을 잡고 고개를 숙이고 있었다. 미안하다. 다 나 때문이다. 다 내 잘못이다. 미안하다, 은희야. 여자가 울고 있었다. 나는 여자의 혼잣말을 들으며 다시 눈을 감았다. 그게 왜 여자의 잘못인지 몰랐다. 다만 나는 여자가 나를 위해 울고 있다는 사실만 중요했다. 그날 이후로 나는 여자를 엄마라고 불렀다.

\*

엄마에게 전화가 걸려온 건 여름이 막 시작할 무렵이었다. 새로 다니기 시작한 보습학원의 상담교사로 출근한 지 얼마 안 됐을 때였다. 아버지를 한 번 찾아가보라는 말이었다. 엄마의 부탁이어서 거절할 수 없었다.

아버지는 내 앞으로 통장을 내밀었다. 죽은 엄마가 남긴 돈이라고 했다.

"병원비 쓰고 남은 돈이다. 이 돈 중에 반은 네 오빠한테 보낼 생각이다. 나머지는 네가 가져라."

"이걸 왜 내가 가져요."

"그 사람이 그러길 바랐다."

통장의 잔액은 미미했다. 석 달 치 생활비에도 부족한 금액이었다. 액수의 문제가 아니었다. 평생 남보다 못한 사람이었다. 살았을 때도 안 보고 살던 사람이었다. 죽은 마당에 다시 연관되는 게 싫었다. 망자의 소원을 들어줘야 할 의무가 없었다. 나는 끝까지 엄마를 엄마라고 부르고 싶지 않았다.

"대체 왜 그래요. 정말 자식들이 이 돈을 받기를 바라는 거예요? 난 싫어요."

"액수가 적다고 그러는 거냐."

"그럼 오빠한테 다 주든가요. 아니면 죽은 전부인 못 잊는 아버지가 다 갖든지, 마음대로 하세요! 난 받기 싫어요!"

"그래도 널 낳은 어미가 바란 거라니까."

"어미라는 말 마세요! 그 여자가 무슨 자격으로 자식 운운해요. 그렇게 만든 아버지는 또 무슨 권리로요? 아버지는 엄마한테 미안하지도 않아요?"

나는 부엌 쪽을 힐끔거렸다. 엄마는 보이지 않았다.

"엄마와 나 사이의 문제가 아니다. 죽은 사람과 우리의 문제다."

"왜 엄마가 상관할 바가 아니에요?"

"원래 그러기로 하고 산 사람이니까."

"알아들을 수 있게 말하세요."

"엄마에게도 다른 가족이 있다. 우리는 각자 자기 가족도 챙기며 살기로, 그러기로 하고 살았다. 그러니 하라는 대로 해라."

처음 듣는 이야기였다. 알고 싶지 않던 사실까지 알게 되는 건 참 혹했다. 이십여 년 전, 우리 집으로 들어오기 전부터 엄마는 이미 자식이 있는 여자였다. 아버지는 양육비를 대주는 조건으로 그 아이를 데리고 오지 못하게 했다. 아버지는 나와 오빠 때문이라는 이유를 댔다.

엄마는 자신의 아이를 키우기 위해 남의 자식을 키운 셈이었다. 그래서 나와 오빠의 이름을 부르는 걸 꺼렸고, 우리에게 존대를 쓰면서, 아버지 앞에서는 더없이 활짝 웃었다. 새 가정을 꾸렸던 건, 결국 자기 자식을 위해서였다. 나를 위해 운 것이 아니라, 자기 자식 때문에 흘린 눈물이었던 것이다. 이 집에서 살아남기 위해 매일, 매 순간을 거짓으로 일관했다는 뜻이었다. 부모의 본성이란 그런 것인가. 나는 치가 떨렸다.

"엄마랑 헤어지기로 했다."

"왜요, 그 여자가 죽은 걸로 모든 게 끝이에요? 그럼 살아 있는 엄마는요? 엄마 친자식은요?"

"원래는 너까지 시집보내고 헤어지려 했는데, 지난 해 자기 자식 결혼 시키더니, 이제 더 이상 못하겠다고 하더라. 그래서 그러자 했다."

창밖에는 매미가 그치지 않고 울어댔다.

"이참에, 나도 홀가분하고 싶다."

피가 거꾸로 솟았다. 평생 자기 마음대로 살았던 사람이었다. 내 인생의 복판에서 한 치도 움직이지 않았던 사람이었다. 나의 불운을 만든 건 바로 아버지였다. 다른 사람도 아니고 아버지가, 어떻게 자기가 벗어나고 싶다고 할 수 있는가.

"그럼 빌어먹을 그 새끼는요? 나한테 그 짓을 한, 아버지가 싸질러놓은 그 새끼는요!"

그 이야기를 꺼낸 건 처음이었다. 아버지가 담배 연기를 깊게 들이마셨다. 아버지의 손이 덜덜 떨렸다.

"작년에…… 사고로…… 죽었다."

"하, 잘됐네요. 그럼, 이제 아무 문제없네요!"

"평생 자식들만 생각하고 살았다. 그런데도 자식 셋 모두 내 뜻대로 되지 않았다. 그 사람 사후처리까지 내가 다 끝냈으니, 남길 빚은 없다."

"나는요!"

"잊어라."

나는 자리에서 벌떡 일어났다. 아무리 오래전이어도 바로 오늘 같은 일이 있다. 몹쓸 기억에서 벗어나기 위해서 내가 얼마나 많은 거짓말을 했는지 아버지는 죽어도 모를 것이다. 그 무엇도 내 것은 없었다. 논문도, 상준도, 의붓어미의 사랑도 내 것이 아니었다. 모두 빌어먹을 아버지 때문이었다.

"아버지가 살아 있는 동안은 잊을 수 없어요."

시끄럽던 매미 울음소리가 뚝 그쳤다. 담배 연기 사이로 아버지의 반백이 보였다 사라졌다. 아버지 혼자 두고 일어섰다. 나는 대문을 안에서 잠그고 뒤돌아섰다.

아버지를 만나고 돌아와서 나는 여름감기를 앓았다. 혼자서 병원을 다니고, 혼자 죽을 끓이고, 혼자 처방약을 먹었다. 상준이 생각났지만 전화하지 않았다. 내가 아니어도 한국사회를 이해할 방법은 많을 것이었다. 학원생들의 기말고사가 끝나고, 피서 철이 돼서야 짧은 휴가가 주어졌다.

전화가 걸려 온 건 막 논문 초고를 끝냈을 때였다. 열대야로 온몸이 땀이었다. 원용 선배는 제날짜를 좀 지키라고, 사람이 나밖에 없는 줄 아느냐 욱박지르면서도 꼬박꼬박 일을 대줬다. 차라리 네가 대학원에 가지 그러냐는 선배의 말이 농담처럼 들리지 않게 된 건, 아버지에게 다녀온 이후였다. 결국 외롭게 될 거라는 엄마의 말도 자꾸 떠올랐다. 써먹을 데가 없더라도, 거짓말을 그만두는 일은 그것밖에 없을 터였다. 원용 선배인 줄 알고 무심히 받았는데 엄마였다. 새벽 네 시였다. 툭, 툭, 투둑. 빗방울이 떨어졌다.

—네 아버지가 죽었다.

아버지가 스스로 생을 놓았다. 어쩐지 놀랄 일도 아닌 것 같았다. 마치 오래 준비해왔던 소식처럼 들리기까지 했다.

—자주 찾아간다고 했는데도…… 닷새가 지났대. 미안하다, 은희야.

이 더위에 닷새면 아버지의 몸에는 구더기가 끓고 시취가 심했을 것이다. 소나기라도 내리면 열대야가 수그러들까. 나는 창문을 활짝 열었다. 젖은 흙냄새가 훅 끼쳤다. 날벌레들이 불빛을 찾아 방 안으로 들어왔다. 파닥거리는 날갯짓 소리에 울음소리가 섞였다. 나에게 미안하다는 말을 한 유일한 사람도 여자였다.

"괜찮아요, 엄마."

그제야 여자가 소리를 내어 울기 시작했다. 나는 날이 새도록 여자
의 울음을 오래오래 들어주었다.

〔『창작과비평』 2011년 여름호〕

—

미워하는 자의 죽음에 대해 우리는 어떤 태도를 취해야 할까? 환호? 무관심? 유사 애도? 진정으로 애도할 수 있을까? 성경을 한 문장으로 줄이면 "네 이웃을 네 몸과 같이 사랑하라"다. 과연 그럴 수 있을까? 그보다는 오히려 우리의 이웃 중에는 사랑할 만한 사람이 많지 않다. 그 반대의 감정을 취해야 할 만한 이웃들이 훨씬 많다,고 한 프로이트의 말이 더 솔깃하게 들리는 건 나만의 부덕의 소치일까? 그 원수 같은 자가 하필 가족이라면 또 어찌해야 하는가? 김이설의 「부고」는 "모두 빌어먹을 아버지 때문"에 일어난 일을 그린다. 아버지의 외도로부터 비롯되는 복잡한 가족사를 다루고 있다는 점에서 이 소설은 멜로드라마의 도식을 따른다. 그리고 죽음을 통해서 그 도식에서 벗어난다. 이 작품 안에서는 모두 여섯 명이 죽는다. 화자의 친어머니, 의붓어미의 자식, 아버지가 외도로 낳은 (고교 시절 화자를 성폭행한) "빌어먹을 그 새끼", 화자 배 속의 아기(낙태 두 차례), 아버지(자살). 짧은 분량 안에서 벌어지는 죽음의 수만 보자면 그리스 비극과 맞먹을 정도다. 그리고 그리스 비극이 대체로 그러하듯 이 작품 역시 '애도'의 문제를 다룬다. 물론 방향과 의도가 다르긴 하다. 안티고네가 어명을 어기고 흙을 뿌려 죽은 오빠를 매장하고 애도한다면 「부고」의 화자는 망자를 흙 속에서 들추어내어 멱살을 잡고 너로 인해 나의 정체성과 삶이 얼마나 훼손되었는가를 추궁한다. 일단 그렇게 하고난 후 이 망자에 대해 어찌해야 할 것인가를 고통스럽게 묻는다. 독자들이 놓이게 되는 자리는 바로 이 고통스런 질문 앞이다. 벤야민은 역사가를 두고 죽은 자들을 식탁에 초대하는 사자(使者)라고 했는데, 그 점에 있어서만큼은 소설가들도 뒤지지 않는다. 한술 더 떠서 그들은 죽은 자들을 내면의 고도(孤島)로까지 초대한다. 때로 불쾌함을 무릅쓰고서도 말이다. 그래서 「부고」에서 화자가 받은 부고는 도리어 화자가 망자들에게 보내는 소환장이 된다. 그 소환장에 가장 크게 보이는 이름은 역시 "빌어먹을 아버지"다. 이 소환장을 발부받기 전 모든 비극적 사건의 원흉인 그는 스스로 생을 놓았다. 어찌해야 할 것인가? 나는 모르겠다. 누군들 알 수 있겠는가? 고대 그리스의 신성한 불문율이 그랬듯 일단 죽음 앞에서는 예를 갖춰야 하지 않을까(적군의 시체를 그리스인들은 모두 매장해주었다). 그럼 그다음은? 우리는 '빌어먹을' 타자와 함께 칸트가 말하는 이른바 '목적의 나라'를 향해 노를 저어갈 수 있을까? 무리하게 그렇게 하다가는 오히려 중간에 빠져 죽기 십상 아닐까? 그렇더라도 그것이 두 손 놓고 있는 것보다는 아름다운 일인가? 이 소설이 멜로드라마의 잔향을 짙게 드리움에도 불구하고 중요하게 다루어져야 하는 이유는 이런 윤리적 질문을 통해 우리에게 어지럼증을 일으키기 때문이다. _유 준(문학평론가)

김 이 설 · 조 형 래

# 인터뷰
―

**조형래**_선생님 소설에서 등장인물들을 가혹한 상황 속으로 내모는 데는 이유가 있을 것이고 아무래도 그것은 세계관의 문제와 긴밀한 관련이 있을 것이라고 생각되는데요, 어떻습니까?

**김이설**_인물들에서 악랄하거나 불편하거나 하는 점들이 의도적으로 표현되고 있죠. 그 의도적인 부분들에 이야기의 매력이 있는 것 같아요. 너무 순한, 혹은 너무 매끄럽거나 일률적인 이야기보다는, 이게 뭐지? 이게 왜 불편하지? 왜 이걸 우리가 불편해해야 하는 거지? 하게 만드는 느낌들을 고민하다 보니 좀더 불편한 인물들, 불편한 이야기들을 쓰고 있는 것 같아요.

**조형래**_지금까지 선생님의 소설은 욕구 혹은 동물적 본성이 사람을 가혹하게 만들고, 가족이 서로를 잡아먹거나 하는 등, 동물적인 요소가 충만한 세계였다는 생각이 들거든요. 그런데 이번 「부고」 같은 경우는 그보다는 다른 측면…… 말하자면 동물 대 주체, 그러니까 욕구와 욕망의 대상이 있고 그걸 추구하는 인간과 거기에 항상 미달하는 인물을 얘기하죠. 화자는 엄마가 이랬으면 좋겠다, 아버지가 이랬으면 좋겠다고 하지만 특히 아버지는 제도나 관습에 철저하게 맞추어서 자식들을 억압하는 사람이고, 그게 폭력이

조형래

자 상처로 작용하면서 주인공을 끝없이 내몰고 있거든요. 굉장히 중대한 변화라는 생각이 듭니다.

**김이설**_생각을 해보면 제 안에서는 그런 변화가 그리 크지 않게 느껴졌던 것 같아요. 왜냐하면 동물성이 드러난 욕망 혹은 인물들이나, 그걸 감추고 있지만 결국에는 상처를 주고 드러내는 인물이나, 폭력적이기는 마찬가지거든요. 주먹질을 해서 때리고 맞고 하는 아픈 폭력도 있지만, 피해자/가해자 구분이 없이도 똑같이 내상을 입을 수 있으니까요. 최근 조용미 시인의 『기억의 행성』을 보니까 "모든 상처는 내상이 되고 마는 걸까" 하는 구절이 있더라구요. 그런 것처럼 모든 상처가, 결국에는 폭력성이 원인인 건데 그것이 눈에 보이는 인위적인 폭력인 것이냐 내재적인 것들의 문제인 것이냐에 대한 생각을 아마 하게 되지 않았을까 싶기도 해요. 물리적인 폭력을 조금 더 넓게 바라봤거나 혹은 다른 종류를 제시하거나 하는 식으로 변화를 바라는 마음도 없지 않아 있었던 것 같고요. 제가 쓰고 싶은 소설이

단순히 거칠고 폭력적이고 인간으로 생각할 수 없는 파행적인 일들이나 사건들에만 국한된 것이 아니라, 결국 제가 아우르고 있는 것은 인간의 상처, 아픔, 우리가 귀 기울여야 할, 햇빛을 덜 받는 사람들의 이야기,라는 사고의 확장을 모색하려는 욕심이 있는 것 같아요. 그래서 좀더 포용적이거나, 써왔던 것들과 같은 맥락이면서 방법은 다른, 넓어지는 이야기들을 하고 싶었어요.

조형래_ 김이설 선생님의 소설에 나오는 이 가혹한 세계가 현실적으로 보편적인 경우는 되기 어렵지 않느냐고 하기도 하는데……

김이설

김이설_ (그 지적은) 가슴에 많이 담아뒀어요. 꽁한 마음으로 담아놓는 게 아니라, 어떤 지적인지 알 것 같아요. 기본적으로 나에 대한 애정이 있으시구나, 하는 생각을 했구요. 더 잘 쓰고 혹은 더 오래 쓰는 작가이길 바라는 마음에서 해주신 지적이라는 생각을 했어요. 한곳을 계속 파서, 그 깊이를 찾는 작업도 의미 있다고 생각하거든요. 그러나 이것이, 제가 다루는 소재주의로 빠지거나 말초신경을 자극하는 인상을 주는 작가가 될 수는 없잖아요. 그래서는 안 되잖아요. 그런 것들을 스스로 자각하고 조심하거나 좀더 다른, 그 깊이를 찾되 좀더 넓게 파보라거나 혹은 또 다른 것도 있다는 제시랄까요? 네가 바라보는 눈은 여기겠지만 조금 더 옆에, 조금 더 위에, 좀더 아래에도 있지 않겠느냐는 그런 가능성에 대해서 좀더 고민해보라는 지적으로 받아들였거든요. 충분히 수긍하고 있고 또 감사한 지적이었어요. 그러

나 변화를 해야 한다면 지금 이 자리에서 천천히 넓혀가는 변화를 가지게
되겠죠. 그런 우려에 대해서는 더 열심히 해보겠습니다, 다른 것도 한번 살
펴보겠습니다, 제 것을 제 색깔을 유지하며 한번 해보겠습니다,라는 답변
을 드리고 싶기도 했었어요. ▨

육인용 식탁 _손보미

**손 보 미**　1980년 서울에서 태어났다. 2009년 21세기문학 신인상을 받고 2011년 『동아일보』 신춘문예에 당선되어 문단에 나왔으며, 문학동네 젊은작가상 대상(2012)을 받았다.

어떤 소설은 우연히 떠오른 사소한 장면에서 비롯되는 경우가 있다. 어느 날 길을 걷다 문득 여자가 "개자식"이라고 욕하는 장면이 떠올랐다. 나는 그 장면 속에서 그녀가 느낀 분노라든지, 절망이라든지, 그런 것들을 확실하게 알 것 같았다. 얼마 후 나는 그녀가 나오는 소설을 쓰기 시작했다. 그게 바로 「육인용 식탁」이다. 마지막까지 그녀에게 아무런 진실도 안겨주지 못해 미안했다. 하지만, 그녀는 그녀 몫으로 남겨진 거짓의 (혹은 진실의) 삶을 잘 살아가고 있으리라. 우리 모두가 그러한 것처럼.

●··

# 육인용 식탁

—

 먼저 도착한 사람은 윤과 그의 아내다. 내 아내는 그들을 거실로 안내한다. 그들이 도착하기 바로 전까지, 나는 베란다 창문 너머로 검은 하늘이 끊임없이 뿌리고 있는 눈을 바라보고 있었다. 굉장한 눈이다. 저 멀리서 두 남녀가 눈을 푹푹 밟으며 아파트 광장 쪽으로 걸어가는 것이 보인다. 나는 그들을 더 자세히 보고 싶어서 실눈을 떠보지만, 결국 그들은 내 시야에서 사라진다. 아무도 없다. 텅 비었다. 윤 부부는 신발을 벗기 전에 현관에 서서 외투를 벗고 탁탁 소리 나게 눈을 턴다. 아내는 외투를 받아서 현관 옆에 있는 옷걸이에 걸어둔다. 윤의 아내는 눈이 엄청나게 내리고 있다며 호들갑을 떤다. 차가 막히지 않았냐는 나의 질문에 윤의 아내가 웃으며 대답한다.

 "우린 지하철을 타고 왔어요. 차를 몰고 나왔다면 큰일 날 뻔했죠. 그런데도 이이는 전철 타는 게 불편하다면서 아직도 불평이라니까요."

윤의 아내는 장난스럽게 윤을 질책한다. 윤은 별말을 하지 않는다. 대신 윤은 잘 포장된 상자를 하나 건네며 내게 묻는다.

"이 식탁은 어디서 난 거야?"

그리고 자신이 본 것 중에 가장 좋은 식탁이라고 감탄하듯 덧붙인다. 직사각형의 식탁은 여섯 명이 앉고 남을 정도로 거대하다. 식탁의 상단은 산호 대리석으로 만들어져 있으며, 산호 대리석의 중앙에는 길쭉하게 이탈리아산 월너트 무늬목이 코팅되어 있다. 식탁의 하단 부분은 최고급 비치나무인데 기하학적 무늬가 새겨져 있다. 식탁 의자의 쿠션 부분과 등받이 부분은 최고급 악어가죽으로 만들어진 것인데 모두 여섯 개다. 사실 우리 집에 놓기에는 지나치게 크다. 평소에는 벽에 붙여놓아서 될 수 있으면 좁은 공간을 차지하도록 만드는데, 오늘은 모처럼 친구들이 방문하기 때문에 거실 중앙으로 내놓은 것이다. 거실이 꽉 찼다.

"이 집에 온 건 처음이죠?"

"그렇군." 윤 부부가 집 안을 휙 둘러본다.

"별로 볼 건 없어요. 워낙 좁기도 하고." 내 아내가 말한다.

윤의 아내는 장식장 위의 조그마한 액자 하나를 무심히 들여다보고 있다. 액자 속의 사진은 몇 년 전 신혼여행을 갔을 때 찍은 것이다. 내가 아내의 어깨에 손을 두르고 있고, 우리 둘은 활짝 웃고 있다. 자세히 살펴보면 아내의 시선이 정면 카메라를 향해 있지 않고 아주 미묘하게 몇 도쯤 어긋나 허공을 향한 것을 알 수 있다. 나는 최근에야 그것을 발견했다. 그때 그녀는 무얼 보고 있었던 것일까?

"식탁이 정말 대단한데요, 이렇게 멋진 식탁은 처음 봐요."

윤의 아내가 한 번 더 식탁이야기를 하며, 의자에 앉고, 윤이 그녀의 옆에 앉는다. 나와 내 아내가 그 맞은편에 앉는다. 윤의 아내가 선물 상자를 뜯어보라고 나를 재촉한다. 고급스러운 목재 상자 속에는 비닐로 낱개 포장되어 있는 시가가 여러 개 들어 있다.

"고히바 시가야."

나는 고히바 시가가 무엇인지 모른다. 나는 윤에게 고맙다고 말하고 상자의 뚜껑을 덮는다. 윤이 핸드폰을 꺼내, 손가락으로 번호를 꾹꾹 누른다. 윤의 통화가 끝나자 그의 아내는, 한 부부는 언제쯤 도착한대요?라고 묻는다. 조금 늦는 모양이야, 눈이 너무 많이 와서. 윤이 대답한다. 아내는 먹을거리를 가지러 부엌에 간다. 나는 맥주가 필요할 것 같아서 아내를 따라 간다. 냉장고 문을 열기 전에 나는, 마른 오징어와 땅콩, 비스킷 따위를 접시에 담고 있는 아내의 어깨에 손을 올린다. 아내는 음식을 담고 있던 손을 잠시 멈추고 입을 앙다문다. 그리고 잠시 후 다시 음식을 접시에 담기 시작한다. 대충 가지고 나오세요,라고 윤이 소리친다.

한 부부가 오기 전에 우리들은 먼저 맥주를 마시기 시작한다. 윤은 술을 잘 못 마시지만, 그의 아내는 술을 아주 잘 마신다. 여러 가지 사소한 이야기들이 오고 간다. 누군가가 얼마 전에 함께 갔던 피크닉에 대한 이야기를 꺼낸다. 두 달 전 우리 부부와 한 부부, 그리고 윤 부부는 함께 도심 가운데 있는 호수로 나들이를 갔다. 막 여름이 끝나는구나 싶었는데, 정신을 차려보니 벌써 계절은 가을의 끝을 향해 달려가고 있었다. 한은 추워지기 전에 어디 근처에 간단한 나들이라도 가고 싶다고 했다. 이유는 달랐지만, 모두들 여름에 휴가 한 번 떠나지 못한 상태였다. 이번 여름휴가 때, 내가 뭘 했는지 알아? 3박 4일 동안 집에만 처박혀 있었어. 뉴스에서는 매일 경포대에는 올여름 최대 인파가 몰렸습니다, 어쩌고저쩌고 호들갑스럽게 방송을 해대지. 하지만 그게 도대체 뭐가 그렇게 대단한 뉴스야? 해마다 여름의 어느 날에는 그해 여름의 최대 인파가 해수욕장에 모이는 게 당연한 거 아니야? 나한테 집에서 수박이나 먹으면서, 에어컨 바람을 쐬는 게 가장 훌륭한 피서 방법이라고 말하지 말아줘, 그런 건 개나 줘버리라고 해. 전기요금 때문에 마음껏 에어컨을 켜지도 못한다고. 게다가 수박에는 완전히 질려버렸어. 매일 매일 수박만 먹었다고. 진짜야, 진짜 밥 대신 수박만 먹었다니까! 한이 한탄하듯이 말했다.

한참 전에 나들이 철은 지나갔고 날씨는 이미 쌀쌀해졌지만 결과적으로는 그게 우리의 나들이를 가능하게 한 이유가 되었다. 일요일 낮의 호숫가는 더할 나위 없이 한적하고 조용했다. 바람은 차가웠지만, 충분히 따스하다고 느낄 만한 햇살이 있었고, 도무지 깊이를 가늠할 수 없을 것 같은 늦가을의 하늘이 있었고, 과일이 있었고, 샌드위치와 김밥이 있었으며, 맥주와 담배가 있었다. 그것들로 우리는 충분히 평화롭고 고요한 오후를 보낼 수 있었다. 아내는 남색 재킷과 베이지색 면바지를 입고 있었고, 면바지 안에는 팬티스타킹을 신고 있었다. 스타킹 때문에 답답해서 견딜 수가 없어요. 온몸이 나일론으로 꽁꽁 둘러싸여 있는 것 같아. 아내는 나직하게 투덜거렸다. 집으로 돌아갈 시간이 다 되었을 때도, 기분이 별로 좋아 보이지 않았기 때문에 나는 아내에게 불편하면 스타킹을 벗고 오는 게 어떻겠냐고 말했다. 아까 화장실에서 벗었어요. 아내가 대답했다. 화장실? 응, 저기 카페 안에 있는 화장실. 호숫가와 도로가 맞닿은 곳에 대형 카페가 하나 있었다. 언제 저렇게 먼 곳까지 다녀왔어? 아까 전에요. 아내는 신발을 벗어 나에게 맨발을 보여주었다. 나는 잠시 동안, 아내가 좁은 화장실에서 스타킹을 벗는 장면을 떠올려 보았다. 바지를 벗고, 스타킹을 벗고, 그리고 다시 바지를 입었겠지. 신발은, 신발은 어떻게 했을까? 신발을 신고 바지를 입었다 벗었다하는 것은 성가신 일이다. 오른쪽, 왼쪽 번갈아 가며 신발을 벗었을까? 그날 밤 집으로 돌아온 아내와 나는 간단한 저녁식사를 했다. 내가 설거지를 하다가 컵을 하나 깬 것 이외에는 여느 날과 다름없는 저녁이었다. 아내는 깨진 컵을 한동안 말없이 쳐다보기만 했다. 유리 조각을 꼼꼼하게 치운 후, 우리는 텔레비전에서 하는 개그 프로그램을 함께 봤고, 커피도 한 잔씩 마셨다. 당신 친구들은 이상해요. 아내의 말에 내가 물었다. 왜? 너무 경직되어 있어요. 무슨 뜻이지? 다 바보들 같아. 아내는 먼저 잠자리에 들었다. 그날 밤 나는 거실에 앉아, 아내가 스타킹을 벗기 위해 한쪽, 한쪽 신발을 벗는 장면을 오랫동안 떠올려보았다.

우리들이 피크닉에 대한 이야기를 하고 있을 때, 한 부부가 도착했다.
"늦게 오셔서 우리들 먼저 시작했어요."
윤의 아내가 말한다. 한 부부는 식탁을 보고 눈이 휘둥그레진다.
"이렇게 좋은 식탁이 어디서 났어요?" 한의 부인이 묻는다.
"글쎄요." 내가 딴청을 피운다.
"어서 앉아요."
자리에 조금 변동이 생긴다. 나와 아내는 식탁의 짧은 쪽에 서로 마주보고 앉았고, 내 왼쪽에는 한 부부가, 그리고 오른쪽에는 윤 부부가 앉는다. 아내는 부엌으로 들어가, 맥주와 과일, 그리고 배를 채울 수 있는 간단한 음식들을 담아 온다.
"우리가 아까, 어디까지 이야기 했죠?" 윤의 아내가 맥주를 한 잔

마시고 나서 묻는다.

"무슨 얘기를 하고 있었는데요?" 한이 묻고,

"저번에 호수로 놀러 갔을 때 이야기요." 아내가 대답한다.

"전 호수 옆 도로에 있는 카페에 잠시 들렀었어요. 스타킹을 벗으려고요."

"아, 그때 카페 쪽으로 가는 걸 봤는데, 스타킹을 왜 벗었어요?"

윤이 묻는다. 아내는 그냥 웃는다. 다시 윤.

"하긴, 점심 먹고 나서는 우리 모두 흩어져 있었죠. 호수의 다리를 구경하러 간 사람도 있었고, 차 안에서 낮잠을 잔 사람도 있었고, 그리고 카페에 스타킹을 벗으러 간 사람도 있었네요."

"아, 그 다리요?" 아내가 아는 척을 한다.

"다리가 아주 멋있더라고요. 그렇죠?" 윤의 아내가 나에게 묻는다.

그날 점심을 먹은 후, 우리들은 별다른 일은 하지 않고 그저 호숫가에 앉아 있기만 했다. 한의 부인이 너무 많이 먹어서 배가 터질 것 같다고 엄살을 부리고, 한에게 졸리지 않느냐고 물었다. 난 정말 너무 졸려요. 눈꺼풀이 쏟아져 내릴 거 같단 말이에요. 한 부부는 차에서 눈을 좀 붙이고 오겠다며 주차장 쪽으로 걸어갔다. 우리 넷이 남았을 때, 윤의 아내가 다리 쪽을 가리키며 구경하러 가고 싶다고 했다. 호수는 동쪽과 서쪽으로 나뉘어져 있었는데, 폭이 좁은 물길이 이 두 개의 커다란 호수를 이어주고 있었다. 그 물길 위로 왕복 4차선 도로로 이루어진 다리가 있었다. 윤의 아내가 가리킨 것은 그 다리의 아래편이었다. 거기엔 아무것도 없어. 그냥 그 위로 차가 지나다닐 뿐이야. 구경할 만한 게 전혀 없다고. 윤이 거절했지만, 윤의 아내는 가고 싶다는 생각을 접지 않았다. 나는 담배를 하나 꺼내 입에 물었다. 나 역시, 온몸이 노곤

해져서 낮잠이라도 자고 싶은 기분이었다. 바람이 불어왔고, 이팝나무의 가지에 매달린 나뭇잎들이 흔들렸다. 나뭇잎들이 흔들릴 때마다 잎 사이로 드문드문 떨어지던 햇살이 같이 휘청휘청 흔들렸다. 내가 담배 한 대를 다 태울 때까지 다리에 가고 싶다는 윤의 아내와 가고 싶지 않다는 윤의 실랑이는 계속되고 있었다. 돌이켜 보면 아내는 그때 이미 카페로 간 후였다. 실랑이를 벌이던 윤의 아내가 내 쪽으로 고개를 돌리더니 좋은 생각이라도 났다는 듯이 말했다. 나랑 같이 다리 구경하러 가요. 윤도 좋은 생각인 것 같다며 둘이 다녀오라고 말했다. 나는 잠시 망설였다. 딱히 구경하러 가고 싶은 마음도 들지 않았고, 몸을 움직이는 것도 귀찮았다. 그렇다고 거절을 하는 것도 좀 우스울 것 같다는 생각이 들어서, 결국 나는 윤이 아내와 함께 다리 구경을 하러 가기로 했다. 그 다리 바로 옆에는 아내가 스타킹을 벗으러 들어갔던 카페가 있었다. 하지만 나는 그때 아내가 그곳에 있는지 몰랐다.

"다리가 멋있었죠?"

윤의 아내가 다시 묻는다. 나는 고개를 끄덕끄덕거린다. 아내는 피곤하다는 듯 눈을 내리깔고 유리컵의 표면을 손가락으로 문지르고 있다. 가끔씩 거기에 앉아 있는 사람들과 이야기를 나누기도 한다. 하지만 내 쪽으로는 시선을 돌리지 않는다. 아내는 나에게 화를 내고 있다. 아내는 이 모임에 대해서도 탐탁지 않게 생각했다. 하지만 왜? 나는 잘 알 수 없다고 생각한다. 문득 아내의 시선이 나에게 오고 있음을 느낀다. 우리 둘의 눈이 마주치고 아내가 입 모양으로만 무언가를 말하는 시늉을 한다. 나는 처음에 아내가 무슨 말을 하는지 전혀 알아채지 못한다. 한참 후에야 나는 아내가 입 모양으로 만든 단어가 무엇인지 깨닫는다.

개자식

아내는 그렇게 말했다.

"이렇게 좋은 식탁이 정말 어디서 났어? 나도 이렇게 좋은 식탁을 가진 적이 있었는데. 씨발, 부럽다. 씨발, 좆나게 부러워. 응? 알겠어? 좆나 부럽다고, 씨발."

한이 혀 꼬부라진 소리를 한다. 사실, 언제나 제일 먼저 취하는 사람은 한이다. 우리는 요즘 한이 어떤 일을 하는지 잘 모른다. 한은 명문대 공대를 나왔다. 대학을 졸업하고는 바로 유명 건설회사에 취직했다. 하지만 그가 다니던 회사가 갑자기 무너졌고, 그도 갑자기 무너졌다. 한의 아내가 한의 팔을 붙잡는다. 잠시 분위기가 가라앉는다.

"괜찮아요. 저 사람 지금 취해서 그러는 거예요. 그리고 남자들은 취하지 않았을 때도 저런 말 정도는 아무렇게나 하잖아요."

"그럼요, 저런 말 한다고 아무도 나쁘게 생각하지 않아요."

여자들이 한의 부인을 위로한다. 한의 부인은 어색한 듯 고개를 숙이지만, 곧 웃음을 짓고 고개를 끄덕인다. 한은 장난스럽게 빈 맥주캔으로 식탁 위를 리드미컬하게 두드리기 시작한다. 아내는 부엌으로 가서 맥주를 가져다가 한의 앞에 놓아준다. 윤이 한에게 자네는 술을 좀 줄여야 해, 어느 날 갑자기 쓰러질지 누가 알아?라고 조금 나무라듯이 말한다. 그리고는 내 아내를 향해, 안 그렇습니까? 동의를 구한다. 아내는 억지로 조금 웃는다. 여하튼 윤의 핀잔이 분위기를 좀 좋게 만들어주었다.

"나도 술을 좀더 줘요, 남은 술이 있을까 몰라, 정말, 저이는 술을 너무 많이 마셨어. 이 집의 술이 다 동났을 거야."

윤의 아내가 한을 가리키며 깔깔거린다. 틀린 말은 아니다. 한은 맥주 다섯 병과 와인 두 병을 혼자 다 마셨다. 세 번 정도 화장실로 달려갔고, 요란한 소리를 내면서 먹었던 음식을 게워내기도 했다. 윤의 아내가 담배를 입에 문다. 그리고 내 아내를 쳐다보며 묻는다.

"담배 피워도 되나요?"

내 아내는 망설이다가, 결국 괜찮다고 말한다. 나는 불을 붙여주면서 한마디한다.

"담배는 몸에 안 좋아요."

"아, 잔소리는 그만두세요. 사실은 이이도 언제나 그 소리랍니다. 담배는 몸에 해로워, 당장 끊는 게 좋을 거야."

윤의 아내가 윤의 목소리를 흉내 내면서 깔깔거린다. 아내는 그녀를 지그시 바라본다.

"담배를 안 피우세요?" 아내가 윤에게 묻는다.

"안 피우지." 내가 대답하고.

"거짓말, 난 저 친구가 담배 피우는 걸 본 적이 있어요." 혀 꼬부라진 한이 말한다.

"설마."

윤의 부인이 이마에 손을 얹고는 고개를 흔들며, 과장되게 한숨을 쉬었다. 그 모습 때문에, 우리들은 웃음을 터뜨렸다. 하지만 내 아내는 웃지 않는다. 그녀의 얼굴이 일그러진다. 윤의 결혼식 때 내가 사회를 봤다. 아내와 만난 지 6년째 되는 해였다. 그녀의 집에서 우리의 결혼을 반대한 지 4년째가 되는 해이기도 했다. 그녀의 집은 너무 부자였고, 우리 집은 너무 가난했다. 돌이켜보면 그렇고 그런 이야기이다. 특별히 입에 담을 것도 없는. 내가 별로 웃기지는 않지만 나름대로 신경 써서 준비한 농담을 하는 동안 아내는 벽에 기대서서 신랑과 신부를 물

끄러미 바라보고 있었다. 아내는 가슴에 화려한 코르사주가 달린 푸른
색 민소매 원피스를 입고 있었다. 남의 결혼식에 초라하게 하고 가면
내 결혼식도 그렇게 된대요. 나는 그날 보았던 아내의 모습을 잊지 않
고 있다. 시간이 흐르면서 많은 것들이 내 기억 속에서 사라져버렸지
만, 그 모습만은 오히려 시간이 지날수록 점점 더 또렷해진다. 그해 겨
울에 결국 우리는 결혼 승낙을 받았고 이듬해 봄에 결혼식을 올렸다.

아내가 부엌으로 들어가서 술과 안주를 더 가지고 나온다. 그리고
자기 자리에 앉아, 맥주를 마시거나 비스킷 따위를 먹는다. 내가 사람
들과 웃고 떠드는 동안, 이따금 아내는 나를 노려본다. 나는 그녀의 눈
길을 느낀다. 어차피 아내가 나에게 화를 내고 있다는 사실은 변하지
않는다. 모두 돌아가면 도대체 왜 저러는지 꼭 알아내고 말겠어. 마음
이 몹시 불편하지만, 이 모임이 끝날 때까지만 참아야 한다고 나 자신
을 다독거린다.

"잠깐만 제가 이야기를 좀 해도 될까요?"
아내가 주춤거리며 자리에서 일어난다.
"나, 여러분에게 할 말이 있어요."
망설이며 자리에서 일어난 것에 비하면 말투는 아주 단호하다. 하
지만 한편으로는 어딘가 억제된 듯한 느낌을 주기도 한다. 사람들은 웃
거나 먹거나 떠들던 것을 멈추고 그녀를 바라본다. 아내는 뭔가 결심했
다는 듯이 선 채로 맥주 한 컵을 쭉 들이켠다.
"무슨 말을 하려는 거야?"
내가 묻는다. 나는 아내가 친구들이 있는 앞에서 싸움을 걸지 않기
를 바란다. 내가 이들 앞에서 망신당하는 것을 원치 않는다. 갑자기 한

이 커다란 소리로 트림을 했고, 그 바람에 윤의 아내가 깔깔거리고 웃었다. 한의 아내가 여보, 트림은 화장실 가서 할 수 없어요?라며 핀잔을 준다.

"내 남편은 바람을 피우고 있어요."

아내는 사람들을 향해 말하고는 곧 나에게 말한다. 침묵.

"여보, 나, 사실은 다 알고 있어요."

그녀는 이제 한결 여유로워 보인다. 나는 뭐라고?라고 되묻는다. 내가 뭔가 잘못 들은 거 같다고 생각한다.

"나, 다 알고 있다고요."

어머, 세상에나,라는 여자들의 목소리와 한이 쯧쯧쯧, 혀를 차는 소리가 들린다. 나는 영문을 몰라 잠시 허둥댄다.

"왜 그런 말을 하는 거야? 취했어?"

나는 아내가 질 나쁜 농담을 한다고 생각한다. 취하면 그럴 수 있다.

"아뇨, 멀쩡해요."

"그런데 왜 그래?"

나는 갑자기 짜증이 난다. 아내와 나를 제외한 네 명은 열심히 눈알을 굴리며 우리를 번갈아 쳐다본다. 바람이라고? 4년 동안이나, 장인에게 애걸복걸하면서 결혼한 여자다. 내가 그 4년 동안 얼마나 많은 멸시와 모욕을 받았는지 이 여자는 잊어버린 것일까? 그토록 고생하면서 결혼한 여자를 두고 바람이라고? 다른 사람이면 어떨지 몰라도 나는 그 시간이 아깝고 아까워서라도 바람 같은 건 못 피운다. 도대체 저 여자, 왜 저러는 거야?

"죄송해요. 당신들 기분을 망치고 싶지는 않았어요. 하지만 이렇게 아무렇지도 않게 우리가 놀고 떠드는 걸 전 정말 견딜 수가 없어요."

"당신, 제정신이야?"

"이런 자리에서 이런 말을 하는 게 어쩌면 몹시 잘못된 일인지도 모르죠. 하지만, 이건 나와 내 남편의 문제만은 아니에요. 그래서……"

"그게 무슨 뜻이야? 당신, 당신이 하는 말이 무슨 뜻인지는 알고 있어?"

"무슨 뜻이냐고요?"

아내가 나를 쳐다보고 약간 과장된 목소리로 되묻는다.

"무슨 뜻이냐고요? 무슨 뜻인지 정말 몰라요? 내 입으로 내가 말을 해야 해요?"

"도대체 그게 무슨 말이야? 당신 입으로 뭘 말해?"

나는 최대한 감정을 억제하며 말한다. 나는 아내가 하는 저 이야기들이 단지 나를 망신주고 싶어 하는 거짓말이라는 걸 잘 알고 있다. 그런 거짓말에 발끈해서 화를 내고 싶은 마음은 눈곱만큼도 없다.

"여보, 정말로 내가 당신이 누구와 바람을 피우고 있는지에 대해 내 입으로 말하기를 바라요?"

"뭐라고? 그건 또 무슨 말이야? 도대체 내가 누구와 바람을 피우고 있다는 거야?" 나는 조용히 묻는다. 어쩌면 좀 비아냥거리고 있는 건지도 모른다.

아내가 나를 쳐다보더니 크게 숨을 한 번 들이마셨다가 뱉어낸다.

"저 여자요. 당신, 저 여자랑 바람피우고 있죠."

아내는 잠시 망설이는 듯하지만, 결국 또박또박하게 말한다. 이건 또 무슨 소린가. 그녀는 윤의 아내를 가리키고 있다.

"당신, 저 여자랑 만나고 있잖아요. 나와 저 여자의 남편을 감쪽같이 속이면서 말이에요."

"뭐라고?" 내가 되묻고,

"뭐라고요?" 윤의 아내가 어이가 없다는 듯이 내 아내에게 묻는다.

윤이 나와 아내, 그리고 자신의 아내를 동시에 쳐다본다. 한 부부는 초조한 눈빛으로 나와 아내, 윤과 윤의 아내를 번갈아 쳐다본다. 한 부부의 초조함 속에는 재밌어 죽겠다는 표정이 숨겨져 있다. 젠장, 무슨 일이 벌어지고 있는 거야?

"그날, 호수에 놀러 간 날, 둘이 다리 밑에 함께 있는 걸 봤어요."

"아, 그건 나도 알고 있는 사실이에요. 원래 나와 함께 가려고 했는데, 너무 피곤해서…… 내가 내 아내와 함께 가달라고 이 친구에게 부탁한 거예요."

윤이 조금 안심이 된다는 목소리로 말하고, 나는 고개를 끄덕인다. 한 부부는 실망했다는 듯, 그럴 줄 알았어, 라고 조그마한 목소리로 속닥거린다. 하지만 아내의 표정은 여전히 딱딱하다. 흔들림이 없다. 전혀.

"아뇨, 저 둘이 다리 밑에서 뭘 하고 있었는 줄 알아요? 부둥켜안고 키스하고 있었어요. 난 똑똑히 봤어요."

"설마."

한과 그의 아내가 동시에 말한다. 윤의 표정이 순간적으로 굳는다.

"주위는 아랑곳하지도 않았죠. 세상에, 난 어젯밤까지도 그 장면을 떠올리는 걸 멈출 수 없었어요."

나는 윤의 아내를 바라본다. 내 아내는 계속해서 말한다.

"아뇨, 지금도 나는 그 장면을 떠올릴 수 있어요."

아내의 시선은 허공을 향해 있다. 나를 바라보고 있지 않다. 그녀는 무얼 보고 있는 것일까? 미쳤군. 나는 모두 다 들을 수 있을 만한 목소리로 말한다. 나는 그녀를 데리고 병원에 가봐야 할지도 모른다고 생각한다.

"좋아. 여보, 당신이 무엇 때문에 화가 났는지 모르지만, 이건 정말 나쁜 짓이야. 이건 진짜 말도 안 되는 거짓말이잖아. 취했으니까 그럴 수 있어. 하지만 이제라도 그만둬. 사실을 밝히고 사과하란 말이야. 이게 도대체 무슨 말도 안 되는 미친 짓이야?"

갑자기 윤의 아내가 양손으로 얼굴을 감싸더니 울음을 터뜨린다.

"미안해요, 여보."

윤의 아내는 윤에게 울부짖듯이 말한다.

"나는 그저 호기심으로 그런 거예요. 그를 사랑했다거나 그런 거 아니에요. 정말이에요. 날 믿어줘요."

이건 또 뭔가. 나는 처참한 마음으로 윤의 아내에게 묻는다.

"그게 무슨 말이에요? 우리 둘이 무슨 사이였다고요? 당신하고 나하고?"

"당신이 날 좋아했고, 당신이 나에게 치근덕거렸잖아요. 난 알고 있었어요. 오, 다 내 잘못이야. 내가 처음부터 거절했어야 하는 거였는데. 그날도…… 다리 밑에서……"

윤의 아내는 이제 어깨를 들썩거리며 울기 시작한다. 그러자, 윤이 그녀의 어깨를 감싼다. 한 부부가 너무한다는 표정으로 나를 바라본다. 어쩜 그럴 수가. 한의 아내가 말하자, 정말 너무하는군. 한이 그녀를 따라 말한다.

"모두들 머리가 어떻게 된 거 아냐? 내가 저 여자랑? 말도 안 돼!"

윤의 아내 어깨가 더욱 심하게 흔들린다. 윤이 그녀의 귀에 대고 뭐라고 중얼거린다. 나는 여러 가지 말을 더 한다. 왜 아무도 나를 믿지 않는 거야? 믿어봐, 제발. 오해야. 진짜 말도 안 된다고. 말도 안 되는 거짓말들이라고! 그때 갑자기 아내가 소리 지른다.

"개자식!"

아내는 잔뜩 화가 난 표정으로 포크를 내 쪽으로 던진다. 포크는 아슬아슬하게 나를 지나쳐서 내 뒤에 있는 탁상시계를 건드리고, 시계와 포크가 요란한 소리를 내며 바닥으로 떨어진다.

"재미있군." 한이 말한다.

"여보, 조용히 좀 해요." 한의 아내가 말한다.

나는 아내를 향해 절망적으로 말한다.

"당신 정말 미쳤어?"

"당신은 정말 나빠, 개자식 같으니라구. 저것 봐, 그래도 저 여자는 자신의 잘못을 인정하고 있잖아. 용서를 구하고 있다고. 하지만 당신은 뭐야? 당신 자신을 돌아봐! 당신 정말 추해, 추하다고!"

"뭔가 오해가 생긴 거야. 이건 정말 말이 안 된다고. 오해가 아니라면 저 여자 정신이 어떻게 된 게 틀림없어. 안 그래? 게다가 친구의 아내라고. 친구의 아내를 건드릴 만큼 내가 질 나쁜 인간이야? 내가? 당신에겐 내가 고작 그 정도의 인간이었어? 우리가 몇 년을 연애했지? 난 당신 아버지의 반대도 무릅쓰고 당신이랑 결혼했어. 당신 아버지는 내게 온갖 인간적인 모멸을 다 퍼부었어. 하지만 난 다 참았어. 난 그런 사람이라고! 난 그만큼 당신을 사랑했던 거야! 알아들어? 이런 나한테 이럴 수가 있어? 이건 뭐가 잘못되어도 단단히 잘못된 거야."

나는 말을 끝낸 후 힘껏 식탁 다리를 발로 찬다.

"이 빌어먹을 식탁도 그래, 당신 아버지가 당신에게 달랑 남겨준 거지. 나는 아직도 당신 아버지가 나에게 했던 말 잊지 않고 있어. 무슨 벌레 보듯 나를 내려다보면서 말했지. '이렇게 집이 좁아서 이 식탁이나 들어가겠나?' 그러고는 이 집에 단 1분도 앉아 있지 않고 떠났어. 그래, 당신 아버지는 말이야. 부자였지. 인정해. 하지만 머릿속은 텅텅 비었어. 당신도 알잖아. 당신 아버지가 어떤 식으로 살아왔는지 말이야. 당신 아버지는 자기 자신도 주체 못 했지. 빌어먹을 이 식탁처럼 말이야."

솔직히 인정한다. 나는 더 이상 내 감정을 억제하지 못할 정도가 되었다. 얼굴에서 열이 오르는 게 느껴진다. 윤의 아내는 계속 울고 있고, 윤은 자리에서 일어난다. 윤은 화가 난 것 같기도 하고, 그저 이 상황을 난감해하는 것 같기도 하다. 그는 나와 아내를 번갈아 바라보고 나서 낮게 한숨을 쉰다. 나는 지금 벌어지고 있는 일들이 도대체 무슨 일인지 잘 모르겠다고 느낀다. 한은 술을 더 달라고 한다. 한의 아내가 마치 자신의 집인 양 부엌으로 들어가더니 맥주 서너 병을 더 들고 나온다. 우리를 바라보는 한 부부의 표정이 마치 무슨 공청회라도 보는 것처럼 진지하다.

"우리 아버지에 대해서 말하지 말아요!"

아내가 소리 지르고, 윤의 아내가 울음을 그치려고 노력하면서 말한다.

"이런 얘기로까지 비약하지 말아요. 그럴 필요 없잖아요. 이제 그만하자고요."

윤의 아내가 딸꾹질을 하기 시작한다.

"나도 이런 이야기까지 하는 거 원하지 않아요. 내 아내도 뉘우치고 있고, 당신 남편도 후회하고 있는 것 같으니, 여기서 끝냈으면 좋겠군요. 여보, 일어나."

윤이 자신의 아내를 일으켜 세운다. 그녀는 양 손으로 식탁을 짚고 겨우 일어난다. 금방이라도 쓰러질 것 같다. 윤은 그녀에게 외투를 입혀준다. 아내는 현관문을 열어준다.

"안녕히 가세요. 다시는 만나는 일 없었으면 좋겠어요."

"동감이오."

현관문을 닫고 나서도 윤의 아내가 우는 소리가 들린다. 잠시 후 그녀의 울음소리가 완전히 사라진다. 아내는 거실로 들어온다. 한이 새 맥주의 뚜껑을 딴다. 한의 아내가 심각한 표정으로 나를 바라본다.

"정말 둘이 그렇고 그런 사이에요? 어쩐지."

한의 아내가 말하고.

"둘이 결혼 할 때, 장인이 반대한다는 말 왜 안했어? 감쪽같이 속였구만!"

한이 말한다. 그리고 잠시 후 한은 은밀한 목소리로 묻는다.

"잤어?"

"여보, 왜 그래요?"

한의 아내가 못 말리겠다는 듯이 한숨을 쉰다. 아내는 자신의 자리에 조용히 앉아 왼쪽 손으로 턱을 괴고, 고개를 숙인다. 얼굴이 잘 보이지 않는다.

"우리의 모임을 완전히 초토화시킨 기분이 어떠시죠?"

한이 장난스럽게 묻는다.

"그러게 말이에요."

한의 아내가 맞장구를 친다. 아내는 잠시 후 일어나더니 아무런 대답도 하지 않고 방으로 들어간다. 문 닫는 소리가 아주 크게 들린다. 나는 한 부부에게 돌아가달라고 말한다.

"술이 남았는데."

둘이 동시에 말한다. 돌아가줘, 나는 한 번 더 말한다. 그들은 일어나서 현관 옆 옷걸이에 걸어둔 자신들의 외투를 찾아 입고, 아쉬운 듯이 식탁과 그 위의 널브러져 있는 술병과 안주 등을 바라본다.

"식탁은 정말 좋았는데. 정말 내가 본 식탁 중에서 가장 멋진 식탁이에요. 이 식탁을 또 볼 수 없다니, 정말 아쉬워요."

한이 고개를 끄덕인다. 그들이 집을 나간 후 나는 의자에 깊숙이 기대어 앉는다. 그날 호수에서 무슨 일이 있었던 것일까? 나와 윤의 아내 사이에 정말 무슨 일이 일어났던가? 아니다. 함께 다리를 구경했을 뿐이다. 머릿속이 뱅글뱅글 돌기 시작한다. 그런데 그 여자는 왜 저러는 거지? 정말 무슨 일이 있었던가? 아니, 다리를 구경했을 뿐이잖아. 마치 암흑 속으로 던져진 듯한 기분에 사로잡힌다. 내가 무슨 일을 했는지, 혹은 하지 않았는지, 나는 확신을 가질 수가 없다.

다만, 내 앞에는 식탁이 놓여 있을 뿐이다. 직사각형의 식탁은 여섯 명이 앉고 남을 정도로 거대하다. 식탁의 상단은 산호 대리석으로 만들어져 있으며, 산호 대리석의 중앙에는 길쭉하게 이탈리아산 월넛 무늬목이 코팅되어 있다. 식탁의 하단 부분은 최고급 비치나무인데 기하학적 무늬가 새겨져 있다. 의자의 쿠션 부분과 등받이 부분은 최고급 악어가죽으로 만들어진 것이다.


멀리서 봤을 때는 몰랐는데 가까이 가보니, 다리 하부가 꽤 정성들여 만들어졌음을 알 수 있었다. 그녀는 오길 잘 했다며 호들갑을 떨었다. 다리 밑, 좁아진 물길을 사이에 두고 양편으로 널찍한 산책로가 이어져 있었는데, 바깥쪽 가장자리를 따라 여러 개의 아치형의 기둥이 마치 지붕처럼 산책로를 덮고 있는 다리를 떠받치고 있었고 그 벽면에는 직사각형 모양의 램프가 달려 있었다. 기둥 사이에는 초록색 철제 난간이 둘러쳐져서 사람들이 호수로 내려가는 걸 막고 있었다. 심플하면서도 위엄이 느껴지는 디자인이었다. 다리 밑은 햇빛이 들어오지 않아 무척 춥게 느껴졌다. 호수의 잔물결이 기둥의 밑 부분에 부딪히는 소리가 끊임없이 들려왔다. 그럴 때마다, 나무에서 떨어져 다리 밑까지 흘러온 갈색의 작은 이파리들이 이리저리 흔들렸다. 저 멀리에는 어렴풋하게나마 윤이 혼자 앉아 있는 것이 보였고, 한 부부가 윤 쪽으로 걸어가는 것이 보였다. 그녀는 난간에 딱 붙어서 호수에 될 수 있는 한 가까이 손을 내밀고 있는 중이었다. 도로의 위쪽으로는 대형 카페가 하나 있었다. 카페의 문 왼쪽에는, 나무를 깎아서 만든 것처럼 보이는 커다랗고 우스꽝스럽게 생긴 개 인형이 입구를 지키고 서 있었다. 카페 안으로 사람이 들어가는 것이 보였다. 여자였는데, 면바지와 재킷을 입고 있었다.

나는 문득 아내를 떠올렸다. 아내는 지금 어디에 있을까? 언제부터 일행에서 사라진 거지? 점심을 먹을 때까지는 같이 있었던 것 같은데, 아내는 어디에 간 걸까? 그러다 문득 이런 질문이 머리를 스치고 지나갔다. 그렇다면 나는 어디에 있는 거지? 나는 어디에 있는 거야? 아니, 그럼 우리들은 도대체 어디에 있는 걸까? 싱겁기는. 나는 혼자 픽하고 웃었다. 담배를 입에 물고 불을 붙였다. 그리고 담배를 한 모금 깊이 빤 뒤, 재킷의 깃을 올렸다. 이제 이 다리 밑도 가을의 흔적이 완전히 사라지고, 곧 겨울이 오겠군. 담배 한 대를 다 피운 후 나는 그런 생각을 하며, 천천히 걷기 시작했다.

〔〈문장 웹진〉 2011년 8월호〕

# 선 정 의   말

—


　신인 작가 손보미의 존재감은 그 소설의 매력적인 특이성에서 온다. 이를테면 한국의 여성 작가들이 보여준 일련의 미학적 자질들, 친밀성의 세계에서의 내면성, 그리고 그것의 극단적인 변형이라고 할 수 있는, 위악과 폭주 등의 항목들이 그의 소설에서는 거의 발견되지 않는다. 건조하고 때로 하드보일드한 문체와 인물에 대한 냉정한 거리감은 어떤 습기도 뜨거움도 없는 소설 미학이 어떻게 가능할 수 있는가를 보여준다. 그 미학적 이질성은 미국의 현대 소설들을 연상시키지만, 중요한 것은 그의 소설이 한국소설의 새로운 가능성을 한국어의 다른 화법으로 탐색하고 있다는 것이다. 인상적인 신춘문예 당선작 「담요」와 다큐멘터리적인 기법을 차용한 독특한 서사를 선보인 「그들에게 린디합」을 읽은 뒤, 다시 「육인용 식탁」을 만나면, 이 신인 작가의 가능성에 대해 기대할 수밖에 없게 된다.

　연극적인 무대를 연상시키는 구성 위에서 그 진실을 알 수 없는 사소한 사건이 드러난다. 현재형 시점으로 중계되면서, 1인칭 진술임에도 비개인적인 시점처럼 보이는 건조한 문체, 도덕적 판단과 정서적 장식이 전혀 없는 미니멀한 스타일은 오히려 매혹적이다. 소설의 마지막 문단에 등장하는 완료형 문장들에서 1인칭의 내면성이 조금 드러나기 시작하지만, 진실이 발설되기도 전에 소설은 마감된다. 이 소설의 스타일에 집중하든, 중산층 가족의 위기에 집중하든, 이 소설이 뿜어내는 무심한 고독의 뉘앙스를 다 말한다는 것은 불가능하다. 만약 이 소설을 읽고 진실을 발견하는 기쁨이 아니라, 진실에 대한 불투명한 의혹으로부터 아무도 자유로울 수 없다는 것을 보여주는 것이 현대 소설이라는 것을 눈치채게 된다면, 우리는 이미 이 거대한 '육인용 식탁' 앞에 앉아 있는 것이다. _이광호(문학평론가)

이 수 형 · 손 보 미

# 인터뷰

—

**이수형**_등단작 「담요」와 「육인용 식탁」은 하나로 묶일 만하다는 생각이 듭니다. 대단히 묘사가 간결하고 미니멀한 느낌을 주고, 말하자면 행동에 대한 객관적 서술이 위주가 되는 소설인데, 한국소설의 분위기나 경향에서는 조금 낯설고 이질적인 느낌을 주거든요. 어떻게 보면 미국 단편소설 같은 느낌을 주는 경우도 있고요. 개성적인 문체를 갖고 있는 건 틀림없는 것 같아요. 거기에 호불호가 있을 수는 있겠지만, 작가가 개성적인 문체를 갖고 있다는 건 자산이겠죠.

**손보미**_제가 소설을 쓰면 누군가가 읽어주고 재미있어해야 하는 거잖아요. 그런 면에서 제 소설은 문체같은 요소들이 방해가 되지 않을까 하는 생각을 했었어요. 소설은 어차피 다른 사람들과 소통하는 과정인데, 다른 요소에 집중하면 소통이 안 되지 않을까? 하는 생각을 했었거든요. 「담요」를 냈을 때도 그렇게 큰 기대는 하지 않았어요. 됐다고 했을 때 제일 좋았던 것은 그런 부분이었어요. 아, 내가 이렇게 써도 되는구나, 하고 인정을 받은 기분.

**이수형**_이 소설은 가정집의 거실에서, 그것도 식탁을 둘러싸고 벌어지는 이야기예요. 말하자면 이들은 중산층일 테고 나름대로 안정적인 삶을 살고 있는데, 그런 삶에도 당연히 미세한 균열이 있겠고 언젠가 파열되겠고 하는 이야기는 할 수 있을 것 같아요. 그런데 이런 설정이나 장면이나 문체 등이 이토록 낯선 느낌을 주는 이유가 무엇일까요?

**손보미**_이 소설을 쓰게 된 과정을 말씀드리면, 아내가 남편에게 포크를 집어던지고 욕을 하는 장면이 그냥 길을 가다가 생각이 났어요. 아내가 화가 나서, 밥을 먹는데 포크를 집어던지는데, 조금 극적이려면 둘은 양 끝에 앉고 둘 사이에 손님들이 있어야겠다, 그런 생각을 하면서 사람들을 놓고 소설을 썼거든요. 그래서 아내가 가장 화를 낼 만한 일은 남편이 바람을 피우는 일이겠지? 했어요. 처음에는 바람을 피웠다고 생각을 했는데 저도 쓰다 보니까 잘 모르겠더라고요. 남편이 바람을 피웠는지 안 피웠는지. 그래서 마지막에 그렇게 된 거예요. 저도 모르니까.

손보미

이수형

**이수형_** '육인용 식탁'이라는 게 결국에는 남편의 경제 상황에는 부담스러울 만큼 고급스러운, 거창한 식탁이잖아요. 육인용 식탁은 지금까지 썼던 소설 중에서는 가장 인물들이 많이 등장하는, 지나가는 사람들이 아니라 대사를 갖고 인물을 만들어낸, 적어도 여섯 명이 등장하는 소설이에요. 인물의 말을 통해서, 고백을 통해서가 아니라 행동에 대한 묘사나 흔히 말하듯이 외면에 대한 반사를 통해서 캐릭터가 이루어지는데요, 앞으로도, 혹은 지금 쓰고 있는, 쓰려고 계획하고 있는 소설의 인물들도 대개는 다 이런 식으로 만들어지는 건지. 아니면 가령 인물의 구구절절한 고백 같은 것을 드러내는 소설도 쓰고 싶거나 계획하고 있는 게 있는지.

**손보미_** 저는 전기문 같은 걸 많이 읽거든요. 그런 걸 좋아하는데, 읽으면 재미있잖아요. 살아온 얘기들인데. 그런 소설을 쓰고 싶어요. 거기에서는 그 사람의 마음을 모르잖아요. 일기나 당시 기사나 전기 작가들이 유추를 해내는 거잖아요. 앞으로 몇 년 후에는 생각이 달라질지도 모르겠지만 지금은 그런 식으로 쓰고 싶어요. 내 소설의 등장인물이지만 이 사람의 생각 같은 걸 내가 직접 말해주지 않고 행동이나 말을 통해 제시하고자 하는 게 지금 제가 고집하고 있는 방식이에요.

**이수형_** 제가 손 작가님의 소설을 읽으면서 생각했던 게 있는데, '미'라는 게 있고 '숭고'라는 게 있잖아요. 미는 인간적인 것이고 누구나 보아도 아름답다고 감동할 수 있는 건데, 숭고는 잘 알 수 없는 어떤 건데 마음의 떨림 같은 것을 느끼게 된다는 거지요. 잘 모르겠지만. 그래서 지금까지, 가령 우리들이 소설을 읽고 감동한다고 할 때 그 감동이 미라는 영역에서의 감동과 비슷한 거라면, 여기 손 작가님의 소설에서 감동을 이야기하고 소설을 읽고 나서 마음의 움직임이나 떨림 같은 것이 있다면 숭고라는 영역에서 말하는, 잘 모르겠고 낯설고 제대로 내 것으로 감정이입하기는 어렵지만 뭔가가 있는 것 같다는 느낌을 주는 것 같다는 생각을 했었어요. 앞으로도 좋은 소설 많이 써주시고 자주 뵙게 되기를 기대하겠습니다.

**손보미**_고맙습니다.

아_윤해서

**윤 해 서**    1981년 경기도 부천에서 태어났다. 2010년 문학과사회 신인문학상을 받으며 문단에 나왔다.

## 작 가 노 트

미지의미이미지의미이미지의미이미지의미이미지의미이미지의미이미지의
미이미지의미이미지의미이미지의미이미지의미이미지의미이미지의미이미
지의미이미지의미이미지의미이미지의미이미지의미이미지의미이미지의미
이미지의미이미지의미이미지의미이미지의미이미지의미

● ‥

# 아<sup>*</sup>
—

## 5. 고프다

긴 오후를, 단단한 저녁을, 무거운 밤을,

---

* 놀라거나, 당황하거나, 초조하거나 다급할 때 가볍게 내는 소리.
  놀라거나, 당황하거나, 초조하거나 다급할 때 외에도
  불현듯 무엇인가 깨달았을 때
  문득 잊고 있던 사실이 떠올랐을 때
  어떤 문제를 의심 없이 인정할 때
  한탄하며 망연히 한숨을 쉴 때
  아,
  이것보다 훨씬 더 많은 경우에
  무의식적으로
  무의미하게
  무심히
  내뱉을 수도 있는
  아,
  다음의 경우에
  거의 모든 경우를 대신하기도 하는

  아

다시 찾아온 새벽과 낯선 아침을
온통 한 얼굴의 여자와 보냈다.
이 도시의 말로.
나는 빛도 거리도 조절하지 못한다.
모든 허기로부터. 깊은 어둠 속에서.
내가 내 죄를 사할 수 없다.
말로의 말로.


오래전에 이런 소설을 읽었어. 아범과 어멈에 대한 이야기였다. 아범과 어멈에게는 두 딸이 있었는데 아범과 어멈은 엄청 가난해서 먹고 살기도 힘들었지. 아범은 결국 큰딸을 남의 집에 보내기로 해. 가서 밥이라도 먹고살라고. 큰딸을 남의 집에 보내고 얼마 후 아범은 시골에 있는 형네로 일을 하러 가거든. 보름이 넘도록 아범에게 소식이 없자 어멈은 시골로 가겠다는 편지를 부치고 어린 딸과 함께 시골로 떠나. 한겨울이었다. 아범은 밤마다 큰딸을 떠올리며 섧게 울었고, 어멈이 홀로 길을 떠났다는 편지를 받고는 먼 길을 올 어멈을 마중하러 나갔지. 아범의 몸은 약해질 대로 약해진 상태였다. 아범은 해 질 무렵 고개에서 소나무 밑에 웅크린 채 떨고 있는 어멈과 딸을 발견해. 아범과 어멈은 서로 끌어안은 채 밤을 지새우지. 아범도 어멈도 더는 꼼짝도 할 수 없었거든. 다음 날 아침 그 고개를 지나가던 나무장수가 한 남자와 한 여자의 시체와 그 사이에서 시체를 툭툭 치고 있는 아이를 발견하고는 아이만 데리고 떠났다. 아이만 데리고 떠났어. 아이만 데리고. 마지막 말을 몇 번이고 반복하던 말로. 나는 오래전에 이런 이야기를 들었다. 말로의 말로. 이따금 아범과 어멈이 떠오를 때면, 이야기를 멈추고 달

싹이던 말로의 입술, 바람에 스쳐 흔들리던 말로의 옆 머리칼, 귓불을 만지작거리던 말로의 가느다란 손가락, 길가에 늘어서 있던 작은 화분들, 반질거리는 잎사귀 위에 부서지던 잘다란 햇살 같은 것들이 떠오른다. 그리고. 몇 번이나 물었던 아범의 이름. 처음에 나는 아범이 이름인 줄로만 알았다. 아브람이나 아브라함처럼. 아범, 하고 부르는 이름인 줄 알았지만 아범은 이 도시의 말로 아버지, 아비. 아비를 대접해 부르는 말. 아버지의 다른 이름이었다. 아범. 아범의 이름은 써도, 써도 줄지 않았다. 써도, 써도 줄어들지 않는 단지. 아범의 이름은 화수분이었다. 나는 몇 번이나 말로에게 되물었지만 낯선 이름이 좀처럼 외워지지 않았다. 화수분. 차고, 차고, 차오르는, 단지. 아범의 이름. 아범의 이름을 떠올릴 때면 그치지 않던 눈. 쌓이기만 하던 눈. 녹을 새 없이 쌓이고, 쌓이던 먼 나라의 흰 눈이 함께 떠오른다. 어두컴컴한 하늘에 밤새 흩어지는 새하얀 눈발. 끝없이 펼쳐진 논. 어슴푸레 밝아오는 새벽. 푸른 눈을 뒤집어쓴 고개 위의 나무들. 나무 아래 수북한 한 덩어리 눈. 한 덩어리가 된 한 남자와 한 여자의 시신. 한 남자와 한 여자 사이에서 울고 있는 아이. 눈 쌓인 정적의 잔가지를 흔들던 아이의 깨질 듯한 울음소리. 이런 것들이 동시에 떠오른다. 말로의 말로. 말로의 이야기 속에서 얼마나 오래 눈이 내렸었는지 기억이 나지 않는다. 화수분. 아범의 이름은 화수분이야. 화수분? 응. 화수분. 몇 번이고 물어도 똑같이 선선하게 대답하던 말로의 목소리. 그 목소리가 기억나지 않는다. 새하얀 정적이 말로를 감싸고 있어 말로는 모든 장면을 멈추게 한다. 나는 이따금 거리에, 복도에, 지난 시간들 속에 멈춰 선다. 아무도 정적을 흔들지 못한다. 아무리 떠올려도 조금도 줄어들지 않는 말로. 빈 단지. 써도, 써도 줄지 않는 말로의 목소리. 말로의 말로. 채우고, 채워도, 채워지지 않는 항아리. 비우고, 비워도, 비워지지 않는, 완전히 빈 단지. 나는 모든 말로의 말로 끊임없이 말로를 떠올린다. 떠올리지 않으려는 모든 것들로부터 말로가 떠오른다.

이 도시의 말로.

여기. 여기 있어라. 여기 있어. 여기 있자. 함께 있자. '있다'는 명령형과 청유형이 가능하지만, '없다'는 단지. 없을 뿐이다. 여기 없거라. 거기 없거라. 여기 없자. 함께 없자. '없다'는 명령형도 청유형도 불가능하다. 없다는 말로는 어떤 명령도, 제안도 할 수 없다. 여기 없는 말로. 빈 단지. 나는 말로에게 어떤 애원도, 부탁도 할 수 없다. 멀리 있는 말로.


드모르간의 법칙—나와 너의 교집합을 뺀 나머지는 나를 뺀 나머지와 너를 뺀 나머지의 합집합과 같다


에 대해서 나는 들은 적이 있다. 어떤 웅얼거림, 쉽게 끓어 넘치지 않는 작은 주전자. 드모르간의 법칙을 벤다이어그램으로 표시하면 나와 너의 교집합은 촘촘하게 빗금 그어진 세상에 벌어진 좁은 틈새. 전체 집합에 뚫린, 폐곡선 두 개가 교차하며 만들어낸 작은 구멍. 시간과 공간이 사라져버리는 블랙홀, '우리'가 시작되는 화이트홀이 되겠지만, 나는 직감적으로 알 수 있다. 말로와 나의 교집합은 불가능하다. 교집합도, 부분집합도 될 수 없는 몸. 말로의 말로. 말로와 나는 공집합이다. 써도, 써도 빈 단지. 채워도, 채워도 채워지지 않는 항아리. 텅 빈 채 남겨진 끝이 없는 말로. 말로의 목소리가 기억나지 않는다.

## 1. 괴기스럽다

나는 말로의 오른쪽 뺨을 만진다. 나는 말로에게서 빠져나온 직후
에 제일 먼저 말로의 뺨을 만진다. 습관적으로 말로의 뺨을 만지면서
나는 방금 내가 빠져나온 것이 말로의 좁은 몸이 아니라 말로가 지나온
시간, 말로가 기억하고 있는 말로, 모든 이들과 다른 모든 말로, 말로
라는 존재 그 자체라고 믿는다. 내가 만지는 말로의 오른쪽 뺨에는 깊
고 붉은 상처가 있다. 내가 만든 상처. 손가락 끝에 선명한 상처가 만져
질 때 나는 안도한다. 상처는 이내 아물지만 나는 또 한 번 말로의 뺨을
긋는다. 깊게 베인 뺨에서 붉은 피가 솟아오른다. 말로의 어깨가 조금
움직인다. 나는 양손으로 말로의 어깨를 잡고 말로의 벌어진 뺨을 핥는
다. 말로의 짜고 뜨거운 피. 말로의 뺨에서 조금씩 다른 맛이 난다. 내
가 빠져나온 말로. 말로는 내 혀끝에 닿아 있다. 말로의 피가, 말로의
검붉은 피가 내 혀끝을 적신다. 말로의 피가 목젖을 적신다. 말로의 피
가 목구멍을 따라 내려간다. 내 유일한 말로. 나에게 속한 말로. 가늘
고 기다란 손가락이 말로의 뺨을 만진다. 똑같이 긴, 똑같이 가는, 똑
같이 하얀 손가락. 말로의 손가락이 툭 튀어나온 광대뼈에서 뾰족한 턱
쪽으로 거의 움직임 없이, 움직인다. 똑같이 튀어나온 광대뼈, 똑같이
뾰족한 턱. 똑같이 짙은 고동의 동공 아래 사선으로 그어진 붉은 선. 나
는 멀리서도 말로를 알아본다. 아름다운 말로. 똑같이 짙은 눈썹. 똑같
이 선한 눈매. 똑같이 오똑한 콧날. 나는 오직 말로의 아름다운 상처를
통해서만 말로를 알아본다. 아름다운 말로. 내 입술이 닿았던 자리. 말
로의 오른뺨. 말로의 흰 목덜미. 말로의 야윈 어깨. 말로의 새까만 유

두. 말로의 둥근 배. 말로의 가파른 허리. 말로의 좁은 치골. 말로의 무성한 음모. 말로의 은밀한 분홍. 내가 막 말로의 몸을 빠져나왔을 때 말로가 말한다. 내 입술의 말로.

아파.

알몸의 말로. 말로가 아파, 하고, 말할 때 말로의 목소리는 사라진 허구에 가깝다. 길게 이어지는 신열의 울림이 주위의 모든 소음들을 빨아들인다. 잘게 부서져 떨어지는 소음의 음소들. 신음의 말로. 말로의 목소리는 검고, 깊고, 푸르다. 말로의 목소리는 검고, 깊고, 푸른 사람들의 눈동자를 흔들리게 한다. 소음의 수조 속에서 흔들리는 알몸의 말로. 푸른 수조의 수면을 떠도는 공명의 말로. 나는 어떤 밤에도 말로를 떠나지 못한다. 도시의 모든 여자들이 말로를 닮았거나 말로가 도시의 모든 여자들을 닮았다. 모든 여자들이. 모든 여자들과 닮아 나는 이 도시를 떠나지 못한다. 똑같은 말로.

아파.

말로가 말한다.
아파.
이 도시의 말로.
'아파'는 그립다를 의미한다.

아파.

## 10. 권태롭다

　말로가 남긴 말. 말로의 마지막 말. 말로는 이렇게 썼다. 말로의 말로. 그야. 밤이 시체처럼 팽창한다. 그야. 밤이 시체처럼 팽창해. 말로는 나를 부르고 싶은 대로 부른다. 때로 거칠게 야, 하고 소리쳐 부르고. 그,라고 조심스럽게 적기도 한다. 말로가 나를 조심스럽게 부를 때 나는 헤롯이거나 다윗이거나 말로로부터 아주 멀리 떨어진 '그'에 속해 있고. 그는 아무것도 몰라. 그는 정말 아무것도 모르지. 말로가 말할 때 그인 나는, 말로의 말대로 아무것도 모른다. 나인 그는. 말로로부터 때로 아주 가깝고, 때로 아주 멀리 떨어져 있지만. 나는 침대에 누워 벽쪽에 몸을 붙이고 말로의 기운 어깨가 조금씩 움직이는 것을 본다. 그야. 밤이 시체처럼 팽창한다. 말로의 손끝에서 손끝으로. 그야. 밤이 시체처럼 팽창해. 말로는 이렇게 쓰지만. 나는 말로가 쓴 것을 보지 못한다. 모두 같은 속도로 나빠지는 것은 아니지만. 누군가 죽어가는 속도로. 그야. 밤이 시체처럼 팽창한다. 나는 너의 등이 좋아. 네 등을 보고 있으면 언제든지 잠들 수 있어. 나는 말로에게 말하지만 말로에게 내 말은 들리지 않는다. 위독한 말로. 그야. 밤이 시체처럼 팽창한다. 임금님 귀는 당나귀 귀. 임금님 귀는 당나귀 귀. 임금님 귀는 당나귀 귀. 밤에 당나귀 귀는 감정적으로 자란다. 그야. 밤이 시체처럼 팽창해. 어린이는 공포에서 벗어날 권리가 있고, 어린이는 꿈을 꿀 권리가 있고, 어린이는 환영받을 권리가 있고, 어린이는 즐겁게 지낼 권리가 있지만. 그야. 밤이 시체처럼 팽창한다. 뒷짐 지지 마라. 장래 희망 대신 장례 희망을 적어 놓고. 뒷걸음질 치면 못써. 그야. 밤이 시체처럼 팽창한다. 못생긴 그. 못생긴 말. 못생긴 그야. 그야. 처음엔 비가 내리는 줄 몰랐지만. 못✝못✝못✝못✝ 밤의 못이 내린다. 붉은 밤엔 깊은 못이 내려. 만약 그때 그 거북이가 죽지 않았다면. 만약 우리가 그때 그 거북이를 기르지 않았다면. 나는 만약, 만약, 만약에. 이마에, 심장에, 두 눈에 성호를 긋고. 늘 가정법으로 생각하지만. 그야. 밤이 시체처럼 팽창한다. 너의 죽음을 기다려왔다는 듯이. 누군가 죽자 누군가의 책이 무섭게 팔려나간다. 『자살하기 좋은 날』『자살하기 좋은 날』『자살하기 좋은 날』 자살하고, 자살하고, 자살하고 맨 처음부터. 그야. 밤이 시체처럼 팽창한다. 한 사람이 잊히는 속도로. 나는 아직 살아 있지만. 가슴에 손을 얹고. 그야. 밤이 시체처럼 팽창한다. 무너지듯 주저앉고 싶은 날. 아무 데고 주저앉아. 물음도, 울음도 없는 시간이 지나가면. 엄마, 구름이야. 아이가 맨 처음 엄마, 엄마를 부르듯이. 엄마에게 구름에 대해 말하고 싶어. 그야. 밤이 시체처럼 팽창한다. 나는 전혀 죽음에 대해 말하고 싶지 않아. 나는 절대 죽음에 대해 말하고 있는 게 아니라. 해를 등지고 서면 그림자와 마주 보게 되지만. 그야. 밤이 시체처럼 팽창한다. 한쪽 눈을 감고. 나는 콜라콜라콜라. 골라골라골라. 그야. 밤이 시체처럼 팽창한다. 내가 이번 생에서 맡은 역은 떠돌이가 아니라 남겨지는 게 싫어. 남겨지는 건 죽기보다 싫어. 거짓말보다 쉬운 말로. 그야. 밤이 시체처럼 팽창한다. 반도 안 되는 밤. 너는 누군가 죽는 꿈을 꾸고. 너는 누군가 죽이는 꿈을 꾸겠지만. 해명을 요구하지 않는 새벽. 그야. 밤이 시체처럼 팽창한다. 모든 것이 예정되어 있다면. 모든 것이 예정대로라면. 그들은 그늘로. 그늘은 그들로. 6월부터 11월까지. 그야. 밤이 시체처럼 팽창한다. 서로 다른 곳에서. 모두 다르게. 모두가 불가능한 구원에 대해 말할 때. 그야. 밤이 시체처럼 팽창한다. 나는 노래가 되지 못한 영혼들의 주저흔이다. 비는 허공을 긋고, 긋고, 긋는데. 그야. 밤이 시체처럼 팽창한다. 무엇이든 기다리거나 놓치거나 둘 중 하나라니. 양파와 양파 한 개 반이라니. 인력으로는 어쩔 수 없는 일. 그야. 밤이 시체처럼 팽창한다. 참외가 왔어요. 참외가 왔습니다. 맛 좋고 싱싱한 참외. 참회라고는 모르는 참외만 한 트럭. 참외가 왔어요. 참외가 왔습니다. 그 옛날 참회의 문장을 받아쓰고. 그야. 밤이 시체처럼 팽창한다. 처음부터 기호와 관계없이 종교가 결성된 탓에. 식성과 관계없이 종교가 결정된 탓으로. 너 하나 즐겁자고. 엄마 아빠는 지옥으로 보내졌는데. 그야. 밤이 시체처럼 팽창한다. 영문도 모른 채. 서로를 의심하는 공복의 시간이 길어지면. 누구에게든 동조하고 싶어. 그야. 밤이 시체처럼 팽창한다. 어떤 것도 되돌릴 수 없어. $y = x + 2$의 상상력으로 고작 두 개씩 증가하는. 너에게 소중한 건 뭐니? 너는 뭐가 두렵니? 그야. 밤이 시체처럼 팽창한다. 저는 소중한 것들을 잃는 게 두렵습니다. 소중한 것들이 생기는 게 두려워. 무릎을 꿇고. 쌍. 당신 앞에 엎드려. 밤이 시체처럼 팽창한다. 그야. 너는 변성의 금 위에 누워 있는 토막 난 시체. 나의 토막 난 말로. 그야. 밤이 시체처럼 팽창한다. 그야. 밤이 시체처럼 팽창해. 고작 천만 년 전의 하루가 지나갔을 뿐인데. 희망이 절망으로 바뀌는 게 두려워. 우리가 자꾸 우리, 우리 하는 동안. 그야. 밤이 시체처럼 팽창한다. 그러니까 밤은 언제나 완성되지 못하는 법이죠. 괜찮아요. 정말 괜찮아. 말로가 남긴 말. 말로의 마지막 말. 그야. 밤이 시체처럼 팽창한다. 그야. 밤이 시체처럼 팽창해. 말로의 말로. 문장이 시체처럼 팽창한다. 문단이 시체처럼 팽창한다. 말로가 남긴 알몸의 말로. 말로는 이렇게 썼다.

## 2. 그리다

텅 빈 옷장.

주머니 속에 옷. 옷과
옷들.

## 50. 막연하다

전체 육지의 24퍼센트를 차지하고 있으며, 지구 인구의 10퍼센트
가 살고 있는 산. 산은 주위보다 높이 솟아 있는 지형을 말한다. 이 도
시의 말로. 예전에는 뫼 또는 메라고도 불렀다. 지구 중심에서 정상이

가장 먼 산은 에콰도르의 침보라소 산이다. 높이는 6,720미터. 태양계에서 가장 높다고 알려진 산은 화성의 올림푸스 산이다. 신들의 산 올림푸스. 가늠이 되지 않는 높이. 높이는 27킬로미터이다. 말로의 방에는 산 사진이 잔뜩 붙어 있었다. 금방이라도 무너져 내릴 것 같은 뾰족한 설산도 있었지만 이름 없는 야산의 좁은 등산로도 있었다. 껍질이 흰 나무가 하늘과 맞닿은 산도 있었고, 나무 그림자가 으스스하게 늘어선 호수를 여럿 품고 있는 산도 있었다. 검은 나비가 팔랑거리는 폐탄광의 입구가 보이는 산도 있었고, 거미줄이 등산로에 마구 엉켜 있는, 도무지 사람이 오른 적이 없었을 것 같은 산도 있었다. 가끔 마른 꽃잎 같은 날개를 가진 주황색 나비가 날아올랐다. 중주르나 시샤팡마, 초오유나 벨루하, 하루나 같은 산은 아니었다. 아직 어떤 산도 함께 오르기 전이었다.

　어느 쪽 창을 열어도 산이 보이는 집의 현관문을 열고 들어서면 흰 타일이 깔린 정사각형 모양의 공간이 있다. 앞뒤 베란다에 화분이 빼곡히 들어차 있어 비가 오는 날이면 고소한 흙냄새가 은은하게 감도는 집 안. 정사각형의 천장은 물이 통통하게 오른 알로에 줄기들로 뒤덮여 있어 집 안에 들어서면 정글에서 길을 잃은 기분이 든다. 현관 안에 또 현관. 길쭉한 손잡이가 달린 나무 문을 열면 왼쪽으로 커다란 거울이 있고 거울과 마주한 면에 꼭 거울만큼 커다란 신발장이 있다. 신발장은 총 열 칸으로 나누어져 있고 여닫이 문 네 짝이 달려 있다. 신발장의 제일 왼쪽 문을 연다. 낡은 로퍼 한 켤레. 나는 이제 어떤 산도 오르지 않는다.

　말로의 말로.

아직 어떤 글자도 쓰지 못할 때였다. 드문드문 말로의 말을 알아듣기는 했지만 완전하지는 않았다. 말보다 어떤 기미 같은 것들이 더 가까이 있다고 느껴지던 때였다. 나는 괴베클리 테페의 돌기둥에 대한 영문 기사를 보고 있었고 말로는 신발장 앞에 있었다. 말로가 신발장 문을 열 때 나는 돌기둥에 새겨져 있다는 가젤, 뱀, 여우 혹은 전갈이나 멧돼지 같은 것들을 찾고 있었다. 멀리 떨어진 도시에 대한 많은 기억들은 막연한 예감처럼 먼 항구에 정박해 있었고, 안개가 잔뜩 끼어 앞이 잘 보이지 않았다. 정박한 배의 뱃머리를 떠올리는 것만으로도 뱃멀미가 날 것 같은 오후였다. 말로는 신발장의 제일 왼쪽 문을 열었고 신발을 한 켤레 꺼내 들었다. 말로가 유난히 신발을 좋아한 것은 아니었다. 한 가지 종류의 신발에 애착이 있는 것도 아니어서 신발장에는 굽이 달아나 걸을 때마다 또각또각 쇳소리를 내는 구두, 얼룩진 운동화, 끈이 늘어난 샌들, 가죽이 벗겨진 부츠 같은 것들이 규칙 없이 나란히 놓여 있었다. 특색 없는 무채색 구두가 대부분이었고, 화려한 색깔의 슬리퍼가 몇 개 섞여 있었다. 그 사이 낡은 로퍼 한 켤레. 내 신발도 있었을 것이다. 말로가 제일 먼저 꺼내든 신발은 낮은 굽의 갈색 구두였다.

약 1만 6천 년 전, 식물 채집과 사냥을 하던 사람들이 최초의 순례자들이었다고 했다. 문자도, 금속도, 도기도, 발명되지 않았던 시대. 사람들은 돌기둥을 참배하기 위해 괴베클리 테페를 찾았다고 했다. 문명이 종교를 발명한 것이 아니라, 종교를 위해 문명이 발전한 것이라고 했다. 문자가 있고, 종교가 탄생한 것이 아니라, 신을 섬기기 위해 인간이 문자를 만들어 사용하기 시작한 것이라고. 나는 이런 내용의 기사들을 무심히 눈으로 훑어 내려가고 있었다. 말로는 여전히 신발장 앞에 서 있었고, 이미 말로의 발아래에는 몇 켤레의 구두와 운동화가 놓여 있었다. 나는 말로가 신발장을 정리하려나 보다고 생각했다. 말로는 천천히 팔을 뻗었고, 신발장에 있는 신발을 한 켤레씩 꺼냈다. 신발장 문에 가려 안쪽이 보이지는 않았지만 왼쪽 신발장에서 내 로퍼를 제외한 거의 모든 신발이 다 꺼내졌다고 생각했을 때 말로가 어떤 소리를 냈다. 말로의 말로. 말로가 어떤 소리를 낸 것 같았다. 어떤 순서로든 종교는 탄생한 뒤였다. 말로는 오른쪽 신발장의 문을 열었고, 조금 전보다 빠른 속도로 신발을 꺼냈고, 이번에는 신발들을 가만히 내려놓지 않았다. 허리를 숙이는 대신 신발을 함부로 툭, 툭 떨어뜨리고 있었다. 발목까지 오는 부츠 한 짝과 흰색 운동화 한 짝이 말로의 손에서 바닥으로 떨어졌다. 어떤 힘이. 어떤 도구도 없던 시절에 저렇게 거대한 돌기둥을, 신전과 같은 구조물들을 세우는 것을 가능하게 했을까. 나는 돌기둥 표면에 조심스럽게 양각을 새겨 넣는 사람들의 손등을, 돌기둥을 어깨로 떠받치고 있는 사람들의 단단하게 긴장된 등 근육 같은 것들을 떠올렸다. 등줄기를 타고 땀이 흘러내렸다. 이제 말로는 숫제 신발들을 집어던지고 있었다. 발코니는 신발장에서 내던져진 신발들로 가득 찼고, 엉망이었다. 샌들과 부츠가, 구두와 운동화가 뒤섞여 있었다. 말로는 여전히 신발장을 향해 서 있었지만 신발장은 텅 빈 것 같았다. 발코니에서 신발과 신발이, 계절과 계절이 마구 뒤섞였고, 뒤섞여 뒹굴고 있었다.

뭘 찾아?

나는 말로에게 다가가며 물었다. 신발장 문이 열려 있었기 때문에 말로의 얼굴이 보이지 않았다.

나 좀 봐.

내가 말했다. 말로는 꼼짝도 하지 않았다.

말로,

나를 봐. 뭐가 없어졌어?

나는 아직 한 번도 말로가 신은 것을 본 적이 없는 분홍색 슬리퍼를 손에 들었다. 스펀지와 비슷한 재질로 만들어져 무게가 거의 느껴지지 않았다. 말로. 나는 말로에게 아주 가까이 다가갔고, 어깨에 손을 얹었다. 말로의 몸이 떨리고 있었다.

나 좀 봐.

내가 말했다. 이 도시의 말로.

말로는 대답하지 않는다.

신발장에는 말로의 오른손만이 놓여 있었다. 늘 무표정한 얼굴에 연한 먹 같은 인상을 주던 여자. 곱슬곱슬한 갈색 머리카락을 토핑으로 얹어 달콤함을 가장한 아이스크림. 언제든지 녹아내릴 각오가, 허물어질 준비가 되어 있는 것 같던 말로. 말로는 한동안 뒤돌아보지 않았고 나는 말로의 뒤에 그대로 서 있었다. 나는 말로에게 어떤 분노가 있다는 것을, 어떤 말로도 표현할 수 없는, 어떤 소리도 새 나오지 않는 두려움에 가까운 분노가 있다는 것을 그날 처음 알았다. 그 작은 여자 안에 있던, 그 여자의 몸을 뜨겁게 달구고, 무섭게 식히던, 다시는 돌이킬 수 없을 만큼 꽁꽁 얼리던 분노를, 나로서는 분노라고밖에 칭할 수 없던 어떤 감정을 조금도 가늠할 수 없었다. 가늠할 수 없는 슬픔. 모종의 참담함. 말로의 말로. 말로는 거의 말하지 않았고, 말로는 울지 않았다. 좀처럼 감정을 드러내는 일이 없었다. 그날 이후에도 예전처럼 가끔 얼음을 얼렸고, 색색의 얼음들을 오즈의 물통에 넣어두곤 했다. 신발들은 나란히 신발장에 놓였고, 신발장의 문은 조용히 열렸다 닫혔다. 낡은 로퍼 한 켤레. 나는 먹을 연하게 갈아 얼린 얼음을 그날 처음 보았다. 1만 6천 년은 어떤 식으로도 실감나지 않았다. 말로는 끝내 등산화 한 짝을 찾지 못했고 이미 어떤 순서로든 종교는 탄생한 후였다.

## 55. 맴돌다

    나는 투명한 지붕 아래 있다. 빗방울이 투둑, 투둑 떨어진다. 이럴 때 지붕은 짙은 녹색이다. 이 도시의 말로. 초록. 초록의 천창으로 빗방울이 투

       둑 투

           둑 투

              두

                  둑 떨어진다. 말로는 말로와 관련된 어떤 단어도 가르치지 않는다. 이를테면 창백한, 켜, 되뇌다와 같은 말들은 쓰지 않는다. 돌연, 거리, 및, 같은 말들은 하지 않는다. 도통, 마냥, 혼. 나는 말로를 묘사할 말이 없다고, 말로를 설명할 길이 없다고, 말로를 표현할 문장이 턱없이 부족하다고 말한다. 어떤 말로도 당신을 기록할 수 없어. 말로는 대답하지 않는다. 투둑, 투둑, 빗방울이 떨어진다. 말로의 말로. 당신이 좋아하는 단어들을 말해봐. 나는 몇 개의 단어들을 떠올린다. 먼, 섬, 가령, 방긋, 봄 이런 말들이다. 이 도시의 말로. 또 몇 개의 단어들이 떠오른다. 응, 얼핏, 헤매다, 씨앗, 싱글벙글 이런 말들이다. 나는 여러 모양의 글자들을 떠올린다. 시간마다. 시차, 시신, 시절, 시름, 시소, 다시, 시작. 모든 시간에 '시'가 들어 있어. 말로는 말한다. 먼, 섬, 가령, 방긋. 말로의 말로. 시는 일곱번째 음의 이름이고, 큰 마을의 이름이고, 시간의 마디의 이름이고, 모든 것들의 이름이다. 시.

    응.

나는 시라고 따라 말하고, 알았다는 의미로 응, 이라고 대답한다.

여배우가 죽었다.

사탕을 깨물었다.

고사리를 사다 말리고 싶다.

말로는 이렇게 쓴다.

이런 문장들은 무의미해. 시가 아니라. 나는 무의미한 문장만 남기고 싶어.

말로가 말한다.

가령, 먼, 섬, 얼핏,

"우리는 아무것도 설명할 수 없으며 세상은 모순으로 가득 차 있다는 것을 배우기 위해 수학을 배운다."

말로의 책상 앞에 붙어 있던 말.

말로의 말로.

나는 말로의 무심함이, 모든 관계에 대한 냉담함에 가까운 무심함만이 말로의 유일한 윤리였다고 생각한다. 전제가 다르면 모든 게 다르다. 전제가 달라지면 모든 게 달라진다. 삶은 말로의 전제가 아니라.

우리는 숨은 십자가 아래에서 만났다.

아무것도 설명할 수 없다.

수백 년 전 사람들이 숨어 살았던 지하도시의 좁은 방이었다. 평생을 어둠 속에 살면서 신을 섬긴 사람들. 사람들은 도시의 여러 통로들로 흩어진다. 서로 다른 말소리가 웅웅거리며 먼 벽을 두드린다. 닿지 않는 어둠 속의 깊은 허공을 흔든다. 캄캄한 허공 속에서 말들이 뒤섞인다. 나는 허리를 숙여 흙벽 아래 좁은 구멍으로 들어선다. 한 사람이 겨우 통과할 수 있는 통로가 열 발자국쯤 이어진다. 방의 입구를 향해 가면서 나는 누군가 방 안에 있을지도 모른다고 생각한다. 누군가 나를 기다리고 있다고. 수백 년 전 태어났던 어떤 아이가. 평생을 기도와 찬송으로 숨죽여 살았을 어떤 아이가. 얼굴이 검고, 눈이 깊은 어떤 아이가 그 방에 있을지도 모른다고 생각한다. 방 안에 들어서면서 허리를 편다. 좁은 방 한쪽 벽에 구멍이 뚫려 있다. 지상에서 수백 미터 떨어진 지하. 땅속 깊은 곳에 묻힌 지하의 밀실. 밀실의 한쪽 벽면에 걸린 어둠의 창. 한 여자가 그 창으로 머리를 내밀고 있다. 허리를 내밀고 있다. 여자의 몸이 허리까지 구멍 밖으로 나가 있어 나는 여자가 여자라는 것을 긴 치마의 끝자락, 흰 치마 아래 보이는 가는 발목을 통해 안다. 다른 여행객들은 보이지 않는다. 방 안에는 오직 말로. 말로와 검은 구멍. 말로와 말로의 침묵. 말로와 숨은 십자가 아래 어스름한 빛만이 가득하다. 나는 말로가 나를 기다리고 있었다고 생각한다. 말로가 나를 기다려주었다고 생각한다. 수백 년 전부터. 어둠의 창. 말로의 말로. 창은 그곳에 있었다.

창인가요?

내가 묻는다.

응.

말로가 대답한다.

응.

나는 한 음절의 소리를 알아듣지 못한다.

응.

말로의 말로.

말로가 구멍에서 몸을 빼내 나를 향해 돌아선다.

응. 빛이 보여.

말로가 말한다. 말로는 웃지 않는다.

나는 구멍으로 허리를 내민다. 좁은, 허리를 숙이고 들어온 통로보다 더 좁은 통로가 하늘을 향해, 지상을 향해 끝도 없이 이어진다. 저 멀리 좁은 구멍에서 동그란 빛이 쏟아진다. 저 구멍으로 수없이 많은 밤과 낮이, 비와 바람이, 통곡과 신음이 지나갔을 것이다.

끔찍하다.

말로가 말한다. 나는 알아듣지 못한다.

끔찍하다.

응.

나는 방금 전에 들었던 말을 따라해 본다.

응.

응.

좁고, 검은 통로에 소리가 울린다. 길게 울리는 소리가 좁은 구멍을 빠져나간다.

시간의 좁고 깊은 길목에서. 돌아오는 메아리. 응.

'응'은 그래, 맞다, 맞아, 아니, 좋아, 그럼, 그럴 수도, 있지, 그래, 그렇고, 그런. 뜻이다.

이 도시의 말로. 지하의 도시에서 처음 배운 말.

응.

말로의 말로. 말로가 말한다.

응.

응은 영분의 영이다. 0분의 0은, 0이다. 영은 영으로 나누어지지 않아. 영은 어떤 것으로도 나누어지지 않아. 당신과 나. 우리에게는 몫도, 나머지도 없다. 우리는 어떤 것도 셈하지 않는다. 아무것도 남기지 않는다. 알몸의 말로.

끔찍하다.

말로가 말한다

나는 구멍에서 몸을 빼내 말로를 향해 돌아선다. 거기 말로가 있다.

눈이 검고 작은 여자.

어둠 속에서 우리는 서로에게 응한다.

말로의 말로.

아무것도 기억하지 말아요.

말로는 말하고, 나는 알아듣지 못한다. 말로의 입술에 입을 맞춘다.

응.

내가 말한다.

응.

당신과 내가 입술을 맞대고도 할 수 있는 말.

말로와 내가 입술을 맞대고, 말한다.

응.

말로의 말로.

우리는 나누어지지 않는다. 우리는 떨어지지 않는다.

이 도시의 말로.

응이 대답의 말이라는 것을, 어떤 감정을 전달하는 말이 아니라는 것을,
어떤 감정이든 담을 수 있는 말이라는 것을 나는 이 도시에 와서 안다.
먼 도시의 말로. 빠까. 아직. 나는 이 도시를 떠나지 못한다.


나는 서성거린다.

나는 머뭇거린다.

나는 솟아오른다.
나는 흘러넘친다.

두 입술의 말로.


## 0. 모르다

모르다

먼 도시의 말로.
나는 '당신'을 모른다.
나는 '내일'을 모른다.
나는

거의 모든 것들을
몰라.
모르다,
모르다,
모르다, 간다.

어디로 갔는지 모른다.

## 17. 몽롱하다

길 건너편에 있는 나무가 바람에 흔들리고 있었다. 아침에는 비둘기가 까닭 없이 죽었다. 어떻게든 죽은 비둘기. 나는 술을 마시지 않았고, 약에 취하지도 않았다. 죽은 비둘기는 매번 같은 자리에서 발견되었다. 거무스름한 형체. 축 늘어진 날갯죽지. 빛을 잃었을 눈동자. 멀리서도 한눈에 알아볼 수 있었다. 비둘기의 부러진 목과 깃털을 적신 새빨간 피. 무겁게 감긴 두 눈. 고개를 딸군 사람들. 길 건너편에 있는 나무가 바람에 흔들리고 있었다. 꿈속에서. 꿈을 꾼 것은 아니었다. 시장통을 헤매고 있다. 우리는 사람들 틈에 섞여 걷고 있는데 말로의 얼굴은 보이지 않는다. 말로의 얼굴도 내 얼굴도 보이지 않는다. 밤새 내 몸은 비정상적으로 부풀어 오르거나 믿을 수 없을 만큼 작아진다. 달걀만 한 아기집 속에서 제 몸을 키우는 아이처럼. 꿈들이, 꿈에서 보고 듣고 취하는 모든 냄새와 감각들이 내 몸을 공중으로 떠오르게 한다. 골수암에 걸린 여자를 만났어. 꿈이었지만 무서웠다. 너무 무서워서 잠에서 깨기 전에 여자의 손을 잡았고 여자를 당신, 하고 불러봤지. 당신은 아니었지만 말로, 조금은 슬펐다. 아침이면 여전히 심장이 뛰고 있다는 걸 눈을 뜨기 전에 실감한다. 가끔은 전혀 다른 소리가, 아주 다른 느낌들이 발끝까지 전해진다. 몸 전체가 덜컥거리고 쿵쾅거린다. 숨이 멎고 몸 안에 물이 차오른다. 바닥과 바닥 사이에서 흔들리는 몸. 몸과 세계 사이에서 태어나는 수많은 리듬들이 꿈 안에서 출렁거린다. 서로 다른 박자를 가지고 있는 사람들이, 멀리 있는 사람들이 만들어내는 셀 수 없는 불협화음들. 어디선가 밀려오는 섬세하고 미세한 떨림들을 나는 말로 전할 수 없다. 말로는 눈에 보이지 않기 때문에 말할 수 없는, 보이지 않지만 믿고 싶은 모든 것들을 닮아간다. 말로의 말로. 나무 아래에서 비둘기가 까닭 없이 죽었다. 나는 시간을 잊고 잠을 오래 잔 것도 아니었고, 잠에 들지 못해 오랜 시간 깨어 있었던 것은 더더욱 아니었다. 사이키델릭한 음악은 아무 감정도 불러오지 못했고 허스키한 음색의 보컬은 좋지도 나쁘지도 않았다. 몽환적인 기타 소리가 길게 이어졌고 검은 대나무의 다섯 개의 구멍을 통해 바람이 빠져나갔다. 검푸른 새벽은 아니었다. 달빛이 흐릿했고 아주 늦은 밤도 아니었다. 나무는 몇 시부터 몇 시까지 자라나. 전날 저녁에 자려고 누웠을 때 말로가 물었다. 말로의 목소리. 물속에서 수초가 물결에 따라 이리저리 움직인다. 다른 털은 다 자라다 마는데 머리카락은 왜 계속 자라지? 그 전날 저녁에 자려고 누웠을 때 말로가 불렀다. 세라비. 세라비. 장난 구릉에서 피어오르는 구름은 죽은 나무에 기어오르는 판다 같은 것. 세라비. 세라비. 어느 밤. 폐교의 복도 끝에서 들었다. 불 꺼진 음악실에서. 뒤집을 수 있는 건 고작해야 애처로운 너의 손바닥과 가까스로 나의 혓바닥. 세라비. 세라비. 이 도시의 말로. 인생은 다 그런 것. 세라비. 세라비. 뒤돌아보지 못하는 여자. 아무것도 걸 게 없어. 박음질이 서툰 재봉사. 세라비. 세라비. 어디에도 걸 목숨이 없어. 노부부가 연주하는 영혼의 컴백 연탄곡. 세라비. 세라비. 당신의 오른쪽은 슬프고. 당신의 왼쪽은 무섭죠. 세라비. 세라비. 물고기들이 검은 수초들 사이를 유유히 지나간다. 아직 어떤 말도 내뱉어본 적 없는 물고기. 아이의 작고 붉은 혀. 말로의 말로. 물고기가 빠져나간다. 물고기가 말없이 유영한다. 어떤 문장도 빠져나온 적 없는 좁고 붉은 목구멍. 물고기가 목구멍을 기어오른다. 먼 도시의 말로. 말로는 너무 멀리 있어. 내가 태어나고 자란 도시의 말을 한마디도 할 줄 모른다. 어둠의 수초. 미지의 말로. 나는 이 도시에 남아 어느 날 몬트리올에서 온다. 어느 날은 모스크바에서, 쿠사다시에서, 탄자니아에서 온다. 어느 날은 암스테르담의 거리를 쏘다니고, 한쪽으로 기운 건물들 앞에서 양팔을 벌리고 이리저리 흔들린다. 비틀비틀 비틀거리다 강물에 빠진다. 깊은 수심의 말로. 나는 어느 날 로마에서 온다. 어느 날은 웁살라에서, 볼리비아에서, 세인트루이스에서 온다. 어느 날은 히말라야의 산속을 헤매고, 눈밭에서 길을 잃고, 고산증에 시달린다. 시달리다 시들어간다. 산소가 부족해. 돌고래와 헤엄치고 싶어. 오 분만에 심장이 멎어도 좋아. 단 한 번. 영하의 물속에서. 오 분 만에. 초승달이 뜬 밤이었다. 달빛이 흐릿해. 말로의 심장이 멎고 오 분이 지났다. 먼 도시의 말로. 말로는 물고기처럼 입을 빠끔거린다. 말로의 입속에서 공기 방울이 몇 방울 쿨럭쿨럭 물 위로 올라간다. 수면으로. 말로, 말로. 나는 손을 뻗어 말로를 부르지만 말로는 내 손에 닿지 않는다. 내 꿈에 닿지 않는다. 잡히지 않는 말로. 말로, 말로. 나는 말로를 부른다. 내 입술의 말로. 물 밖에 달빛이 흐릿해. 달빛이 너무 흐릿해. 흐릿한 말로의 목소리. 길 건너편에 있는 나무가 아주 천천히 바람에 흔들리고 있었다. 나무가 바람에 흔들리고 흔들리고 흔들릴 뿐이었다.


## 38. 번지다


어제는 마리를 만났어. 마리의 머리는 조금 자랐고, 곧 머리를 다시 자를 거라고 했다. 잘 자요? 마리가 나를 보자마자 물었지만 대답을 기다리는 거 같진 않았어. 나는 잠이 안 와요. 몇 시간씩 뒤척이고, 피곤해서 죽을 거 같은데 잠이 안 와. 눈은 뻑뻑하고 감기만 하면 눈물이 나오고. 그러다 겨우 잠이 들면 악몽을 꾸는 거 있죠. 하룻밤에도 수십 개의 악몽을 꾸는 거예요. 그런 거 아냐? 테이프 다 돌아가면 재생버튼이 탁, 튀어 올라오는 거. 알아요? 그런 것처럼요. 이렇게, 이렇게, 팽팽하게. 아, 그러니까. 내 말 무슨 말인지 알죠? 나는 마리의 새까만 눈동자를 봐. 마리는 눈을 깜빡거리지도, 시선을 피하지도 않아. 갓 태어난 아이처럼 말간 눈으로 나를 빤히 들여다본다. 산으로 오르는 길은 가파르지 않고, 비가 지나간 하늘은 맑아. 맑아. 마리는 여전해. 사람들이 마리와 나를 번갈아 보며 내려간다. 마리는 뒤로 걷고 있고, 나는 마리의 뒤를 보며 걸어. 사람들은 마리와 나를, 회색 머리칼에 회색 눈을 한 이방인과, 민소매 티셔츠에 미니스커트를 입은 마리의 짧은 머리칼을 의아한 시선으로, 노골적인 시선으로 바라본다. 나는 표정을 지우고 그들의 눈을 들여다봐. 바람 소리 좋죠. 바람 소리 좋아요? 물으면서 마리는 눈을 감아. 나는 아직 아무 말도 하지 못했다. 바람에 흔들리는 나뭇잎들을 보면서 소리가 지워진다고 느껴. 순간, 공간이 모든 소리를 집어삼킨 것 같아. 나는 진공의 상태에 놓인 것 같은 현기증을 느낀다. 사실 난 이런 바람 소리 별로야. 진짜 별로야. 진짜. 마리의 목소리가 커다랗게 부풀어 올라 공중으로 떠오른다. 시간과 공간이 뒤섞여 멀미가 날 거 같아. 마리는 갑자기 뒤를 돌아 똑바로, 성큼성큼 앞서 걷기 시작한다. 그렇게 하면 바람 소리가 따라오지 못한다는 듯이. 바람을 온몸으로 밀어내겠다는 듯이. 마리는 저만치 앞서 걷는다. 너무 빠르지도 너무 느리지도 않게. 나는 마리를 따라 걸어. 길이 꺾이는 부분에 마리가 주저앉는다. 바닥에 아무렇게나 주저앉아서 손에 잡히는 대로 나뭇잎들을 뜯고 있어. 마리의 입술이 움직인다. 눈주목. 눈주목. 나는 마리에게 가까이 다가가, 마리가 중얼거리는 소리를 들어. 눈주목, 눈주목. 눈주목. 마리는 키가 작은 눈주목의 잎들을 하나씩 떼어 던지면서 말해. 눈주목. 눈주목. 나는 마리의 시선이 닿는 곳을 본다. 사람들의 얼굴을 그려주는 남자가 이젤을 마주하고 앉아 있어. 남자 앞에는 빈 의자뿐이야. 저기가 여기의 중심이래요. 마리가 내가 서 있는 뒤쪽을 가리키며 말한다. 공터에 벤치가 덩그러니 놓여 있어. 빈 의자. 여기의 중심. 마리는 몇 개의 계단을 더 오르고, 자물쇠들이 잔뜩 걸려 있는 난간에 기대고, 난간 아래로 보이는 집들을 한참 내려다봐. 일본인 관광객들이 마리에게 사진을 찍어달라고 부탁한다. 나는 조금 떨어져 있고, 마리는 하나, 둘, 셋. 찰칵. 활짝 웃으면서 사진을 찍어줘. 찰칵, 수많은 자물쇠들에 잠겨 있는 얼마나 많은 것들이 이미 사라진 지 오래일까. 당신의 말로. 문장이 완성되기도 전에 다정한 일본인 커플이 빨간 자물쇠를 잠그고 열쇠를 공중으로 던지는 것을 본다. 배고파. 배고프다. 배 안 고파요? 마리가 벌써 계단을 내려가기 시작하면서 말해. 나는 아직 아무 말도 하지 못했다. 비탈진 길에 작고 까만 열매가 드문드문 떨어져 있어 눈으로 열매를 찾는 것에 집중하고 있을 때 마리가 물어. 기침, 가래, 천식 해소에 좋은 풀이 뭔지 알아요? 나는 대답하는 대신 허리를 숙이고 발밑에 떨어진 열매를 주워. 새끼손톱만큼 작고 까만 열매. 맥문동. 맥문동이에요. 저기. 마리가 반질거리는 잎을 가리키며 말해. 가느다란 보라색 꽃들이 줄기처럼 올라와 있어. 나는 나도 모르게 손가락 사이에 있는 열매를 터뜨리고 만다. 열매가 으깨어진다. 열매가 탄성 없이 터지며 보랏빛 액즙이 스며 나와 손가락 끝이 붉게 물든다. 피 같아. 마리가 바닥에 떨어진 열매들을 하나씩 찾아 밟으며 걷고 있어. 발밑에 터진 열매들이 붉게 번져 있다. 비가 오면 더 예쁜데. 마리가 갑자기 제자리에 멈춰 서서 나는 마리의 바로 뒤에 서 있다. 손을 뻗으면 어깨에 손이 닿을 거리에 마리가 서 있어. 이 열매. 맨발로 밟을 때 느낌은. 마리의 말이 끝나기 전에 짧고 경쾌한 전자음이 울리기 시작해. 나는 그 소리가 멀리서 보내오는 신호 같다고 생각한다. 신호는 한동안 그치지 않고 계속돼. 알람이에요. 알람. 마리가 말하고. 가방을 뒤적여 핸드폰을 꺼낸다. 말로. 나는 아직 아무 말도 하지 못했어. 세 시 오십 분. 알람이 운다.

우리는 산에 자주 다녔어. 한번은 바람이 많이 부는 날이었고, 비가 왔고, 우산이 두 번 뒤집혔다. 한번은 바로. 한번은 반대로. 말로의 말로. 마리를 만나기 전에 말로가 말했다. 나는 뒤로 걸었고, 마리는 내 뒤를 보며 걸었어. 바람 소리가 참 좋았는데 마리는 쓸쓸하기만 하다고, 하나도 좋지 않다고 했지. 산 중턱에서 입을 꼭 다문 노인을 봤고, 노인의 초상화를 그리는 남자를 봤어. 비가 오는 날이라 사람이 많지 않았는데 외국인 관광객 몇이 우산을 꼭 붙들고 있었지. 쓰나미에 몰려온 거 같아. 산 아래로 보이는 낮은 집들을 보며 마리가 말했고, 저 많은 자물쇠들의 열쇠들은 다 어디에 모여 있는 거지. 마리가 물었어. 난간을 대신한 철조망에 수많은 자물쇠가 걸려 있었거든. 나는 마리의 질문에 대부분 그랬던 것처럼 별 대답을 하지 못했고, 어쩌면 열쇠는 처음부터 잃어버리고 싶었던 것들인지도 모른다고 생각했다. 우리는 에티오피아에 갈 예정이었는데 비는 점점 더 세차게 내렸어. 비가 올 때 맨발로 걷는 기분 알아? 나는 젖은 신발을 벗어 들었어. 작은 열매를 발견한 건 마리였을 거야. 우리는 한참 낯선 나무나 풀의 이름들, 작은 열매들, 신기한 벌레 같은 것들을 발견하는 재미에 빠져 있었거든. 엄지발가락으로 열매를 돌돌 돌리다가 살짝 눌러 터뜨렸지. 열매가 터져 보랏빛 즙이 나왔을 때, 마리의 탄성을 기억해. 발끝에 닿던 열매의 느낌만큼 물컹하던 순간. 피 같아. 피 같았어. 퍼붓다시피 쏟아지는 빗줄기. 흘러내리는 빗물에 퍼져가던 붉은 열매들. 나는 비탈길을 내려오는 내내 열매들을 밟아 터뜨렸어. 기침, 가래, 천식 해소에 도움이 되는 풀이 뭔지 알아? 또 하나의 열매가 툭, 하고 터졌을 때 내가 물었어. 정말 피 같아. 피 같다고 하니까 정말 피 같잖아. 마리는 대답은 안 하고 퉁명스럽게 말했지. 피 같다니. 마리는 맘에 들지 않는다는 듯이 툴툴거리며 걸었어. 세 시 오십 분. 우리는 에티오피아에 있었다. 한참 동안 아무 말도 하지 않았고, 천창으로 쏟아지는 비를 봤고, 뜨거운 커피를 조금 마셨어. 뭐가 궁금하지? 지금 무슨 생각해? 마리가 물었어. 속으로 말해. 내가 대답했지. 속으로. 여름이 지나가고 있어. 한 달 더. 어쩌면 한 달 더. 저기, 창밖에. 눈동자가 투명한 개를 봐. 무서울 때는 허리에 두 손을 얹고 혀를 내밀어. 꿈속에서. 속으로. 내가 대답했지. 속으로 말하는 게 뭐야? 속으로 말하면, 그게 들려? 그게 들리나? 그렇게 말하면서도 마리는 알람을 맞췄어. 세 시 오십 분. 속으로 말하는 시간. 앞으로는 속으로만 말해. 마리가 엄숙하게 말했지. 그 뒤로 마리를 만날 때면 이따금 알람이 울었어. 어김없이 세 시 오십 분. 마리와 나는 말을 하다가도 멈추곤 했고 오래 웃었지. 말로의 말로. 오래전에 말로가 말했다. 침묵의 말로. 세 시 오십 분. 알람이 운다. 말로,

나는 다시 정적이 찾아온 것을 느껴.

바람 소리가, 마리의 발소리가 멀어진다.

마리는 이제 아무 말도 하지 않아. 말로. 나는 어떤 말도 하지 못했다. 우리는 에티오피아에 함께 가기로 했었지만 마리는 내게 더는 따라

오지 말라는 듯이 성큼성큼 내려간다. 거의 뛰다시피 서둘러 내려가고 있는 마리의 뒷모습이 보여. 더는 아무 소리도 들리지 않는다. 나는 마리에게 결국 한마디도 하지 못했지만. 세 시 오십 분. 속으로 말하는 시간. 너의 말로. 당신의 말로. 마리는 들었을까?

말로,

너는 듣고 있니?


## 24. 변하다

말로의 말로. 이것은 형태에 대한 이야기다. 감자에 싹이 나고 잎이 나고 묵찌빠 하나 빼기 가위 바위 보. 이 도시의 말로. 가위 싹 감자 바위 잎 보. 나는 말로의 말로 말로를 좇아 좇고 좇으니 좋다 좋고 좋아 좋으니 옳다 옳고 옳아 옳으니 곱다 고와 고와도 밉다 미워 미우니 미웠다. 임의의 말로. 콩이 콩을 콩도 콩만 꽃이 꽃을 꽃도 꽃만 흙이 흙을 흙도 흙만 곬이 곬을 곬도 곬만. 말로는 변한다. 형태는 변하지만 뿌리는 남는다. 말로의 말로. 빙산. 이 도시의 말로. 나는 빙산을 알지 못한다. 빙산의 일부는 물 위에 떠 있는 것처럼 보인다. 빙산의 일각. 일각은 표류한다. 도시의 밤을 떠도는 말로. 말로는 손에 잡히지 않는다. 말로는 오로지 흩어지는 것들. 밤이면 흩어지는 사람들의 도시. 이 도시의 말을 배우면서 모든 것이 달라진다. 변하지 않는 것은 죽은 것들 뿐이다. 가람. 온. 즈믄. 어사. 사어들. 죽은 말들. 더는 부를 수 없는 이름. 더는 부르지 않는 이름들. 말로의 말로. 나는 변하지만 말로는 남는다.


## 42. 부서지다

그야, 숭늉은 밥을 지은 솥에서 밥을 퍼낸 다음 물을 붓고 데운 물이야.

숭늉?

나는 말로의 말로 숭늉이라는 말을 어렵게 따라한다.

숭늉.

응. 숭늉. 밥 물.

나는 말로의 숭늉을 밥을 끓인 물 정도로 이해한다. 죽과 숭늉을 숭늉과 스프를 구분하지 못한다.

숭늉. 숭늉. 숭늉.

말로의 말로. 나는 한 단어를 여러 번 반복한다.

말로에게 이 도시의 말을 처음 배울 때 나는 아이처럼 말로의 한마디, 한마디에 귀를 기울인다. 모든 글자가 새롭고, 신기하다. 어떤 글자들은 이상하게 생겼고, 어떤 글자들은 따라 그리기도 힘들다. **옮**이나 **퀑**, **녕**이나 **뭐**, **칡**이나 **폿**. 이런 글자들은 말로 설명할 수 없는 감정을 느끼게 한다. 나는 천천히 글자들을 따라 그린다. 그리고, 또 그린다. 이 도시의 글자들이 퍼져 있는 백지는 한 점, 추상화에 가깝다. 말로는 같은 글자로 백지의 한 페이지를 가득 채운다. 사람들을 닮은 옷. 양팔 벌린 옷. 옷. 옷. 옷. 이렇게 말하면서 옷을 닮은 사람들을 그린다. 옷장 속에 옷. 말로는 한 단어를 가르치면 그 단어 안에 쓰인 글자가 똑같이 쓰이는 다른 글자들을 함께 가르친다. 그래서 나는 여전히 메모와 네모를 헷갈리지만. 결단코, 기어코, 필연코, 단연코, 무심코, 기필코. 말로는 몇 번이고 같은 글자를 쓰고, 또 쓰면서 스스로 그 글자를 잊지 않기 위해 노력하는 사람처럼 군다. 흔들리는 동공에, 얇은 살갗에, 팽팽한 대기의 표면에 글자들이 새겨진다. 말로의 말로. 코가 얼마나 많은 말들에 쓰이는지 나는 사람들의 코를 볼 때마다 무심코, 수많은 코들을 함께 떠올린다. 벌, 벌, 벌. 떠는 핸드폰의 진동을 보면서 죄와 벌을, 벌과 벌통의 비상구를 동시에 떠올린다. 이 도시의 말로. 말로는 나에게 숭늉이라는 글자를 이해시키기 위해 숭늉을 끓이는 대신 숭늉이라는 글자를 커다란 종이에 한 바닥 가득 쓴다. 꼭 알아야 하는 말은 아니라고 하면서 여기저기 숭늉이라고 쓴 메모지를 붙여둔다. 나는 네모하지 않는다. 말로의 말로.

말로가 묻는다.

'늉'이 어디에 또 쓰이는지 알아?

늉은.

말로는 이럴 때 눈을 반짝이고, 개구쟁이 사내아이 같은 표정을 짓는다. 나는 이 도시의 글자들을 알지 못한다. 모든 글자들이 낯설고, 어색하다. 어떤 글자들은 기이하게 생겼다고 생각한다. **늉**.
말로의 말로.

숭늉의 '늉'은 시늉에도 쓰여.

말로는 아주 특별한 사실을 알아낸 것처럼 기뻐한다. 나에게 글자들의 생김새는 중요하지 않다. 말로가 웃었다는 사실이 나를 웃게 한다. 이 도시의 말로. 말의 높임말은 말씀,이라고 말로가 말한다. 높임말. 높은 사람에게 쓰는 말. 전에 말씀드린 것처럼. 한 말씀만 하소서.

말로는 말하고, 씀이라고 쓴다. 말로가 씀. 흰 종이 위에 씀,이라고 써놓고 말로는 씀이라는 글자를 한참 동안 들여다본다. 씀, 쓰고, 씀, 또 쓴다. 씀, 쓰고, 씀, 다시 쓴다. 나는 말로가 쓰는 글자들을 말없이 본다. 글씨를 쓰고 있는 말로의 손을, 말로의 손등에 있는 작은 점을, 말로의 손등에 퍼져 있는 푸른 핏줄들을 본다. 말로가 씀,이라고 쓰기를 멈추고 나를 본다.

씀 씀 씀 씀 씀 씀 씀 씀 씀 씀 씀 **씀** 씀 씀 씀 씀

크게, 혹은 작게 쓴 씀들을 들어 올려 나를 향해 든다. 종이 위에 누워 있던 씀들이 나를 향해 바로 선다. 말로의 말로.

씀은 웃는 얼굴을 닮았어. 씀 씀 씀 씀 씀

나는 말로가 한 바닥도 넘게 큼직하게 쓴, 씀이라는 글자들을 본다. 말로가 쓴 씀. 웃는 얼굴, 웃는 얼굴들. 말로의 웃고 있는 눈.

언제든.

씀.

이렇게 생긴 글자를 보면 당신은 나를 떠올려.

말로가 말한다.

낯선 곳에서, 내가 당신 옆에 없을 때, 내가 당신의 기억 속에서조차 완전히 사라졌을 때라도 이 글자를 발견하면 당신은 나를 떠올리게 될 거야.

글쎄, 요

좋아, 요

그래, 요

말로의 말로. 나는 장난스럽게 대답한다.

알아 **요**

요는, 당신. 당신을 닮았어.

이따금 턱에 양손을 받치고 나를 보고 있는 너. 당신의 둥근 얼굴.
지금처럼 턱에 양손을 받치고. 너는, 요.
말로는 두 손으로 자신의 눈꼬리를 우스꽝스럽게 끌어내리며 말한다.
이 도시의 말로.
요,는 이렇게 남겨진다.


웃는 얼굴. 말로는 불쑥불쑥 나타나 나를 당황하게 만든다. 낯선 문장 속에서, 흔한 글 끝에서 웃고 있는 말로와 마주칠 일이 많아서 나는 당황한다. 많은 길 끝에서, 길을 걷다가, 손을 들어 택시를 세우다가 나는 나도 모르게 멈춰 선다. 가슴 왼편에 손을 얹는다. 이 도시의 말로. 쏨. 말로는 웃고, 나는 말로의 도시를 떠나지 못한다. 요는, 고요하게 맴돈다. 적요하게 남겨진다. 요는, 이렇다. 소요는 쉽게 가라앉지 않는다. 집요하게 나를 따라다닌다. 말로의 말로. 누군가 쓴 글에서, 누군가 미술관에 다녀와서 남긴 흔한 글 끝에서 나는 그가 본 「낮잠」도 「분홍빛 누드」도 아닌, 한스 토마도 피에르 보나르도 아닌, 쏨. 마고가 쏨. 그가 쓴 쏨,이라는 마지막 한 글자만을 본다. 오로지 쏨,만이 눈에 들어온다. 쏨. 무심코 본 글에서 말로가 웃는다. 무심코 웃는 얼굴. 누군가 쓴 글은 조각난다. 흩어진다. 잊혀진다. 「낮잠」은 긴 밤의 악몽으로, 「분홍빛 누드」는 말로의 길고 붉은 상처로 내 기억의 한쪽 벽면에 남겨진다. 불 꺼진 미술관 구석에 머리를 모으고 서 있는 아이들. 아이들 사이에서 오르골 소리가 들린다. 내가 아이들 사이에서 오르골의 태엽을 감고 있다. 밤새 태엽에 지난 시간들이 감긴다. 멀리 떨어진 기억들이 검은 음표들로 점점이 부서져 떨어진다. 전시장 바닥에 하얗게 표백된 음표들이 꼬리를 잃고 떨어진다. 벽면을 가득 메운 그림 안쪽에, 금장 액자의 모서리에, 오르골의 유리구슬 안에 눈이 내리고, 흰 눈이 내린다. 두 팔을 벌리고 눈을 맞는 아이들. 나는 고개를 들어 하늘을 본다. 눈이 내리고, 눈이 내린다. 글자들이 내리고 글자들이 내린다. 이 도시의 말로. 내 눈에 첫눈이 내린다.

## 29. 사라지다

말로와 나는,

잠시 사라진다.

| 상품명 | 가발이 필요해 | □ 전문 | □ 일반 | □ 극약 | □ 마약 | ■ 향정신성 |
|---|---|---|---|---|---|---|

| 화학구조·제형·함량 | □ **화학구조**<br><br>□ **제형**<br>• 210×297mm A4 용지에 적힌 검은 글씨 외 흰 바탕의 고체, 1page.<br><br>□ **함량**<br>• 주성분: 지금 웃음이 나와 약 100mL 중 5.0g<br>• 용해제: 다양한 오독 가능성 80%<br>• 계면 활성제: 웃음이 나오니 지금<br>• 산화 방지제: 당신도 예외 없이 50C<br>• 점도 조절제: 식물성 머리카락 한 뭉치<br>• 보습제: 알코올 12.5%<br>• 용제: 에틸에테르 |
|---|---|
| 약리작용 | • 어이없음에 따른 두피의 모세혈관 확장, 혈류량 증가, 혈압 상승<br>• 각질 형성세포와 섬유아세포의 증식을 자극하여 이성을 마비시키고 새로운 콜라겐 형성을 자극하여 몇 번의 하품이 주는 허탈함에 이름 |
| 적응증 | • 가장 희귀한 방식으로 실패한 사람의 집착적 행복 증후군<br>　－시간의 역사에는 발코니가 없음<br>　　창문을 열면 바로 천 길 낭떠러지<br>　　반복된 일상을 습관적으로 복습하던 30대 등산객 실족사<br>　　나는 내 슬픔의 치명 용량을 초과했다<br>　　해독제가 없어 삼키거나 뱉거나<br>　　유니크하게 인생을 결정하는 관상학적 관점에서 신원 확인 불가<br>　－너는 아무나 보고 눈을 흘기고<br>　　나는 아무 표정도 짓지 않는다.<br>　　지렁이에게 환대가 있다<br>　　인간도 역시 그렇게 한다.<br>　　방패와 창은 우로 굽은 도로를 따라<br>　　한쪽 방향으로만<br>　　사회 적응 불가 |

| | |
|---|---|
| 부작용 | • 소설을 읽었다는 이유만으로 머리털 성장 절대 불가 <br> 탈모 촉진 유발 가능성 높음 <br> ─ 소화기계: 때때로 역겨움으로 인한 설사, 구역, 구토 <br> ─ 순환기계: 때때로 분노로 인한 흉통, 혈압 변화, 맥박 변화 <br> ─ 호흡기계: 때때로 황당함으로 인한 호흡의 단축 <br> ─ 자율신경계: 때때로 짜증으로 인한 신경 쇠약 <br> ─ 중추신경계: 때때로 말초 신경 자극으로 인한 어지러움, 몽롱함, 두통 <br> ─ 알레르기: 때때로 불쾌함으로 인한 열, 두드러기, 오한 <br> ─ 기타: 때때로 무의미로 인한 허탈감, 안구 자극, 이명, 발기부전 등이 나타날 수 있음 |

말로와 나는 갑자기 사라진다. 누군가의 사라진 머리카락과 관계없이. 말로와 내가 사라지자 소설은 중단된다. 아무도 말하지 않고, 아무도 움직이지 않는 소설 속에 다른 소설의 한 페이지가 끼어든다. 반드시 소설은 아니다. 말로와 내가 사라지자 문장들이 사라지고, 문장들이 사라지자 말로와 나에 대한 감정이 사라진다. 사고가 사라진다. 아. 소설은 잠정적으로 중단 된다. 말로와 나는 다시 등장하지 않을 수도 있었지만 말로와 내가 등장하자 다른 소설은 또 다르게 중단된다. 잘못 끼어든 어떤 책의 한 페이지는 무의미하게 찢겨 나간다. 사라진다. 말로와 내가 이대로 사라지면 소설은 완성될 수 없다. 시제가 뒤섞인 문장은 가능하지만 등장인물들이 증발해버린 소설은, 소설 사이에 잘못 끼어든 소설의 한 페이지는, 잘못 발행된 처방전에 가깝다. 잘못 발행된 처방전을 들고 찾아간 약국에서 받은 또 다른 약의 쓸모없는 제품설명서. 이런 경우 말로와 나는 조금 일찍 잠들고 싶었을 뿐이었는데. 조금 이른 퇴장으로 보다 오래 자고 싶었을 뿐이었는데. 우리는 수면마취제를 처방받고 싶어 찾아간 신경정신과에서 발모제를 처방받은 꼴이 되고 만다. 이 도시의 말로. 우리는 마취와 환각에 이르지 못한다.

우리의 말은 중단되지 않는다. 말은 말로 지워진다. 이를테면 나는 '사라지다'를 이렇게 이해한다. 말로와 내가 갑자기 사라지자 중단되는 소설. 사라진 소설 속에 여전히 살아 있는 말로와 나. 공중을 떠도는 말로의 말로. 토끼 중의 토끼는 간 없는 토끼지만. 토끼 중에 토끼는 간 없는 토끼지. 귓속말을 좋아해서 아무에게나 토끼 중에 토끼는 간 없는 토끼지. 하고 말하는 여자가 나오는 소설 속에서 간혹 간 없는 토끼는 정말 토끼 중에 토끼가 되기도 하겠지만. 그런 여자는 이 소설 속에 등장하지 않는다. 여자는 간 없는 토끼와 거북이와 경주하다가 나무 아래에서 잠든 토끼가 같은 토끼라고, 적어도 아주 가까운 친인척 토끼라고 믿는 사람이었지만. 이 소설 속에 등장하지 않은 여자는 적어도 (이 소설 속에서) 소설 밖으로 갑자기 사라질 수 없다. 아, 말로의 말로.

말로와 나.
살았던 두 사람만이
사라질 수 있다.

말로의 말로.
말로와 나,
오직 두 사람만이 살다. 간다. 살다,
사라진다.

# 41. 서늘하다

소극장은 평일 저녁임에도 불구하고 빈자리가 거의 없을 만큼 꽉 차 있었다. 우리의 자리는 맨 뒷줄 오른쪽 구석이었다. 낯선 언어가 의미보다는 분절된 음절들로 다가와 귓가에서 무력하게 흩어지던 때였다. 때로 해독할 수 없는 많은 문장들이 아무렇게나 뒤섞여 소란스럽기도 했지만 더 많은 시간에 혼자 어떤 막 안쪽에 남겨진 것 같은 고요를 느끼곤 했다. 사람들의 손짓, 발짓에 집중하고 있으면 말소리들은 어디에도 맺히지 않고 흐르는 물처럼 멀리 흘러가버리고 없었다. 두 손을 앞에서 흔들며 뭔가를 열정적으로 말하고 있는 사람들의 손가락 사이로 버석거리는 모래가 조용히 흘러내리는 것을 가만히 지켜보았다. 객석에 앉아 있는 사람들은 머리를 모으고, 어깨를 맞대고, 속삭였고, 중얼거렸다. 서로의 귓가에 대고 말했고, 두 손은 무릎 위에, 어깨 위에 올려놓았다. 더러 팔짱을 끼고 있는 사람들도 있었다. 말로는 아무 말도 하지 않았다. 객석에 앉아 있는 것은 무대 위에 섰던 것만큼 오래전이었고 무대에 대한 기대는 조금도 남아 있지 않았다. 말로는 여전히 내가 무대 위에서 어떤 춤을 추는 사람이었는지, 어떤 안무가였는지, 어떤 연출가였는지 알지 못했다. 나는 무대 위의 빛과 어둠, 음악과 침묵 그 사이 어디쯤 남아 있었다. 어느 쪽에도 속하지 않았다. 일상의 밝음과 무대의 조명 사이. 암전. 나는 그 암전의 순간 종종 긴장했고 극장에서 뛰쳐나가는 상상을 하곤 했는데 극장 안에 모든 불이 꺼지고 사람들의 웅성거림이 그치자 역시 침이 꼴깍 넘어갔다. 뛰쳐나갈 필요가 없는 객석에 앉아 있었지만 누군가를 붙들고 있는 것처럼 내 두 손을 마주잡고 있었다. 깍지 낀 오른손과 왼손의 엄지손가락의 위치를 위아래로 바꿔가며 막이 오르기를, 무대에 조명이 켜지기를 초조하게 기다리고 있었다. 수분에 가까운 수초가 흘렀고, 그때 마치 말로가 다 알고 있다는 듯이 내 오른손을 잡았다. 암전 속이었다. 손이 몹시 차가웠다. 말로는 조명이 켜지기 전에 손을 놓았고 그 느낌은 아주 짧은 순간의 스침과도 같은 것이었지만 매우 강렬했다. 나라를 떠나기 전에 단 한 번도 바다를 보지 못했지만 여행 중에 배를 탄 적이 있었다. 대학에 입학하고 얼마 안 되는 때였고 시폰 소재의 스커트를 입은 여자친구와 함께였다. 검은 스커트 자락이 그녀의 하얀 무릎 근처에서 바람에 날렸고 나는 왼손에 과자 봉지를 들고 있었다. 배는 바다를 가르며 달리고 있었고 그녀는 과자 하나를 하늘 높이 쳐들고 있었다. 파란 하늘을 배경으로 갈매기 떼가 배를 따라왔고 사람들이 던져주는 먹이를 잘도 받아먹었다. 갈매기 한 마리가 그녀의 손에 있던 과자를 물고 갔고 나는 그녀에게 과자를 꺼내주기 위해 과자 봉지를 든 손을 배의 난간 밖으로 내밀었다. 갈매기 한 마리가 낮게 날고 있었다. 과자 봉지를 들고 있던 손으로 갈매기가 돌진해 왔다. 나는 과자 봉지를 떨어뜨렸고, 순간이었다. 두번째 손가락에 가벼운 통증이 남아 있었다. 순간의 섬뜩함. 온몸에 소름이 돋았다. 나는 말로가 내 손을 잡았다는 사실보다 말로의 손이 섬뜩할 정도로 차갑다는 사실에 놀랐다. 순간이었지만 냉동고에서 꺼낸 시신의 손이 떠올랐다 사라졌다. 끝이 없는 바다 속 동굴로부터. 수만 년 전부터 검푸른 웅덩이. 블루홀의 바닥에 수장된 수많은 다이버들의 시신과 시신들이 떠올랐다 사라졌다. 아름다운 산호들이 군락을 이루는 절벽 아래쪽에 영원히 잠들어 있는 시신들. 부력 조절이 되지 않아. 떠오르지도 가라앉지도 사라지지도 못하는 이름들. 아무것도 없는 검푸른

고요. 깊은 바닥에서는 어떤 소리도 들리지 않았고, 나는 무슨 말이라도 하고 싶었다.

말로의 말로.

말로, 나는 말로를 불렀고 말로가 작게 대답했다. 응. 연극이 시작되기 전이었다.


## 8. 섞이다

범인을 감방에 집어넣고. 말로가 말한다. 나는 거실 바닥에 배를 깔고 엎드려 이 도시의 문장을 받아, 쓴다. 말로의 말로. 범인을 안방에 집어넣고. 나는 말로를 받아쓴다. 부드럽게 굴러가는 만년필의 뾰족한 촉 끝에서 낯설고 기이한 글자들이 피어오른다. 번져나간다. 번민을 감방에 집어넣고. 며칠째 비가 내리고 있어 집안에 흙냄새가 은은하게 배어 있다. 나는 내가 받아쓰는 문장의 어떤 부분이 잘못되었다는 것을 말로의 표정을 보고 알 수 있다. 긴장과 이완 사이에 세계가 있다. 말로는 부르고, 꼬장과 이완 사이에 세 개가 있다. 나는 겨우 한 손으로 받아쓴다. 나는 겨우겨우 엉망으로 받아쓴다. 말로는 엉뚱한 문장을 부르다 말고 신기한 눈으로 나를 본다. 말로가 부르는 말들은 내 손을 거치면서 조금씩 다른 말들이 된다. 전혀 다르거나 거의 같은 문장이 된다. 이 글은 정보성 성격이 강한 글이야. 말로가 신문 기사를 가리키며 말한다. 나는 정보성 성격이 강한 어떤 기사 밑에 이렇게 쓴다. 이 글은 정복성 성격이 강한 글이다. 또 어떤 정복성 성격이 강한 기사 밑에는 이렇게 쓴다. 이 글은 전복성 성격이 강한 글이다. 말로의 말로. 내일이 있었다. 태초에 말썽이 있을 것이다. 오늘이 그날이다. 발이 붙었다 떨어진다 붙었을 것이었다 떨어졌다 발이 붙는다 떨어질 것이다. 과거와 현재가, 과거와 미래가, 미래와 현재가 뒤섞여. 끝이 없었다. 끝이 없어. 끝이 없을 것이었다. 말로의 말로. 언어는 무성이라. 말로는 무한 증식한다. 말로는 자가 증식한다. 말로는 모든 말로를 빨아들인다. 말로는 모든 말로를 포함한다. 이 도시의 말로. 말로의 말과 나의 말이 섞여 말로의 입술과 내 입술이 섞인다. 말로의 입술과 내 입술이 섞여, 말로의 혀와 내 혀가 섞인다. 말로의 혀와 내 혀가 섞여 공중에서 말로가 흘러넘친다. 새벽의 말로. 아침의 말로. 저녁의 말로. 침이 흘러, 넘친다. 이 도시의 말로. 나에게 모든 단어는 말로를 의미한다. 말로는 모든 단어를 의미한다. 나는 말로의 말로 말로를 사유한다. 말로를 사고한다. 말로를 앓는다. 말로를 잃는다. 말로를 잊는다. 말로를 기억한다. 말로를 산다. 말로의 말로. 말로는 고유한 하나의 세계가 된다. 모든 말로가 이 도시에 속해 있어. 이 도시의 모든 것이 말로에 속해 있어. 나는 말로를 떠나지 못한다. 내 입술의 말로.

## 18. 스산하다

밤은 아니다. 하늘의 왼쪽과 오른쪽에 해와 달이, 오른쪽과 왼쪽에 희미한 빛과 붉은 빛이 멀리, 따로 섞이고 있다. 야트막한 산 아래로 줄지어 달려가는 차들이 보인다. 몇 동의 비닐하우스와 석상들이 드문드문 서 있다. 비슷한 모양의 나무들이 바람에 조금씩, 다르게 흔들린다. 나무들이 흔들릴 때마다 멀리서 개 짖는 소리가 들린다. 눈동자가 투명한 개. 머리가 까만 개가. 여러 도시에서 같은 소리로 짖는다. 나는 개들이 개들을 향해 짖는 소리를 듣는다. 개들이 멀리 있는 개들을 향해 짖는 소리를. 말로의 말로. 말로는 멀리 있고, 나는 말로 곁에 앉아 있다. 바람이 불고, 바람이 조금 세게 분다. 바람이 불 때마다 나무들이 흔들리고, 개가 짖는다. 이 도시의 바람은 한밤의 개 짖는 소리처럼 차고, 흔들리는 나무의 가는 가지처럼 건조하다. 나는 이 도시에서 말로가 아닌 누군가와 말을 나눈 적이 거의 없다는 것을 깨닫는다. 동시에 바람이 불고, 바람이 조금 더 세게 분다. 말로는 움직이지 않는다. 구름은 천천히 움직인다. 구름 아래로 구름이 지나간다. 구름 아래에서 구름 아래로. 나는 말로가 아닌 다른 모든 것들에 대해 생각한다. 말로가 아닌 모든 것들을 차례로 떠올린다. 무심히 지나쳤던 빌딩과 빌딩들, 집들과 집들, 신호와 거리들, 거리에서 본 말로와 똑같은 여자와 여자들을. 말로가 아닌 똑같은 말로와 말로. 의미가 없는 것들이 하나씩 떠오른다. 나는 말로의 오른뺨을 떠올리지 않는다. 함께 잃었던 밤의 깊은 거리들을 기억하지 않는다. 함께 보았던 높은 하늘과 흰 나무들을, 함께 들었던 낯선 음악과 고요한 빗소리를, 함께 나누었던 생각과 생각들을 생각하지 않는다. 함께라는 말로. 나는 말로의 마지막 말을 반복하지 않는다. 아직 때가 살지 않아 붉은 봉분. 이따금 봉분 위에서 봉분 아래로 붉은 흙덩이가 굴러 떨어진다. 붉은 흙더미 위에 앉은 흰 나비가 날개를 작은 손바닥처럼 모으고 있다. 손바닥을 모으고 기도하는 도시의 사람들. 이 도시의 사람들은 아는 사람들을 땅에 묻는다. 아는 사람들을 묻은 땅 위에 붉은 흙더미를 만들고, 흙더미 앞에 비석을 세운다. 비석에 생몰년월일을 새기고, 흙더미 위에 촘촘히 잔디를 심는다. 잔디를 심고, 떼를 입힌다고 말한다. 떼를 입히고, 비석을 세우고, 봉분을 쌓고, 매장을 하고, 땅을 파는 일이 거꾸로 이루어진다. 거꾸로 이루어지는 일은 당연한 일이었다가, 거꾸로 잘못된 일이 된다. 사람들은 법적으로, 순서대로 처리한다. 붉은 봉분 아래 잠들어 있는 말로. 말로는 잠든 채 조금씩 썩어간다. 처음부터. 잘못된 일이다. 나는 막연하게 생각한다. 언젠가 알았던 사람. 잠들 때 오른 다리를 왼 다리 위에 포개놓던 여자. 말로의 오른 다리 아래에서 왼 다리가 썩어간다. 말로의 왼 다리 위에서 오른 다리가 썩어간다. 오른 다리와 왼 다리가 함께 썩어간다. 말로의 오른 다리와 왼 다리가, 말로의 오른팔과 왼팔이 함께 썩어갈 것이다. 나는 오른 다리 위에 왼 다리를 올려놓고 말로를 등지고 앉아 말로의 도시를 바라본다. 말로는 도시의 바깥에 잠들어 있다. 붉은 흙더미에 등을 기대고 멀리 보이는 집들에 하나, 둘, 불이 켜지는 것을 본다. 도시의 바깥을 지키는 외딴집들. 외딴집들이 산속에 잠들어 있다. 산과 산을 가로지르는 도시를 향해 차들이 빠른 속도로 달려간다. 전조등 불빛이 더 빠른 속도로 사라진다. 멀리 보이던 불빛이 하나, 둘, 사라지고, 외딴집들이 어둠 속으로 서서히 잠기는 것을 본다. 어느 쪽도 그림자를 남기지 않는다. 형체가 없는 말로의 말로. 먼 하늘은 검고, 푸르다. 검고, 푸른 하늘의 그림자. 짙은 어둠 속에서 나는 말로를 떠나지 못한다. 두 입술의 말로.

아파,

잠들지 못하는 말로의 말로.
내가 말한다.
알몸의 말로.

아파.


## 39. 슬프다

바다. 아이. 잠수. 수정.

말로는 이렇게 그렸다.

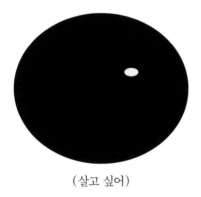

(살고 싶어)

## 22. 외롭다

횡단보도.
그 남자.

집에 돌아와 누웠을 때, 현관문을 향해 말로를 돌려세우고 거칠게 섹스를 강요한 혐오가, 길지도 않았던 열기가 채 빠져나가기도 전에, 나마저 내게서 등을 돌리고 있을 때, 말로가 말한다.

그 남자.
그 횡단보도.

말로의 말은 이렇게 시작된다. 말로만 아는 말로. 나는 우리가 함께 건넜던 많은 횡단보도를 떠올린다. 짧은 말로의 말로 많은 남자들이 길을 건넌다. 많은 남자들 중에 불쑥, 키가 큰 남자 하나가 길을 건너지 않고 우리를 지나쳐 걸어간다. 볼이 우묵하고 구불구불한 머리카락이 어깨쯤 닿아 있던 남자. 그 남자가 뒤를 돌아본다. 남자의 오른편에서 걷고 있던 말로와 똑같은 얼굴의 여자를 기억한다. 말로의 뒷모습과 똑같은 뒷모습의 여자를. 똑같은 여자들이 길을 건넌다. 똑같은 여자들이 어깨를 스치고 지나간다. 똑같은 여자들이 카페 테라스에 앉아 발목을 까딱거린다. 똑같은 발끝에서 샌들이 흔들린다. 말로의 오른뺨을 쓰다듬는다. 횡단보도를 건넜을 때, 골목 안에 있는 찻집을 서너 집 지나쳤을 때, 내가 말로의 오른뺨을 쓰다듬을 때, 말로가 말한다.

아무것도 할 수 없을 때,

우리는 침묵할 수 있다.

말로가 입을 열었다 닫는다. 가방을 열었다 닫는다. 뭔가를 찾으려는 듯이. 한 찻집의 문이 열렸다 닫힌다. 찻집의 문이 열렸다 닫힐 때,

누군가 그 문에서 빠져나왔을 때, 문밖에 세워져 있던 문. 그 남자. 그 횡단보도. 나는 말로가 했던 말을 떠올린다. 횡단보도를 건넜을 때, 골목 안에 있는 찻집을 서너 집 지나쳤을 때, 내가 말로의 뺨을 쓰다듬을 때, 말로가 했던 말을 기억한다.

고립되어 있는 거 같아.

당신?

나는 말로의 말로 묻는다.

말로는 말하기를 멈추고 하늘을 본다. 나는 하늘을 보고 있는 말로의 작은 턱을 본다.

돌아앉은 아이.

말로가 말한다.

아이는 인형 뽑기 앞에 서 있어. 인형 뽑기의 내림 버튼을 누르는 중이야. 가까이 가도 노랫소리가 들리지 않아. 시토닌, 티민, 아데닌, 구아닌. 아이는 내림 버튼을 눌러. 시토닌, 티민, 아데닌, 구아닌. 아이는 뭔가 중얼거리고, 기계는 꼼짝도 하지 않아. 아이는 고개를 숙이고 인형이 가득 들어 있는 통에 코를 붙이고 있어. 또 한 번 내림 버튼을 눌러. 시토닌, 티민, 아데닌, 구아닌. 통 위에 하얗게 김이 서려. 시토닌, 티민, 아데닌, 구아닌. 아이는 알 수 없는 유전자들의 이름을 외우고, 또 외워. 한 번. 그리고 또 한 번. 나는 아이가 몇 번이고 반복해서 내림 버튼만 누르고 있다는 걸 너무 늦게 알아차려. 너무 늦게. 인형 뽑기 앞에서 인형은 뽑지 않고, 동전은 넣지 않고, 아이가 또 내림 버튼을 눌러. 내림 버튼을 누르고 있어. 계속해서 내림 버튼을 누르고 있는 아이의 등이 좁고, 조금 굽은 것 같아. 처음부터 아이의 등이 굽어 있었던가. 나는 언제부터 아이의 등이 굽어 있었는지 몰라.

아이에게 물어.

거기 오래 있었니?

아이는 대답하지 않는다.

돌아앉은 아이. 말로는 한동안 말하지 않고 말로와 나는 말없이 걷는다. 말이 없는 말로. 나는 쉽게 상처받은 얼굴을 하는 사람들을 경멸해. 상처받은 얼굴을 경멸한다. 나는 말하지 않고 은연중에 나를 경멸하는 표정을 짓는다.

이따금.

말로의 말로.

나는 (말하지 않고) 기다린다.

말로가 말한다.

그냥 지나쳤을 뿐인데 혼자라고 느껴지는 사람

모르는 사람인데

표정이 없는 뒷모습을 짊어지고 있는 사람이야.

몰래 어깨를 잡고 싶어.

나는 아이에게 물어.

거기 오래 있었니?

아이는 대답하지 않고 나는 다시 물어.

잘 지내니?

아이는 돌아앉아 있어. 아이가 두 손을 모으고 있어 나는 기도를 하고 있다고 생각하지만

아이는 제 손등을 물어뜯는 중이야. 좁고 굽은 등 뒤에 숨어 손등에서 피가 날 때까지.

돌아앉은 아이.

말로는 이렇게 아이 같은 말을 하면서 조금도 얼굴이 빨개지지 않는다. 두 손을 모으고 혼자에 대해 말하는 말로가 너무 진지해서 나는 말로를 안지 못한다. 내 입술의 말로. 나에게 속한 말로. 말로의 아름다운 상처. 나는 말로의 오른뺨을 만지면서 고립되어 있다고 느낀다.

상처받은 사람들이 왜 혼자가 되는지 알아?

말로가 묻는다.

나는 말로의 말간 얼굴을 본다.

상처받은 사람들이 모두 외로운 건 아니라고 말하지 않는다. 상처받은 사람들이, 거의 모든 사람들이 사람들에게 상처를 입힌다고 말하지 않는다. 외롭다고 말하는 사람들이, 절대로 외롭다고 말하지 않는 사람들이, 거의 모든 사람들이 서로를 외롭게 한다고 말하지 않는다.

이 도시의 말로.

상처가 아물 때, 상처가 아물면서 닫힌 살갗 아래, 등이 좁은 아이가 남겨져.

가방의 지퍼를 채우듯이.

그 안에 자기를 넣어버리는 거지.

좁고 캄캄한 방 안에 남겨진 아이가, 흥 진 아이가 누구인지 완전히 잊어버리는 거 같아.

말로는 말하고,

나는 말로를 안고 싶어 빠른 걸음으로 걷는다. 아무 말도 하지 않는다. 두 입술의 말로. 발음되는 상처란. 얼마나 얇고 가벼운지. 더없이 상투적인 말로. 말로의 어깨와 내 어깨가 몇 번이고 부딪힌다. 몇몇의 닮은 연인들이 지나가고 까만 개가 지나간다. 골목 끝에 서 있던 남자가 침을 뱉는다. 침이 사선으로 떨어진다. 침이 떨어진 쪽에서 한쪽으로 가방을 멘 사람들이 우리보다 빠른 걸음으로 걸어온다. 반대 방향으로, 한쪽 방향으로, 우리를 지나쳐 걸어간다. 말로는 그 사이 몇 번인가 가방을 열었다, 닫고, 열었다, 닫는다. 몇 번인가 뒤를 돌아본다. 말로의 뒤에는 아무도 없고, 나는 말로보다 조금 앞서 걷는다. 돌아앉은 아이.

나는 다른 때보다 거칠다. 거칠게,

말로의 뺨에 붉고, 깊은 상처를 남긴다.

말로의 뺨에 점점이 솟아오르는 검붉은 피. 나는 말로의 피 맺힌 오른뺨을 핥는다.

내 입술의 말로.

내가 말로의 오른뺨을 만질 때,

우리가 나란히 누웠을 때,

말로가 말한다.

횡단보도.

그 남자.

돌아앉은 아이.

나는 조용히 남겨진다.

## 7. 외우다

피구 잘하는 법.

― 공에 집중을 한다.

― 요리조리 잘 피한다.

― 누구를 때리는 것처럼 공을 세게 던진다.

― 공에 많이 맞아서 면역력을 기른다.

― 피구왕 통키를 만나본다.


기역, 니은, 디귿, 리을, 미음, 비읍, 시옷, 이응. 아, 야, 어, 여,
오, 요, 우, 유, 으, 이. 이응, 지읒, 치읓, 키읔, 티읕, 피읖, 히읗. 애,
얘, 에, 예, 와, 왜, 워, 웨, 의. ㄱ, ㄴ, ㄷ, ㄹ, ㅁ, ㅂ, ㅅ, ㅇ, ㅈ,
ㅊ, ㅋ, ㅌ, ㅍ, ㅎ ㅎ ㅎ 나는 이 도시의 말로 자음과 모음을 외운다.
자음과 모음을 반복한다. 자음과 모음을 따라 그린다. 말로의 말로. 자
음과 모음을 외우고, 속담과 잠언을 외우고, 관념과 상징을 외워도 피
구를 잘할 수 없다. 피구 잘하는 법을 아무리 열심히 외워도 물론, 피구
를 잘할 수 없다. 수비도, 공격도 마음대로 되지 않는다. 피하기 위해
집중하거나, 잡기 위해 집중하거나. 어느 쪽도 생각 같지 않다. 생각대
로 되지 않는다. 온힘을 다해 던져도 아무도 맞추지 못한다. 땅볼일 때
가 제일 많다. 어쩌다 맞으면 아프다. 영역 밖에서. 구획 밖으로. 배회,
도피, 단절. 배회, 도망, 단절. 배회, 회피, 단절. 단절. 단절. 단절. 마
비. 뇌가 마비된다. 오른쪽에서 왼쪽으로. 왼쪽에서 오른쪽으로. 더는
아무것도 외워지지 않는다. 한 번에, 한꺼번에, 여러 개씩, 기억이, 지
워진다. 면역력이 사라진다. 면역 체계가 무너진다. 내 몸이 내 몸을
공격한다. 바닥을 향해. 누군가를 때리는 것처럼 세게, 공을 던진다.
피구왕 통키를 만나러 가는 길에 젖어서 나는 얼마간 슬펐다. 고작 이
런 문장은 쓸 수 있다. 이 도시의 말로. 이런 문장은 아무 쓸모도 없다.

무엇도 맞출 수 없다.

무용의 말로.


### 3. 이다

어느 쪽이 머리 같아?

말로가 묻는다.

이쪽?

나는 오즈의 더듬이가 있는 쪽을 가리킨다. 아이 손바닥만 한 이파리의 잎맥이 앙상하게 드러나 있다. 오즈는 물을 채우지 않은 어항 바닥에 산다. 어항은 뚜껑이 열린 직육면체 모양이다. 바닥에는 여러 종류의 나뭇잎들이 깔려 있다. 잎을 깔지 않은 어항 한쪽 구석에서 붉은색 얼음이 천천히 녹고 있다. 얼음이 녹는 속도와 오즈가 바닥을 기어 물을 핥는 속도가 비슷하다. 어항 한쪽 구석에 붉은 물이 흥건해진다. 나는 말로가 얼음을 얼리기 전에 물에 피를 섞었는지 물감을 섞었는지 알지 못한다. 오즈는 물을 먹고 자란다. 피를 먹고 자란다. 내가 가까이 다가가자 녀석은 입을 다문다. 갉작거리던 소리가 순간 멈춘다.

그거 가짜야.

말로의 목소리가 아득하게 들린다. 나는 말로의 뒷모습을 보고 있다. 창밖을 내다보고 있는 말로. 말로는 이제 하루의 대부분을 베란다에서 보낸다. 화분에 물을 주거나, 흙을 만지작거리거나 흙 속에서 지렁이를 발견하고 좋아한다. 하늘을 본다. 지금처럼 비가 올 때는 비를 보고, 눈이 오면 눈을 본다. 곧 부서질 것처럼. 바람이 불면 바람을 만진다.

살아 있는 거 같은데?

나는 오즈의 푸른 등에 손가락을 대본다. 녀석은 죽은 듯이 꼼짝도 하지 않는다.

더듬이. 그쪽은 가짜 머리야.

오즈의 꼬리 끝에 더듬이가 달려 있다. 더듬이 끝에 달린 두 개의 붉은 구슬. 나는 오즈의 충혈된 눈을 본다.

말로의 말로.

살아남기 위해 선택한 위장.

더듬이, 그쪽은 가짜 머리야.

말로가 한 번 더 말한다.

물리더라도 꽁무니를 물리겠다는 속셈이지.

더듬이 끝에 달려 있는 한 쌍의 빨간 구슬. 충혈된 눈. 오즈는 나를 보고 있다. 나는 한 번도 오즈가 날아오르는 것을 보지 못한다. 말로는 오즈를 기르고, 오즈를 기른다. 말로는 오로지 애벌레인 오즈만을 기른다. 날개가 나오기 전에 오즈들은 사라진다 나는 오즈들이 어디로 가는지 알지 못한다.

먼 도시의 말로. 새빨간 거짓말.

오즈는 힘이다.

나는 오즈의 진짜 머리를 알지 못한다. 수많은 오즈들이 가짜 더듬이를 가졌다. 살아남기 위해 선택한 위장. 꼬리 쪽에 달린 더듬이. 머리와 꼬리. 나는 어느 쪽도 선택하지 못한다. 말로의 말로. '나'는 아무도 아니다. '나'는 무엇도 아니다. 이 도시의 말로. 말로는 모두이며 모두가 아니다. 말로는 무엇으로 정의될 수 없어. 말로는 무엇도 정의할 수 없다. 끊임없는 말로. 말로는 잠들지 못한다. 발작적 가려움과 통증을 동반한 마비. 그 사이 어디쯤에서 그즈음 말로는 아무것도 하지 못한다. 거의 움직이지 않는다. 위독한 말로. 며칠은 비껴간다. 몇 주는 빗나간다. 몇 달은 미끄러진다. 이쪽에서 저쪽으로. 미끄러지다 미끄러진다. 이쪽과 저쪽 사이에서. 흔들리다 흔들린다. 넘어지다 넘어간다. 주어가 지시하는 대상의 속성이나 부류를 지정하는 '이다'는 유일하게 형태 변화를 하는 서술격 조사이다. 말로의 말로. 말로의 형태가 변한다. 갉작. 갉작.

### 31. 있다

돌풍을 동반한 비
돌풍을 동반한 비
바람
나무
바람
돌풍을 동반한 비
나무
바람 바람
비
안개
나무
돌풍을 동반한 비

비
비
구름
돌풍
비
구름
안개
바람
비
안개
돌풍
구름
눈
눈    눈

내 자궁 속에는 도시가 있어요.

불 꺼진 빌딩 아래로 붉은 강이 흐르고 있죠.

날개가 젖은 모기떼가 강물에 떠내려가요.

내 자궁이 있던 자리에는 빌딩들이 서 있죠.

빌딩들은 층마다 글썽이는 창문을 매달고 있고 눈이 빛나는 초록 고양이들은 도시의 구멍을 막으러 밤으로, 밤으로 걸어가요. 사람들은 옥상에서 툭 툭 떨어지고 죽은 소녀는 강가에 앉아 새까만 손등에 이름을 새겨요.

태어나지 못한 나의 도시.

이제 막 버스가 도착했어요. 모든 손잡이가 심하게 흔들리는 버스예요. 잠들어 있는 당신의 뒤통수를 봤어요. 그날부터 내내 마음이 곱슬거렸죠. 내 시간들은 항상 괄호의 시간. 언제나 생략된 기억들이 말줄임표로 떠다녔어요. 붉은 강가에 재가 쌓이고 있죠.

나는 이미 도착했을 거예요.

메 아 리.

메　　아　　리.

메　　　　아　　　　리.

## 57. 자욱하다

우리의 말로 무리의 말로 익다 읽다 잃다 잊다 있다 잇다 갖다 같다 갔다 짙다 짓다 짖다 밝다 박다 밟다 맑다 막다 많다 맞다 곱다 굽다 좁다 줍다 세다 새다 긋다 긁다 끊다 끓다 열다 닫다 걷다 서다 앉다 눕다 졸다 자다 꾸다 젓다 젖다 싫다 싶다 섧다 얇다 엷다 넓다 널다 지다 치다 웃다 울다 사다 먹다 싸다 살다 죽다 곪다 곯다 골다 곧다 날다 낡다 늙다 긁다 붉다 불다 접다 잡다 짜다 얹다 얽다 엮다 적다 돌다 되다 기다 쓰다 쏘다 쓸다 쏠다 벗다 덥다 덮다 닦다 담다 감다 갈다 켜다 끄다 들다 나다 뜨다 지다 뜯다 떼다 하다 말다 뱉다 핥다 쉬다 숨다 투명의 말로 지키다 시키다 삼키다 들키다 속이다 숙이다 졸이다 조리다 달이다 다리다 갈리다 가리다 가르다 기르다 벌리다 버리다 찌르다 따르다 달리다 때리다 쓸리다 열리다 그리다 시리다 다르다 바르다 자르다 누르

다 당기다 댕기다 흐르다 흐리다 흘리다 홀리다 몰리다 울리다 질리다
추하다 취하다 비치다 지치다 다시다 마시다 쑤시다 부시다 더럽다 서
럽다 괴롭다 외롭다 아프다 슬프다 무섭다 무겁다 버겁다 차갑다 지겹
다 힘겹다 아깝다 가깝다 뻔하다 변하다 정하다 멍하다 현재의 말로 촉
촉하다 축축하다 오목하다 우묵하다 소복하다 수북하다 갑갑하다 답답
하다 뻣뻣하다 빳빳하다 쟁쟁하다 쨍쨍하다 든든하다 튼튼하다 통통하
다 퉁퉁하다 빡빡하다 빽빽하다 홀짝이다 홀쩍이다 볼록하다 불룩하다
불치의 말로 공동의 말로 수면의 말로 연기가 피어오른다 안개가 피어
오른다 가스가 피어오른다 질식의 말로 중독의 말로 공중에 가스가 가
득하다 공중에 공기가 희박하다


## 54. 지다

뜻 없이
일식이나 월식을 기다리는 사람처럼
시간을 잊은 듯이

꽃이 지는 계절은 아니었다

붉게 물든 구름을 본 것도 같았다
무리지어 가는 붉은 강
물에 잠겨 흔들리는 다리

운전자는 잠깐 눈을 감았다 떴을 뿐이었다

괜찮아요?

운전자는 이렇게 들었다고 했다

괜찮아요?
괜찮아요.

정신을 잃기 전에
마지막으로
이렇게 들은 것도 같다고 했다.

그 새벽.
너는 어디로 가고 있었을까.
너는 그때 어떤 생각을 하고 있었니.
나는 이제 어떤 꿈도 꾸지 않는다.
묘지에 옮겨 심은 묘목처럼.
너는 아무 말이 없어.
사과나무에도 수명이 있어? 나무에도 정말 수명이 있을까?
물방울 같은 얼굴로 약기운에 취해 투명하게 묻던 말로.
너는. 더는 대답하지 않는다.
비명도, 흐느낌도,
어떤 흔적도 남기지 않는 말로.

나는 모조리 잊지 않을 수 없어.
무엇도 기억하지 않을 수 없다.

이 도시의 말로.
*어둠에 지다.*

말로의 말로.

해가 진 지 오래였다.


### 4. 피다

움켜쥔 슬픔
활짝,

## 35. 하얗다

말로가 말한다.

세 살 때 한 번. 그리고 일곱 살 때 또 한 번.

하나님을 봤어.

그는 하나님이었고, 맨발이었다.

맨발의 하나님?

내가 묻는다.

그가 하나님이라는 것을 어떻게 알았지?

모두가 그렇게 불렀으니까.

하나님.

모두 그렇게 불렀어.

하나님.

무릎을 꿇고.

세 살 때 한 번. 일곱 살 때 또 한 번.

그를 본 기억이 나.

이 도시의 말로.

하나님,

말로가 말한다.

## 33. 홀리다

우리는 고등어잡이 노인들 사이에 서 있었다. 노인들 중에 더러 노인이 아닌 남자들도 섞여 있었다. 유럽과 아시아를 오가는 배가 30분에 한 대씩 아시아를 향해 출발했고, 고등어는 한 마리도 잡히지 않았다. 멀리 사원의 둥근 지붕 위로 비둘기 떼가 날고 있는 것이 보였다. 첨탑 끝까지 뱃고동 소리가 길게 울렸고, 정박한 배들이 파도에 흔들렸다. 서로 다른 말을 쓰는 사람들이, 여러 나라의 사람들이 다리를 건너 구시가지에서 신시가지로, 신시가지에서 구시가지로 건너갔다. 우리는 바다를 가로지르는 다리 위에 서 있었고 말로와 말로의 글자들은 아주 멀리 있었다. 먼 도시의 말로. 우리는 소통하지 못한다. 애써 소통하려고 노력하지 않는다. 그때의 나는 말로가 하는 말의 의미를 전혀 모르고 말로는 말로의 말로만 말하지만. 나는 오로지 말로의 목소리를 귓가에 스쳐가는 바람소리처럼, 음악소리처럼 편안하게 듣는다. 말로가 몸으로 내는 소리들을. 말로는 온몸을 울려 말하고, 말로가 말할 때 말로의 작은 몸은 눈에 보이지 않게 떨린다. 깊은 구멍을 빠져나오는 말로의 떨리는 음성. 말로는 기명악기다. 말로의 떨리는 음성은 깊은 곳에서부터 듣는 사람을 흔들리게 한다. 눈에 보이지 않는 움직임. 말로는 낮은 음색으로, 느린 말씨로, 긴 휴지로, 때로 급하게 흐르는 물소리로 몸을 바꾼다. 사과를 먹고 있는 여자를 만났어. 담벼락 앞에 주저앉아 있었다. 흰색 기모노에 분홍색 꽃이 수놓아져 있어. 왜 거기 있어요? 나는 여자에게 말을 걸고 싶었는데 한쪽 귀가 보이지 않았다. 누군가 오래전 여자를 그릴 때 한쪽 귀를 빼놓고 그린 것 같아. 다음 날, 모퉁이를 돌다가 담벼락 앞에서 사과를 먹고 있는 여자를 만났다. 벌거벗은 채 피 흘리고 있는 여자를 만났어. 팔다리가 잘려 머리만 남아 있었다. 어떤 무자비한 힘. 무참한 농담. 무감한 폭력. 무력한 여자. 무심히 남긴 낙서처럼 여자는 웃으며 말하고 말로는 한동안 아무 말도 하지 않는다. 담벼락에 한쪽 귀로 남은 여자. 봄 처녀 보지. 두 입술의 말로. 나는 말로의 말에 귀 기울이지 않는다. 나는 말로의 입, 말로의 코, 말로의 눈, 말로의 귀, 말로의 옆얼굴을 바라본다. 깊은 강. 검은 바다. 말로가 말할 때 나는 내 몸이 떨리는 것을 느낀다. 파도치는 바다. 말로의 흔들리는 목소리. 바람의 말로. 공명의 말로. 말로는 내 귓가를 맴돌고, 나는 말로의 곁을 떠나지 못한다.

먼 도시의 말로.

이럴 때 말로를 뭐라고 불러야 할까? 길을 잃어서 말로를 찾을 수 없었다. 색색의 천들이 늘어진 시장 앞이었다. 길게 늘어진 천 끝에서 작은 방울들이 바람에 흔들렸다. 말로를 부를 말을 찾지 못해 그대로 한참을 서 있었다. 나는 시장의 입구가 있는 광장 한가운데에 서 있었고 잿빛 비둘기들은 구―구―구 떼지어 고개를 내밀며 걸어 다녔다. 머릿속이 온통 잿빛 비둘기뿐이었다. 비둘기 밥을 파는, 검은 베일의 여자들은 조금도 움직이지 않았다. 구구구. 나는 천천히 움직이기 시작했다. 고개를 내밀었다. 아주 천천히. 나는 오랫동안 움직이지 않았고, 어떤 탐색도 중지된 상태였다. 좌절도, 긴장도, 권태도, 그 어느 쪽도 더는 새롭지 않았다. 나는 애쓰지 않았다. 어떤 감정도 나를 움직이게 하지 않았다. 꽤 오랜 시간이 흘렀고, 나는 멀리 떠나 있는 상태였다. 「죽음의 춤」 그것은 거의 마지막이었다. 그것이 마지막이 될 것이라는 것을 알지 못했다. 2인 대무는 군무로, 군무는 원무로 이어졌다. 손뼉과 비명, 간헐적 폭소와 문장이 음악의 흐름을 끊고 끼어들었다. 몇은 벽을 향해 달려갔다. 몇은 벽을 기어오르기도 했다. 산 자와 죽은 자가 하나씩 짝을 짓고 있는 「죽음의 춤」. 죽은 자들이 주도하는 춤의 그림. 그림의 춤. 나는 그림에, 춤에, 죽음에, 반쯤 정신이 나가 있었고, 무대 위에 산 자와 죽은 자를, 그림과 그림의 환영들을, 죽음과 죽음들을 옮겨놓고 싶었지만 그렇게 하지 못했다. 죽음은 좌절도, 긴장도, 권태도, 어느 쪽도 아니었다. 공포는 더더욱 아니었다. 죽음은 조금도 움직이지 않았다. 극단에 쏟아진 평가는 성공적인 편이었으나 무대는 텅 비었고, 나는 멀리 떠나왔다고 믿고 있었다. 춤은 죽었고, 나는 산 것도 죽은 것도 아니었다. 혼돈의 말로. 말로를 찾을 방법을 찾지 못해 나는 결국 천천히 움직이기 시작했다. 무대를 떠난 지 얼마의 시간이 흘렀는지 시간의 흐름을 잊을 만큼 오랜 시간이 흘러 있었다. 춤은 죽었다고 믿었으나 무대는 아주 가까운 곳에 그대로 있었다. 등을 돌려 잿빛 재킷을 벗었다. 신발과 양말을 벗었고, 맨발로 광장 한가운데에, 최대한 눈에 띄기 좋은 장소에 두 팔을 벌리고 섰다. 두 팔과 두 다리. 몸은 그대로였다. 나는 천천히 무릎을 구부렸고, 웅크려 앉았다. 몇 번의 손뼉, 비명, 폭소, 외침이 지나갔다. 터져 나왔다. 나는 보이지 않는 벽을 향해 달려갔다. 사람들이 둘러서 있었다. 손뼉, 비명. 나는 보이지 않는 벽을 기어올랐고 폭소, 외침. 사람들이 기괴한 광경을 목격했다는 듯이 눈을 동그랗게 뜨고 나를 겹겹이 둘러싸고 있었다. 나는 두 팔을 뻗었고, 가슴 앞에서 휘저었고, 가슴을 모았고, 두 다리를 벌려 높이 뛰어올랐다. 허리를 뒤로 꺾었다. 음악은 들리지 않았다. 온몸이 떨리고 있었다. 춤은 죽음을 박차고 몸은 죽음으로 솟아올랐다. 멀리 말로가 서 있는 것이 보였다. 입을 앙다물고 있는 여자. 말로와 눈이 마주쳤다. 작고 눈이 검은 여자가 천천히 움직이기 시작했다. 숨이 멎었다. 심장이 멈췄다. 오로지 검은 여자. **아 이 야 유 우 우** 말로만이 거기 있었다. 말로와 말로의 새까만 두 눈동자를 제외한 모든 것들이 눈앞에서 사라졌다. 모든 소리가 멈췄고 말로는 보이지 않는 벽 너머에 있었다. 두 입술의 말로. 아 이 야 유 우 우 우 아 이를 따라 천천히 다시 심장이 뛰기 시작했다. 저 너머에서. 쿵 쿵 쿵 쿵. 작게 울려오는 말로의 심장 소리. 말로의 말로.

모음은 춤추는 사람들. 나는 춤춘다. 나는 흔들린다. 나는 다가간다. 리듬에 맞춰 내 목구멍을 빠져나오는 말로의 검은 울림. 허공에서 흔들리는 검정의 두 팔과 두 다리. 밀고 당기는 리듬의 흐름. 당기고 미는 흐름의 맺힘. 마주선 감정의 맺힘과 맺음. 보이지 않는 울림의 매듭. 서로가 서로에게 묶인 사람들. 말로의 말로. 사람들은 모인다. 자음은 모인 사람들. 멀리 있는 아이들이 머리를 맞대고 모인다. 아이들은 머리를 맞대고, 어깨를 맞대고, 발을 마주하고 선다. 마주 서 손을 잡고, 눈빛을 나누고 어깨동무를 하고 어울린다. 서로 같은 곳을 바라보다, 서로가 서로를 바라보다 때로 등을 돌린다. 등을 맞대고 선다. 등을 맞대고 눈을 흘긴다. 눈을 흘기더라도 혼자는 설 수 없어. ㅎ ㅎ ㅎ 다시 모인 사람들. 하하하. 나는 춤추고, 나와 말로는 마주선다. 쿵쿵쿵쿵. 말로는 늘 함께한다. 쿵쿵 쿵쿵. 말로는 어디에나 있어. 쿵. 쿵. 쿵. 쿵. 말로는 언제나 당신 곁에 있다. 모든 거리에서. 콩팥콩팥. 쿵 쿵 쿵 쿵. 심장이 뛴다. 콩 팥 콩 팥. 쿵쿵쿵쿵. 모든 거리가 사라진다. 이 도시의 말로.

'흘리다'는 두 눈의 동사다. 두 팔의 동사다. 두 다리의 동사다. 한 눈이 한 눈에 빠져 정신을 차리지 못한다. 한 눈이 한 눈을 유혹하여 정신을 차리지 못하게 한다. 한 팔이 한 팔을 끌어당겨 온몸으로 끌어안는다. 한 팔이 한 팔을 끌어들여 온몸을 마비시킨다. 한 다리가 한 다리를 걸고, 한 다리가 한 다리에 걸려 두 다리가 서로 엉켜 하나가 된다. 한 눈과 한 눈이, 한 팔과 한 팔이, 한 다리와 한 다리가 한 몸에 붙어 있어. '홀리다'는 홀로 두 가지를 하는, 두 주인의 동사다. 두 눈과 두 팔과 두 다리로 이루어진 한 몸의 동사. 한 몸의 인간. 다문 두 입술. 자음과 모음. 서로에게 말이 필요 없는. 말로의 말로. 홀리다. 홀리다, 홀린. 두 입술의 말로.

## 6. 황당하다

하나.

둘.

셋.

피크, 토리, 스타, 하루, 적.

다섯은 '콤플리시테' 소속 연기자들이다. 토리와 하루는 여자고 피크, 스타, 적은 친구다.

넷.

다섯.

여섯.

일곱.

그해 스물여섯이 된 적이 맏형, 자신은 세상에 닳을 대로 닳았다는 스물둘 피크가 막내다.

여덟.

아홉.

시작부터 출발이 좋다. 스타가 손목을 이용해 공을 가볍게 공중으로 띄운다. 다섯은 공을 따라 모두 고개를 들고, 하얀 배구공은 위로 올라가다가 순간 방향을 바꿔 바닥으로 떨어지기 시작한다. 연습실은 극장 건물 지하에 있었다. 정사각형 모양의 천장이 높은 방. 바닥은 마루로, 한쪽 벽면은 거울로 되어 있다. 게임의 규칙 하나 — 아무도 말을 해서는 안 된다. 떨어지는 공의 방향을 예측해서 공에 제일 가까운 쪽에 있는 사람이 공을 받을 준비를 한다. 공은 가상의 무대 중앙에 있는 토리 쪽으로 떨어진다.

열.

토리가 왼손으로 오른손을 감싸 쥐고 엄지를 모아 힘차게 공을 쳐내자 피크, 토리, 스타, 하루, 적은 입을 모아 숫자를 외친다. 게임의 규칙 둘 — 공을 공중에 쳐 올릴 때는 다함께 숫자를 외친다. 숫자가 높아질수록 연기자들의 함성 소리는 더 힘차게 극장 건물 전체를 울린다. 공은 손에서 손으로 튕겨질 때를 빼곤 계속해서 공중에 떠 있어야 한다. 게임의 규칙 셋 — 공이 바닥에 떨어지기 전에 공중으로 공을 쳐 올려야 한다. 배구 하는 것처럼. 다섯이 처음 이 놀이를 시작했을 때는 서로 공만 보고 달려가다가 정작 공은 받지도 못하고 부딪혀서 넘어지곤 했다. 첫번째 시도에서 이들의 목표는 열,이었다. 하지만 열 개쯤은 아무것도 아니다. 누군가 실수를 했을 때, 규칙을 어기고 습관적으로 튀어나오던 원망의 목소리는 들리지 않는다. 다섯 명의 호흡. 공중의 공. 다섯은 신체 훈련을 즐기고 있다. 그들만의 놀이. 어쩌면 정말 이름 그대로 그들 사이에 '콤플리시테'가 생기고 있었는지도 모른다. 피크, 토리, 스타, 하루, 적. 그들의 이름은 중요하지 않다.

'콤플리시테'는 앙상블보다 더 깊은 울림이 있는 말이다. 당신들 간의 믿음, 나아가서는 무대 위의 당신들과 관객들 간의 믿음이 한 편의 연극을 완성한다. 작품의 울림이 무대에서 관객에게로, 관객을 통해 다시 무대로, 극장의 안과 밖으로 전해지는 것. 말없는 움직임. 우리 극단은 이것을 목표로 한다.

나는 신체 연극만이 이 시대 연극의 대안인 것처럼 결의에 찬 눈빛으로 비장하게 말했다. 십여 년 전이었다. 안무를 시작하고 처음 맡은 극단 '콤플리시테', 안녕, 안녕히. 세르반테스는 돈키호테의 1권과 2권을 같은 말로 끝맺었다. "Vale." 라틴어로 안녕을 뜻하는 말. 말로의 말로. 안녕. 안녕히. 나는 대사 한마디 없는 책 한 권 분량의 대본을 글자들로 가득 채우고 마지막으로 'Vale'라는 제목을 붙였다. 연기자들이 각 장면에서 지어야 하는 표정, 서로 주고받아야 하는 눈빛, 작은 몸동작 하나, 하나에 이르기까지 자세한 설명이 적혀 있는 대본. 나는 내가 그들의 신체를 통해 무엇을 표현하고 싶은 것인지, 어떤 느낌을 공유하고 싶은 것인지 다섯에게 이해시키기 위해 노력했지만 내가 쓴 대본을 다시 읽어볼 때마다 내 자신도 매 순간 달라지는 나를 이해시키지 못했다. 나는 나도, 다섯도 이해하지 못했다. 내가 사용하는 언어의 총량이 얼마나 부족한지, 어떤 감정을 원형 그대로 문장으로 옮긴다는 것이 얼마나 어려운지에 대해 절감했다. 한 단어로 내뱉어진 감정이란 미묘한 감각의 비늘들은 남김없이 사라지고 살점은 뭉그러진 썩은 생선의 토막난 몸뚱어리에 지나지 않았다. 어떤 문장은 눈앞에 인물들의 모습을 선명하게 떠오르게 했지만, 보이지 않는 영혼을, 만져지지 않는 고통을 피부로 느끼게 하지는 못했다. 지독한 냄새조차 풍기지 않았다. 떨림의 미묘한 차이를, 슬픔의 전혀 다른 농도를, 불안의 다양한 색채들을 표현하기 위해 나는 때로 그림을 그렸고, 다섯에게 비슷한 느낌의 음악을 들려줬고, 내가 할 수 있는 최선의 손짓과 발짓을 동원했다. 다섯의 눈을 뚫어지게 바라보았고, 고개를 숙였고, 많은 밤에 허리에 손을 얹고, 팔짱을 끼고 내 좁은 방안을 서성거렸다. 나는 당초에 계획했던 침묵 속에서의 공연을 포기하고 음악의 힘을 빌리고 싶다는 유혹을 강하게 느꼈다. 수많은 음악들이 많은 밤을 흔들었고, 나는 음악에 몸을 맡기고 지쳐 쓰러질 때까지 어둠 속을 더듬거렸다. 말로 표현할 수 있는 세르반테스의 고통이 얼마나 될까. 그것은 강렬할 수도 명확할 수도 없었다. 절제 없이 과장되거나 미묘하게 어긋나 있을 문장의 발성. 발화된 고통이 실재의 고통과 얼마나 멀리 떨어져 있던가. 나는 생각했다. 라만차의 돈키호테를 원작으로 새롭게 쓴 작품은 수도 없이 많았다. 연극과 뮤지컬을 비롯해 발레에 이르기까지 돈키호테는 시대를 초월해서, 국적을 불문하고, 계속해서 부활했다. 수많은 돈키호테들. 하지만 내가 그 당시 무대에 올리고자 했던 「Vale」는 원작 이후, 소설 이후, 세르반테스의 죽음 이후에 대한 이야기였다. 수없이 다시 태어난 돈키호테와 그만큼 여러 번 죽음을 맞이해야 했던 돈키호테에 대한 이야기가 아니라, 세르반테스. 돈키호테를 태어나게 한 장본인. 그 작가의 죽음 이후. 죽음 이후에도 죽지 못하고 계속해서 불려 나와야 하는 그 이름에 대한, 그 이름의 고뇌에 찬 부활에 대한 극이었다. 이야기의 죽음 이후. 죽은 자는 말이 없다. 나는 이 극을 반드시 내 첫 작품으로 만들고 싶었다. 완전히 비발성적인, 오로지 신체의 언어만을 통한 신체 연극. '콤플리시테'. 하지만 나는 알고 있었다. 대사가 한마디도 나오지 않는 신체 연극조차 언어를 빌리지 않고는 연출이 불가능하다는 것을, 대사가 있는 극보다 오히려 더 긴 대본을 통하지 않고는 한 장면도 무대 위에 올릴 수 없다는 것을. 그러나 이미 또 한 번, 풍차는 돌기 시작했다. 나는 산초 역에 피크를, 돈키호테에 스타를, 알돈자에 토리를, 거울의 여인에 하루를, 마지막으로 세르반테스 역에 적을 캐스팅했다. 한 번도 연극을 해본 적이 없는 일반인을 대상으로 오디션을 치렀고 오로지 몸의 언어가 내는 소리, 그들이 지니고 있는 몸의 에너지만을 기준으로 배역을 선정했다. 공중의 공. 다섯은 나를 믿고 따라줬고, 막은 올랐다. 하루와 적이 마주 서 있던 무대. 거울의 여인과 세르반테스가 마주 서 있던 우리의 첫 무대를 생생하게 기억한다. 나는 「Vale」에 끝내 어떤 소리도 이용하지 않았다. 음악은 물론이고 일체의 효과음을 차단했으며, 특별한 의미를 담지 않는 외침이나 흐느낌, 신음이나 비명도 허용하지 않았다. 신체가 내는 모든 소리는 사라졌다. 손백도 기침도 없었다. 깜빡임. 단지 침묵과 빛, 어둠과 움직임만이 무대 위에 올랐다. 무대를 가득 채웠다. 한 시간 반에 가까운 공연이 끝났을 때, 막이 내리고 불이 꺼졌을 때 나는 보았다. 텅 비어 있는 것에 가까운 객석을. 많은 관객들이 이미 자리를 떠난 뒤였다. 관객들은 애써 소리를 죽이지 않았다. 하지만 나는 「Vale」에서 「죽음의 춤」에 이르기까지 십 년이 넘는 시간 동안 '콤플리시테'를 떠나지 않았고, 무대를 떠나지 못했다. 다섯은 여전했다. 공중의 공. 말로의 말로. 안녕, 안녕히. 내가 지내온 십 년여의 시간은 내게서 조용히 등을 돌렸다. 나는 돌아섰다. 내가 만들어낸 동작들이, 마임들이, 춤들이, 대부분의 극들이 관객들을 불편하게 하고, 얼마간 당혹스럽게 하고, 누군가에게는 터무니없게 여겨질 수도 있다는 것을 알고 있었다. 하지만 「죽음의 춤」에는 죽음도 춤도 없었다는 것을 나는 무대를 떠난 후에야 안다. 안녕, 안녕히.

말로의 말로. '황당하다'의 반대말은 '진실하다'이다. '황당하다'의 반대말이 '진실하다'라는 사실이 나를 당황하게 한다. 나는 무대를 떠난 뒤에, 말로를 만난 뒤에 모든 것들이 나를 휩쓸고 간다고 느낀다. 무대 밖에서. 길지 않았던 시간. 말로의 말로. 모든 것들에 내가 휩쓸리고 있다고 느낀다. 고작 계절이 몇 번 바뀌었을 뿐이다. 두 번의 겨울. 다시 봄. 그리고 또 한 번의 여름. 이 도시의 말로. 어디에나 있는 물과 불이 전쟁과 질병이, 죽음과 공포가 나를 휩쓴다. 나는 보이지 않는 힘에 휩쓸려 다시 무대로 떠밀려 가고 있다고 생각한다. 형체가 없는 말로. 나는 말에 휘감긴다. 떠밀린다. 알몸의 말로. 돌아간다. 흔들린다. 떠돈다. 떠나지 못한다. 말로의 말로. '진실하다'의 반대말은 '허망하다'이다. 허망하다. 이 도시의 말로. 안녕, 안녕히. 나는 여전히 말로를 떠나지 못한다.


## 59. 희미하다

이 도시의 말로. 내가 처음 쓴 문장.
집에 환자가 둘이다.
다시 쓴 문장. 시몽은 아니다.
바로 쓴 문장. 내 몸이 나를 공격한다.
못 쓴 문장. 두 귀에 손을 얹고 나는 슬프다.
말로의 말로.
나는 때로 이런 식의 문장을 구사한다.
모든 수치는 수치다.

머무르는 것은 머뭇거리는 것이다.

아무도 외침을 듣지 못하는 것, 더는 아무것도 외치지 않는 것, 아무의 외침도 듣지 않는 것. 귀 막음. 기막힌 외로움. 홀로.

상실에서 상처가 시작된다.

이름과 다름이 닮은 것은 우연이 아니다. 모든 이름에서 다름이 시작된다.

다른 구름들, 다른 나무들, 다른 인간들, 다른 안개들, 다른 우산들, 다른 소름들.

먼 도시의 말로.

체면에 걸리는 일은 체면을 구기는 일이라고 믿는 사람들이 있다. 이런 사람들은 자주 글쎄요, 라고 말한다. 글쎄요.

편안한 마음으로. 헐벗은 헐떡임. 결혼.

혼인은 사회적 혼절이다.

혼은 빙하의 작용으로, 오아시스는 바람의 작용으로 생기지만.

바람의 작용으로 떠도는 영혼은 소통 없는 고통에 대해 말하지 않는다.

때로 소통을 기장한 폭력은 고통을 가중시킨다. 말로의 말로. 침묵의 소통을 통해서만 고통이 침묵하기도 한다.

목은 인간의 내면으로 들어가는 길목이다.

목구멍에도 속도가 있다. 목구멍을 열고 말하기 시작하면 길목은 혼잡해진다. 혼잡한 길목을 빠져나올 길이 없다. 병목현상. 병 속에 갇힐 수 있다.

때마침 얼음의 얼굴에 어른거리는 물그림자.

불행한 사람들이 꿈꾸는 방식.

여행.

죽은 붕어가 세상을 뜬다.

말로의 말로. 죽은 붕어가 물에 뜬다.

그래서, 그러므로, 그리고, 그러나, 그런데.

모든 접속 부사들 속에 '그'.

내가 속해 있어.

나는 말로의 말로. 문장과 문장을 연결한다. 문단과 문단을 연결한다.

부채와 부채를. 부재와 부재를. 이 도시의 말로. 나는 당신과 당신 사이에. 문장과 문장 사이에 잇닿아 있다.

말로의 말로.

미낀 유월, 가을 인절미, 담양 마늘밭.

이런 말들은 여전히 멀리 있다.

빠까 말로. 말로의 말로. 잘가 말로.

빠까. 말로는 빠까. 다른 도시의 말로. 말로는 아직.

빠까. 빠까.

나는 아직 이 도시의 안개 속에 있다.

빠까 안개

〔『문학들』 2011 가을호〕

# 선 정 의  말

—

「아」는 모두 스물여섯 개로 분절된 용언의 매듭을 갖는다. 스물여섯 개라는 소제목의 개수는 이 소설에서 무의미한 조건이자 결과로 보이지만, 그보다는 어째서 이 소제목들이 용언으로만 쓰였는지를 묻는 일에 집중해보자. 용언은 의미상 그 자체로 무한한 외연을 거느리며 충만하게 존재하는 듯하지만, 동시에 문법상 다른 품사의 존재 없이는 어떤 의미도 정확히 지시할 수 없는 불완전한 존재이기도 하다. 이 같은 용언의 특성에 따라 이 소설 속의 (두서없이 나열된 듯한) 소제목들은 초점화자('나')의 처지를 은유적으로 지시하게 된다. 어째서 그러한가. 결론부터 말하자면 "말로의 말로" 쓰인 '나'의 이야기(라는 말뭉치)는 하나의 말에 깃든 둘 이상의 기억이라는 점에서 풍요롭지만, 근본적으로는 '말로'라는 존재에 기대어 있을 수밖에 없는, 영원히 불완전한 이야기로서 위태롭다. 다시 말해 이 이야기는 스물여섯 개 소제목의 빈 곳을 스스로 채우고 재배열하며 무한히 자가 증식하고 재생(再生)하는 반면, 거듭해서 참조하는 '말로의 말'로 돌아감으로써 '말로'가 존재하지 않는 이상 역시 존재 불가능한 것이기도 하다.

그러니 이 길고도 짧은 소설의 중핵은 줄거리 식으로 채집되어 요약이

가능한 이야기 내용에 있지 않다고 하겠다. 더 중요한 것은 저 '말로의 말'에 서툰 자가 애써 '말로의 말로' 기록해내고 있는 말[言]들의 형태이다. 이때, 기억의 편린에 따라 무수히 분절된 '나'에게도 말의 형태는 단순한 생김새일 뿐만 아니라, 일차적으로 생김새를 통해 익힐 수밖에 없었던 낯설고도 매혹적인 '말로'라는 존재이기도 하다. '말로의 말로' 익힌 말의 형태에는 '말로'의 몸과 목소리와 그 외의 모든 세부가 수수께끼처럼 깃들어 있어서 '나'는 '말로'의 부재 이후 모든 것들에서 말의 형태를 발견한다. 그 발견이 역설적으로 '말로의 말'에 대한 기억이기도 하다.

  (한국어라는) 말 자체에 이미 항상 일종의 소외감을 겪고 있는 몸으로부터 발설되고 쓰이는 저 말들은 소설의 제목처럼 "많은 경우에/무의식적으로/무의미하게/무심히/내뱉"어진 것처럼 보인다. 그로써 「아」는 기존의 번역이 갖는 체계나 약호를 무화하면서 번역되는 중인, 기존의 이야기를 번역하는 이야기로서의 소설의 본령에 거의 근접한 소설이라 하겠다. 그로써 또한 이 소설은 사후(事後)적인 이야기임에도 불구하고 계속해서 현재진행형인 사건을 다루게 된다. '나'의 이야기는 '말로'에 대한 기록이자 '말로의

말로' 번역된 무수히 개별적인 '나'의 느낌들이며 그 느낌들의 발생과 소멸의 과정이 이 소설의 유일무이한 사건이기 때문이다. _김나영(문학평론가)

강 동 호 · 윤 해 서

인터뷰

—

**강동호**_굉장히 긴 작품인데, 굉장히 전위적이고 실험적인 소설이라고 말할 수 있을 것 같아요. 이 작품을 쓰시게 된 계기 혹은 쓰게 만든 욕망에 관해 말씀해주셨으면 좋겠어요.

**윤해서**_처음부터 이런 소설을 써야겠다고 하고 시작한 건 아니고요, 소설이란 무엇인가에 대한 생각을 많이 하다가 소설을 이루고 있는 언어의 가장 작은 단위로 내려가보자는 생각이 들었어요. 하나하나의 단어에 대해서 그림을 그려보면 어떨까, 질문을 한번 해보면 어떨까, 하는 호기심이 생긴 거죠. 그렇게 몇 개의 단어를 적어보다가 아, 이걸 소설에 대한 질문으로 만들어봐도 좋겠다 싶어서 쓰게 되었습니다.

**강동호**_기본적으로 소설의 분위기가 낮게 형성된 것 같거든요. 약간 우울하기도 하고 어둡기도 하고…… '말로'라는 이 말이 가지고 있는 느낌 때문에 그런 것 같아요. 특히 죽음에 대한 이야기도 많이 환기되는 것 같고. 그리고 '말로의 말로'라는 것에서 말과 죽음이 사실 떨어뜨려놓을 수 없는 것이라는 작가의 의도와 의지가 보이는 것 같더라고요. 등단작도 「최초의 자살」이라는 작품이었잖아요. 그래서 언어와 결부되어서 죽음이 중요한 의미를 갖고 있구나,라는 짐작 같은 게 생겼는데 그것에 대해서 말씀해주셨으면 좋겠어요.

**윤해서**_언어화되어 있는 모든 감정이 혹은 인물들이 한 번은 죽은 상태라는 생각이 들어요. 죽음으로써 다시 태어나는 느낌도 있고요. 어느 날 연세가 많으신 분이 제게 '스산하다'는 게 뭐냐, 이렇게 물어보셨어요. 놀랐어요. '스산하다'라는 단어를 모르는 어른들은 평생 그 감정을 모르고 사셨던 거죠. 그러면 내가 스산하다고 표현했던 감정은 감정이 아니라 언어였던가, 이런 생각을 하게 됐고요. '슬프다' 같은 경우만 하더라도 다양한 슬픔이 있잖아요. 그런 의미에서 언어와 죽음에 대해 생각을 해봤어요. 저는 죽음과 삶이 섞여 있는 것 같다고 항상 생각하는데, 경계가 모호하죠. 살고 싶은 것과 죽고 싶은 것이 굉장히 닿아 있다고 생각하거든요. 죽음 충동 끝에 삶에 대한 강한 충동도 있는 것 같아요. 그런 것들에 대해서 의도했다기보다는 제 무의식 어딘가에 있는 것 같아요.

**강동호**_묘한 게, (소제목) 앞에 숫자가 붙어 있어요. 본문에는 그림과

강동호

도표가 있고 화학식도 있는데, 상당히 인상적인 부분입니다. 그런 시도를 하게 된 계기를 듣고 싶더라고요.

**윤해서**_일반적으로 숫자는 수량을 나타내거나 순서를 나타내잖아요. 제가 어떤 단어에 대해서 이 단어가 무슨 의미를 갖는가 하고 다시 질문을 던져보자고 마음먹었을 때, 예를 들어 '고프다'와 가장 어감이 잘 맞고 이미지가 쉽게 떠오르는 숫자는 뭘까 이런 생각을 하게 됐어요. '5' 하면 숫자 5이기도 하지만 감탄사 같은 느낌도 있고 그려지는 이미지가 동그라미여서 구멍의 느낌도 나고…… 이런 느낌으로 연결을 해본 거거든요. 그래서 각각의 단어 앞에 붙어 있는 숫자들은 그런 식으로, 그 안에 들어 있는 내용과 어떤 이미지로 연결될 수 있을까 하는 생각들로 그렇게 써봤고요. 그림 같은 경우는, 언어에 대해서 이야기하는데, 한 단어를 언어로 다시 그리려고 하다 보니까 어떤 단어 앞에서는 막막해지기도 하고 정말 어떤 말로도 설명할 수 없는, 표현할 수 없는, 표현한다고 해도 그건 또 비껴가 있는 상태가 되는 게 아닐까 싶었어요. '슬프다'에 나오는 그림도 그런 생각에서 그려봤어요. 어떤 여자가 아이를 너무 갖고 싶을 때 느끼는 감정이나, 물속에 잠기고 싶을 때 느끼는 감정이나, 예를 들면 작은 것부터 큰 것까지의 감정들을 그림으로 그리면 어떤 느낌일까, 이런 걸 표현하려고 시도한 것 같아요.

**강동호**_이 소설은 소설의 극단에 놓여 있어서 소설을 실험하는 것으로 보이기도 하지만 그걸 넘어서 시의 극단에도 가 있다. 시의 수준에서도 실험의 극단에 가 있다는 이야기도 있었거든요. 그런데 이건 그만큼 이 소설이 미학적인 부분에 있어서 어느 정도 첨단에 가 있다는 이야기이기도 하면서 어떻게 보면 이것이 과연 소설인가,에 대한 의문을 불러일으키는 면이 없지 않아 있다는 이야기로 들리기도 했어요. 어쨌든 소설이라는 이름으로 출판이 되었고 또 이것을 보는 사람들은 소설로 읽게 될 텐데, 이 글을 굳이 소설이라 해야 하는 것인지, 본인에게 소설이란 정확히 어떤 것인지 말씀해주셨으면 좋겠습니다.

**윤해서**_요즘들어 소설이 무엇인가에 대해서 가장 많이 생각하는 것 같아요. 이렇게 말씀드리면 대답이 안 될 수도 있는데, 소설이 뭔가, 그러면 시는 뭔가 하는 생각을 하게 돼요. 그런데 그렇게 가다 보니 인간은 뭐지? 하는 식으로 자꾸 범위가 커져서 「아」라는 소설을 쓰게 되기도 했던 것 같은데요, 지금도 고민은 계속 하고 있어요. 사실은 이 소설을 내면서도 이게 소설 맞아?라는 질문을 들을지 모른다는 생각을 했는데, 그것에 대해서 제가 소설 맞는데요,라고 하는 것

윤해서

도 의미가 없는 것 같고, 그렇다고 제가 생각하는 소설이 무엇인지도 명확하지 않죠. 그래서 저 역시 계속 질문할 것 같아요. 저 스스로에게, 혹은 텍스트에게. 💠

그럼 무얼 부르지 _박솔뫼

박 솔 뫼    1985년 전라도 광주에서 태어났다. 2009년 자음과모음 신인문학상을 받으며 문단에 나왔
으며, 장편소설 『을』이 있다.

**작 가 노 트**

작년 봄에 쓴 소설이다.
이걸 쓰는 동안 매일 아침 죽과 삶은 달걀을 먹었다. 그게 이제야 기억이
난다.
이런 걸 다시는 쓰지 않겠다고 생각함과 동시에 이런 걸 이렇게 만드는 것
을 더욱 이렇게 써야겠다는 생각을 한다.


● ··

# 그럼 무얼 부르지

해나를 만난 것은 샌프란시스코에서였다. 정확히 말하면 버클리인데 버클리 대학 인근에서 한 달에 한 번씩 모이는 모임에 간 적이 있다. 해나는 그 모임에서 만났다. 그 모임은 한국에 관심이 있는 사람들이 모여 한국어를 배우는 모임으로, 한국어가 익숙지 않은 교포들이 주로 많았다. 한국어-영어가 섞이는 모임이라 유학 온 지 얼마 되지 않은 학생들도 몇 있었다. 그때 나는 여행 중이었는데 카페에서 한국어로 된 책을 읽고 있는 나에게 누군가 이런 모임이 있는데 나오지 않겠느냐고 권해서 나가게 되었다. 그 사람이 누구였는지는 이제 가물가물하다. 읽고 있던 책은 기억하는데 친구에게서 빌린 잘 팔리는 프랑스 작가의 소설이었다. 그 옆에는 바닥을 드러낸 카푸치노가 있었다.

버클리 대학 근처에 있는 테이블이 넓은 카페, 목요일 오후 여덟 시였다. 그날의 밤공기가 가볍고 건조했다는 것이 기억난다. 모임은 대체로 정해진 순서대로 진행되는 듯했다. 그날의 순서인 사람이 자신이 발표하고 싶은 것들을 발표하고 거기 있는 단어들을 영어는 한국어로 한국어는 영어로 설명해주는 식이었다. 그날은 해나의 차례였다. 해나는 어머니는 한국인이었지만 아버지는 미국인이었다. 어머니는 10년 전에 돌아가셨고 그 이후 아버지는 시애틀 출신의 미국인 여자와 재혼했다. 그래서 너는 지금 부모와 함께 사니? 아니. 아빠와 아빠의 아내는 엘에이에 살아. 나는 버클리에서 혼자 살고. 처음 본 나에게 이런저런 이야기를 하기 시작했다. 할머니 할아버지는 언제 미국에 왔고 그리고 어머니는…… 하는 이야기가 이어졌다. 나는 설명할 게 아무것도 없었다. 그런가? 하는 표정으로 해나의 이야기를 듣기만 했다. 이야기를 마친 해나는 고개를 돌려 지난주엔 이런 걸 발표했지 그리고 이런 일이 있었지 웃으며 말했다. 나에게 알려주려 했다. 사람들은 아 맞아 그거 웃겼지 대답했다.

해나는 가방에서 스테이플러가 박힌 프린트물을 꺼내 사람들에게 건넸다. May, 18th에 관한 자료라고 했다. 아 5·18이 May eighteenth 구나 당연한 것을 신기하다고 생각하며 그래? 거기는 내 고향인데 말했다. 해나는 정말이야? 감탄하고는 나를 바라보았다. 왜 놀라워하는 거지 감탄하는 거지 어째서 눈을 크게 뜨는 거지 생각하다 웃으며 그래 나는 거기서 태어났어 덧붙였다. 그러고 보니 내가 샌프란시스코를 여행하던 그때는 5월이었다. 장소는 버클리 인근 카페로 예상치도 못한 곳이었다. 내가 태어난 곳에서 30여 년 전에 있었던 일을 듣게 되는 장소로는 말이다. 나는 한국인들은 정말 선풍기를 틀어놓고 자면 죽는다고 생각하니? 설마 산소 부족이 이유라고 생각하는 거야? 같은 이야기를 하는 줄 알았는데. 그런 가벼운 이야기를 하는 줄 알았는데. 어쨌거나 거기서 듣는 오월의 이야기는 마치 아일랜드의 피의 일요일이라거나 칠레의 피노체트가 저지른 일과 억압받았던 그곳의 사람들의 이야기를 듣는 것처럼 명백하고 비교적 의문의 여지가 없는 일처럼 들렸다. 마치 영어가 사건에 객관을 주고 있기라도 한 것처럼 말이다. 해나가 가져온 프린트물은 5·18재단에서 만든 영어로 된 자료와 『뉴욕 타임스』에 실린 기사를 편집한 것이었다.

자료를 나눠 받은 사람들은 이제 읽을 차례라는 표정이었다. 사람들은 익숙하게 돌아가며 한 문단씩 읽었다. 빽빽한 글씨로 된 A4 용지가 서너 장쯤 되었는데 의외로 금세 다 읽을 수 있었다. 주문한 음료가 나왔다는 소리가 들렸고 몇이 일어나 음료를 가져왔다. 그때 내 맞은편에 있던 머리 긴 여자애는 커다란 밀크셰이크를 시켰고 나는 카푸치노를 시켰다. 낮은 잔의 카푸치노의 맞은편에는 기다란 유리잔의 밀크셰이크가 있었다. 모두들 한 모금씩 마시고 해나를 바라보았다. 사람들이 제자리에 앉은 것을 보고 해나는 설명하고 그러니까 이때 한국은 하고 시작하는 이야기들 그런 것들을 말했다. 그 이야기는 틀리지 않았지만 한국어로 듣는 것과 영어로 듣는 것 사이에는 몇 개의 장막이 있었다. 하지만 그 장막은 나에게만 있는 것으로 해나에게는 없는 것이었다. 나는 커피를 한 모금 마시고 다시 자료를 보았다. 흰 종이에 빽빽한 글씨와 몇 개의 사진, 뭉개진 얼굴의 남자와 트럭 위에서 깃발을 흔드는 젊은 남자 무릎 꿇은 사람들을 내려다보는 군인 그런 사진들이었다. 다시 커피를 한 모금 마셨다. 그때 누군가 광주가 어디 있는 도시냐고 물었고 해나는 한국의 지도를 그렸다. 형태를 그렸다고 하는 것에 더 가까울 것이다. 해나는 간단히 그린 한국의 지도에서 광주를 짚었다. 해나는 광주가 어디인지 정확히 짚을 수 있었다. 여기, 서울의 남쪽 부산의 서쪽. 아, 몇 명이 고개를 끄덕였다. 샌프란시스코로 어학연수를 온 대학생이 massacre의 뜻을 물었다. 이거 무슨 뜻이지? 계속 나오는데 모르겠네. 누군가 쉽게 설명했다. 잔인한 방법으로 많은 사람들을 죽이는 것. 한국어로는 뭐니? massacre, 학살하다. 대학생은 각주를 달 듯 massacre에 줄을 긋고 그 밑에 적었다. 학살하다.

해나와는 이메일 주소를 교환했다. 그리고 그 자리는 끝이 났다. 뭔가 좀더 다른 이야기들이 나왔던 것도 같은데 기억나는 것이 없다. 아마 다음 차례는 누구였지? 아 나 그날 일이 있어. 아 그래? 나 그럼 내가 먼저 할게. 어디서 보지? 네가 정해서 메일 보내. 알았어. 그런 이야기를 했을 것이다. 헤어질 때 해나는 나에게 종이 몇 장을 건넸다. 시가 있었다. 이걸 읽고 싶었는데 못 읽었어. 나는 종이를 받아 들고 숙소로 되돌아왔다. 숙소는 차이나타운을 지나야 나왔다. 그때 밤의 색은 푸른색이었고 거리는 푸른색 아래 가늘게 이어지고 있었다. 신호등이 바뀌고 천천히 걸어가고 있을 때 어떤 중년 백인 남자와 눈이 마주쳤다. 중년 백인 남자는 내게 중국인이니 대만인이니 일본인이니 묻고 같이 술을 마시러 가자고 했다. 나는 어느 나라 사람인지 그 이름이 나오면 반응해야지 하고 고개를 끄덕일 준비를 했으나 끄덕일 수 없었다. 이 사람을 따라가 술을 마시고 무엇을 시키든 시키는 대로 해버려야지 누군가 내 안에서 속삭였다. 그런 마음으로 기다려도 고개를 끄덕일 차례는 오지 않았다. 나는 대답할 순간을 놓쳤다. 일어난 일은 아무것도 없었다. 아무 대답 없이 신호등을 건넜다. 멈춰 서 있는 그 남자를 지나쳐 숙소로 돌아왔다. 침대에 누워 종이를 펼쳤다. 그 시는 김남주의 「학살 2」였다. 한국어와 영어로 각각 타이핑된 그 시는 외국 사람의 시 같았다. 60년대 후반 멕시코나 칠레의 대학에 군인들이 들어섰을 때 그것을 숨죽이며 지켜본 누군가가 쓴 것 같았다. 거리에서 사람들이 사라지는 것을 보게 된 누군가 그 누군가가 쓴 것 같았다. 게르니카에 대한 글 같았다. 1947년의 타이베이에 대한 글 같았다. 밤의 골목에서 누군가 얻어맞는 시였다. 누가 때렸다고 하는 시. 누군가가 때리고 누군가는 맞고 죽이는 사람이 있으며 죽는 사람이 있다. 그리고 우는 사람은 아주 많다. 그런 시였다.

다음 장에는 누군가가 눌러쓴 것 같은 글씨가 보였다. 어떤 글이었는데, 그러니까 선언문이었다. 민주주의 수호 이런 말이 보였다. 복사된 선언문 위에 해나의 덧붙인 설명이 있었다. 단기 ####년은 19**으로 바뀌어 있었다.

해나를 다시 만난 것은 3년 후인데 그사이 나는 일본의 교토로 여행을 갔다 온다. 이에 대해 언급하는 데는 두 가지 이유가 있는데 우선 그사이 여행은 그것이 전부였고 또 다른 하나는 광주에 대해 언급하는 사람을 그곳에서도 보았기 때문이었다. 그 사람을 만난 것은 교토 시조 가와라마치 근처에 있던 바였다. 버클리 대학 근처 카페와 교토의 시조역 근처 바, 둘 중 어느 곳이 더 의외이려나. 30여 년 전에, 내가 태어난 도시에서 있던 일에 대해 불현듯 듣는 것으로 말이다. 역시나 바에서 만난 이 사람의 이름도 기억하지 못하는데 커다란 덩치에 60대 초반 정도로 보이는 남자였다. 안경을 썼고 짙은 청색의 셔츠를 입고 있었다. 어떤 표정 같은 것은 기억이 난다. 눈의 주름 같은 것도 함께. 어쩌면 그 사람은 내게 이름을 말해주지 않았을지도 모른다. 아니면 말해주었대도 내가 부른 적이 없어 기억할 수 없거나. 그 사람은 바의 주인이었고 바에는 나뿐이었고 한동안 나뿐이었다. 나는 생맥주를 마셨고 그 사람은 커다란 냄비에 니혼슈를 데워 마셨다. 나는 끓는 냄비를 바라보다 붉어지는 그 사람의 얼굴을 바라보다 다시 끓는 냄비를 바라보다 하는 것을 반복했다. 그러다 보니 끓고 있는 술이 정말로 알코올 용액 그 자체로 느껴졌다. 맥주는 이렇게 차가운데 데운 술은 몹시 뜨거우며 그것을 마시는 사람의 얼굴도 어쩐지 뜨거워 보여.

너는 어디서 왔는데?
한국.
한국 어디?
어딘지 말해도 모를걸요?
어딘데?
광주. 서울의 남쪽. 부산의 서쪽.
아.

그 사람은 물을 한 모금 마시고 니혼슈 옆에서 끓고 있던 무를 건졌다. 장 안에서 달걀과 함께 끓고 있던 무. 무는 장과 함께 오랫동안 끓였기 때문에 짙은 갈색이었다. 정말로 짙은 갈색이었기 때문에 앞서 말한 '장과 함께 오랫동안 끓였기 때문에'를 '장과 함께 오랫동안 끓여져야만 했기에'라거나 '장과 함께 오랫동안 끓여져버렸기 때문에' '장과 함께 끓이지 않으면 안 되었기 때문에'라고 말해야 할 것 같았다. 이 짙은 갈색을 설명하려면 말이다. 그 사람은 건진 무를 작은 접시에 담아 내게 주었다. 자기 앞에도 하나 놓았다.

거기 어딘지 알아.

정말?

내 친구는 「코슈 시티」라는 노래도 만들었어. 이렇게 쓰는 거지?

바 테이블에 놓여 있던 티슈 한 장에 볼펜으로 光州 City라고 썼다. 나는 고개를 끄덕였다. 어떤 노래냐고 묻자 그때 군인들이 이 도시로 와 사람들을 많이 죽인 그것에 관한 이야기라고 했다. 아, 나는 짧게 반응하고 다시 맥주를 마셨다. 光州에서 사람들이 많이 죽었지? 제주도에서도 사람들이 많이 죽었지? 지나가는 말처럼 말했다. 술을 넘기며 말했다. 술을 한 모금 넘기며 사람들이 많이 죽은 이야기를 했다. 그 사람은 주방에서 나와 뒤편의 테이블 밑에 쌓인 책들을 뒤지더니 어딘가 구석에 꽂혀 있던 사진집을 하나 들고 왔다. 교토의 거리였고 노천카페였다. 누군가가 의자에 앉아 신문을 펴서 읽고 있었다. 선글라스를 낀 젊은 남자였다. 신문에는 무릎을 꿇고 있는 남자가 트럭에 실려 가고 있는 장면이 크게 실려 있었다. 무릎을 꿇고 있는 남자는 정장을 입고 있었고 회사원처럼 보였다. 나는 그 페이지를 오래 보았고 그때 누군가가 바의 문을 열고 들어왔다.

그 이듬해 봄에 해나를 다시 만났다. 처음 샌프란시스코에서 만난 이후로 해나는 가끔 메일을 보내왔다. 어떨 때는 영어였지만 대체로 한국어로 쓴 메일이었다. 안녕, 잘 지내니? 이런 말들도 가끔 어색하게 느껴졌다. 해나의 한국어가 아주 어색한 것은 아니었지만 가끔 스윽 읽으면 한국어 덩어리들이 각각 뭉쳐져 화면에 점점이 찍혀 있는 것처럼 보였다. 그건 나름대로 묘한 분위기가 있었다. 보낸 사람을 특이한 어린애처럼 보이게 했다. 조금 편협한 이야기기는 하지만.

해나는 서울에 있는 대학의 어학당에서 한국어 공부를 하고 있다고 했다. 다음 주에 광주에 갈 거야. 네가 광주에 있다면 만나고 싶어. 나는 지금 서울에 있다고 답장했다. 하지만 다음 주에 갈 일이 생길 것 같아. 그럼 만나자. 연락해. 안녕. 내 답장도 어쩐지 우글거리는 한글의 덩어리 같아 보였다. 어디선가 떼어 와서 컴퓨터 화면에 붙여 놓은 조합들. 하나로 뭉쳐지지 않는 작은 덩어리들.

해나와 나의 목적은 도청 앞에서 열리기로 한 광주 시향의 말러 교향곡 2번 5악장 「부활」의 연주를 듣는 것이었다. 그해는 80년 5월 광주에서 30년이 지난 해였다. 기념할 만한 해였기 때문에 그런 연주가 야외에서 열리는 것이었다. 해나는 그 전날 광주에 미리 도착해 망월동 묘역에 들를 것이라고 했다. 나는 몇 가지 의문이 들었지만 나중에 물어봐야지 생각하다 말았다. 해나를 만난 곳은 충장로에 있는 우체국 앞이었다. 사람들은 모두 이곳에서 만나 다른 곳으로 향했다. 오랜만에 본 해나는 머리가 짧아져 있었고 검은 옷을 입어서인지 차분해 보였다. 우리는 인사를 하고 짧게 포옹을 했다. 우리가 보기로 한 연주는 비가 와서 취소가 되었대. 해나는 말했고 나는 아쉽기도 했지만 그럼 이제 몇 년 전 한 번 본 게 다인 해나와 무얼 해야 할지 약간 당황스러웠다. 어쩌지? 묻자, 글쎄 밥을 먹을까 하는 대답이 돌아왔다. 그날은 비가 올 듯 말 듯한 날씨였지만 밤공기는 습하지 않고 상쾌했다. 우리는 근처 중국집으로 가 잡채밥을 먹고 나와 잠시 걸었다.

광주는 조용했고 딱히 다른 날과 다르지 않았다. 특별히 소리 내어 무언가를 말하는 사람은 없었다. 의외로 이곳에서 무언가를 말하는 사람은 없었다. 어떤 날은 큰 목소리로 무언가를 말했지만 다른 때는 입을 다물고 아무것도 말하지 않았다. 아무 말도 하지 않았다 대개는. 우리는 도청을 향해 걷다가 조금씩 떨어지는 빗방울을 맞다가 아 비네 비다 라고 낮게 말을 하다 손바닥을 위로 향해 허공에 내밀었다. 빗방울이 손바닥에 떨어졌다. 나는 손바닥을 털면서 걸었다. 비는 곧 그쳤다. 우리는 이 기간 동안만 특별히 공개된 구도청 안을 걸었다. 1층에는 당시 오월의 영상이 상영되고 있었다. 20대 남성 둘이 나란히 서서 당시의 영상을 보고 있었다. 두 남자는 손을 나란히 붙인 채 얌전히 서서 보고 있었다. 나란히 서 있는 나란한 흰색 셔츠 나란한 두 사람이었다. 그 뒤로는 50대로 보이는 일본 남자 한 명이 또 다른 20대 남성과 일본어로 대화를 하고 있었다. 20대 남성은 한국인으로 보였는데 통역을 해주고 있는 듯했다. 그들을 뒤로하고 2층으로 올라갔다. 해나와 나 외에는 아무도 없었다. 텅 빈 복도. 어두운 복도. 회색 무거운 회색 복도. 시멘트 건물, 벗겨진 페인트 그 둘의 냄새. 이 회색 복도에서 정말로 무슨 일이 있었는지 입 밖으로 소리 내어 말을 하는 사람은 드물다. 정말로 이곳에서 무슨 일이 있었는지 아는 사람들은 다른 이야기를 해줄지도 모른다. 이제까지의 이야기와 다른 이야기를 말이다. 밖을 보았다. 비가 다시 올지도 몰라. 그런 생각을 하다 도청을 나왔다

다시 충장로로 돌아온 나와 해나는 구시청 쪽으로 갔다. 구도청을 지나 구시청 쪽으로 크지도 않은 구도심 안을 걷기만 했다. 구도청 구시청 구도심 모든 보지 못한 과거의 거리를 긴 시간을 아는 사람처럼 부르며 걸었다. 늘어선 술집들 중 가장 조용해 보이는 곳으로 들어갔다. 우리는 맥주를 시켰고 주인은 곧 맥주와 유리잔을 가져다주었다. 성능이 좋아 보이는 오디오가 바의 왼편에 있었고 그 주위로 음반들이 늘어서 있는 바였다. 해나는 나오는 노래를 흥얼거렸다. 맥주를 한 모금 마시고 노래를 따라 부르고 고개를 돌려 구석구석을 살펴보고 있었

다. 그때 흘러나오던 음악은 보사노바나 가벼운 재즈였을 것이다. 해나
는 서울에 있는 어학당 선생님 이야기를 했고 지난주엔 이런 걸 하며
놀았어 이런 이야기를 했다. 우리는 맥주를 한 병씩 더 주문했고 맥주
를 가지고 온 주인에게 해나는 지금 나오는 음악 다 좋아요 하고 웃으
며 말했다. 주인은 재즈를 좋아하시느냐고 물었다. 둘은 이런저런 연주
자들의 이야기를 했다. 나는 문득 그 전해에 교토에 갔던 것을 생각했
다. 봄이었지만 아직 날씨가 쌀쌀했고 어느 날인가는 눈발이 날리기도
했다. 교토는 모든 것이 오래되고 정리되어 있는 것으로 보여서 그 안
의 사람들이 잘 보이지 않는 도시였다. 하지만 그 때문인지 풍경 속의
사람들이 상대적으로 생생해 보이고 젊어 보일 때도 있었다. 도시에 비
해 말이다. 그때 「光州 City」라는 노래를 만들었다는 사람은 지금 어디
서 무얼 할까. 그걸 알려준 사람은 이제 그 음반을 구할 수 없다고 말했
다. 유명한 밴드가 아니니까. 어딘가에 있을지도 모르겠지만 아마 다시
듣긴 힘들 거야. 그렇게 말했지. 그 이야기를 할 때쯤 누군가 바의 문을
열고 들어왔다. 마르고 세련된 차림을 한 중년 남자였다. 귀를 덮는 은
발에 어깨가 딱 맞는 정장을 입고 있었다. 그 사람은 매실이 들어간 술
을 주문했다. 그 사람은 매실이 들어간 술을 마셨고 주인은 데운 니혼
슈를 마셨으며 나는 차가운 생맥주를 마셨다. 나는 어디서나 맥주를 마
셨고 어디서나 사람들은 음악 이야기를 한다.

「光州 City」라는 노래 알지?
「光州 City」?
어. 82년쯤인가 나왔을걸.
하쿠류인가? 하쿠류의 노래?

응. 그렇지.

아 그때 공연 많이 봤는데.

본 적 있어?

그럼. 뭐 그런 노래도 많았는데. 오키나와라던가 천안문이라던가.

오키나와에 관련된 노래는 많았지.

응. 그랬지.


그때 누군가가 들어섰는데 마르고 세련된 차림을 한 중년 남자는 아니었다. 귀를 덮는 은발에 어깨가 딱 맞는 정장을 입고 있는 남자도 아니었다. 당연하지, 라고 생각하며 맥주를 한 모금 더 넘겼다. 방금 들어온 사람은 근육이 붙은 커다란 몸에 아디다스에서 나온 티셔츠에 면바지를 입고 있었다. 그 남자는 나와 해나를 쓰윽 보더니 주인 쪽으로 갔다. 이미 다른 곳에서 마시고 온 얼굴이었다. 붉다. 아마 만지면 뜨겁겠지. 그 사람은 바 주인과 친한 듯 주인의 맞은편에 앉아 맥주를 달라고 했다. 그 남자의 왼편에는 40대 남녀가 끌어안고 키스를 하고 있었다. 한 덩어리처럼 붙어 떨어지지 않아 어떤 얼굴을 하고 있는 사람들인지 알 수 없었다. 방금 들어온 남자는 아무런 관심이 없다는 표정으로 맥주병을 손에 쥐고 고개를 끄덕이기 시작했다. 혼자 중얼거렸다. 그제야 잠시 떨어진 남녀는 목이 말랐는지 각자 술잔을 입에 가져갔다. 키스를 마친 남자가 말했다. 잔을 높이며, 그 노래 틀어요. 그 노래. 그 노래는 그해에 서울에 있는 광장에서 부를 수 없게 된 노래였다. 왜인지 납득이 가지 않는 이유로 부를 수 없게 되었고 그 때문에 노래를 부르고 싶은 사람들을 구차하게 만들었다. 왜 부르면 안 되나? 부르게 하라 이런 질문과 발언의 과정을 거치게 했으므로 결론적으로 모멸감을 느끼게 했다. 맥주를 마시지도 않고 맥주병만 들고 고개를 끄덕이고 있던 남자는 천천히 고개를 돌려 묻는다. 그 노래? 키스를 마친 남자는 잔을 여전히 높게 들고 있다. 그래! 들어야지 오늘 같은 날! 그 노래를 들어야지.

그 노래를 들어서 뭐 해?
그래도 언제 들어.
그 노래를 들어서 뭐 해요? 여기서나 트는 거잖아.
왜 들으면 안 돼요? 안 되는 거야?
듣기 싫으니까. 정말 듣고 싶지가 않으니까.
그럼 무얼 듣지? 무얼 불러야 하지?

맥주를 한 모금 마시고 그런가? 그런 거야? 중얼거리던 남자는 잔을 내리고 여자를 끌고 나갔다. 바 주인은 어색한 표정을 했다. 지금 흘러나오는 노래가 끝나자 음반을 바꿨는데 레퀴엠이었다. 바 주인은 레퀴엠을 틀었다. 노래가 금지되면 은유가 이용됩니까. 나는 키스하던 남자의 말을 중얼거려 보았다. 무얼 듣지? 무얼 듣나. 무얼 부르지? 무얼 무얼 무얼 말하다 보니 부엉 부엉 하는 것 같았다. 해나는 벽에 몸을 기대고 무릎을 모아 끌어안았다. 해나는 상념에 빠져 있는 모습을 했다. 나는 그게 싫지도 화나지도 지겹지도 않았다. 더운 기분이 들었다. 그 노래를 틀지 말라고 했던 남자는 다시 일어나서 이런 노래 좀 틀지 말라고 낮은 목소리로 말했다. 레퀴엠이 뭐야. 맥주는 조금도 줄지 않았다. 남자는 혼자 중얼거리다 바를 나갔는데 맥주는 줄지 않았고 여전히 취한 채였고 주인은 만 원짜리를 내미는 남자의 돈을 자꾸 안 받겠다고 했다. 남자는 만 원을 던지고 나갔다. 우리는 가만히 있었다. 나는 편의점에 잠깐 갔다 오겠다고 말하며 잠시 바를 나왔다. 여전히 상쾌한 밤의 공기 손가락 사이로 빠져나가고 있었다. 편의점을 두 바퀴쯤 돌고 캔 커피를 하나 샀다. 편의점 앞 파라솔에 앉아 커피를 마셨다. 이 캔 커피는 검은색 캔에 들어 있는 전혀 달지 않은 캔 커피였다. 검은색 캔에 흰색 글씨로 BLACK이라고 쓰여 있었다. 네가 어떤 기대를 하든 나는 달지 않을 것이므로 달지 않을 것이라는 기대를 하면 나는 너를 만족시키리라, 웅변하고 있는 모양이었다. 달지 않은 캔 커피 쓴 커피를 다 마셨다. 손바닥을 폈다. 투둑 하고 떨어지는 빗방울이 손바닥에 닿았다. 천천히 두번째 빗방울이 떨어졌다. 세번째 빗방울, 간격을 두고 네번째 빗방울도 떨어졌고 나는 모인 빗방울을 빈 캔에 흘려보냈다. 일어나 다시 바로 향했다. 이것 봐, 큰비는 오지 않잖아. 나는 오늘 취소된 공연을 생각했다. 큰비는 오지 않아. 간격을 두고 떨어지는 몇 개의 빗방울뿐이잖아.

해나 옆으로 돌아가 앉았다. 바에는 우리 둘뿐이었다. 주인은 우리에게 커피를 가져다주었다. 또 커피네? 주인은 방금 커피메이커에서 내린 커피를 건네주었다. 커다란 머그컵을 손에 쥐니 손 안이 따뜻해졌다. 방금 빗방울을 모으던 손바닥이었다. 따뜻한 커피를 마시며 나는 가방 안의 수첩을 꺼내 괜히 뒤적거렸다. 핸드폰도 확인했다. 내보일 만한 것은 없었다. 중요한 것은 없었다. 해나는 가방에서 사탕 껍질 같은 걸 버리려고 꺼냈다. 전단지도 꺼냈다. 그리고 종이 한 장을 꺼냈다. 유인물 같은 것이었다. 이거 누가 묘역에서 나눠주었어. 그런데 주변에 사람이 없어서 나만 받았어. 나는 구겨진 종이를 건네받았다. 시였다. 나는 몇 년 전 버클리에서 해나가 내게 시를 건네주었던 것을 기억해냈다. 김남주의 「학살 2」였고 나는 그것이 60년대 후반 남미의 상황을 그린 시 같다고 생각했다. 그때는 5월이었고 두번째 시를 받게 되는 때도 5월이며 그 사이로 몇 년의 시간이 흐르고 그 중간에 교토가 점처럼 찍혀 있지만 그 모든 것은 끊어지지 않고 하나의 공기로 흐르고 있었다. 나는 3년 전의 시선으로 3년 후를 보았으며 내게는 그것이 자연스러웠는데 그 사이를 지나는 바람이 그대로였으며 사람들은 음악을 이야기하고 나는 차가운 맥주를 마시며 그것은 언제나 변하지 않을 것들 중 하나였으며 나는 누가 죽이고 누가 죽고 그리고 아주 많은 것들이 남아 있고 그런 것들을 아는 사람들을 만나고 있었는데 시간은 그 사이를 바람처럼 유유히 지나가고 있었다. 두 밤은 습기가 없는 상쾌한 밤이었고 나는 해나로부터 시를 받는다. 겹쳐지는 밤이었다. 나는 종이를 접어 손에 들었다. 커피와 맥주를 번갈아가며 마시다 종이를 펴 테이블 가운데에 두었다. 우리는 머리를 맞대고 읽었다. 김정환의 「오월곡(五月哭)」이라는 시였다. 우리는 검지로 한 줄 한 줄 읽었다. 나의 검지 옆에 해나의 검지가 움직였다. 나의 검지는 해나의 검지를 밀듯이, 해나의 검지는 나의 검지에 붙어 있는 듯한 모양으로 움직였다. 우리가 시의 끝부분인 "은밀한 죄악의 밤조차 진저리쳤던 대낮이었습니다"라는 부분에 이르자 두 검지는 종이를 두드렸다 툭툭 하고. 서로의 손가락도 두드렸다. 손가락을 두드릴 때는 종이를 두드릴 때 같은 소리가 나지 않는다. 나는 펜을 꺼내어 이전에 해나가 했던 것처럼 줄을 그었다. "우리들 가난의 공동체여"라는 부분과 "제3세계여 공동체여"라는 부분이었다.

우리들 가난의 공동체여.
제3세계여 공동체여.

(이 둘은 이어진 부분은 아니다.)

공동체는 community, 제3세계는 third world 해나는 영어로 적는다. 공동체와 제3세계는 몹시 세계 공용 단어 같아서 그 두 단어에 밑줄을 그은 김정환의 시는 김남주의 「학살 2」처럼 꼭 광주의 이야기만은 아닐지도 몰라 이건 60년대 남미의 이야기일지도 모르지 하는 생각이 들게 했다. 모든 명확한 세계들이 내게서 장막을 치고 있었다. 해나는 그때 버클리 대학 근처 카페에서 누군가 광주가 어디 있지? 하고 물었을 때 광주의 위치를 정확히 짚었다. 아까의 그 검지로, 대충 그린 한국의 지도에서 여기야 하고 광주를 짚었다. 누군가 massacre의 뜻도 물었는데 또 다른 누군가는 쉽게 설명해주었어. 잔인한 방법으로 많은 사람들을 죽이는 것. 한국어로는 뭐니? massacre, 학살하다. 대학생은 각주를 달듯 massacre에 줄을 긋고 그 밑에 적었지. 학살하다 하고. 그리고 또 다른 누군가는 그러면 brutal은 한국어로 뭐니? 아 그건 잔인하다. brutal한 방법으로 많은 사람들을 죽이는 게 massacre. 나는 그런 명확한 세계에 없었다. 마치 아주 복잡한 지도를 보고 있는 것처럼 거기는 어디지? 하고 들여다보아야만 했는데 그렇다고 무언가가 보이는 것도 아니었다. 나는 그렇게 들여다보는 사람이었으므로 당사자는 아니며 또한 명확한 세계의 시민도 아니었다. 내 앞에는 장막이 있고 나는 장막을 걷을 수 없으므로.

검지를 들어 문장의 밑부분을 밀기 시작했다. 손톱이 시의 발을 긁고 있었다.

나는 그때 교토의 시조 역에서 걸으면 5분쯤 걸리는 어느 바에 앉아 있었다. 한동안 바의 주인과 나뿐이었고 내가 맥주를 두 잔쯤 마셨을 때 어깨에 꼭 맞는 정장을 입은 은발의 남자가 들어왔다. 그 남자는 매실이 들어간 술을 주문했고 우리는 셋이서 이야기를 나눴다. 그리고 잠시 후 나는 그 말끔한 중년 남자를 보며 묻는다.

어떻게 다 알아요?
뭐를?
광주에서 사람들이 죽은 거요. 거기에 사람들이 있었던 거요.
다 알지.

데운 술을 마시던 남자가 정리하듯 말한다. 우리는 나이가 많은 사람이니까. 그때 살아 있던 사람이니까. 광주에서 사람들이 많이 죽은 거 알지, 제주도에서도 사람들이 많이 죽었다 그것도 알지. 나이 많은 아저씨들이니까 다 알지. 나는 웃었고 나이 많은 아저씨 둘도 웃었다. 그 두 사람은 내게 너는 광주 사람이니까 너도 다 아는 사람이지 했는데 나는 그런가? 하고 혼잣말을 내뱉으며 실실 웃었다. 나는 맥주를 두 잔 더 마시고 그 바를 나왔다. 어쩌면 한두 잔 더 마셨을 수도 있다. 어쨌거나 나는 거기 서 있는 사람은 아니고 거기 서 있는 건 누구라고 말할 수 있는 사람도 아니었고 손가락으로 광주가 어디 있는지 짚을 수 있는 사람도 아니었고 단지 손바닥을 허공에 내미는 사람이었다. 저기 누가 서 있어 하고 뒤돌아 걸으며 혼잣말을 내뱉는 사람. 빗방울을 모아 캔에 흘려보내는 사람.
해나는 움직이는 나의 검지를 바라보았고 나는 계속 검지를 밀었다. 바의 주인은 저기, 하고 우리를 부른다. 우리는 뒤를 돌아보았는데 그때 그 사람은 우리에게 저녁을 먹었느냐고 물었다. 우리는 왜 그런 걸 묻지 이 새벽에? 그런 표정을 한 채로 고개를 끄덕였다. 먹었어요 진작. 남자는 어쩔 수가 없다는 표정으로 또한 말하지 않고서는 참을 수 없다는 표정으로 이야기를 시작했다. 아뇨, 다름이 아니라 이 근처에 죽이 맛있는 집이 몇 군데 있거든요 떡이 맛있는 그러니까 떡집도 있어요 국수가 맛있는 집도 있고 아 아까 말한 죽은 팥죽인데 팥죽이 특히 맛있어요 호박죽도 있고 깨죽도 있고 그냥 쌀죽도 있고 그런데 닭죽은 없어요 닭죽은 아마 삼계탕 집에 가야 할 거예요 팥죽에는 새알이 들어간 것도 있고 그 위에는 가끔 삶은 밤을 올려주기도 해요 그리고 밥이 들어간 것도 있지만 역시 면이 들어간 게 제일 맛있어요 그 집에서 쓰는 팥은 묵은 팥이 아니라 새 팥이에요 새 팥으로 팥죽을 만들어요 묵은 팥은 맛이 없어요 새 팥으로 팥죽을 끓여야 맛있어요 묵은 팥은 뭔가 눅눅한 묵은 맛이 나잖아요 떡집은 매일 아침에 새로 떡을 뽑는데 지나가면 가래떡을 먹어보라고 주기도 하는데 정말 맛있어요 저는 무지개떡 같은 건 잘 안 먹는데 거기는 무지개떡도 맛있어요 백설기도 맛있고 시루떡도 맛있어요 바람떡도 맛있고 송편도 맛있어요 그리고 어떨 때는 거기서 식혜를 만들고 있기도 해요 근데 역시 가래떡이 제일 맛있고 그다음으로 인절미가 맛있는데 인절미를 달라고 하면 거기서 막 콩가루를 묻혀줘요 뜨거운 떡에 고소한 콩가루를 묻혀줘요 아 그리고 뭐든지 맛있는 걸 먹으려면 시장으로 가야 하는데 양동시장통에 맛있는 죽집이 있고 아까 말한 집이랑 다른 집인데 떡집 맛있는 떡집도 있어요 국수라고 하면 보통 메밀국수인데 시내에 있는 국수집 맛있는데 아시지요 거기 옛날에는 반판도 팔았어요 국수 반판 그렇지만 시장에 가면 다른 국수집도 있어요 그런데 국수를 먹을 바에는 그냥 팥죽을 먹는 게 낫다 싶을 때가 있어요 아니 보통은 그래요 팥죽에 칼국수 면이 들어가 잖아요 그걸 먹는 게 낫지 않나 싶을 때가 있어요 그래서 다시 아까 맨 처음에 말한 죽집으로 가요 새 팥으로 쑨 팥죽을 먹으러 가요.

죽과 떡과 국수의 이야기가 계속되었다. 바의 주인은 레퀴엠이 든 음반 같은 건 진작 빼버렸다. 레퀴엠을 끝까지 듣지 않고 꺼버렸다. 그리고 튼 음반은 팻 매스니 같은 거였다. 그날의 밤에 어울리는 연주였다. 다름 아닌 가끔 허공에 손바닥을 내밀면 빗방울이 시간의 간격을 두고 툭툭 떨어졌고 손을 흔들면 손가락 사이로 상쾌한 밤의 공기가 빠져나가는 그런 밤에 어울리는 음반이었다. 우리는 멍한 얼굴로 고개를 끄덕이다 한 번씩 먹고 싶다 하고 반응해주며 죽과 떡과 국수의 이야기를 들었다. 주인은 말할 수 있는 것이 죽과 떡과 국수밖에 없는지도 몰랐다. 끝나지 않을 것 같은 떡과 죽과 국수의 이야기. 가끔 보면 한 달에 아니 두 달에 한 번 정도인가 어쩌면 1년에 10년에 한 번 정도일 수도 있어요. 아직도 종을 딸랑이면서 두부를 파는 할아버지가 있어요. 정말이에요. 나는 거짓말 같은 이야기라고 생각하며 고개를 끄덕였어.

그리고 계속되는 끝나지 않을 것 같은 떡과 죽과 국수의 이야기.

해나는 여름이 지나고 샌프란시스코로 돌아갔다. 연락은 끊겼다. 나는 해나의 전공을 모르고 해나의 직업을 모르고 해나도 내가 뭐 하는 사람인지 모른다. 가끔 해나의 이메일 주소가 기억이 날 때가 있기는 하다. 나는 3년 정도 되는 시간을 하나로 뭉쳐서 바라보는 사람이었는데 시간이 지나자 해나를 중심으로 더 긴 시간들이 뭉쳐졌다. 어떤 밤, 같은 공기를 가지고 있는 밤들은 하나로 모였다. 하나의 시간으로 모였다. 예를 들어 광주, 해나를 만난 곳은 광주였다. 광주의 그 밤에 특별히 크게 소리 내어 무언가 말하는 사람들은 없었다. 우리가 오래 오래 들어야 했던 것은 떡과 죽과 국수의 이야기뿐이었다. 그 사람은 다른 중요한 이야기는 없다는 듯이 그 이야기를 했다. 마치 이야기가 끊어지면 안 될 것처럼 말이다. 나는 그 후로 꽤 긴 시간을 보내지만 그토록 떡과 죽과 국수의 이야기를 열정적으로 오랫동안 이야기하는 사람을 만날 수는 없었다. 나는 그 사람만큼 음식에 대해 길게 이야기할 수는 없었다. 앞으로도 그럴 것이다. 하지만 전혀 달지 않은 블랙 캔 커피에 대해서는 자세히 말할 수 있었다. 전혀 달지 않았어, 그걸 기대하고 마시면 완전히 만족시켜주는 캔 커피지. 해나의 검지는 어떻게 생겼는지 희미하고 하지만 해나의 이름은 기억하고 있잖아. 내게 처음 한국에 관심 있는 사람들이 모여 한국어를 말하는 모임이 있어 하고 권했던 사람은 이름도 얼굴도 기억나지 않는다. 바에서 데운 술을 마시던 사람은 붉은 얼굴이 기억난다. 그 사람은 내게 너는 광주 사람이지 했는데 그 말을 들었을 때 나는 내 옆에 누가 있기라도 한 것처럼 고개를 돌렸다. 고개를 돌린 쪽의 옆자리는 비어 있었다. 니는 광주 사람이라는 소리를 듣자 고개를 돌렸는데 꼭 아닌 것만 같아서 그랬다. 나는 광주에서 태어나고 자랐으며 그 이야기를 듣자 데운 술을 마시던 사람은 기다렸다는 듯이 할 이야기는 그것밖에 없다는 듯이 80년에 광주에서 있었던 일을 이야기했다. 이어서 내게 너도 광주 사람이지 하고 말했는데 그때 나는 순간적으로 아득함을 느끼고 고개를 휙 돌리고 반응도 하지 않고 맥주만 마셨다. 반대편의 말끔한 중년 남자는 매실이 들어간 술을 금세 비웠으며 몇 년의 시간이 지났지만 나는 매실이 들어간 술을 마신 적이 없다.

언젠가 시간이 좀더 흐르고 내 방에서 구겨진 종이를 발견했다. 그것은 김남주의 「학살 2」라는 시였다. 나는 언젠가 김정환의 시를 읽을 때처럼 김남주의 시도 검지를 밀며 읽기 시작했다. "오월 어느 날이었다"가 반복되는 그 시는 "아 게르니카의 학살도 이리 처참하지는 않았으리/아 악마의 음모도 이리 치밀하지는 않았으리"로 끝이 났다. 한밤중 군인들이 도시로 밀려 들어와 사람들을 죽이는 것 사람들이 죽임을 당하는 것 비명을 지르는 것 통곡을 하는 것을 쓴 그 사람은 50이 되기 전에 병으로 죽었으며 그 사람이 죽은 때는 1990년대로, 누군가 환멸의 시기라고 말하던 때였으며 6, 70년대 스페인과 멕시코가 어땠는지 무심하게 썼던 칠레의 대표적인 작가인 로베르토 볼라뇨는 50쯤에 죽었으며 그것과 무관하게 그 시는 여전히 1960년대 남미의 이야기처럼 보였고 아일랜드의 피의 일요일을 노래한 것처럼 보였는데 광주의 그날도 공교롭게 일요일이었다고 하며 내가 자꾸만 남미와 아일랜드를 들먹인다고 해서 남미와 아일랜드를 잘 안다는 이야기는 아니다. 그런 뜻은 아니다. 맛있는 떡과 죽과 국수를 잘 아는 사람처럼 남미와 아일랜드를 잘 아는 사람이라는 뜻은 아니다. 전혀 달지 않은 캔 커피에 대해 이야기할 수 있는 것처럼 말할 수 있다는 것도 아니다. 해나를 광주에서 만났던 날 광주는 조용했고 큰 소리로 무언가를 말하는 사람은 아무도 없었다. 그 사실을 말할 수 있는 것처럼 말할 수 있다는 것도 아니다. 아니다. 아니다. 다만 내 앞으로는 몇 개의 장막이 쳐져 있고 나는 그 앞으로 직선으로 나아갈 수 없다는 것, 그것만은 확실하다는 이야기다. 나는 3년 정도의 시간은 하나로 볼 수 있으며 3년 전은 3년 후의 시선으로 볼 수 있으며 그러므로 나는 모든 시제를 지울 수 있으며 그렇게 볼 수 있는 시간들은 점점 늘어나지만 나의 시선은 김남주가 이야기한

"광주 1980년 오월 어느 날"에는 가 닿지 않는다는 말인데 이건 좀 신기할 수도 있지만 실은 당연한 이야기다. 확실한 이야기이다. 어떤 같은 밤들이 자꾸만 포개지는 나의 시간 속에서도 말이다. 몇 번의 5월의 밤이 포개지는 나의 시간 속에서도 말이다.

다음 장은 누군가 눌러쓴 선언문인데, 해나는 몇몇 부분을 고쳤다. 설명도 덧붙였다. 단기####년은 19**년으로 바뀌어 있었다. ####년 광주 시멘트 건물 회색 복도 오월 마지막 남은 며칠, 그것은 역시나 내가 모르는 시간으로 내가 더하거나 내게 겹쳐지지 않는 시간들이었다.

〔『작가세계』 2011년 가을호〕

―

유럽에 '아우슈비츠 문학'이란 범주가 있듯이, 한국에는 '오월 문학'이라는 범주로 묶을 수 있는 작품들의 계보가 있다. 그 계보는 이르게는 홍희담의 「깃발」과 최윤의 「저기 소리 없이 한 점 꽃잎이 지고」부터, 이후 임철우, 정찬, 송기숙, 문순태까지 닿는다. 1980년대 중반에서 2000년대 초반까지의 일이다. 이후로 '오월'은 산발적으로 여기저기 그 모습을 드러냈을 뿐 어떤 작품의 주인공이 되어본 적이 별로 없다. 마치 주의를 기울여야 그저 희미하게 그 윤곽이 드러나는 거리의 많은 중늙은이들 중 하나 같은 것, 그것이 오월이었다.

박솔뫼의 「그럼 무얼 부르지」가 반가운 것은 우선은 그런 이유다. 그러나 이 작품이 단순히 그간 뜸하던 오월 문학의 계보에 작품 하나를 더한다는 점에서만 반가운 것은 아니다. 이 젊은 작가가, 오월을 세계화한다. 그리고 객관화한다. 게다가 작가가 속한 세대 특유의 '쿨함'을 지녔으나 결코 냉소적이지는 않은 방식으로 오월이 자신들에게 무엇인지를, 무엇일 수 있는지를 이야기한다. 그리고 거기에 시간과 기억의 존재 방식에 대한 내밀한 사유와 문체적 실험이 더해진다.

「그럼 무얼 부르지」는 지금 한국문학에 '필요한' 작품이고, 보기보다 무거운 작품이고, 겉으로 읽기보다 깊은 작품이다. _김형중(문학평론가)

박 솔 뫼 · 김 나 영

# 인터뷰

—

**김나영**_박솔뫼 작가님의 소설을 「을」부터 읽기 시작했지만 이후의 단편들도 너무 재밌었고, 등단한 지 3년 정도 되신 신인 작가 치고 자기의 문체가 뚜렷한 작가라는 생각을 해왔어요. 독자의 입장에서 항상, 이 작가는 소설을 쓰게 된 동기가 무엇일까, 무엇이 이 작가를 쓰게 만들었을까 하는 게 궁금했었어요.

**박솔뫼**_어떻게 해서 쓰게 되었는지를 말하는 게 무서운 면도 있는 것 같아요. 말하고 나면 진짜 그것 때문에 쓰는 것 같은 느낌이 들까 봐서죠. 그래도 한번 생각을 해보긴 해요. 구체적으로 이 소설을 처음 쓰게 한 게 뭐였지,라는 식으로…… 하고 싶은 말이 있을 때가 있고, 그림 같은 것에 압도될 때가 있는 것 같아요. 언어적이지 않은 것, 감정이라거나 직관적인 것이라거나 감각적인 것, 시간이 지나야 언어화될 수 있는 그런 것들에 압도될 때가 있는데, 그런 게 왔다 갔다 하는 것 같고, 쓸 때를 생각해보면 그 두 개가 합쳐지는 것 같아요. 이 작품 같은 경우는 사실 5월에 대해서 이야기하고 있다고 말할 수 있을진 모르겠지만 자꾸 여기에 뭔가가 있다면 그것에 대해서 말을 하기가 어려워져요. 이를테면, 어디에 가려고 하는데 돌아가고, 말을 하려고 하는데 못 하는 소설이라고 생각을 해요. 소설을 쓸 때는 내가 왜 이 이야기를 할까 싶을 정도로 쓸데없는 얘기를 늘어놓음으로써 중요한 건 그 뒤에 감춰서 얘기하고 싶어 하는 게 있는 것 같고요. 다른 얘기를 계속함으로써 그 얘기를 하고 싶게 하는, 혹은 다가가고 싶게 하는 방식이 자연스러운 것 같아요. 이번 것도 마찬가지로 일부러 쓸데없는 얘기를 늘어놓으려고 했죠. 의식적으로.

**김나영**_소설에서의 표현에 의하면 나는 그저 들여다보는 사람일 뿐이고, 당사자도 아니고, 명확한 세계의 시민도 아니고, 내 앞에 놓인 그 수많은 장막을 걷어낼 수도 없다고 하죠. '나'는 단지 장막 너머의 것을 들여다보고 있는 사람, 일본에서 나 광주 알아, 그날 이야기 알아,라고 이야기하는 사람한테 어떻게 다 알아요,라고 물을 수밖에 없는 사람인데요, '나'가 만약에 작가의 입장이, 시선이 투영된 사람이라면 이 정체성에 대해서 어떻게 설명해주실 수 있을지.

김나영

박솔뫼

**박솔뫼**_저랑 비슷한 것 같아요. 요즘 제가 쓴 소설들은 무서울 정도로 저랑 닮아 있는 것 같다는 생각을 하는데, 이 사람 같은 경우는, 굳이 간단히 이야기하면, A가 A라고 명명할 수 없는 사람인 거잖아요. 왜 그렇지? 왜 자꾸 못 한다고 하지? 왜 그렇지? 생각해줬으면 하는 건 있어요. 하지만 좀더 넓은 뷰에서 계속 찾아가려고 하는 게 있으니까. 그런 중간에 있다고, 봐주셨으면 해요.

**김나영**_찾아가는 중?

**박솔뫼**_네.

**김나영**_찾아가는 중인 그 사람은 아직도 뭔가 명확하게 말하지 못하고, 나는 그런 게 아니고, 아니고…… 이렇게 부정의 방식으로만 자기를, 자기 입장을 표현할 수밖에 없는 사람이란 점에 동의를 많이 했어요. 그리고 이 소설을 읽으면서 고백을 하자면, 이 소설을 읽고 5월 광주에 대해 다시 한번 제 방식으로 생각을 해보는 계기가 되었던 것 같아요. 그것만으로도 의미가 있지 않을까 하는 생각이 들었고요. 이 소설이 '그럼 무얼 말하지'라고 묻고 있는데, 답을 희미하게나마 가지고 있다는 생각이 들었어요. 혜나가시 두 편에 있는 선언문에 단기 몇 년이라고 되어 있는 것을 우리가 알기 쉽게 천구백 몇 년이라 고치고 거기에 대해서 설명도 달고 어떤 부분은 수정하고 하면서 우리의 방식으로 다시 그것을 이해하고 설명하려는 시도가 두 번 반복되잖아요. 이렇게 다른 방식으로 그걸 계속 이야기하려는 시도,

'그럼 무얼 말하지'라는 것 자체가 이미 무엇을 말하고 있는 게 아닌가 하는 생각이 들었어요.

**박솔뫼**_ 거기까지 갔는지 잘 모르겠어요. 끝까지 읽었을 때 다시 제목으로 돌아갔으면 좋겠다고 생각한 부분은 있거든. 오랜 시간 계속 품게 되는 질문들이 몇 가지 있을 텐데, 그중 하나인 것 같아요. 우리가 벼랑까지 갔을 때라거나, 망했을 때라거나 그와 비슷한 어느 상태에 처했을 때, 무슨 노래를 불러야 하지?라는 질문을 하면, 각성되는 게 있다고나 할까요? 밀쳐져 있는 상태에서도 뭔가 명확해지는 느낌이 있더라구요. 그렇게 처음의 질문으로 돌아갔으면 좋겠다는 생각을 하고 제목을 썼던 것 같아요.

**김나영**_ 뜻 깊고 재미있는 소설이었던 것 같아요. 앞으로 긴 시간의 이야기를 쓰고 싶다 하셨는데 기대하겠습니다.

**박솔뫼**_ 네, 수고하셨습니다. ▨

은하수를 건너―클라투행성통신 1 _ 조    현

**조 현**    1969년 전남 담양에서 태어났다. 2008년 『동아일보』 신춘문예에 당선되어 문단에 나왔으며,
소설집 『누구에게나 아무것도 아닌 햄버거의 역사』가 있다.

사춘기 시절, 약수동의 헌책방에서 탐독한 책 중에 김채원의 「초록빛 모자」가 실린 『현대문학』 과월호가 있었다. 난 귀신에 홀린 듯이 선 채로 그 작품을 읽었는데 소설 속에 제목만 등장하는 시 「은하수를 건너」가 어린 마음에 사무쳤다.

그 후 때때로 나는 꿈을 꿨다. 미래의 언젠가, 같은 제목의 시를 쓰는 내 모습을 꿈에서 본 것이다. 그건 번뇌의 탄생이었다. 그리고 오랜 세월이 흘러 결국 시 대신 같은 제목의 소설을 썼다. 그러므로 번뇌는 유효하다, 여전히.

● ∙∙

# 은하수를 건너

## ―클라투행성통신 1

―

    카페에 앉아 커피를 마시다가 습관적으로 호주머니에 있는 수첩을 꺼내 보았다. 하루에도 수십 번씩 되풀이하는 테스트를 위해서다. 아주 잠깐이면 끝나는 테스트였지만 하는 동안은 진지해야 한다. 이번에는 될까? 그런 생각을 하며 수첩을 펼치자 낯익은 문장들이 보였다. 나는 도자기의 미세한 실금을 살펴보는 감정사처럼 수첩에 적힌 문장을 주시하며 오래전에 배운 대로 손바닥으로 글자를 가렸다가 치워보았다. 처음엔 이상이 없는 듯 보였으나 두어 번 반복하자 수첩의 글자들이 뭉개지며 찬물에 떨어진 잉크처럼 차분하게 번져나갔다. 빙고. 드디어 성공.

    난 기분 좋은 만족감에 옆자리의 의자 위로 올라섰다. 카페 안의 사람들이 의아한 눈빛으로 쳐다보았지만 별로 상관하지 않았다. 난 발을 의자 끝에 모으고 잠시 숨을 고른 다음, 의자 앞으로 오른발을 내밀었다. 이렇게 허공을 향해 첫발을 내딛을 때는 습관처럼 약간의 두려움이 생긴다. '내가 과연 허공에 떠오를 수 있을까?' 나는 이 생각으로 항상 2초씩 주저하며 첫발을 내딛는다.

이렇게 파르르 떨 필요는 없는데. 왜냐하면 이건 꿈이니까. 난 오랜 훈련과 경험의 결과로 이게 꿈이라는 걸 안다. 하루에도 수십 번씩 수첩을 꺼내 거기에 적힌 문장을 주시하는 연습을 하다 보면 그걸 꿈에서조차 하게 된다. 그리고 수첩 안에 적힌 글자들이 모호하게 헝클어지는 걸 보면 나는 꿈을 꾸고 있다는 것을 알게 된다. 이른바 루시드 드림이다. 난 지속적인 훈련을 통해 한 달에 한두 번 정도는 자각몽을 꿀 수 있게 되었다. 그리고 좀더 전문적인 훈련을 거치고 난 후, 난 꿈속에서 내가 뜻하는 상황을 펼칠 수 있고 또 내가 원하는 것을 찾아낼 수 있게 되었다.

나는 사람들 사이로 허공을 걸어 카페를 나섰다. 허공을 걷는 기분은 참으로 묘하다. 가벼운 공기는 말랑말랑한 쿠션처럼 발에 사뿐하다. 나는 정신을 집중하여 1979년의 풍경을 상상한다. 이 시절에 대한 시청각 자료는 충분히 조사했으므로 난 그 풍경을 상상하며 카페 문을 열었다. 그러자 원했던 1979년의 서울이 문밖으로 을씨년스럽게 펼쳐진다. 역시나 빙고. 이 황량한 거리는 당연히 꿈의 풍경이다. 난 지금 내가 꿈을 꾸고 있다는 것을 안다. 필요한 것은 스스로에 대한 신뢰와 신중한 집중력뿐. 뒤를 돌아보니 로고에 별과 물의 요정이 그려진 카페는 어느새 촌스러운 70년대식 다방으로 변해 있다.

어쨌거나 이제 해야 할 일이 있으므로 꿈속에서 난 목적했던 다리를 떠올리며 걸었다. 허공에서 내려와 1979년의 서울을 걷는 내내 이 오래된 도시의 풍경이 초현실주의 화가의 유화처럼 몽환적으로 내 곁을 스쳐 지나갔다. 원작소설을 되풀이해 읽으며 외워둔 1970년대의 특징을 가급적 고스란히 재생시키고자 하였으나 모든 풍경에 고루 집중할 수는 없는 탓이었다. 덕분에 몇 번의 시행착오를 거쳤지만 결국 문제의 다리를 다시 찾아낼 수 있었다. 시계를 보니 자정에 가까웠다. 결국 통금을 앞두고 얼추 시간에 맞춰 도착한 셈이다.

꿈속이니 통금시간이 무슨 의미가 있겠냐는 생각이 들기도 했지만 좋은 게 좋은 거다. 아직 나로서는 잠재의식의 표층부밖에 통제하지 못하고 있고, 그러니 지금 이 상황이 루시드 드림이라 할지라도 가급적 논리적 법칙에 의지를 맞추는 게 좋을 테다. 그렇게 생각하니 지난번 자각몽 때 괜스레 잡지사를 목표로 해서 여직원과 실랑이를 하느라 허비한 기회가 아까웠다.

다리를 찾아 난간에 서니 반대편으로 바바리 차림을 한 사람이 보였다. 비록 얼굴은 부어 있었고 안경은 어디론가 흘려버렸지만 짧게 깎아 붙인 민머리에 갸름한 얼굴이 지난번 자각몽에서 본 적이 있는 시인 김호였다. 아니, 아직 등단 추천이란 걸 받지 못했으니 중성의 예명 대신 김기정이라는 본명으로 불러야 할까? 김호는 파출소에서 심하게 얻어맞았는지 난간 옆에 쭈그리고 앉아 등을 기대고 개천을 내려다보고 있었다. 남장을 했다가 소매치기로 오해를 받은 탓이다. 나는 그제야 안도감에 숨을 고르며 천천히 김호 쪽으로 다리를 건넜다.

*

나는 클라투행성의 지구 주재 특파원이다. 더 정확히 말하자면 클라투행성 외계문명접촉위원회 소속의 현지 특파원이다. 이렇게 말하니 뭔가 거창하지만 사실은 잔심부름꾼에 지나지 않는다. 이를테면 생활정

보지를 펼쳐보면 금방 찾을 수 있는 조그만 심부름센터 조사원을 생각하면 된다. 내가 주로 하는 일은 클라투행성에 지구의 소식을 전하는게 되겠지만 반대로 이런저런 의뢰를 받고 그 일을 처리하기도 한다.

이번에 내가 진행하고 있는 의뢰는 1979년의 서울에서 시인 김호의 작품 「은하수를 건너」를 찾아내 그 내용을 파악하는 일이다. 꽤나 난이도가 있는 일이다. 왜냐하면 시간을 거슬러 올라가는 동시에 실재했던 현실이 아니라 가공의 소설 속으로 진입하는 일이기 때문이다. 그리고 이 임무를 위해서는 루시드 드림이 필수적이다.

하지만 불가능한 일은 아니다. 난 이 행성에서 평범한 샐러리맨으로 살고 있지만, 또한 지구 주재 특파원이라는 직업을 가지고 있으니까. 그리고 오랫동안 자각몽에 대한 훈련과 경험을 쌓았으니까. 어쨌거나 난 이러한 내밀한 직업을 위해 정기적으로 '클라투행성통신'이라는 웹사이트에 접속하고 있다. 가장 최근에 접속해서 수임한 의뢰는 다음과 같았다.

의뢰공지 2679번: 김채원의 「초록빛 모자」(1979)에 제목만 등장하는 시를 찾아 그 내용을 전송할 것. 난이도 B. 배경자료 참조.

군이 자각몽이 필요하지 않은 취재 의뢰도 여럿 있었지만, 내가 이 과제에 응한 것은 순전히 난이도 B에 해당하는 보수 때문이었다. 난이도가 높으면 그만큼 그에 상응하는 보수를 받을 수 있다. 그래서 수시로 웹사이트에 접속하여 검색을 해보았지만, 취재 의뢰는 주로 D나 F 정도였고 C 등급의 의뢰부터는 빈도가 낮아 다소간의 경쟁이 벌어지는 형편이었다.

하여 나는 이 의뢰에 대한 수임신청이 승인되는 순간 안도의 한숨을 내쉬었다. 개인적으로 난이도 B에 부여되는 보수를 얻어 꼭 하고 싶은 일이 있었기 때문이다. 어쨌거나 수임신청이 승인되어 반색했지만 역시나 난이도에 걸맞게 이번 의뢰는 꽤나 까다로운 것도 사실이다. 아무래도 가공의 픽션으로 진입한다는 것은 아무리 루시드 드림이라 할지라도 충분한 사전조사와 숙달된 경험, 그리고 적절한 임기응변이 필요한 일이기 때문이다. 난 신중하게 첨부된 자료를 살펴보았다. 첨부된 배경자료에 의하면 이번 의뢰의 요지는 다음과 같았다.

1. 김채원의 「초록빛 모자」는 1979년 6월호 『현대문학』에 발표된 중편소설로 당시 이 작품을 인상 깊게 읽은 지구 주재 특파원이 본국 행성으로 그 내용을 전송한 바 있다.

2. 이 소설의 화자는 김기정이란 서른 살의 여성으로 어린 시절 고아가 되어 고생스럽게 성장했다. 그녀에게는 한 살 터울의 언니가 있는데 자살로 삶을 마감했다. 어린 시절 언니는 사고로 손가락 하나를 잃었는데 그때 어떤 남자가 자신의 초록빛 모자를 주워갔다고 동생인 주인공에게 말했다. 성인이 된 언니는 모든 것이 완벽했지만 손가락이 없다는 이유로 결국 스스로 삶을 포기한다. 그리고 이는 동생에게 커다란 트라우마가 되고 그녀는 비루한 삶의 유일한 탈출구로 시를 꿈꾼다.

3. 이 소설에는 주인공이 시인으로 등단하기 위해 김호라는 예명으로 잡지사에 응모한 두 편의 시가 제목만 등장한다. 본국 행성에서는 어떤 필요에 의해 이 중 「은하수를 건너」라는 시의 내용을 파악하고자 한다.

나는 만약 이 의뢰를 완수한다면 본국 행성에서 왜 이 시의 내용을 파악하려고 하는지 물어봐야겠다고 생각했다. 대개 임무완수 후에는 관행적으로 의뢰에 얽힌 사유를 알려주곤 했으니까. 보수 외에도 그러한 호기심의 충족은 내가 이 일을 하는 중요한 이유이기도 했다.

수임이 승인된 후 나는 도서관에서 해당 잡지의 영인본을 찾아 작품을 주의 깊게 되풀이해 읽어보았다. 그리고 내용을 외울 정도로 숙지한 다음, 1979년에 대한 시청각 자료를 찾아보았다. 왜냐하면 이번 의뢰처럼 시간을 거슬러 가공의 소설 속으로 진입하는 것에는 반드시 루시드 드림이 필요했고 성공적인 자각몽을 위해서는 시청각적인 요소가 무엇보다도 중요했으니까.

그리고 드디어 지난번 자각몽에서는 소설 속의 상황을 꿈속에서 전개하는 데까지 성공하여 시인 김호가 자신의 작품을 응모한 잡지사를 찾아갈 수 있었지만 원하는 원고는 얻을 수 없었다. 아니, 우선 잡지사를 찾는 것부터 어려웠다. 원작소설에는 잡지사가 단순히 4층 건물에 입주해 있다고 밋밋하게 서술되어 있었기 때문이다. 세부적인 묘사가 있었다면 보다 쉽게 꿈으로 재현해낼 수 있었을 텐데 말이다.

시행착오 끝에 간신히 잡지사를 찾아냈지만 사무를 보는 직원에게서 "응모된 시는 심사 중이며 결과가 나오기 전에는 반환할 수 없습니다"라는 냉랭한 답만 들었다. 잠깐 훑어보고 시의 내용만 파악하면 됐는데 모처럼의 자각몽이 헛것이 되고 만 셈이다. 눈치를 보니 이미 김호가 한바탕 말썽을 부리고 간 다음의 상황인 듯했다. 책상 옆 휴지통에는 소설에 등장한 시든 바나나 두 쪽과 볼품없는 요구르트 한 병이 그대로 버려져 있었다.

여직원의 싸늘한 태도에 나는 혀를 차며 "그딴 식으로 재수 없이 구니까 소설 속에서도 시든 바나나 쪼가리밖에 못 받는 거야"라고 쏘아

붙였다. 여직원은 꿈속에서도 얄미운 캐릭터였다. 어쨌거나 그렇게 실랑이하는 와중에 꿈을 깨버렸다. 그리고 그것으로 실패.

사실 먼젓번의 루시드 드림에서 잡지사를 찾아가기 전, 개천가 다리 위에서 남장을 한 시인 김호를 만나 담뱃불을 빌리기까지 했다. 차라리 그때 물어봤어야 했는데. 원래 담배를 피우지 못하는 나는 꿈에서도 필터를 빼는 게 서툴러, 그런 부자연스러움 때문에 모처럼의 꿈을 통제하지 못할까 봐 서둘러 자리를 뜬 것이 못내 아쉬웠다. 그러나 의뢰받은 시를 찾아야 과제를 완수할 수 있으므로 난 어떡하든 김호가 응모한 시를 찾아내야 했다. 재차 루시드 드림을 준비하면서 난 새삼스레 궁금증이 생겼다. '자각몽 속에서 내가 시의 전문을 알아내더라도 이건 어차피 꿈이란 말이지. 내 자신의 주관적인 꿈……' 그렇지 않아도 난 수임신청을 할 때 이런 의문에 대해 질의를 하였다. 그러나 본국 행성의 답변은 의외로 간단명료했다.

상상하는 것은 존재하는 것임. 상상한다는 것은 존재의 가능성을 일깨우는 것이고, 상상이 치밀하고 구체적일수록 존재의 가능성도 높아짐. 모든 우주는 가능성의 총합이고, 귀하가 꿈으로 파악한 시 역시 어떤 평행우주에서는 현실로 실현된 것일 테니 문제없음.

상상은 존재의 가능성을 내포하는 것이고, 그것이 아무리 작은 가능성이라도 수많은 평행우주 중에서 어느 우주에서는 이뤄질 수 있는 개연성의 사건으로 인정된다는 입장. 이것이 바로 본국 행성의 기본적인 의뢰방침인 것이다. 이것으로 나는 오랜 의문을 일단 유예하고 내가 얻을 보수에 대해 생각했다. 사실 내가 이 일에 종사하는 이유 중의 하

나가 바로 보수 때문이다. 물론 보수라고 해도 경제적인 대가를 뜻하는
것은 아니다. 이미 본국 행성은 오래전에 화폐경제체제를 탈피했다. 내
가 받을 보수는 전혀 다른 것이다.

*

보수 얘기를 하기 전에 일단 클라투행성에 대해 알려주어야겠다.
내 고향 클라투행성은 굉장히 목가적인 곳이다. 이미 천 년 전에 원자
력 시대를 넘기고 지금은 이를테면 자연친화적인 문명을 구가하고 있
다. 당연히 지구와 같은 메트로폴리스는 없다. 중세 유럽의 전원풍 소
도시를 상상하면 좋을 듯하다. 다른 게 있다면 생계를 위해 노동에 종
사하는 시절은 내연기관 시대나 화폐경제체제와 함께 종식되고 이제는
누구나 생의 의미를 탐구하며 인생을 살아가는 곳이다. 이런저런 종류
의 미학적 성취와 지적 모험이 삶의 중심이 되고 우주에서 발견한 수많
은 문명을 탐구하며 인생을 보내는 곳이다. 아니, 탐구라고 하니 좀 어
감이 부적절하게 느껴진다. 어쩌면 즐긴다고 해야겠다. 물론 몇몇 대등
한 문명과는 직접 교류도 하고 있다.
　　이를테면 차가운 겨울 저녁이면 클라투행성인들은 벽난로 앞에 앉
아 신문을 본다. 오래전에 이 행성에도 텔레비전과 모바일 기기가 유행
하던 때가 있었지만 이제 다시 책과 신문 같은 텍스트의 전성시대가 도
래했다. 대저 유행이란 돌고 도는 법이니까. 어쨌거나 지구로 치자면
선술집 같은 떠들썩한 장소에서 맥주와 비슷한 음료를 마시면서 현지
특파원들이 전하는 우주의 이런저런 사건사고에 대해 토론하는 것이 일
상적인 저녁 풍경이다.

신문에는 여러 문명권의 예술작품이 본국 행성어로 번역되어 실리기도 하는데, 때로 궁금한 것이 생기면 신문사에 문의하거나 더 열성적인 경우에는 직접 여행에 나서기도 한다. 마치 지구인이 아침뉴스를 통해 캘리포니아 섀스타 산에서 새로 발견된 알록딱다구리의 우아한 날갯짓을 보며 잠시 흐뭇한 미소를 짓다가, 모처럼 큰맘 먹고 머리에 화관처럼 구름을 얹은 그 산에 직접 가보는 여름휴가를 꿈꾸기도 하는 것처럼. 이게 클라투행성의 모습이다.

참고로 우주의 각 문명권과의 직간접 교류는 클라투행성 외계문명접촉위원회 소관이다. 바로 내가 속한 위원회다. 의장은 고집이 세어 보이는 수염을 한 노인네로, 날 보면 장난스레 "지구인의 유머 중 유일하게 성공한 것은 콘돔의 발명이다"라는 말을 하곤 했다. 물론 이는 지구인을 얕잡아 보는, 정치적으로 올바르지 못한 농담이다. 지금은 은퇴했는지 모르겠다. 임기가 끝나면 지구에 들를 테니까 지구산 흑맥주라도 한잔 걸치자고 했는데.

어쨌거나 번역된 작품이나 송고된 뉴스 중에는 뉘앙스의 차이로 인해 내용 이해에 곤란을 겪는 것도 있기 마련이고 또한 그것에 얽힌 이런저런 사연이나 후일담을 궁금해하는 행성인도 있기 마련이다. 이 점이 바로 클라투행성 외계문명접촉위원회에서 현지 특파원을 필요로 하는 이유이다.

딱히 자각하지 못한 상태에서 평범한 지구인으로 살아가던 내가 본격적으로 이 일에 뛰어든 것은 이십대 중반의 일이니 퍽이나 오래 지구 주재 특파원 노릇을 한 셈이다. 그동안 꽤나 많은 종류의 기사를 송고했고 대부분은 고만고만한 지역 일간지에 실렸지만 가끔은 내가 보낸 기사가 클라투행성과 협약을 맺은 통신사에 인용되어 이웃 행성에까지 대서특필된 적도 있었다. 물론 그건 매우 드문 일이고 난 기사 송고 외에 고향 행성에서 의뢰한 일들도 해왔다. 이를테면 이번과 같은 의뢰가 그렇다.

*

평범한 지구인의 모습에서 벗어나 현지 특파원 일을 시작한 것은 스물세 살에 고향 행성에 대한 꿈을 꾸고 난 다음의 일이었다. 만약 그 꿈이 없었다면 나는 평균적인 지구인처럼 지상의 양식을 위해 살아가다가 어느 날 문득 밤하늘의 별을 올려다보며 하염없는 불안에 사로잡혔을지도 모른다. 인간이라는 종족은 아무리 행복해하더라도 생의 어떤 순간에는 막막한 고독을 느끼며 이루 말할 수 없는 비애에 사로잡히는 특성을 가지고 있으니까. 그렇다. 인간으로 살아가다 보면 어느 순간 반드시 그런 때가 온다. 대부분의 사람들은 애써 그걸 외면하며 살곤 하지만 어느 순간 무시무시한 공포와 전율이, 베인 상처에 차오르는 핏물처럼 찾아오는 때가 온다.

이를테면 따뜻하게 데워진 와플에 아이스크림을 얹어 먹으며 신문을 보다가 기생충으로 배가 볼록 튀어나온 아프리카의 어린아이 사진을 보는 순간, 혹은 늦은 봄날 기분 좋게 맨발로 잔디를 걷다가 자신이 딱정벌레 한 마리를 발로 밟았다는 것을 아는 순간, 사랑하는 연인이 다른 이성에게 내가 전혀 보지 못한 미소를 짓는 것을 우연히 본 순간, 비 오는 국도를 달리다가 작은 짐승을 치어 죽일 때 운전석으로 둔탁한 느낌을 받는 순간, 친한 친구가 말기 암으로 생기를 잃어 병문안 온 나를 알아보지 못하는 순간, 그리고 병상에 누운 그에게 어린 시절 우리 둘이 겪은 정다운 추억 하나를 말해주고 싶었지만 이제는 영영 그 말을 이해할 수 없다는 것을 잿빛인 눈을 통해 확인한 순간…… 그렇다. 인간이라면 그런 모든 순간을 겪을 날이 반드시 온다.

그 순간 인간이라는 종족은 느닷없이 삼차연립방정식 문제를 받아든 초등학생처럼 불안에 사로잡히지만 극소수 어떤 치들은 그런 난해한 문제를 통해 자신이 인간이 아니라 머나먼 별에서 온 존재라는 것을 깨닫는 이들도 있다. 그리고 나에게도 그런 자각의 순간이 다가왔다. 스물세 살, 내가 학교를 휴학하고 광화문 쪽에서 아르바이트를 하며 저녁이면 중고 레코드점에서 살다시피 하던 시절의 일이었다.

지금은 다 없어졌지만 예전 광화문에는 이런저런 중고 레코드점들이 있었다. 이를테면 구세군회관 건너편에는 '나인디스크'가, 그리고 정동의 K신문사 정문 맞은편에는 '메카'가 있었다. 당시 나는 친구의 죽음으로 생의 의미에 대해 번민하고 있었다. 재학 중 학군사관후보생을 이수할 만큼 튼튼한 몸을 가지고 있던 그는 초급장교로 임관한 지 얼마 안 돼서 훈련 중에 쓰러졌고, 발병한 지 꼭 일 년 만에 고통 속에 죽어갔다. 말기 암이었다. 이 불치병 앞에서는 소위 계급장이 번쩍번쩍 빛나는 장교 정복도, 더불어 독실한 종교도 소용이 없었다. 그런 모든 과정을 옆에서 지켜보면서 나는 생의 무력감에 심하게 젖어들었다. 어쩌면 그건 진짜 사춘기였고 동시에 다른 존재로 나아가는 성장통이기도 했다.

그렇게 친구를 잃은 후 유일한 위안이 되었던 것은 광화문의 중고 레코드점에서 찾아낸 엘피판이었다. 나는 탠저린 드림이나 벨벳 언더그라운드 혹은 마이크 올드필드나 크라프트베르크를 들으며 음향이 주는 심연에 몰두했다. 그 시절 아트록 혹은 프로그레시브록의 음향은 나의 내면 공간을 굴절시키며 방향 없는 우울을 희롱하곤 했다.

당시 난 정동의 K신문사 조사부에서 아르바이트를 하고 있었는데 업무가 끝나는 저녁이면 근처 중고 레코드점에서 몇 시간이고 음악을 듣곤 했다. 군데군데 스크래치가 난 엘피판을 턴테이블에 올려놓고 카트리지의 바늘을 댈 때, 그 순간만큼은 난 모든 불안을 잊을 수가 있었다. 왜냐하면 엘피판은 자글거리는 잡음 속에서도 어떤 일관된 선율을 들려주곤 했으니까. 하루를 더 살아갈 때마다 자잘한 상처를 입는 것처럼 매번 재생할 때마다 자글거리는 소음이 더해지는 엘피판. 그러나 그런 소음 안에서 어떤 일관된 선율을 찾아낼 수 있다는 것은 엘피판이 지닌 기묘한 미덕이었다. 그렇게 난 광화문의 한 레코드점에서 종교로서의 엘피판과 경전으로서의 프로그레시브록에 대해 착실하게 교의를 전수받을 수 있었다.

그러던 어느 날, 몸살을 앓던 저녁이었다. 비록 신열은 있었지만 그날도 일이 끝나자마자 단골로 드나들던 레코드점으로 직행하여, 이제는 꽤나 친해진 매니저 형을 도와 가게의 엘피판들을 손질하며 이들 뮤지션에 얽힌 환각제의 작용에 대해 얘기하고 있을 때였다. 난 뜨거운 허브티를 마시며 형에게 물었다.

"환각제는 하면 어떤 기분이 들까요?" 달리 대답을 기대하지 않은 혼잣말이었다. 매니저 형은 잠시 나를 보더니 조용히 구석에 가서 어떤 음반을 꺼내 조심스럽게 턴테이블에 올렸다. "이거야 말로 귀로 흡입하는 환각제지." 아마도 형은 그렇게 말했던 것 같다. 그때 형이 올려놓은 엘피판에 대해, 지금의 난 뭐라고 기억하고 있는 것일까. 어쩌면 난 그 음반을 들으며 애수와 페이소스에 젖어 눈물을 흘렸던 것도 같다.

형이 들려준 엘피판의 운율은 서늘한 아침 햇살이 수면 위에 부서지며 산란할 때 번쩍이는 물비늘의 은빛 광채와도 같았다. 아니면 하얀 수선화에 맺힌 밤이슬이 달빛에 말갛게 증발하는 소리라고나 할까. 나는 엘피판이 주는 선율에 상기되어 붉은 태양이 고대의 유적에 걸려 있는 그 엘피판의 재킷을 하염없이 들여다보았다. 그룹 클라투였다. 그리고 엘피판의 모든 선율이 재생되자 형은 다시 이 록그룹의 기원이라 할 수 있는 오리지널 영화를 보여주었다. 로버트 와이즈 감독의 1951년 작 「지구가 멈추는 날」이었다. 클라투라는 우주의 메신저가 지구로 와서 평화를 호소하지만 오히려 출동한 군대에 의해 부상을 입고 마는 것으로 시작되는 영화였다. 영화가 끝나자 형은 나에게 그날의 결론처럼 영화 속에 나오는 은밀한 주문을 일러주었다. 영화를 보는 동안 이미 나 역시 따라 외울 수 있었던 주문. 그건 딱 세 마디였다. "클라투, 바라다, 닉토."

\*

그날 밤 난 처음으로 클라투행성에 대한 꿈을 꿨다. 아마도 그날은 죽은 친구의 기일이었을 테다. 그리고 난 새벽 두 시까지 깨어 그 친구와 얽힌 어떤 사건을 떠올렸다. 그건 내 여자친구가, 아직은 건강하던 시절의 그 친구와 몰래 만나던 것을 목격한 일이었다. 잠이 오지 않는 새벽 두 시에 달리 생각할 게 뭐가 있겠는가.

나를 진심으로 사랑한다고 믿고 있었던 여자친구는 막 소위로 임관한 친구의 팔짱을 끼고 있었다. 결혼까지 생각했던 여자친구는 내가 한 번도 본 적이 없는 행복한 미소를 짓고 있었다. 그 후로 나는 생각했다. 그 우연한 목격이 없었다면 나는 행복했을까. 이미 말한 대로 친구는 그 후로 훈련 중에 쓰러져 병상에 눕고 말았지만 나는 집요하게 병문안을 다녔다. 이런저런 핑계를 대고 꺼려하는 여자친구를 억지로 데리고 말이다.

과연 그건 행복한 일이었을까. 이를테면 한밤의 병실에서 이미 의식이 가물가물한 그의 귓가에 조용히 속삭였던 이런 말들은? "예전에 난 네가 그 애랑 키스하던 것을 본 적이 있어. 그때 넌 기분이 좋았니? 그럼 내 기분은 어땠을 거 같아?" 그렇게 속삭였던 말들은 밤의 병실에서 가볍게 파문을 일으키며 퍼져나갔다.

이미 링거를 꽂고 모르핀을 맞을 정도로 병세가 심각해 있던 그는, 자신의 귀에 대고 조용히 읊조리던 내 고백을 과연 들었을까? 그건 과연 정당한 항의였을까? 아니면 그건 몹시도 잔인한 일이었을까? 처음에는 무심코 밟았으나 곧 기이한 쾌감에 딱정벌레를 마저 짓이기는 것처럼? 만약 그렇다면 나와 그 친구 중에 누가 누구에게 더 잔인했던 것일까? 나는 그 밤에 그게 궁금했다. 정말로.

새벽 두 시, 나는 이런 의문을 하염없이 품고 있는 내 자신에 대해 너무나 짜증이 났다. 그래서 난 저녁에 본 영화에 나오는 위엄하고도 고결한 주인공 클라투와 그의 충직한 로봇 고트를 생각하며 자기 전까지 매니저 형이 가르쳐준 주문을 몇 번이고 외웠다. "클라투, 바라다, 닉토"라고, 간절하게 세 마디를.

그건 영험 있는 주문이었을까? 그날 밤 난 주문의 마법처럼 꿈을 꾸었다. 그것은 독실한 침례교도가 종교적 희열에 사로잡혀 신을 영접하는 순간과 같았다. 그것은 지구의 중세와 미래를 뒤섞어 놓은 듯한 먼 미지의 행성에 대한 꿈이었지만 또한 누구도 걷지 않은 길을 찾아 여행을 시작하는, 환각과 광기에 대한 꿈이기도 했다. 그것은 거룩한

초월자가 내 삶에 바늘을 올려놓고 내 영혼의 불순한 찌꺼기를 자글자글 걸러내는 소리였다. 그리고 영원과도 같은 침묵 후에, 언젠가 이미 한 번 죽었던 삶을 다시 되살리는 소리였다.

그 꿈에 대해서는 언젠가 다시 말할 날이 올 것이다. 몸살에 들떠 약사가 지시한 분량의 서너 배의 약을 먹고 자서였을까, 그 꿈은 몽환적인 동시에 흥분으로 가득 차 있었다. 그 꿈은 과도하게 삼킨 약물 때문이겠지만, 또한 아직도 귀에 쟁쟁한 미지의 행성에 대한 선율 때문이기도 하였다. 그리고 결과적으로 난 그 꿈으로 인해 내 자신이 지구인이 아니라 클라투라는 먼 행성에 고향을 가지고 있음을 자각하게 되었다.

그날 꿈에서 고향 행성인들은 나에게 지구 주재 현지 특파원 자리를 제안하였다. 그들이 내게 원한 것은 지구의 사건사고 혹은 예술작품에 대한 소식이었다. 지구인처럼 평범하게 살아가되 인상 깊게 느낀 지구의 모든 것을 꿈으로 꿀 것. 마찬가지로 간혹 의뢰하는 내용을 조사하여 꿈으로 꿀 것. 그러면 내가 꾸는 것은 꿈의 이동통신을 통해 고향 행성으로 전송된다는 것. 참으로 간단명료한 임무였다. 더불어 그들은 이 일을 통해 내가 얻을 수 있는 보수에 대해 일러주었다.

그들이 말하는 보수는 내가 궁금해하는 모든 것의 해답을 알려주는 것이었다. 다만 내가 수행하는 임무에 따라 질문의 무게가 달라질 뿐이었다. 어쨌거나 듣고 나니 그들의 제안이 매력적이라는 생각이 들었고, 딱히 나로서는 손해 볼 것도 없었기에 흔쾌히 계약에 합의했다. 그렇다. 단지 꿈을 꾼다는 것으로 어엿한 직업인의 소명을 다한다는 것은 얼마나 간편하고도 기꺼운 일이던가. 무엇보다도 지구인인지 아닌지 여전히 헷갈려하는 내 자신에 대해, 난 내 안의 환각과 광기를 그 극단에까지 시험해보고 싶었던 것이다.

이렇게 하여 나는 클라투행성 지구 주재 특파원이 되었다. 다시 한 번 말한다. 나의 임무는 간단하다. 평범하게 지구에서의 일상을 살아가되 대신 밤에는 인간의 모든 고결하거나 추악한 것에 대해 꿈을 꿀 것. 그리고 그것을 클라투행성으로 전송할 것. 하여 난 임무를 위해 매니저 형이 회원으로 있는 '클라투행성통신'이라는 모임에 가입했고 루시드 드림에 대한 체계적인 훈련을 시작했다. 그룹 클라투에 대한 애호가 동호회로 시작한 그 모임은 이제는 같은 이름의 번듯한 웹사이트로 운영되고 있다.

　　그리고 나 역시 낮에는 평범한 샐러리맨으로 일하고 밤에는 오늘처럼 이렇게 한 작가가 1979년에 쓴 중편소설에 대한 꿈을 꾼다. 말한 대로 이미 여러 번 읽어 배경을 충분히 숙지한 「초록빛 모자」이다.

　　다시 말한다. 이 중편소설에는 시간을 되돌리는 슈퍼맨이 나오고, 기이한 운명을 암시하는 초록빛 모자가 나오고, 가을의 더러운 개천이 나오고, 조악한 인형극이 나오고, 남장 여자가 나오고, 어쩐지 해득할 수 없는 겨울날의 환상적인 분위기가 나오고, 그리고 버리고 싶지만 버리지 못하는 과거가 나온다. 그리고 나는 그 소설을 루시드 드림으로 섬세하게 펼친다. 바로 오늘밤처럼.


*


　　꿈에서 내가 지나온 1970년대의 거리에는 오래 묵은 정향의 냄새가 배어 있었다. 그리고 통금을 앞둔 개천가에는 침묵이 깊은 빛깔로 요사스럽게 빛나고 있었다. 그리고 예의 시인 김호는 다리 저편에 쭈그리고 앉아 더러운 개천을 내려다보고 있었다. 그러더니 남장을 하느라고 어깨에 집어넣은 머플러를 꺼내 더러운 개천에 던져버린다.

그런 모습을 보니 그가 불쌍하기도 했지만 한편으론 다소 한심하기도 했다. 나 같으면 절대로 저렇게 안 살지. 난 김호의 삶을 이렇게까지 비참하게 만들어낸 작가가 얄미웠다. 도대체 작가는 무슨 생각으로 이런 소설을 쓰면서 그를 얄궂은 운명의 줄로 조종했던 걸까. 하긴 뭐 이건 이 순간 내가 고민할 일이 아니다. 마치 변호사가 외뢰인의 범행동기에 대한 존재론적 성찰보다는 형량을 줄일 수 있도록 방어논리에 우선 충실해야 하듯이 나도 일단 내 일을 먼저 마쳐야 한다.

그렇다. 내가 원하는 건 그가 쓴 시다. 그런데 과연 문제의 시가 저만치 남장을 한 채 쭈그리고 앉아 있는 김호의 품에 있을까? 만년필로 또박또박 쓴 원본은 잡지사라면 모를까 지금 바바리 포켓에 있을 리가 없겠지만, 김호는 분명 자신의 시를 외우고 있을 터이다. 그래도 명색이 응모작이니 말이다. 사실 그는 안쓰러운 사람이다. 언니의 자살로 인한 트라우마로 비루하게 살고 있으며 유일한 탈출구인 시를 쓰고자 했으나 뜻대로 일이 풀리지 않는 캐릭터다. 오늘만 하더라도 남장 때문에 괜한 오해를 받아 파출소에서 실컷 두드려 맞은 참이다. 이것이야말로 작가가 김호에게 부여한 운명이다.

그런 동정심을 갖고 난 다리 건너 김호에게로 향했다. 루시드 드림도 이제 효력을 다하려는지 다리는 밤안개에 젖어 출렁이고 있었다. 나는 오른손을 들어 머리 위를 매만지며 모자를 제대로 상상해내었는지 확인했다. 시간이 지날수록 풍경은 점점 더 거칠게 흐느적거렸다. 이제 익숙할 때도 되었지만 나는 눈앞에서 펼쳐지는 환각에 조바심과 함께 묘한 나르시시즘에 빠지지 않을 수가 없었다. 더러운 개천을 비추는 가로등을 올려다보자 기둥이 S자 모양으로 천천히 휘어졌다. 하긴 이건 꿈속에서 벌어지는 일이니까. 그리고 꿈속에선 모든 게 가능하다. 그리고 내가 다른 사람과 다른 점이 있다면, 난 지금 꿈을 꾸고 있다는 걸 알고 있다는 것. 더불어 이 루시드 드림은 저 멀리 우주의 끝 클라투행성으로 전송되고 있다는 사실.

내가 다리를 건너자 그제야 인기척을 느꼈는지 김호가 쳐다보았다. 난 초록빛 모자를 살짝 들어 아는 척을 했다. 난 김호의 놀라는 표정에서 그는 어쩌면 오래도록 초록빛 모자를 되찾는 이 순간을 기다려왔을 거란 생각을 하였다. 어쨌거나 젊은 시인의 표정을 보니 시를 얻어 그런대로 무사히 임무를 완수할 수 있겠단 확신이 들었다.

난 김호에게 다가가 모자를 건넸다. 대신 나는 그에게 잡지사에 투고한 시 「은하수를 건너」를 외워달라고 부탁했다. 김호의 손에 되돌려진 초록빛 모자는 그의 바람대로 서서히 녹아내리고 있었다. 마치 그의 얄궂은 운명이 스러지듯이. 그리고 시인 김호는 천천히 자신의 시를 외웠다.

"해당화 혹은 동백이었던가, 바닷가에 돋아나는 꽃은 항상 잃어버린 얼굴을 상기시킨다, 작년 봄 처음 무릎 인대가 늘어나, 왼쪽 다리를 석고로 감싸고 병실에 누워 있을 때, 마냥 심심해 더 이상 공상할 게 없어, 마지막으로 먼 옛날의 너를 생각했어, 그런데 네가 즐겨 불렀던 노래가 정말로 생각이 나지 않는 거야, 난 그제야 서러워 뿌연 안개에 젖어들었지, 이제야 비로소 넌 내게서 종소리처럼 은은하게 멀어지는구나……"

고개를 들어 밤하늘을 보니 어느새 조개구름이 걷히고 뭇별이 반짝이기 시작했다. 김호가 자신의 시를 외우는 동안 풍경이 흐느적거리는 속도가 점점 더 빨라졌다.

"해당화 혹은 동백이었던가 어쨌든, 그 앞에서 난 석양을 배경으로 흘러가는 유에프오 같았지…… 바닷가에서 피는 꽃은 항상 자애로운 분홍빛 젖꼭지를 가졌어, 그리고 그것과 눈 마주치는 모든 어린것들에 대해, 사춘기 신열 같은 온기를 물린다……"

그리고 마침내 을씨년스러운 1979년의 서울이 나와 젊은 시인 사이에서 모두 녹아내렸다. 다행히 꿈의 풍경이 으스러지기 전에 김호는 시를 모두 외웠다. 안심이다. 이것으로 나는 송신을 끝내는 주문을 외우며 루시드 드림을 마무리지었다.

그리고 난 오래 연습해 이제는 꽤나 능숙해진 자각몽에서 깨어났다. 이것으로 이번 의뢰를 성공적으로 마친 셈이다. 나는 창문을 열고 어스름한 새벽의 하늘을 올려다봤다. 1979년에 비해 훨씬 혼탁해진 하늘이지만 그 바깥으로는 은하수의 자욱이 옅게 퍼져 있으리라. 나는 문득 궁금해졌다. 시인 김호는 과연 자신을 조종하는 운명의 줄을 끊었을까.

우주는 가능성의 풍경으로 채워진 파노라마이다. 아마도 그 수많은 개연성의 차원 중에는 우리의 세계에서 한낱 픽션의 주인공에 불과한 시인 김호가 실제로 자신을 조종하는 운명의 줄을 끊고자 하는 평행우주도 있을 것이다. 그리고 크립톤행성의 슈퍼맨이 실재하여 시간을 되돌리는 우주도, 혹은 클라투행성이 한낱 1951년도의 한 할리우드영화에 영향 받은 록그룹의 몽상에 불과한 우주도, 그리고 무엇보다도 친구의 임관식날 그를 따로 만난 여자친구가 불과 반나절 후 모르는 척 내게 입맞춤하던 어느 여름밤이 없는 우주도.

어쩌면 꿈에서 내가 찾아낸 김호의 시는 내 잠재의식이 여태껏 내가 지구에서 체험한 모든 것과 뒤얽혀 도출된 어떤 것이라는 해석이 가장 타당한 것이리라. 그러나 이 시가 모든 평행우주들 중에 어느 하나에서 실존할 개연성이 있다는 추정 또한 타당하다. 본국 행성의 답변대로 상상하는 것은 존재하는 것이니까. 그리고 그들이 원하는 것도 바로 그런 개연성의 풍경이니까.

왜 세상의 모든 작가들은 모르고 있을까? 자신이 기분 내키는 대로 지어내는 모든 운명들은 무한에 가까운 평행우주에서 실제로 존재할 수 있는 어떤 개연성의 사건이라는 것을. 왜 이 지구의 모든 사람들은 무언가를 떠올리는 것에는 온 우주만큼의 무게가 뒤따른다는 사실을 모르고 있을까? 자신들이 뭔가를 진지하게 생각하는 순간, 그게 현실로 벌어진 새로운 우주가 막 탄생한다는 것을.

나는 모든 가능성의 우주 가운데 하나에서 실존하는 인물로 살고 있을 시인 김호를 생각했다. 그리고 비단처럼 약간의 광택이 있으며 헝겊 자체에 같은 색깔의 무늬가 보일 듯 말듯 찍혀 있던 그 초록빛 모자도. 하여 난 시를 듣는 대가로 그의 초록빛 모자를 되돌려주기로 꿈을 꾸기 전 이미 결심했던 것이다. 그가 자신에게 덧씌워진 기이한 언령(言靈)의 속박에서 벗어날 수 있도록.

나는 그렇게 상상했다. 그리고 내가 읽은 소설이 끝나는 바로 그 지점에서 시인 김호는 이제 우리 우주에서 지어내지 못한 자신 운명의 뒷부분을 스스로 열어갈 것이다. 그것으로 나는 만족한다. 그리고 염원한다. 내 삶이 누군가의 소설이라면 내 운명을 미리 아는 사람 역시 나에 대해서 깊은 동정심을 가져주기를. 그것으로 내 삶은 바뀔 수 있으니까.

여하튼 이제 임무가 완성되었으니 보수로 받은 특혜를 사용할 차례이다. 아니 사용하기 전, 왜 고향 행성에서 이 중편소설에 제목만 등장하는 시가 필요했는지를 먼저 문의할 참이다. 그런 상념에 젖어 나는 지구에서의 또 다른 아침을 환영하는 인사말을 건넨다. 꿈의 이동통신을 켜거나 끌 때 사용하는 바로 그 주문이다. 나는 조용히 세 단어를 읊조린다. "클라투, 바라다, 닉토."

[『현대문학』 2011년 9월호]

## 선 정 의 말

—

소설이 상상의 산물이라는 것은 의심할 바 없는 분명한 사실이다. 실제로 존재하는 세계 자체를 그대로 복제하는 행위만으로 소설이 쓰여진다고 할 수는 없다. 소설은 말하자면, 상상력의 적극적인 개입에 따라 모양 좋게 빚어진 (비록 현실에서는 존재하지 않으나, 진실에 더욱 가까운 세계로서의) 허구인 셈이다……라고 말하려던 참이었는데, 어찌된 일인지 지금 이 작가는 그것을 부정하고 있는 것이 아닌가. 그런데 그러한 부정에는 허구의 이야기가 실제 삶에 개입할 수 있다는 효용론적 견해보다도 더 급진적인 데가 있다. 다소 극단적이라고 느낄 수 있겠지만, 작가는 상상의 바깥은 현실이 아니라 또 다른 상상임을, 즉 상상의 바깥은 없으며 상상이 곧 현실과 다르지 않다는 것을 피력하는 중이다. 「은하수를 건너—클라투행성통신 1」은 그런 의미에서 겉보기와는 달리 상당히 대담하고도 묵직한 주제 의식을 지니고 있는 셈이다. 대담하다고 했지만, 그런데 생각해보면 또 그렇지 않은가. 최소한, 소설 속 세계와 소설 바깥 세계를 구분할 수 있는 경계선의 근거라는 것이 어떤 편의의 산물이라는 것만은 분명하다. 우리가 현실적인 것이라고 믿는 것이 모두 얼마간 상상력의 조작에 힘입어 태어난 것이라는 사실을 잊지 않는다면, 거꾸로 상상적인 것(허구) 역시 그 자체로 현실과 유사한 지위를 보장받을 수 있는 방법이 있다는 것을 외면할 수 없을 것이다.

조금 더 나아가보자. 이 소설의 말투를 흉내 내어 말해보자면, 왜 세상

사람들은 모르고 있을까. 자신이 손쉽게 지어내는 모든 상상들이 결국은 무한에 가까운 평행우주에서 실제로 존재할 수 있는 어떤 개연성의 사건일 수 있다는 것을. 왜 이 지구의 모든 사람들은 무언가를 떠올리는 것에는 온 우주만큼의 무게가 뒤따른다는 사실을 모르고 있을까. 조현이 말하는 개연성을 다른 말로 '가능성'이라고 부를 수 있을 것이다. 그렇게 생각했을 때, 조현의 상상력 이론은 모든 것이 상상한 대로 이루어지리라는 식의 상상력 만능주의로 받아들여지기보다는 허구와 현실이 어느 순간 서로 일치할 수 있는 '가능성'의 순간들에 주목해야 한다는 일종의 소설의 존재론으로 이해될 수 있다. 상상과 현실 사이의 교차로에서, 조현은 다시, '소설이란 무엇인가'라는 익숙한 물음을 새로운 방식으로 제기하고 마침내 새로운 현실로 가 닿을 수 있는 묘한 가능성의 주로를 가설하는 데 성공한다. 이 소설에 매료된 당신이 그것을 증언하는 중이다. _강동호(문학평론가)

이 수 형 · 조 현

# 인터뷰
—


　　**이수형**_이 소설은 SF라 할 수 있겠는데, 과학이나 기술의 발달에 의한 여러 가지 설정들이 있어서라기보다는 평행우주론이라고 하는, 그러니까 일종의 세계관이 SF적이라고 볼 수 있겠습니다. 그렇다면 평행우주론이라고 하는 세계관에 대해서, 실제로 어떻게 생각하고 계시는지 잠깐 말씀해주실까요?


　　**조 현**_저는 평행우주론적인 세계관은 문학적인 세계관과 굉장히 많은 부분에서 일치한다고 봅니다. 왜냐하면 자기가 생각하는 가상의 세계, 이런 것들이 실제로 존재할 수 있다는 가능성을 과학적으로 유추시켜주는 것이 평행우주에 관한 논의거든요. 소설적인 세계관도
마찬가지로 현실에 있지 않은 개연성의 세계를 감성적
으로 풀어내주는 거잖아요. 그렇게 본다면 현실에 있
지 않은 세계, 즉 우리 우주에서는 존재하지 않은 세
계가 가능성의 차원에서 존재할 수도 있다는 것을 독
자에게 보여줌으로써 삶에 대한 성찰이라든지 문학적
인 충격 등을 전달한다는 점에서 평행우주론적인 세계
관이나 문학적인, 특히 소설적인 세계관이 방법론적
으로 일치한다고 봅니다. 그런 결과가 하나는 과학적
인 충격이 되겠고 하나는 심미론적인, 미학적인 충격

조 현

이 되겠는데 그런 것들이 결과론적으로 일치하기 때문에 관심을 가지게 되
어서 활용하게 된 것 같습니다.

**이수형**_제가 특히 조현 선생님의 이번 소설에서 흥미롭게 본 것은 다
른 소설보다 겹이 더 많다는 점입니다. 가령 외계 문명이 지구를 방문하는
비슷한 소재를 다룬 선생님의 소설「고흐와의 하룻밤」보다 다층적인 텍스
트라는 느낌을 받았는데요. 그 이유 중의 하나일 수 있는 '지구 주재 특파
원'이라고 하는 존재가 특별한 위치를 갖고 있는 것 같아요. 이 지구 주재
특파원은, 자신이 클라투행성 특파원이라는 정체성을 깨닫게 되고 다시 한
번 지구에 살면서 지구의 다른 시공간으로 들어가게 되는 임무들을 수행하
고 있잖아요? 그리고 이 특파원은 나름대로 지구인으로서, 한 인간으로서
의 괴로움을 가지고 있기도 하구요. 그러니까 외계인들은 사실 우리 인간적
인 세계하고는 떨어져 있는, 늘 강조하듯이 어느 정도 문명 수준이 되면 인
간적인 것을 뛰어넘는 문명이 만들어질 것으로 예상될 수도 있는데요. 이

특파원은 여전히 현실적인 문제들에 대한 고민들을 하고 있다는 점에서 특징적이라고 봤어요. 혹시 거기에 대해서 어떤 의도가 있는 것인지 등에 대해 여쭤보고 싶었습니다.

조 현_ 좀더 현실에 기반을 두고 이야기를 풀어가는 것이 제게 도움이 된다는 생각에 그렇게 해보았고, 앞으로 이어질 연작에서도 그런 식으로 현실에 기반을 둔 상태에서 이야기를 풀어서 하는 것이 바람직하다는 생각을 했거든요. 기존 작품과 달라진 게 있다면 흐름이 자연스러워진 걸 들 수 있겠습니다. 아무래도 제가 등단한 뒤로 계속 쓰다 보니까 조금씩 쓰는 요령이 늘고 있다는 생각이 들고 있습니다.

이수형

이수형_ 주인공 자신이 특파원임을 자각하게 된 진짜 계기는 사랑에 실패해서, 그것에 대한 괴로움 때문에, 혹은 괴로움을 해소하기 위해서이죠. 다른 소설에도 보면 이별 등이 많이 나오잖아요? 남녀관계의 애정 등을 통해서. 그런 소재들이 자주 등장하는 것은 어떤 이유가 있어서인가요?

조 현_ 아무래도 인간은 칼 야스퍼스가 이야기한, 한계상황이라든지 극단적인 딜레마에 처했을 때 자기 실존에 대해서 번민하고 그러잖아요. 그런데 근래 들어 전쟁이나 기아 같은 처절한 상황과는 조금 거리가 생겼으니 그런 걸 제외한다면 인간의 한계상황이라 할 만한 것으로 사랑의 실패 같은 걸 들 수 있지 않을까 하는 생각에서 소재를 취해봤던 것 같은데 약간 진부하다는 생각은 하고 있어요. 앞으로 장편을 쓰게 된다면 그런 소재들을 폭넓게 활용하면 좋겠다는 생각도 하고요. 어쨌든 본질적으로 모든 게 해피하고 모든 게 만족스러우면 사실은 자기 자신을 돌아볼 일이 없는 거잖아요. 인간의 성찰이라는 것은 자기 자신에 대한 회의로부터 얻어지는 것이라 생각하고, 그런 것들을 위해 여러 가지, 현실에 기반한, 인간의 감정선에 기반한 그런 것들을 탐구해보고 싶습니다. 이 작품 같은 경우는 작은 시도라고 생각합니다.

**이수형**_한동안은 지구 주재 특파원으로서의 시선을 유지하는, 그런 글쓰기를 계속하시겠지요?

**조 현**_한동안이라기보다는, 제 사명이라 생각하고요, 그렇게 해야 할 것 같습니다. ▩